Ronja Klein
Ein Licht in der Dunkelheit
Zwischen Moral und Magie

EIN LICHT IN DER DUNKELHEIT

DUNKELHEIT

Zwischen Moral und Magie

Impressum

© 01.06.2025 Ronja Klein

Ein Licht in der Dunkelheit – Zwischen Moral und Magie

4. Auflage 2025

ISBN: 978-3-8192-9659-8

Covergestaltung: Miblart / https://miblart.com/

Lektorat: Alexandra Blechschmied @lektorat_buechersinne Illustration: @ashokanSpring

Selfpublishing über:

Verlag: BoD · Books on Demand GmbH, Überseering 33, ,

22297 Hamburg, bod@bod.de

Druck:

Libri Plureos GmbH, Friedensallee 273, 22763 Hamburg

Kontakt:

Ronja Klein

Schlüterstraße 5 99089 Erfurt ronja.klein243@web.de Webseite: ronjaklein.com Instagram: @ronjaaklein

Für Isa, weil du das Licht in meiner Dunkelheit bist und der Grund, weshalb ich nie aufgab.

TRIGGERWARNUNG

- Psychische Gewalt, Manipulation, emotionaler Missbrauch, Drohungen
- Häusliche Gewalt, psychischer und körperlicher Missbrauch
- Verlust eines geliebten Menschen
- Gedanken an Suizid
- Homophobie
- Depression
- Zwangsstörungen, Zwangshandlungen und -gedanken

LEBE ICH, UM DIE WELT ZU RETTEN?

Er starb. Heute vor einem Jahr verlor ich meinen Helden – meinen Dad. Zwölf Monate voller leerer Tage. Endlose Nächte, in denen ich auf ein Zeichen wartete – auf das Gefühl, dass er trotz allem lebt.

Auch an diesem Tag lassen meine Tränen nicht nach, rinnen unaufhaltsam wie ein stiller Strom. Ich stehe an seinem Grab, denke an ihn und weine. Im Regen kann ich meine Tränen besser verbergen.

Dieses schwarze Loch zieht mich immer tiefer – ohne das kleinste Licht.

Wann wird es mich zerreißen?

Ich schätze, nie.

Denn immer, wenn ich glaube, es sei so weit, erscheint das Gesicht meiner jüngeren Schwester, und der Wunsch meines Herzens brüllt mich an: Ich muss für sie weiterleben, stark sein.

Rune ist sechs Jahre jünger als ich – und doch diejenige, die fest auf dem Boden bleibt. Sie ist bedrückt, vermisst ihn, aber sie akzeptiert den Tod. Für sie ist er etwas Normales, womöglich sogar etwas Tröstliches. Er gehört zum Leben dazu.

Wenn selbst sie mit ihren elf Jahren zu kindlich erscheint, um den Tod zu verstehen, ist es dann falsch, das anzunehmen?

Rune war Dad ebenso nah wie ich. Es erscheint mir unmöglich, dass sie nicht begreift, dass er nie wiederkommen wird. Dass wir seine Stimme nie wieder hören, keine weiteren Runden Verstecken mit ihm spielen werden. Und trotzdem findet sie einen Weg, all das zu akzeptieren.

Wie kann der Tod für sie normal sein?

Für mich bleibt er unheimlich und pechschwarz. Für Rune scheint er ein natürlicher Teil des Lebens zu sein – eine Brücke, kein Abgrund.

Womöglich findet sie Trost darin, dass der Tod das Leben abrundet. Ich sehe nur die Leere, die er hinterlässt.

Der Tod hat uns Dad genommen – und mit ihm alles, was uns ausgemacht hat. Zurück bleibt nur eine gähnende Leere, in der sein Lachen und seine Werte wie Schatten widerhallen.

Der Tod nimmt einem mehr, als das Leben je geben kann.

Viel zu früh.

Viel zu schnell.

Ich kann nicht noch jemanden verlieren.

Schnell wische ich mir die Tränen aus dem Gesicht, als könnte ich damit den Schmerz vertreiben. Doch ich weiß, dass dieser Schmerz tiefer sitzt, dass er bleiben wird – eine Wunde, die nicht heilt.

Mom greift nach meiner Hand. Rune hält die andere. So stehen wir gemeinsam am Grab unseres Vaters. Ich verfluche insgeheim den Tag seines Todes. Zumindest spüre ich all die Dunkelheit, die uns seither umgibt.

Schon immer war ich allein.

Keine Freundschaften.

Nur meine Familie.

Und das hat mir gereicht. Doch wird mir selbst die jetzt komplett genommen? Mom war todkrank. Ja, sie hat überlebt und ist gesund, aber … was, wenn das nicht für die Ewigkeit ist? Und es wird nicht dauerhaft so sein, das weiß ich.

Ich nehme eine Bewegung aus den Augenwinkeln wahr und bin mir sofort sicher – er ist es. Dads Gestalt ruht dort wie eine Erinnerung, die sich in die Gegenwart schiebt. Wie immer steht er nur da. Keine Mimik, doch ich bilde mir ein, einen Hauch von Trauer in seinem Gesicht zu sehen. Er trägt die Kleidung, die er am Tag seines Todes anhatte, in der ich ihn das letzte Mal sah. Seine Arme hängen schlaff neben seinem Körper herab. Dads Gestalt ist immer dieselbe. Jedes Mal dieser leere Ausdruck. Die anderen scheinen ihn nicht wahrzunehmen. Ich wende den Blick ab, weil ich es nicht ertrage, ihn zu sehen.

»Ist er wieder da?«, fragt Rune.

Ich lasse ihre Hand los, um mir den Regen vom Gesicht zu wischen. Dann nicke ich, denn das ist alles, wozu ich fähig bin. Kein einziges Wort kommt mir über die Lippen. Nicht einmal ein leises Seufzen.

»Wollen wir?«, flüstert Mom.

Nein, ich werde bleiben, bis er aus diesem verdammten Grab kriecht. Lebendig.

Doch Rune bejaht die Frage neben mir, und ich wehre mich nicht.

Langsam geht Mom voraus. An ihrer Miene erkenne ich, dass sie nicht mehr in der Lage ist, länger hierzubleiben – und ich verstehe es. Dieser Ort hat etwas … unsagbar Bedrückendes, das einem die Lunge zerquetscht und den Atem raubt.

Ein letztes Mal an diesem Tag wage ich einen Blick zurück und sehe Dads Gestalt, die weiterhin regungslos verharrt. Seufzend setze ich den Weg zum Auto fort und verdränge die Tränen in mein tiefstes Inneres.

Der Weg scheint sich auszudehnen, die Straße wird unaufhaltsam länger, bis sie unendlich erscheint. Schweigend fahren wir zurück nach Hause. Ich schaue aus dem Fenster und frage mich, ob dieser Schmerz jemals nachlassen wird.

Werde ich irgendwann akzeptieren, dass Dad tot ist?

Wird die Pein eines Tages nachlassen?

Werde ich eines Nachts aufhören, so zu trauern, als wäre es erst gestern geschehen?

Du musst. Lass nicht zu, dass negative Gefühle dich beherrschen!

Schnell wischt meine Hand, über die ich den Ärmel meines schwarzen Pullovers gezogen habe, die Tränen weg. Schon fühle ich mich stärker – oder täusche es mir zumindest vor.

Mom fährt schweigend, ihr Blick ist starr auf die Straße gerichtet. Ich schaue in den Rückspiegel und sehe, wie Rune verträumt aus dem Fenster blickt. Nicht eine Träne ist auf ihrem weichen Gesicht sichtbar, nicht einmal ein Glänzen in ihren Augen. Ihr Körper bebt nicht, ihr Blick zeigt keinen Deut von Trauer oder Wut – nein, sondern einen Hauch von Glück.

Schmerzt ihr Herz nicht ein wenig, wenn sie an jenen Tag zurückdenkt?

Hat Rune Dads Tod akzeptiert?

Sind ihre Wunden verheilt, Narben verblasst?

Ist das möglich?

Besteht die Möglichkeit, etwas so Unheilvolles wie den Tod akzeptieren zu können?

Wie schafft sie all das ohne Hilfe?

Verdammt, wie gelingt es ihr, ohne Anstrengung so stark zu sein?

Doch das spielt keine Rolle. Ich brauche niemandes Hilfe.

Das habe ich schon damals gelernt, als ich versuchte, Dads Tod zu verarbeiten. Jeder gut gemeinte Trost fühlte sich wie ein Stich mitten ins Herz an – als könnte irgendjemand verstehen, wie es ist, alles zu verlieren.

Hilfe anzunehmen, ist erbärmlich. Ich habe mir versprochen, allein zu leben. Keine Menschenseele bekommt mehr einen Platz in meinem Herzen.

So fällt es mir leichter, unverletzt zu bleiben. Freundschaft und Liebe geben den Menschen Mut und die Hoffnung, ein erfülltes Dasein zu führen – doch sie verursachen bloß vermeidbaren, aber unmöglich zu vergessenden Schmerz.

MORAL VERBLASST, WENN DAS UNBEKANNTE NAHT

Zu Hause angekommen, bereitet Mom das Abendessen vor, und ich verschwinde in mein Zimmer, ohne mitzubekommen, was Rune treibt.

Ich muss jetzt allein sein. Allein mit der Trauer, damit niemand sieht, wie jämmerlich ich gleich weinen werde.

Ich lasse mich aufs Bett fallen, mein Gesicht tief ins Kissen gedrückt, um die Schreie in mir zu ersticken.

Warum fühle ich mich nur so elend? Es ist ein verdammtes Jahr her, und ich weine, als sei es gestern passiert.

Meine Sinne nehmen die Welt verschwommen wahr, als wäre ich nicht länger ein Teil von ihr. Meine Gedanken sind düster, schweifen unzählige Male zurück in die Realität, in der Dad tot ist, und fressen sich immer wieder in mein Inneres.

Was ist er jetzt?

Was, wenn Dad nichts ist?

Was, wenn er uns nicht sieht?

Was, wenn alle Vermutungen über den Tod falsch sind und er nicht mehr da ist?

Was, wenn ich ihn nach dem Leben niemals persönlich sehe oder treffe?

Was, wenn es kein Jenseits gibt und er unter der Erde liegt … als ein Nichts?

Diese Gedanken strömen aus mir heraus, ziehen ihre Messer und stechen auf mich ein. Zu lange habe ich das alles heute unterdrückt. Mein Herz wird gnadenlos zerquetscht. Ich schreie ins Kissen, drehe mich auf den Rücken und starre an die Decke, wo Schatten tanzen und sich über mich zu beugen scheinen. Die Welt verschwimmt vor meinen Augen.

Ich wünschte, sie würde komplett verschwinden.

Alles ist so unfair!

Warum ist er gestorben?

Womit haben wir diesen Schmerz verdient?

Ist das die Strafe für meine Unvollkommenheit, für die Fehler, die ich begehe?

Langsam richte ich mich auf und lasse den Blick durchs Zimmer wandern. Wie immer ist es aufgeräumt: Der Schreibtisch ist blitzeblank, Spiegel und Boden wurden erst heute Morgen geputzt, mein Bett war bis eben noch ordentlich.

Schwungvoll komme ich auf die Beine und bringe alles

wieder in Ordnung. Dabei fällt mir der Schmutz auf dem Schrank auf. Ich greife nach dem Stuhl neben dem Bett, nehme den Staubwischer aus der obersten Schublade und beseitige den Staub und die Fusseln. Jetzt fühle ich mich etwas besser.

Ein Klopfen an der Tür lässt mich zusammenzucken. Ich schrecke hoch, fahre mir mit dem Ärmel meines schwarzen Pullovers über die Augen, rücke den Stuhl zurück an den Schreibtisch, lege den Staubwischer beiseite und frage: »Ja?« Rune kommt herein. Sie zupft an ihrem T-Shirt und wippt so aufgeregt hin und her, dass sie kaum auf der Stelle stehen bleiben kann.

»Was ist los?«, frage ich behutsam.

Sie fummelt weiter an ihrem T-Shirt herum und braucht eine Weile, bis sie mir antwortet. »Ich will nicht mehr, dass du und Mom so traurig seid.«

Ihre Worte lassen meine Augen brennen.

Ich will nicht mehr, dass du und Mom so gebrechlich seid.

Das ist, was ich verstehe.

Ich greife nach Runes Hand und ziehe meine Schwester neben mich aufs Bett. »Das kann ich nachvollziehen.« Meine Stimme wird leiser. »Mom braucht mehr Zeit. Und ich … ich gebe mein Bestes, um damit klarzukommen, dass Dad weg ist. Es wird besser werden, versprochen«, versuche ich zu erklären – und zu lügen, doch das gestehe ich mir selbst kaum ein.

Verwirrt sieht Rune mich an. »Aber Dad ist nicht weg.«

Ich zucke zusammen.

»Ich meine, körperlich ja, aber seine Seele bleibt bei uns«, fügt sie hastig hinzu.

Ihre Worte erinnern mich einmal mehr daran, wie verschieden unsere Welten sind. Mein Verstand braucht ein paar Sekunden, um das Gesagte zu verarbeiten. Hat sie recht? Ist Dads Seele immer bei uns? Ich rede mir ein, dass Runes Vermutung korrekt ist. Wieso denn nicht? Es wäre unkomplizierter, ein Leben nach dem Tod für wahr zu halten – doch leider ist es für mich unmöglich.

Ich atme tief durch. »Da sind wir Menschen unterschiedlich. Manche schenken dem, was du gesagt hast, Glauben. Andere wiederum nicht«, erwidere ich behutsam.

Meine Worte sollen sie nicht entmutigen. Ihre Vorstellung hilft ihr eben dabei, über den Tod hinwegzukommen.

Jetzt schaut sie mich mit weit aufgerissenen Augen an. »Du glaubst nicht daran, dass Dad uns sieht oder im Jenseits seinen Platz gefunden hat?«

Ich schüttle den Kopf. »Nein, nicht wirklich.« Einen Moment schweigen wir uns an.

Dann unterbricht Rune die Stille. »Wieso nicht? Du siehst ihn doch! Möglicherweise schickt er seinen Geist zu dir oder so.«

Eine berechtigte Frage, die sich mein Verstand ebenfalls täglich stellt. Warum beantwortet mein Gehirn die Frage, was nach dem Tod passiert, nicht so, wie Rune es tut? Weshalb denke ich so realistisch? Wieso geht mein Urteilsvermögen davon aus, dass der Geist einer Person stirbt, wenn ihr Herz zum letzten Mal schlägt?

Weil es so ist, oder?

»Ich kann das nicht für wahr halten, weil … Es ist nicht möglich, mir das vorzustellen.« *Wow, diese Antwort wird ihr weiterhelfen! Bravo!*

Rune murmelt etwas, das ich nicht verstehe, aber es ist mit Sicherheit nicht für meine Ohren bestimmt.

Erneut macht sich eine erdrückende Stille im Zimmer breit. Glücklicherweise ruft Mom uns zum Essen. Mit Rune zu reden, ist oft eine Freude, aber jetzt raubt mir das Gespräch jegliche gute Laune – welche ohnehin kaum vorhanden ist – und deswegen möchte ich diese Unterhaltung momentan nicht fortsetzen.

Am Tisch herrscht das gleiche bedrückende Schweigen wie schon den ganzen Tag über. Alle sind in ihre eigenen Gedanken vertieft, und niemand findet einen Weg heraus. Es schmerzt, wie wir uns verloren haben. Früher hätten wir hier gelacht und uns Geschichten erzählt. Doch jetzt wirkt jede Bewegung mechanisch, jede Geste fremd, als wären wir bloß Schatten unserer selbst. Seit dem schrecklichen Tag ist da etwas zwischen uns, das uns trennt. Oder womöglich fehlt etwas zwischen uns, das uns zusammenhält.

Ein grelles Geräusch lässt mich zusammenzucken. Mom hat ihr Messer fallen lassen. »Entschuldigt bitte«, flüstert sie.

»Nichts passiert, Mom. Entschuldige dich nicht ständig für Dinge, die gar keine Rechtfertigung brauchen«, sagt Rune, und ich lächle Mom an.

Sie erwidert mein Lächeln, doch es wirkt mechanisch, unecht. Seit Dad nicht mehr an ihrer Seite ist, scheint ihre Mimik gespielt, aufgesetzt. Ich nehme es ihr nicht übel, bin nicht wütend.

Erstens ist Wut verwerflich – ein Gefühl, dem ich Einhalt gebiete. Zweitens hat sie einen geliebten Menschen verloren – genau wie wir. Ich vermisse die frühere Mom. Habe ich sie ebenfalls verloren?

Ich presse die Lippen aufeinander und balle die freie Hand zur Faust. Wann habe ich endlich die Gelegenheit, meine Wut rauszulassen? Jetzt? Nein, das ist weder der richtige Moment noch der richtige Ort.

Keine schlechten Gefühle! Nur bösartige Menschen erlauben der Wut die Oberhand.

Mein Körper entspannt sich langsam wieder, doch ich weiß, dass das nicht lange anhält.

»Ich gehe kurz auf Toilette«, sage ich sicherheitshalber und renne nach oben, reiße die Tür zum Bad auf und schließe zügig ab. Keuchend stütze ich mich auf das Waschbecken und schaue in den Spiegel. Die verheulten Augen sind nicht zu übersehen. Meine Lippen beben.

Ich bin so ein Feigling. *Verdammt. Reiß dich zusammen!*

Doch diesem Gedanken gehorchen meine Gefühle nicht.

Hastig greife ich nach dem Handtuch, das neben dem Wasserhahn hängt, falte es zweimal, lasse es fallen und boxe darauf ein. Dann hebe ich es an, drücke mein Gesicht gegen den Stoff und schreie.

Nach dem ersten Schrei halte ich inne und spüre den

Kontrollverlust in meinen Muskeln widerhallen. Das wird nicht erneut passieren! Die Wut wird in mein Innerstes – in mein Gefängnis der Gefühle – eingesperrt. Am besten vernichtet. Ich werde nicht mehr auf andere wütend sein. Die einzige Person, der ich ausnahmsweise meine Wut widme, bin ich selbst. Weil ich so nutzlos und zerbrechlich bin. Weil ich Rune mit meinen Problemen verletze. Weil ich die Vergangenheit nie verarbeiten werde. Ich werde immer eine Heuchlerin bleiben – bis alle sterben, die mir lieb sind.

Warum lasse ich das vergangene Jahr nicht ruhen? Warum bin ich nicht der Mensch, der ich sein will? Ich muss ein Mensch sein, der anderen hilft, moralisch handelt und fehlerlos durchs Leben geht.

Mit diesem Gedanken bringe ich die Kraft auf, das Handtuch wieder aufzuheben, es in die Wäsche zu werfen und nicht erneut in den Spiegel zu schauen. Meine Augen werden den ganzen Abend verheult bleiben, und die Heuchelei in meinem Blick möchte ich nicht sehen.

So unvermutet wie der Osterhase an Heiligabend steht Dad vor mir, dennoch halte ich keinesfalls inne. Schon lange erschrecke ich nicht mehr.

An dem Tag, als er das erste Mal vor mir auftauchte, bin ich schreiend durchs Haus gerannt. Nach etlichen Malen hat mich Mom zum Hausarzt geschickt. Er meinte, es sei wegen des Traumas, und er empfahl mir eine Therapie.

Ich bin nach Hause gegangen und habe das mit der Therapie nie angesprochen. Nicht weil ich es katastrophal finde, wenn jemand in Behandlung ist, sondern weil ich nicht krank genug bin. Wofür brauche ich Therapie? Andere benötigen sie deutlich dringender.

Mein Dad ist tot, ja. Das letzte Jahr war die Hölle, ja. Aber Zeit heilt alle Wunden, nicht?

Ich schaffe das allein!

Der Esstisch ist leer. Nur ein paar Krümel auf der Tischdecke erinnern an das Abendessen. Aus der Küche dringt das Geräusch von Geschirr, das aufeinanderschlägt – ein dumpfes Echo in der stillen Wohnung. Sie haben schon abgeräumt. Ich verspüre den Drang zu gehen, denn es macht keinen Unterschied, ob ich hier bin oder nicht. Trotzdem tragen mich meine Beine automatisch in die Küche, wo Mom die

Teller abspült. Wortlos reiche ich ihr einen weiteren Teller.

Die Stille zwischen uns lastet schwer wie ein Gewicht. Mom sagt nichts. Mir fehlen ebenso Worte mit Sinn. Mein Verstand fragt sich, ob es überhaupt etwas gibt, das wir uns zu sagen haben.

Nachdem das Geschirr in der Abtropfschale liegt, verlässt Mom die Küche und setzt sich seufzend im Wohnzimmer auf die Couch. Sie schaltet den Fernseher an und schaut ihre Lieblingsserie – wie jeden Abend. Die flackernden Bilder beleuchten ihr Gesicht; es wirkt müde und erschöpft.

Rune setzt sich zu ihr und schmiegt sich an ihre Schulter – nicht immer, aber oft macht sie das so. Kurz überlege ich, mitzumachen, als könnte es helfen, die Risse zwischen uns zu kitten. Doch dieser Gedanke fühlt sich falsch an, wie ein zu enges Kleidungsstück – er erstickt mich fast.

Stattdessen gehe ich langsam die Treppe hinauf zu meinem Zimmer. Bedenken nisten sich in meinem Kopf ein und bohren sich fest wie ein Splitter: Bin ich es selbst? Bin ich es – nicht Dads Tod –, die unsere Familie auseinanderreißt?

Auf halber Treppe hält mein Körper inne: Gehe nur *ich* allem aus dem Weg? Trauere nur *ich* so, als wäre Dad erst gestern gestorben? Sollte ich versuchen, Mom zu verstehen? Ihr Zeit geben und für sie da sein? Könnte ich von ihr je verlangen, ihre Trauer aufzugeben, um für mich und meine Schwester da zu sein?

Diese Gedanken lasse ich nicht noch einmal zu. Jede weitere Bindung schwächt mich und macht mich verletzlicher. Daher halte ich lieber Abstand. Es ist besser, wenn ich mich darauf konzentriere, Gutes für die Welt zu tun.

Kurz gehe ich ins Bad zurück und putze mir die Zähne. Dieser mechanische Vorgang hilft mir, dem pechrabenschwarzen und freudlosen Tag etwas Normales hinzuzufügen. Dann husche ich in mein Zimmer und setze mich an den aufgeklappten Laptop.

Auf dem Bildschirm prasseln Schlagzeilen auf mich ein: Armut steigt, Arbeitslosigkeit nimmt zu, Kriege enden nicht. Idiotische Politiker*innen fordern erneut Abschiebungen von Geflüchteten – als wären sie das Problem! Es sind Menschen!

Doch alle werden schuldig gesprochen oder als

minderwertig angesehen, wenn eine Person aus ihrer Kultur oder ihrem Land straffällig wird. Sollten wir dann alle Männer abschieben? Sie sind es meist, die straffällig werden.

Nicht alle Männer.

Aber es ist immer ein Mann.

Ich will schreien und den Laptop zerstören – aber was bringt das? Schnell klappe ich ihn zu und spüre die Erschöpfung wie eine zweite Haut über mir liegen. Meine Kraft für diesen ganzen Mist ist längst verbraucht. Trotzdem muss ich handeln und darf nicht wegsehen.

Wie kann ich es wagen, den Laptop zu schließen und ins kuschelige Bett zu gehen, obwohl Millionen von Menschen leiden?

Seufzend öffne ich ihn wieder mit dem Gefühl, diese Welt retten zu müssen. Ich unterschreibe Petitionen, spende Geld und schaue Nachrichtenshows an – ein Tropfen auf den heißen Stein gegen meine innere Ohnmacht.

Ich   gebe   mich   diesem Automatismus hin   bis   zur
Erschöpfung; dann wird alles schwarz vor Müdigkeit.

Ich wache auf, meine Wange liegt auf der Tastatur. Der Bildschirm flackert. Stöhnend richte ich mich auf, reibe mir die Augen und trinke einen ausgiebigen Schluck aus der Wasserflasche neben dem Stifthalter. Dann schaue ich auf die Zeitanzeige am Bildschirmrand: 01:23 Uhr.

Ich will den Laptop schließen, da veröffentlicht eine bekannte Nachrichtenseite einen neuen Bericht. Der Titel lässt mein Herz rasen.

Sind die Magiebegabten zurück?
Droht ihnen die
Todesstrafe?

Im Unterricht wird uns erzählt, dass die Magiebegabten seit einem Jahrhundert ausgestorben sind. Und jetzt die Todesstrafe? Das klingt nach Clickbait.

Ich versuche, meiner Neugier zu widerstehen, doch vergeblich klicke ich auf den Artikel.

Ja, Sie haben richtig gelesen. Die Magiebegabten sind zurück. Vor einer Stunde verhaftete man einen Mann Mitte dreißig. Tage zuvor zerstörte er das Haus seiner Ex-Frau und verfügt vermutlich über Destructio-Kräfte. Der Vorfall ereignete sich vor einer Woche in einem Wohngebiet der Stadt. Der Mann nutzte seine übernatürliche Kraft und verursachte schwere Brandschäden am Gebäude. Seine Ex-Frau starb an den Folgen der Verbrennungen einen Tag später im Krankenhaus, während der gemeinsame Sohn überlebte und sich nicht zum Verbrechen äußert.

Wir dürfen jetzt darüber berichten, da man heute Abend den gefährlichen Destructio-Begabten fand. Der Täter sitzt momentan in Untersuchungshaft, was eine breite Debatte entfacht hat: Zum ersten Mal seit Jahren diskutiert man wieder öffentlich über die Möglichkeit der Todesstrafe.

Ein Polizeisprecher erklärte: »Es ist äußerst schwierig, den Mann in einem Gefängnis zu sichern. Selbst dort hätte er weiterhin seine zerstörerischen Fähigkeiten und stellt ein erhebliches Risiko für unser Land dar.«

Weiter lese ich nicht. Die Räder in meinem Kopf arbeiten schwer und versuchen, mir zu erklären, was ich da gelesen habe. Magiebegabte? Zerstörerische Kräfte? Todesstrafe?

Eine Tote – durch ihren Ex? Feuer?

Ruckartig stehe ich auf und laufe durchs Zimmer. Mit Daumen und Zeigefinger reibe ich meinen Nasenrücken.

Todesstrafe? Das ist nicht moralisch. Der Mann stellt eine dauerhafte Gefahr dar und hat seine Frau ermordet. Er ist ein schrecklicher Mensch. Die Betroffenen sehnen sich nach Gerechtigkeit. Aber hat man das Recht, über seinen Tod zu entscheiden?

Ich bleibe stehen, während sich Verzweiflung in mir breitmacht. Was ist moralisch, was verwerflich? Fluchend klappe ich den Laptop zu und gehe ins Bett. Doch wie so oft schalten sich die Gedanken nicht von selbst aus.

Was passiert, wenn es wahrlich dazu kommt, dass die Todesstrafe für Magiebegabte eingeführt wird? Andererseits: Wie hält man sie davon ab, ihre Magie zu missbrauchen? Das ist kaum vermeidbar; Magie bleibt gefährlich – vor allem die der Destructio.

In der Schule lernte ich von der Magie der Heilung und des Lichts – der Luminara –, doch selbst diese gerät außer Kontrolle.

Und dann gab es die Equa mit beiden Fähigkeiten zugleich; meist konnten sie ihre Macht nicht kontrollieren und wurden sofort getötet – wegen ihrer Bedrohung.

Aber seit Jahrzehnten gibt es keine Magiebegabten mehr. Im Geschichtsunterricht lernten wir, sofort zur Polizei zu gehen, wenn wir Magie an uns entdecken. Was danach geschieht, bleibt ein Geheimnis. Ich vermute aber, dass die Betroffenen abgeschoben und auf eine Insel gebracht werden, wo der Staat sich nicht kümmern muss. Diese Lösung ist zwar besser als die Todesstrafe, doch beide sind zweifellos verwerflich ... oder?

Was würde ich sagen, wenn es meine Mutter gewesen wäre?

Nein, selbst dann wäre der Tod keine gerechte Strafe!

Je mehr ich mich in moralische Fragen vertiefe, desto tiefer versinke ich in einen unerwartet beunruhigenden Schlaf.

Die Augen, die mein Herz fanden

Ich wache fast jeden Morgen aus einem schrecklichen Albtraum auf. Immer derselbe Traum: Der Tag, an dem Dad starb.

Es geschah plötzlich. Er war nicht fiebrig oder geschwächt und hatte auch keinen Unfall. Es fühlte sich an, als hätte die Zeit ihm einfach so das Leben genommen. Ich sah ihn deutlich vor mir, so klar, dass es bis heute schmerzt.

Mom kam aus dem Schlafzimmer gerannt; die Uhr auf meinem Laptop zeigte 20:12 Uhr an. Sie griff eilig zum Telefon und rief den Krankenwagen – zumindest nahm ich das damals an. Mein Verstand nahm nichts wahr. Die Welt schien gleichzeitig in doppelter Geschwindigkeit und in Zeitlupe zu laufen – wie eine Schallplatte, die mitten im Song springt und jedes Bild rückblickend verschwommen bleibt.

Rune und ich beobachteten alles von der Treppe aus, zu gelähmt zum Handeln. Mom legte auf, erst dann wagten wir es, nach unten zu rennen. Dort brach Mom völlig in Tränen aus und verbot uns, das Schlafzimmer zu betreten. Wir fragten ständig nach Dads Zustand, aber niemand bekam eine Antwort.

Der Krankenwagen traf nach einiger Zeit ein. Die Sanitäter schoben Dads leblosen Körper auf einer Trage an uns vorbei.

In diesem Moment wurde mir klar, was geschehen war.

Die Geräusche hallen bis heute in meinen Ohren nach: wie Rune auf die Knie fiel und weinte, und wie ich Mom anschrie: »Was zur Hölle ist passiert?« Immer wieder, bis ein Rettungssanitäter zu mir kam und mich beruhigte.

Ich sehe Mom immer noch vor mir, völlig in Tränen aufgelöst.

An jenem Tag dachte ich, an meinen Gefühlen zu sterben – nein, ich wünschte es mir sogar. Es fühlte sich an, als wäre mein Herz ein Glasgefäß gewesen, das plötzlich zerbrach. Die Scherben stachen bei jeder Bewegung tiefer in meine Seele. Mein Herz hörte unter der Last dieses Schmerzes auf zu schlagen. Meine makellose Welt brach zusammen wie eine Vase auf hartem Boden und hinterließ nur Leere. Nichts hatte ich mehr unter Kontrolle, und die Ungewissheit über Dads Todesursache schmerzte am meisten.

In jedem Traum spüre ich diese Schmerzen erneut, als wäre ich wieder dort.

Mein Körper zieht sich zusammen, und ein Zittern

durchfährt alle Glieder – selbst jetzt im Wachzustand. Der Atem bleibt flach, die Haut klebt vor Schweiß, und mein Herz brennt lichterloh. Es ist immer dasselbe. Der Schmerz zieht sich wie ein Echo jenes Tages durch jede Zelle meines Körpers und verklingt nie.

Reflexartig schaue ich auf die Uhr des Weckers auf dem Nachttisch. In zehn Minuten wird er klingeln. Ich liege reglos da, unfähig, auch nur einen Muskel zu bewegen. Ein Gewicht aus Beton lastet auf meiner Brust und hindert mich am freien Atmen. Ich zittere, ein Schweißtropfen trifft mein linkes Auge, alte Erinnerungen steigen hoch: Tränen liefen damals über mein Gesicht, als ich an der Tür stand und den Krankenwagen anstarrte – hoffend, Dad aussteigen zu sehen.

Die Worte der Sanitäterin kenne ich bis heute auswendig; sie wiederholte sie ständig, warf sie mir förmlich an den Kopf: »Alles wird gut, hörst du?« Von wegen. Nichts wird je wieder so wie früher sein.

Für einen Moment stelle ich mir vor, dass alles anders wäre: Was wäre, wenn Dad nie gestorben wäre? Wie es sich anfühlen würde, von der Schule nach Hause zu kommen und ihn dort zu sehen. Zu wissen, dass alles so bleibt, wie es ist. Sein Lachen würde immer noch durch unser Haus hallen. Die Welt hätte ihre Perfektion nie verloren. Ich hätte mein Leben wieder unter Kontrolle. Ich wäre der gute Mensch, der ich sein muss. Ein Mensch, der immer die richtigen Entscheidungen trifft und keine Fehler macht oder andere verletzt.

Aber das sind nur Wünsche – nicht mehr als das. Mit Wünschen wird nichts real, denn die Realität lässt keinen Platz für Hoffnung.

Nicht der piepende Alarm treibt mich aus dem Bett, sondern der Drang, mein Zimmer aufzuräumen. Ich schalte den Wecker aus und stehe auf.

Nachdem ich die Decke ordentlich auf die Matratze gelegt habe, bemerke ich in der Mitte des Raums, dass alles sauber ist – nichts, woran ich mich festhalten kann.

Stöhnend gehe ich zum Kleiderschrank. Wie immer nehme ich ein weißes T-Shirt, eine schwarze Baumwolljacke und eine dunkle Jogginghose mit ins Bad. Dort schaue ich in den Spiegel. Das Gesicht darin wirkt fremd. Meine Augen sind nicht mehr verheult, dafür sind die Augenringe tief und dunkel wie Schatten, die jede Nacht schwerer werden.

Dann nicke ich kurz in Richtung des Schattens hinter mir – Dad. Er ist da, wie immer schweigend, bis er sich auflöst.

Ich ziehe mich aus und steige in die Dusche. Ich warte darauf, dass das Wasser warm wird.

Das heiße Wasser trifft mein Gesicht; ich zucke zusammen und drehe den Wasserhahn hektisch um.

Perfekt.

Ich verbringe gerne Zeit unter der Dusche und wasche gründlich jede Stelle meines Körpers ab – als könnte all meine Wut, Trauer und Unvollkommenheit entrinnen.

Ich ziehe mich wieder an, kämme mein Haar und decke

die tiefen Augenringe mit Make-up ab. Niemand darf diese Zeichen sehen, damit es wenigstens so aussieht, als hätte ich die Kontrolle.

Meine müden Beine tragen mich die Treppe hinunter zur Küche. Mom ist weg, da sie oft schon früh arbeitet. Womöglich liegt Rune noch im Bett und schläft. Ich nehme mein Handy aus der Hosentasche und checke routiniert den Stundenplan auf der Schul-Website. Rune hat wirklich die erste Stunde frei.

Auf einmal leuchtet eine Nachricht auf dem Display auf. Zu dieser Uhrzeit erscheinen kaum Nachrichten. Ich klicke sie mit zitterndem Finger an, bevor meine Augen lesen können, worum es geht.

Gefährliche Magie: Destructio-Begabter in Einzelhaft isoliert.

Ich lese weiter und versuche, meine Gedanken zu sortieren.

Nach seiner Verhaftung sitzt der Destructio-Begabte, der sein Haus zerstörte und seine Ex-Frau ermordete, unter strengen Sicherheitsvorkehrungen in Isolationshaft. Er befindet sich nicht in einer gewöhnlichen Zelle, sondern in einem speziellen Raum mit massiven Mauern und einem kleinen Fenster. Seine Hände sind mit Metallhandschellen gefesselt, dazu ist er an Ketten gebunden. Die Polizei sagt, die Handschellen würden explodieren, falls er sie zerstören sollte. Dies soll weiteren Schaden verhindern und den Druck erhöhen.

Die Haftbedingungen stoßen auf heftige Kritik. »Diese

Umstände sind menschenunwürdig!«, erklärte die Ethikerin Elena Matthis. Viele aus der Zivilgesellschaft und Politik teilen diese Meinung und fordern humanere Maßnahmen. Max Leund von der linken Partei sagte: »Solche Zustände dürfen wir nicht tolerieren. Es muss eine Lösung geben, die Sicherheit gewährleistet und die Menschenwürde wahrt.«

Die Meinungen gehen auseinander. Bernd Hödel von der rechten Partei äußerte sich gegenteilig: »Magiebegabte haben keine Menschenwürde, weil sie keine Menschen sind.« Diese Worte sorgen für Empörung und zeigen die tiefe Spaltung in der Debatte über den Umgang mit magiebegabten Straftäter*innen.

Während die Diskussion weitergeht, bleibt unklar, wie Behörden den Destructio-Begabten behandeln werden. Sicher ist nur eines: Der Fall wird Panik schüren. Was bedeutet das nun für die Bevölkerung? Sind Magiebegabte zurückgekehrt?

Verdammt! Das meinen die doch nicht ernst! Explodierende Metallhandschuhe? Gibt es so etwas überhaupt, oder ist es nur ein Bluff? Egal, beides ist falsch.

Und dann dieser Hödel! Magiebegabte sind Menschen, das ist ein Fakt!

»Fuck«, unterbreche ich mich selbst. Wütend lasse ich die Hälfte meines Frühstücks stehen, leere den Kaffee und renne ins Bad. Dort putze ich mir hastig die Zähne – in der Hoffnung, diese Nachricht damit von meiner Seele zu schrubben.

Ein kurzer Blick auf die Uhr lässt mein Herz rasen. Panik

wallt in mir auf. Eilig rase ich zum Bus, ohne darüber nachzudenken.

Ich hasse Busfahrten. Zu viele Menschen sind da, die Luft ist stickig, und der Busfahrer überfährt förmlich jede Fahrt eine Person.

Stimmen dringen zu mir durch, die lautstark über den Fall des Magiebegabten diskutieren. Ich will es nicht hören, und doch dringen alle Worte zu mir durch. Sie behaupten alle, besser Bescheid zu wissen als andere. Viele sagen, es sei eine gerechte Strafe. Andere widersprechen und finden es unterdrückerisch. Ich verstehe nicht, warum es dazu zwei Meinungen gibt. Warum müssen empathielose Menschen erst selbst Schmerzen erfahren, bevor sie dagegen sind?

Der einzige Moment, in dem ich mich freue, in der Schule zu sein oder dort anzukommen, ist genau jetzt. Ich muss zugeben, die Schule sieht makellos aus – fast wie ein Schloss. Doch innen wirkt sie eher wie ein verlassenes Haus mit verschmierten Wänden, defekten Lichtern, kaputten Schließfächern und quietschendem Boden. Sie erinnert mich an Menschen, die von außen wunderschön und von innen schrecklich sind.

Wenn unsere Augen Seelen statt Körper sehen würden, dann würden wir Schönheit ganz anders verstehen.

Ich denke an Bella, die überraschenderweise nicht aufgetaucht ist. Normalerweise begrüßt sie mich vor der Schule und wirft schon dort mit Schimpfwörtern um sich. Sie ist einer der Gründe dafür, dass ich oft überlege, ob es an mir liegt, dass alles auseinanderfällt.

Ich nähere mich der Eingangstür und erwarte schon einen Rempler von jemandem – aber nichts passiert. Seltsam. Alle ignorieren meine Anwesenheit. Warum? Liegt es an dieser katastrophalen Nachricht? Sind sie deswegen abgelenkt?

Ich eile zur Tür und bleibe kurz am Spind stehen, um meine Schulsachen für den Tag zu holen.

Eine Menschenmenge steht im Gang.

Wild durcheinanderredende Schüler*innen wecken meine Aufmerksamkeit mit Wortfetzen wie: »Ein neuer Schüler?« oder »Wie heiß er ist!«

Ich reime mir einiges zusammen: Ein neuer Schüler?

Ist anzunehmen.

Ich habe keine Lust auf Drama und gehe Richtung

Klassenzimmer, eine Treppe hinauf.

Dort steht Bella – wenig überraschend. Ihr feuerrotes Haar ist, wie so oft, zu einem akkuraten Pferdeschwanz gebunden. Die Locken lösen sich schon aus dem Zopf. Ihre braunen Augen verschwinden fast unter der dicken Schicht Make-up in ihrem Gesicht.

»Ich wusste, dass du hierherkommst und nicht wie die anderen den neuen Schüler anstarrst«, sagt Bella gelassen.

Sie steht an die Wand gelehnt. »Das wäre nicht dein Stil.«

»Was ist so besonders an dem Neuen? Warum stehen alle um ihn herum?«, frage ich, obwohl es mich kaum interessiert.

»Er sieht gut aus, was du wohl kaum verstehst«, antwortet sie mit einem spöttischen Lächeln.

Da steht sie, die ›superliebe‹ Bella. Ihre Worte sind längst nichts Neues mehr, doch sie tun weh wie am ersten Tag.

»Er heißt Kian, und alle wollen ihn kennenlernen«, sagt sie weiter, fast euphorisch.

Kian, der Neue, den alle mögen. Wunderbar, wieder jemand, der mich ärgern wird oder – was mir sogar lieber wäre – mich ignoriert.

»Aha«, erwidere ich nur knapp.

Bella schaut fragend zu mir herüber und stößt sich von der Wand ab. Sie bleibt mit ernster Miene vor mir stehen.

»Was ist?«, frage ich genervt und suche nach einem Weg an ihr vorbei.

»Warum warst du gestern nicht in der Schule?«

Ich spüre den Druck ihrer Hand auf meiner Schulter. Ich erstarre bei dieser Frage nach gestern. *Bloß nicht weinen! Wie peinlich das wäre!*

Ich atme tief durch. »Das geht dich nichts an.«

Meine Stimme zittert dabei merklich.
Jegliche
Bemühungen um Gelassenheit scheitern kläglich.

Ihre Hand greift fester zu und wandert von meiner Schulter zu meinen Haaren. Ich versuche mich zu wehren, aber ein stechender Schmerz schießt über meine Kopfhaut und hält mich zurück.

Dann zieht Bella stärker daran. Ein Schrei entweicht mir, und meine Beine geben nach. »Hoffentlich warst du nicht feige und bist deswegen nicht gekommen. Das wäre ziemlich unhöflich, findest du nicht?«

»Warum sollte ich dann heute kommen, wenn der Grund Angst wäre?«, fauche ich zurück. »Keine Ahnung, erklär du's mir.« *Nein! Das werde ich nicht!*

Ich schüttle den Kopf.

Bella zieht umso fester an meinen Haaren. Ich stöhne auf. Es fühlt sich an, als wollte sie sie alle herausreißen.

Ich beiße die Zähne zusammen, bis die Schulglocke läutet und sie endlich von mir ablässt.

Erleichterung durchströmt meinen Körper bis in den letzten Muskel.

Bella zieht mich an der Jacke zu sich heran. »Da hast du noch mal Glück gehabt«, flüstert sie und lässt mich los.

Der Schmerz auf meiner Kopfhaut lässt langsam nach. Immer mehr Schüler*innen steigen die Treppe hinauf und bringen lautes Gemurmel mit sich. In ihrer Mitte läuft ein Junge mit schneeweißen Haaren und grünen Iriden, den ich nicht kenne.

Und da hat Bella recht: Für so etwas habe ich keine Augen.

Er mag hübsch sein, aber ist das im Großen und Ganzen nicht jeder Mensch? Meist macht das unschöne Innere das Äußere unangenehm.

Was mir auffällt: Der Junge hat zwei Pflaster im Gesicht – eins auf der Wange, eins auf der Stirn –, die seine Wunden nur teilweise verdecken; offenbar sind diese noch frisch.

Das Stimmengewirr reißt mich zurück, und ich stürme ins Klassenzimmer. Es ist nicht ideal, ständig angerempelt zu werden. Das passiert mir nicht zum ersten Mal. Irgendetwas scheint an mir zu haften. Manchmal habe ich das Gefühl, meine Aura befiehlt den Leuten, sich von mir fernzuhalten oder mich zu ärgern. Bin ich selbst der Grund dafür? Ich mag mich selbst nicht – warum sollten andere es dann tun?

Man wird nur gemocht, wenn man perfekt ist.

Im Klassenzimmer gehe ich direkt zu meinem Platz. Der Stuhl links neben mir bleibt schon lange leer. Erstens gibt es nicht genug Schüler*innen für alle Plätze, und zweitens will niemand bei mir sitzen. Selbst Kian – oder wie er heißt – setzt sich lieber auf den freien Platz neben Tristan, was er soeben tut.

Plötzlich nehme ich etwas im Augenwinkel wahr und schaue zur Seite. Vor mir steht kein Abbild meines Vaters, sondern ein ... Mädchen. Da ich sitze, fällt mein Blick zuerst auf eine ungünstige Stelle. Ich laufe rot an.

Ich schaue auf und blicke in ozeanblaue Augen. Das blonde Haar weht im Wind, der durch das offene Fenster hereinströmt. Ihr Lächeln ist das schönste, das ich je gesehen habe. Sie hypnotisiert mich.

Was irre unheimlich ist.

Kurz verliere ich mich darin und vergesse alles um mich herum – bis die sanfte Stimme meinen Verstand wieder in die Realität holt: »Ist hier noch frei?«, fragt sie und zeigt dabei mit einem Finger auf den Stuhl neben mir – ihr Lächeln hält mich weiterhin gefangen.

Ich brauche einen Moment, um zu realisieren, wo ich bin, und nicke dann. Ein seltsames Ziehen in meiner Brust macht sich bemerkbar. Es ist, als hätte jemand Licht in mein Leben gebracht. Ein winziger Funke in der Dunkelheit, den ich nicht ignorieren kann.

Das Mädchen grinst breit und bedankt sich. Sie setzt sich neben mich, und ich versuche, meine Gedanken zu ordnen. Ich will etwas sagen und nicht schweigen. Doch alles, was ich herausbekomme, ist ein zögerndes: »Wie heißt du?«

»Ich bin Louna«, antwortet sie kichernd. Mein Herz stolpert bei ihrem Lächeln. »Ich bin neu seit gestern. Wie heißt du?«

Ihr Name klingt nach in meinem Kopf. Für einen Moment verliere ich mich in ihrem Schmunzeln, das mein Herz erwärmt.

»Wie heißt du?«, fragt Louna erneut und holt mich zurück in die Realität.

»P-Pieta«, stammle ich und zwinge mich zu einem Lächeln, das vermutlich grausam aussieht. In ihrem Gesicht erkenne ich aber keine Anzeichen dafür.

Für kurze Zeit sagt   niemand mehr etwas. Das Klassenzimmer füllt sich langsam mit Schülern, und das Gerede verdrängt die Ruhe.

»Bist du auch neu?«, fragt sie weiter. »Gestern saßt du nicht hier.«

Ich schiebe meine selbstkritischen Gedanken beiseite und nutze die Chance zur Antwort: »Nein, bis gestern war ich krank.« Ich zeige unauffällig auf Kian: »Der dort drüben mit den weißen Haaren ist neu.«

»Ah, okay«, antwortet Louna und wirft einen Blick hinüber. »Ist es Zufall, dass gleich zwei Neue kommen?«

»Ja, vermutlich«, murmle ich und bemühe mich um einen sachlichen Ton.

Louna schaut mich an, als hätte ich etwas im Gesicht oder an meinen Klamotten. Unter ihrem Blick spüre ich einiges, das ich nicht verstehe. Aber was ist es nur? Dieses Kribbeln.

Diese Wärme. Diese ... Sicherheit?

Ich sollte Abstand halten und mich nicht auf jemanden einlassen. Trotzdem fühle ich eine Verbindung zwischen uns. Eine Ruhe, die ich lange nicht mehr zugelassen habe, breitet sich aus. Ich versinke in diesem unaussprechlichen Gefühl, bis das Summen und die Blicke der anderen mich zurückholen.

Frau Zahn stürmt ins Klassenzimmer, und die zweite Schulglocke klingelt.

»Guten Morgen«, beginnt sie, während das Gemurmel nachlässt. »Wie ihr sicher bemerkt habt, haben wir zwei neue Gesichter in unserer Klasse.« Sie räuspert sich, dann fährt sie fort: »Louna war gestern schon da, hat sich aber noch nicht vorgestellt.« Dann wendet sie sich in unsere Richtung: »Kian, Louna – möchtet ihr beide vorkommen und euch der Klasse vorstellen?«

Ich erkenne an Lounas Gesichtsausdruck, dass sie alles andere lieber tun würde. Ihre Augen flackern, und sie zieht die Hände vom Tisch zurück. Sie zupft an ihrem rosa Pullover, und ihr Fuß wippt auf und ab. Ich höre ihren rasenden Herzschlag.

Trotzdem erhebt sie sich, genau wie Kian.

Er spricht zuerst mit gelassener und gleichmäßiger Stimme: »Ich bin Kian und siebzehn Jahre alt. Ich habe mich entschieden, die zwölfte Klasse hier zu beenden, statt an meiner alten Schule zu bleiben.«

Warum? Weshalb ist er nicht geblieben? Diese Fragen schießen mir durch den Kopf.

Doch ich kann nicht weiter darüber nachdenken. Jetzt spricht Louna. Ihre Stimme fesselt mich sofort; es klingt fast wie ein Lied, das mein Lieblingslied werden könnte.

Sie spricht weich und etwas zögerlich: »I-ich bin Louna, ebenfalls siebzehn«, sagt sie mit geröteten Wangen. »Meine Familie muss oft umziehen, a-aber ich denke, bis zum Abschluss bleibe ich hier.« Sie senkt ihren Blick, und ihre Lippen zittern.

Ich versuche, ihren Blick aufzufangen und ihr ein Lächeln zu schenken ... Aber warum eigentlich?

Was will ich ihr zeigen?

Was stimmt nicht mit mir?

Warum ist es so wichtig für mich?

Das Bedürfnis, sie zu trösten, ist überwältigend.

Ich schüttle den Kopf und schaue weg; mein Herz tobt.

Louna geht an mir vorbei und setzt sich. Ich nehme einen Duft in der Luft wahr, der an Lavendel erinnert.

Ihre Augen wirken glasig.

»Hey«, flüstere ich.

Sie bewegt sich nicht, reagiert nicht auf meine Worte.

Frau Zahns Stimme übertönt meine. Ich reiße ein Stück

Papier aus dem Block vor mir heraus und schreibe darauf, was ich ihr sagen wollte. Frau Zahn ignoriere ich völlig. Hey, alles okay?

Eine gefühlte Ewigkeit starre ich auf diesen Zettel, hinund hergerissen. Soll ich ihn zerreißen und wegwerfen? Ist es unklug, ihr das unnütze Stück Papier zu geben? Aber was, wenn sie jemanden braucht?

Dann bist es sicher nicht du!

Soll ich es nicht mal versuchen?

Nein, du willst keine Bindung zu irgendwem aufbauen!

Das ist egoistisch!

Engel und Teufel streiten in meinem Kopf und drohen, mich zu zerbrechen. Zum Glück bemerkt Louna den Zettel und nickt mir zu. Bevor ich weiter nachdenke, gebe ich ihn ihr hastig.

Während sie liest, rast mein Herz; mein Atem kommt stoßweise. Nervös wippe ich mit dem Bein auf und ab – wie immer in solchen Momenten. Ein Schmunzeln umspielt ihre Lippen – sind das Tränen? Schnell wischt sie mit ihrem Ärmel über die Augen und schreibt etwas unter meine Schrift zurück.

Ja, bin nur kein Fan davon, mich vor vielen Menschen vorzustellen.

Erleichtert atme ich aus, froh darüber, dass sie mich nicht ignoriert hat.

Ich rechnete mit vielem, aber damit nicht: Sie wirkt so selbstbewusst.

Es ist seltsam und zugleich beängstigend, wie unsichtbar

die Geschichten eines Menschen bleiben: Wir begegnen jemandem, glauben, ihn zu verstehen, seine Züge zu lesen – und doch bleibt verborgen, welches Licht oder welche Dunkelheit sein Inneres geprägt hat.

Bevor ich mich in meinen Gedanken verliere, schreibe ich überstürzt eine Antwort.

Verstehe. Ich mag das auch nicht.

Als ich den Zettel zurückgebe, lächelt Louna wieder. Ich ertappe mich dabei, wie ich sie etwas zu lange anstarre. Alles um uns herum verschwimmt; es scheint, als blieben nur wir beide übrig.

Durch die Träumerei verpasse ich es, dass Frau Zahn meinen Namen aufruft. Mit einer sanften Stimme in meinen Ohren kehre ich ins Hier und Jetzt zurück. »Pieta?«, flüstert Louna.

Ich schrecke zusammen und blicke zu ihr hinüber. Sie deutet nach vorn.

Mein Blick trifft auf Frau Zahns tadelnde Augen, die bemerken, dass ich nichts mitbekommen habe. »Ich frage es ein drittes und letztes Mal, Pieta: Weißt du, warum man sich beim Ziegenproblem umentscheiden sollte?«

Diese Frage wirft mich völlig aus der Bahn. Hitze steigt mir in die Wangen, und die Blicke der anderen brennen auf mir. Frau Zahn erkennt meine Unwissenheit sofort – was keine eindrucksvolle Leistung ist.

»Wie ich sehe, hast du die ganze Stunde nicht aufgepasst. Stimmt das?« Sie schaut mich an und hebt ihr Kinn. Ihre Augen werfen mir Vorwürfe an den Kopf.

Ich nicke sachte.

»Wenn ich dich etwas frage, dann redest du mit mir«, faucht sie.

Mein Herz rast vor Angst, Scham und Wut – diesmal nicht wegen Louna. Ich fürchte, was andere über mich denken könnten. Ich schäme mich, weil ich mir wieder bewiesen habe, wie inkompetent ich bin. Und die Wut richtet sich gegen mich selbst:

Warum versaue ich alles?

Warum erfülle ich nie die Erwartungen aller?

Weshalb bin ich nie perfekt?

»Ich bitte um Entschuldigung, Frau Zahn«, hauche ich und kreuze meine Finger hinter dem Rücken. »Ich war in Gedanken versunken. Es wird nicht wieder vorkommen.«

Sie verschränkt ihre Arme vor der Brust und bemerkt scharf: »Das passiert dir in letzter Zeit oft.«

Die anderen kichern; es schnürt mir die Kehle zu und drängt mich weiter in einen Hohlraum der Einsamkeit.

»Du hast letzte Woche dasselbe gesagt«, fährt sie fort. »Pieta, irgendwann lasse ich das nicht mehr durchgehen.«

Mein Herz rast. Wut und Scham steigen in mir auf. Ihre Worte verschwimmen im Wirbel aus Frustration und Selbstvorwürfen.

Beruhige dich! Die Wut ist verwerflich!

»Es tut mir leid«, murmele ich mit gesenktem Blick.

Frau Zahn nickt bitter. »Bleib nach der Stunde kurz hier.« Ihre Augen werden kälter. »Wenn es länger als fünf Minuten dauert, begleite ich dich zum nächsten Unterricht.« Ich nicke stumm, unfähig, etwas zu erwidern.

»Fahren wir fort«, sagt sie dann, und diesmal versuche ich, aufmerksam zuzuhören. Es fällt mir ungemein schwer. In meinem Kopf schwirren unzählige Gedanken. »Wer kennt die Antwort?«

Bella meldet sich. Natürlich tut sie das.

»Bitte, Bella«, fordert Frau Zahn sie auf.

»Ich denke, man sollte sich beim sogenannten Ziegenproblem bei der zweiten Frage des Moderators umentscheiden, weil die Chance dann höher ist, die Tür mit dem Auto zu wählen, anstatt eine mit einer Ziege«, erklärt Bella.

Frau Zahn nickt zufrieden. »Dann erklär uns doch, warum die Chance höher ist.«

Bella dreht sich kurz um, schenkt mir ein gehässiges Grinsen, bevor sie beginnt: »Am Anfang stehen drei Türen zur Auswahl. Hinter zwei Türen ist eine Ziege, und hinter einer ist das Auto, das wir gewinnen wollen. Wenn wir zu Beginn eine Tür wählen, stehen die Chancen zwei zu drei, dass wir eine Ziege erwischen – oder anders gesagt, nur eine von drei Türen führt zum Auto.«

Sie macht eine kurze Pause. »Dann öffnet der Moderator eine der beiden anderen Türen, hinter der garantiert eine Ziege steht. Jetzt haben wir die Möglichkeit, bei unserer ersten Wahl zu bleiben oder die Tür zu wechseln. Viele denken ab hier, es sei eine Fünfzig-fünfzig-Chance, weil nur noch zwei Türen übrig sind. Aber das ist ein Denkfehler.«

Kurz schweigt Bella, dann fährt sie fort: »Am Anfang war die Wahrscheinlichkeit, dass wir auf eine Ziege getippt haben, bei zwei Dritteln. Diese Wahrscheinlichkeit bleibt bestehen. Das bedeutet: Es ist wahrscheinlicher, dass die Tür, die wir zuerst gewählt haben, eine Ziege verbirgt. Wenn wir jetzt die Tür wechseln, tippen wir automatisch auf die Tür, bei der die ursprüngliche Wahrscheinlichkeit für das Auto bei einem Drittel lag – und die durch das Öffnen der Ziegen-Tür jetzt auf zwei Drittel steigt. Deshalb ist es klüger, die Tür zu wechseln. Die Wahrscheinlichkeit, das Auto zu gewinnen, ist dann höher. Und –«

Das Klingeln der Schulglocke unterbricht Bella, und ich bin enorm erleichtert darüber, weil mir der Kopf qualmt.

»Vielen Dank, Bella, da setzen wir nächste Stunde an«, sagt Frau Zahn und klatscht in die Hände.

Alle packen ihre Sachen und gehen schon einen Raum weiter, während ich nervös auf das Gespräch mit Frau Zahn warte.

Louna ist die Einzige, die kurz bleibt. »Soll ich warten?«, flüstert sie.

»Danke, aber … nein. Geh zur nächsten Stunde. Ich pack das schon«, sage ich hektisch, ein bescheidenes Lächeln auf den Lippen.

Sie nickt. »Okay, dann bis gleich, würde ich sagen.« Sie schleicht langsam aus dem Raum. Sie dreht sich noch einmal um, als wolle sie sicherstellen, dass es mir gut geht.

Aber ich kann mir nicht erlauben, mich auf jemanden einzulassen oder gar Hilfe anzunehmen. Ich brauche keine, besser, ich bleibe allein.

»Komm näher zu mir, Pieta«, ruft mich Frau Zahn zu sich, als Louna zuletzt den Raum verlässt.

Ich stehe auf und husche nach vorne zu ihrem Tisch neben der Tafel.

Mein Atem stolpert.

Mein Herz kommt aus dem Takt.

Ich versuche, nicht direkt in ihre Augen zu sehen, dennoch spüre ich ihren Blick auf mir brennen.

Genau da beginnt sie, zu sprechen. »Pieta.« Ihre Stimme klingt kontrolliert und klar. »Ich weiß, dass du wegen deines Schicksalsschlags eine schwere Zeit hinter dir hast.« Sie macht eine kurze Pause. »Aber irgendwann musst du in deinen Alltag zurückfinden. Der Tod deines Vaters rechtfertigt nicht, sich gehen zu lassen. Es kann so nicht weitergehen. Du machst dieses Jahr deinen Abschluss, und daran hängt viel! Willst du deine Zukunft durch Unaufmerksamkeit gefährden?«

Ich schrecke hoch und schaue automatisch in ihre düsteren, freudlosen Augen. Ihre Worte brennen sich in meinen Kopf, als hätte jemand ein Feuer entfacht. Langsam steigt eine ungewohnte Wut in mir auf, brodelt wie Lava im Vulkaninneren. Diese Art von Wut habe ich lange nicht mehr gespürt – Wut auf andere Menschen.

Die Lava läuft endgültig über, und das Gefühl trifft mich so abrupt, dass ich die Worte nicht zurückhalten kann: »Ist das Ihr Ernst? Ich habe meinen Dad verloren und Sie tun so, als würde ich absichtlich trauern! Glauben Sie wirklich, ich passe mit Absicht nicht auf? Glauben Sie wirklich, ich träume jede Nacht absichtlich von seinem Tod?«

Außer Atem lasse ich ihr keine Gelegenheit zum Antworten. »Das ist lächerlich! Ich war immer leise und unauffällig, immer perfekt gewesen! Sie haben keine Ahnung davon, wie es ist, jeden Tag mit diesem Schmerz aufzuwachen und trotzdem weitermachen zu müssen –« Ein Knall unterbricht mich. Ich schrecke zusammen.

Frau Zahn schlägt mit der Hand auf den Tisch. Der Knall hallt lange nach.

Erschrocken halte ich mir die Hände vor den Mund. Was habe ich bloß gesagt? Nein, nein, nein. Ich habe die Kontrolle verloren. Das darf nicht sein.

»Es reicht!«, donnert Frau Zahn. Ihr Blick gefriert die Umgebung. »Ich lasse mir nichts unterstellen, klar? Du bist hier, weil es um deine Zukunft geht.«

»Meine Zukunft?« Die Worte sprudeln aus mir heraus, bevor ich sie zurückhalten kann. »Mein Dad ist tot und Sie reden von Zukunft?« Die Wut übermannt mich, und meine Selbstbeherrschung bröckelt.

»Du musst nach vorne sehen, um erfolgreich zu sein«, sagt sie kühl. Ihre Stimme dröhnt.

Mein Kopf explodiert gleich.

»Dein Vater ist Vergangenheit!«

Die Worte treffen mich wie ein Schlag ins Gesicht. Ich taumle zwei Schritte zurück und spüre die ersten Tränen über meine Wangen laufen. Mir bleibt die Luft weg. Ihr Satz hallt in meinem Verstand wider: *Dein Vater ist*

Vergangenheit – er brennt sich ein.

Etwas in mir zerreißt; mein Herz wird zerquetscht. Meine Lunge glüht vor Schmerz. Langsam schmecke ich Salz auf meiner Zunge. Ich schnappe nach Luft – brauche mehr.

Sie sitzt vor mir regungslos da und schaut mich an, als hätte sie gewonnen – dabei war es nie ein Kampf.

Nach kurzer Zeit spricht sie weiter. »Schule sollte der wichtigste Teil in deinem Leben sein und nicht –«

Ich lasse sie nicht ausreden, stürme aus dem Klassenzimmer und renne zur Toilette. Im Augenwinkel sehe ich etwas – wahrscheinlich Dad –, doch ich ignoriere es.

Zum Glück hat der Unterricht schon begonnen. Die Glocke läutet, als ich die Tür hinter mir schließe.

Niemand ist hier, sodass ich endlich allein sein kann. Ich lehne mich an die hintere Wand und rutsche daran herunter, umarme meine Knie und lege meinen Kopf darauf.

Ich habe die Kontrolle verloren. Das darf nie wieder geschehen. *Nie wieder.* Es zerstört mein Image als perfekte Schülerin. Aber wie soll ich nicht verzweifeln? Wie soll ich in diese Welt passen, wenn sie nicht für mich gemacht ist? Zu Hause konfrontiert mich Dads Tod ständig. Ich versuche, nichts falsch zu machen und Mom sowie Rune nicht zu verletzen, scheitere immer wieder.

In der Schule war ich bis vor einem Jahr perfekt: Jede Arbeit mit voller Punktzahl bestanden, immer aufmerksam gewesen und auf jede Frage eine Antwort gehabt. Und jetzt? Jetzt versage ich erneut wegen meiner mangelnden Selbstkontrolle. Dann begegne ich einem Menschen wie Louna. Sie zeigt sich höflich zu mir. Ich habe gehofft, dass mich endlich jemand so akzeptiert, wie ich bin. Wie konnte ich nur so naiv sein? Sie kennt nicht die Dinge, die mich ausmachen: den Tod meines Vaters, meine Melancholie und Emotionalität. Auch meine Dusseligkeit und andere negative Eigenschaften sind ihr unbekannt. Wenn Louna diese erbärmlichen Seiten erkennt, wird sie mich wie alle anderen behandeln. So war es immer.

Das zeigt mir, dass ich nur allein zurechtkomme. Ich gehöre zu niemandem. Ist das die Antwort? Muss mein Leben so verlaufen? Ohne Sinn? Verdammt.

Die Tür quietscht. Ich gerate in Panik und versuche, in einer Kabine zu verschwinden.

Aber es ist zu spät.

EINSAMKEIT FÜHLT SICH SICHERER AN, BIS SIE JEMAND HINTERFRAGT

»Pieta?«, ruft die Person, die die Tür zur Toilette aufgestoßen hat. Die Stimme klingt vertraut und doch unerwartet.

Es ist Louna.

Mein Körper entspannt sich, und das Zittern lässt nach. Ich spüre eine seltsame Vertrautheit. Schon greife ich nach dem Riegel, um die Tür zu öffnen, doch ich zögere und halte inne.

Ich kenne Louna nicht, und sie kennt mich nicht. Mein Herz sagt, ich könne ihr alles anvertrauen. Ist das ein Trick? Niemandem vertraue ich mehr meine Gefühle an. Ich habe mir geschworen, nie wieder jemandem so nah zu sein.

Ich will nie wieder dieses erdrückende Ohnmachtsgefühl

erleben: Diese allumfassende Hoffnungslosigkeit und das quälende Gefühl der Selbstzerstörung durch eigene Emotionen – all das ein einziges Mal zu spüren, wenn man einen geliebten Menschen verliert, reicht für ein ganzes Leben aus.

Vielleicht bin ich allein oder sogar einsam, aber der Schmerz dieser Einsamkeit ist wie ein alter Bekannter: bekannt, berechenbar und kontrollierbar. Er *lastet* nur auf mir allein; der Verlustschmerz *erdrückt* mich dagegen täglich immer mehr.

Wann werde ich endlich besiegt? Wann kann ich für einen kurzen Moment – selbst wenn es nur eine Sekunde wäre – vergessen und den Schmerz herunterschlucken? Niemals, nicht einmal im Schlaf gelingt es mir. Denn es fühlt sich an, als hätte ich das Glück nicht verdient. Manche Menschen sind eben weder für diese Welt noch für Glück geschaffen.

»Pieta, ich habe dich hier reingehen sehen«, sagt Louna sanft und holt mich aus meinen Gedanken. »Was ist passiert? Möchtest du reden?«

Ich kämpfe gegen den Drang an, ihr zu antworten. Die Stille hinterlässt ein Gefühl der Enge in mir und nimmt mir die Luft zum Atmen.

Ich brauche Luft!

»Nein.« Meine Stimme klingt unentschlossen, nicht so fest wie gewollt.

Ich merke, wie Louna nach Worten sucht. Sie murmelt vor sich hin. Ihre Stimme zittert und wirkt verunsichert.

»Okay. Das ist völlig in Ordnung. Es ist nur ... Vielleicht würde es dir helfen.«

Ihre Stimme klingt zart und hoffnungsvoll. Sie weckt in mir das Bedürfnis, Louna hineinzulassen. Doch ich schiebe es beiseite. Reden würde uns näherbringen, und Nähe birgt Gefahr.

Nähe führt zu Verletzlichkeit – etwas, das ich mir abgewöhnt habe.

Trotzdem wünscht sich ein Teil von mir, mit Louna zu sprechen, als wäre sie eine Vertraute. Ich werde das Gefühl nicht los, dass ich ihr alles sagen könnte, ohne Risiken einzugehen. Warum fühle ich mich so sicher in ihrer Nähe?

Dummkopf! Du wirst es versauen! Du weißt doch, was das bringt ...

Mein Körper zittert erneut, es wird immer stärker.

»Du musst mir nichts erzählen«, sagt Louna, als spüre sie meine Unsicherheit. »Vielleicht reicht es, wenn ich mich einfach setze und bei dir bin.«

Ihre Worte lassen Wärme in meiner Brust aufsteigen. Ein »Ja« liegt mir auf der Zunge, doch ich kann es nicht aussprechen. »Bitte geh«, sage ich mit zitternder Stimme und einem Hauch Gereiztheit. »Ich fühle mich wohler, wenn ich allein bin.«

»Ist das so?«, fragt sie. »Warum?«

Ich habe nicht vor zu antworten, schließe die Augen, um mich zu beruhigen. Meine innere Stimme fragt mich dennoch: *Bist du wirklich so naiv zu glauben, dass sie sich für deine Gefühle interessiert? Es ist aussichtslos. Niemand sorgt sich um dein Wohlbefinden.*

»Ich habe mich vorhin schon gefragt«, fährt Louna fort und scheint an der Wand nach unten zu rutschen, »warum der einzige freie Platz der neben dir ist.«

Sie findet keine Antwort darauf, und ihre Worte klingen sarkastisch. Mir wird immer klarer: Sie ergötzt sich an meiner Unsicherheit.

Ein genervtes Schnaufen entweicht mir. »Willst du dich über mich lustig machen? Dafür musst du hier nicht warten«, sage ich gereizt. »Diese Chance bekommst du jeden Tag wieder.«

Louna zögert kurz, dann antwortet sie: »Ich wollte dich aufheitern. Offenbar hat es nicht funktioniert.«

Ich schüttle energisch den Kopf. »Schlechter geht's nicht.« »Dann hilf mir«, fordert sie.

Diese Aussage überrascht mich, und ich brauche einen Moment zum Antworten. »Ich soll dir helfen, mich aufzumuntern?« Da Louna nicht widerspricht, rede ich weiter. »So etwas Absurdes habe ich noch nie gehört.«

»Ich möchte nur wissen, warum du sofort annimmst, dass ich mich über dich lustig mache«, sagt sie mit einer

Leichtigkeit, die mich irritiert.

»Du kennst mich gar nicht. Wenn du das tätest, würdest du wissen warum.«

»Hier kommst du ins Spiel«, meint sie bedächtig und geduldig. »Erklär mir doch mal, warum du dich so niedermachst.«

Ihre Worte überfordern mich; es ist zu viel für eine kurze

Erklärung. Also sage ich das Erste, was mir einfällt: »Weil ich immer eine Einzelgängerin war und das andere abschreckt.«

»Bist du wirklich eine Einzelgängerin?«

Verwirrt und abwehrend frage ich: »Was soll das hier? Warum willst du so viel über mich wissen? Ich wollte allein sein und habe dir gesagt, dass du nicht auf mich warten sollst.«

»Gut, dass ich keine Erlaubnis von dir brauche, um hier zu sein. Ich entscheide selbst.« Sie spricht ehrlich und nicht arrogant. »Ich habe gehört, was Frau Zahn gesagt hat. Es ist abstoßend, jemanden in so einer Situation allein zu lassen.«

»Moment.« Ich schnappe nach Luft und starre zur Tür, als könnte ich hindurchsehen. »Du hast uns belauscht?«

»Das ist unwichtig und —«

»Es ist das Einzige, das momentan wichtig ist!«, unterbreche ich sie. »Warum hast du gewartet? Warum bist du hier?« Meine Stimme klingt schärfer als beabsichtigt.

Louna atmet laut aus. »Ist es in eurer Stadt unüblich, sich zu sorgen?«

»Es ist selten, dass eine Fremde sich so um jemanden wie mich kümmert.«

Entgegen meiner Erwartung sagt sie lange nichts. Schließlich seufzt sie: »Ich kenne deinen Namen. So unbekannt bist du nicht.«

Ich lache automatisch auf: »Du weißt nichts außer meinem Namen. Das macht Fremdsein aus.«

»Mh.« Louna scheint nachzudenken – oder will sie nicht

laut loslachen? »Interessant, wie schnell du mich abgelenkt hast.«

»Abgelenkt?« Ich kann es kaum fassen.

»Nicht wegen deines Aussehens, ich sehe dich ja nicht ... leider.« Ich bin zu empört, um zu antworten, also rudert sie zurück. »Das Thema. Wir sind vom Thema abgekommen.«

»Finde ich nicht«, entgegne ich schnell. »Ich bleibe. Du gehst. Fertig.«

»Wenn ich meine Antwort bekomme, gehe ich. Warum machst du dich so nieder?«

Oh, wie sehr hasse ich diesen Schlagabtausch! Warum habe ich ihr überhaupt geantwortet?

»Ich warte.«

Mein Geduldsfaden reißt: »Du verstehst es einfach nicht!«

»Wie auch, wenn du es mir nicht erzählst?«

»Du nervst wirklich«, sage ich entrüstet und stehe auf.

»Ich weiß, ist mein Talent. Manche nennen es Charme.« Ihr schelmisches Grinsen ist fast durch die Tür zu sehen. »Wenn du nicht gehst, dann gehe ich eben«, seufze ich ergeben. »Ich gehe zurück in den Unterricht.«

Ich schließe die Tür auf und stolpere fast über Louna. Ich dachte, sie wäre weiter weg gewesen; dabei sitzt sie die ganze Zeit an die Tür gelehnt. Als sich unsere Augen treffen, schießt Wärme in mein Gesicht, und ein wohliges Gefühl breitet sich in meinem Bauch aus. Himmel, ihre Augen sind so fesselnd, und ihre Haare strahlen wie die Sonne.

»Entschuldige«, flüstere ich und verlasse eilig die Toilette. Ihre Schritte hinter mir lassen ein erzürntes Gefühl in mir aufsteigen.

Dann betrete ich den Klassenraum, entschuldige uns beide und setze mich hin.

Du hast sie zu nah an dich gelassen.

Ich weiß, antworte ich. Ich weiß.

Für Einsame ist der Regen eine zarte Berührung

In den kommenden Stunden fällt es mir schwer, mich zu konzentrieren. Wie immer halte ich mich im Hintergrund. Dennoch wandert mein Blick gelegentlich zu Louna. Sie sitzt in jeder Unterrichtsstunde neben mir. Ich sollte mich umsetzen und Abstand halten, aber ich kann nicht. Es gelingt mir nicht.

Mach dich nicht lächerlich, flüstert die Stimme in meinem Kopf.

Doch es ist wahr. Ich schaffe es nicht.

Die Stunden vergehen, und ich werde kein einziges Mal aufgerufen. Ist das Zufall? Oder liegt es an dem Gespräch mit Frau Zahn? Wahrscheinlich Letzteres.

Kurz vor der Pause bemerke ich, dass Louna mir einen Zettel zuschiebt.

Tut mir leid wegen vorhin. In der

Pause   reden?

Mein Herz rast bei diesen Worten auf dem Papier, die ein Lächeln hervorrufen. Es fühlt sich sowohl falsch als auch richtig an – ein vertrautes Gefühl wie damals mit Dad: Verbundenheit und Wärme zugleich. Doch seit jenem Tag sind nur Kälte und Trauer geblieben. Ich habe geschworen, nie wieder diese trügerische Sicherheit zuzulassen, nur um sie erneut zu verlieren – diesen Schmerz ertrage ich kein zweites Mal.

Deshalb lege ich den Zettel entschlossen in meine Mappe, klappe sie zu und vermeide jeden weiteren Blickkontakt mit Louna. Es bricht mir das Herz, aber so ist es besser für uns beide.

Ein Schlag der Erkenntnis trifft mich. Ein Gedanke setzt sich in meinem Kopf fest und raubt mir den Atem. Er vergrößert meine Hoffnungslosigkeit. Was, wenn alles, was ich in Lounas Nähe spüre, nur ein Trugbild meiner Sehnsucht ist? Tränen brennen in meinen Augen. Ich kämpfe dagegen an, um nicht zu weinen. Wie verberge ich jetzt nur meine glasigen Augen?

Ein kurzer Blick auf die Uhr zeigt noch fünf Minuten bis zur Pause an. Ich stütze meinen Kopf auf die Hände und lege die kleinen Finger unter meine Augen. So halte ich die Tränen zurück. Für fünf Minuten wird das reichen.

Du bist so ein schlechter Mensch, flüstert meine eigene Stimme mir zu. *Louna will doch nur helfen! Du musst dich entschuldigen! Was soll sie denn von dir halten?*

Ich kralle meine Finger in mein Haar und fluche

innerlich: Verdammt! Können meine Gedanken nicht ein einziges Mal Ruhe geben? Ich werde Louna darauf ansprechen – aber nicht jetzt.

Ich versuche, mich abzulenken, und konzentriere mich auf den Unterricht. Doch immer wieder kehren meine Gedanken zu Louna zurück. Warum nur? Was hält mich bei ihr fest? Ich kenne sie erst seit ein paar Stunden, und dennoch verschwindet sie nicht aus meinem Verstand.

Weil du jemanden brauchst, der deinen Dad ersetzt, murmelt die Stimme.

Das kann niemand, entgegne ich mir selbst.

Sicher?

Ja!

Mein Blick fällt auf meinen Tisch. Wie konnte ich übersehen, dass darauf völliges Chaos herrscht? Schnell räume ich die losen Zettel in die Mappe und lege alles geordnet an die rechte Ecke des Tischs.

So ist es besser.

Die Klingel reißt mich aus meinen Gedanken. Alle packen hastig zusammen, um keine Sekunde der Pause zu verlieren. Louna und ich lassen uns Zeit. Dabei streift ihre Schulter meine. Wärme explodiert in mir, ein Kribbeln breitet sich aus. So wohltuend. Unsere Blicke treffen sich, etwas hält mich fest. Ich schüttle den Kopf und wende mich ab.

In diesem Moment fällt ein Schatten vor meine Füße. Ich bin froh über die Ablenkung – bis ich sehe, wer vor mir steht:

Bella.

»Na, Pieta. Hattest du ein nettes Gespräch mit Frau Zahn?«, spottet sie, was Louna innehalten lässt.

Ich werfe ihr einen flehenden Blick zu, damit sie sich nicht einmischt. Doch Bella redet schon weiter: »Hast du etwa eine

Freundin gefunden, hm?«

»Sie ist nicht –«

»Glaub mir, sie wird schnell verschwinden, wenn du dein wahres Ich zeigst. Wie alle anderen hier«, unterbricht mich Bella und breitet ihre Arme aus, als wolle sie etwas demonstrieren. »Nichts an dir erklärt ihr Interesse, klar?«

»Sie hat kein –«

»Tu nicht so. Ich sehe doch, wie sie dich anstarrt. Aber glaub mir, nichts an dir macht dich besonders.«

Ich erstarre. Die Worte sind nichts Neues, nur fühlt es sich dieses Mal anders an. Bella hat recht – da ist nichts an mir, das mich positiv ausmacht. Louna hat sicher kein echtes Interesse und will mir nicht helfen.

Womöglich steckt da etwas anderes dahinter.

Es ist mir egal. Ich werde niemanden finden, der das Loch in meinem Herzen füllt. Ich werde nie wieder heilen können; Liebe kann nicht heilen, was sie zerstört hat.

»Es reicht!«, höre ich Lounas Stimme. »Lass sie in Ruhe! Du hast kein Recht, so etwas zu sagen«, ruft sie wütend. Sie lehnt sich vor und schaut Bella fest in die Augen. »Oder redest du immer drauflos, ohne zu wissen, wovon du sprichst? Ziemlich erbärmlich, findest du nicht?«

Bella lacht auf. »Hast du sie verhext, Pieta? Die redet denselben Unsinn wie du.« Sie hält sich den Bauch vor Lachen.

»Du bist diejenige, die Unsinn —«

»Hör auf«, unterbreche ich Louna. »Es hat keinen Sinn.«

Ich drehe mich zur Tür um, aber Louna spricht weiter. »Nein. Ich lasse nicht zu, dass sie ihre Zweifel und ihren Selbsthass an anderen auslässt!«

Ihre Wut erfüllt den ganzen Raum, und in mir regt sich Angst. Doch ich schlucke sie herunter und gehe hinaus. Ich bin zu schwach, um etwas gegen Bella zu sagen — weil sie die Wahrheit sagt. Ich bin ein Niemand; das muss ich akzeptieren und bleiben, um zu überleben.

Ich hasse dieses Gefühl der Hilflosigkeit und will von niemandem beschützt werden.

»Pieta?«, ruft Louna hinter mir her, doch ich beachte sie nicht weiter und laufe auf den Schulhof hinaus.

Im Hintergrund höre ich Bellas spöttisches Gelächter, verstehe ihre Worte aber nicht mehr.

Es geschieht immer wieder: Andere zeigen ihre Stärke, und ich offenbare meine Schwäche. Dad lebte noch, da starb seine Mutter — meine Oma — bei einem Autounfall. Ich habe ihn nie weinen sehen. Er war stark und akzeptierte das Schicksal seiner Mutter. Er sah den Tod als etwas, das passieren muss und zum Leben gehört. Wie Rune. Ich hingegen habe geweint wie ein Kind. Für mich ist der Tod kein Teil des Lebens — er ist dessen Ende.

Dad ist tot, und wer weint bis heute? Ich allein. Seit

Jahren schikaniert mich Bella, und ich kann mich nicht wehren. Ich bin ein hoffnungsloser Fall, denn jeder, der mir hilft, wird verletzt und verletzt auch mich dabei. Also muss ich mit meinen Problemen allein fertigwerden.

In diesen Gedanken gefangen, bemerke ich nicht einmal mehr, wie ich mich automatisch auf einer abgelegenen Bank auf dem Schulhof niederlasse. Tränen laufen über meine Wangen. Dieses Gefühl hasse ich zutiefst. Davon habe ich genug!

Ich kralle meine Fingerspitzen in das Holz der Bank, bis ich nur noch den Schmerz fühle. Das ist es, was Menschen wie ich verdienen, oder? Menschen, die nicht in diese Welt passen und mit ihr nicht zurechtkommen. Schlechte Menschen wie ich.

Hör auf! Hast du vergessen, dass du perfekt sein willst?
Du versaust alles.
Entschuldige dich bei Louna.

Ich schaue zum Himmel. Dunkle Wolken verdecken die Sonne. Bald wird es regnen.

Ein Schmunzeln breitet sich auf meinem Gesicht aus. Wie schön wären jetzt Regentropfen auf meiner Haut? Dann könnte ich weinen und behaupten, es sei nur der Regen.

»Pieta?« Eine vertraute Stimme reißt mich aus meinen Gedanken. Überrascht blicke ich auf: Louna steht vor mir. Ihr Gesicht zeigt Mitgefühl, Sorge, und der Kloß in meinem Hals wächst.

»Louna …«

»Es tut mir leid«, raunt sie und sieht mich ernst an. »Es

tut mir leid, dass ich mich eingemischt habe.«

Ich presse meine Lippen zusammen. »Darum geht es nicht«, beginne ich. »Es ist … Ich bin unsicher und …« Ich schüttle den Kopf. »Es tut mir leid. Ich war nicht nett zu dir und fühle mich schlecht deswegen. Ich bitte dich, meine Entschuldigung anzunehmen und mich in Zukunft in Ruhe zu lassen, weil …«

Ich zögere kurz.

Sag es, es ist richtig!

»Weil ich allein sein muss. Also geh.«

Damit stehe ich auf und gehe zur anderen Ecke des Hofs.

»Wieso?«

»Lass mich bitte allein«, sage ich, ohne mich umzudrehen.

War das vorhin die Wahrheit? Muss ich allein sein?

Ja, flüstert die Stimme. *Wie sonst willst du niemanden verlieren? Du kannst niemanden verlieren, wenn du niemanden hast.*

Ich weiß, dass es besser ist, wenn ich allein bin. Ob ich es will oder nicht.

Der erste Regentropfen trifft meine Wange und vermischt sich mit meinen Tränen, bis alles ineinander übergeht. Der Regen wird stärker, rennen alle ins Schulgebäude zurück, und eine Durchsage verkündet den Fortgang der Pause drinnen.

Mich bemerkt so oder so keiner mehr hier draußen.

Das Wasser durchdringt meine Kleidung vollständig und durchnässt mich. Die Kälte legt sich wie ein Teil von mir auf meine Haut. In Gedanken sehe ich Dads Augen und seine Gestalt – doch ich bin hier draußen allein, wie es sein soll.

Der Regen prasselt weiter. Kalte Tropfen ziehen über mein Gesicht. Es fühlt sich an, als wolle der Himmel meine Gedanken klären, doch die innere Schwere bleibt bestehen. Ich schließe die Augen und spüre eine wispernde Stimme in mir. Sie fragt mich, ob es wirklich so sein muss – ob ich tatsächlich allein sein muss, um sicher zu bleiben.

In diesem Moment scheint die Kälte des Regens meine Antwort zu sein. Es ist besser, in der Stille zu verharren und niemanden heranzulassen. So riskiere ich keine neuen Wunden. Die Dunkelheit der Wolken wirkt vertraut, fast wie ein Teil von mir.

Ich atme tief durch und spüre die Kälte in meinen Lungen. In mir breitet sich eine Leere aus – eine Leere, die besser ist als jeder falsche Trost.

Schnell glätte ich die Falten auf meinem Pullover, aber sie sind hartnäckig und lassen sich nicht flachstreichen. Meine Haare bleiben zerzaust trotz aller Bemühungen.

Du wirst ihren Erwartungen entsprechen, wenn du allein bleibst, wispert meine innere Stimme. *Es ist besser so.*

Die letzten Stunden ziehen sich endlos hin. Alles, was ich mir wünsche, ist, in meinem Bett zu liegen und niemand sein zu müssen.

Doch die Zeit scheint immer dann langsam zu vergehen, wenn man es am wenigsten will. Angenehme Momente fliegen vorbei. Unangenehme ziehen sich ewig hin. Aber auch dieser Schultag geht zu Ende. Die Glocke läutet endlich. Ich stürme aus dem Klassenzimmer und eile die Treppen hinunter zum Ausgang.

Außenstehende könnten denken, ich fliehe vor einem Verfolger.

Draußen packt jemand meine Hand und bringt mich abrupt zum Stehen. Ich bin überzeugt davon, gleich in Lounas blaue Augen zu blicken, und erschrecke deshalb umso mehr, als Kians grüne Iriden mich fixieren. Seine Hand hält mich fest wie eine Falle. Einen Moment herrscht völlige Stille zwischen uns beiden. Dann versuche ich sanft, meinen Arm aus seinem Griff zu befreien – ohne Erfolg.

»Was –«

»Du bist Pieta, richtig?« Seine Stimme klingt rau und bedrohlich.

Ich nicke nur stumm vor Überraschung.

»Ich bin Kian.«

»Das weiß ich«, antworte ich mit zitternder Stimme.

Etwas an ihm jagt mir Angst ein, kann aber nicht sagen, was genau.

Sein Blick wirkt wie eine lauernde Gefahr, genau wie seine Stimme: »Gut.«

Ich erblasse. »W-was willst du?«

Kian zieht mich zur Seite, an einen Ort abseits der schaulustigen Blicke anderer Schüler*innen. Er grinst breit, aber ohne jegliche Freundlichkeit im Ausdruck.

»Wenn du mir einen Gefallen tust«, sagt er drohend

lächelnd weiter, »werde ich deine Familie verschonen.«

64

Spiel nicht Gott

Ich starre ihn entsetzt an. Meine Gelenke erstarren. Jegliche Wärme verlässt mein Gesicht. Die Worte durchbohren meine Brust wie Pfeile. Habe ich das richtig verstanden? Nein, das kann nicht sein.

»Du hast richtig verstanden«, sagt er, als könne er meine Gedanken lesen. »Ich möchte, dass du mir einen Gefallen tust. Wenn du nicht mitspielst, wird deine Familie leiden.« Alles passiert zu schnell.

Seine Worte sind so unverständlich und verrückt, dass ich nichts mehr denken kann. Mein Verstand schaltet ab und blockiert jede Reaktion.

Kian stöhnt genervt und zieht mich weiter hinter die Mauer unserer Schule.

»Hast du das begriffen?«, fragt er wütend und drückt mich gegen die Steinwand.

Dieser Druck reißt meine Wahrnehmung aus der Starre.

»Was … was soll das?« Mehr bringe ich nicht hervor.

Kian legt seine Hände auf meine Schultern und drückt zu. Er zieht mich so nah an sich heran, dass ich kaum atmen kann. »Ob du begriffen hast«, wiederholt er eindringlich.

Ich schüttle den Kopf, dann stößt er mich erneut gegen die Mauer.

»Es ist nicht schwer«, sagt er mit nüchterner Präzision. »Ab heute machst du genau das, was ich sage – klar? Warum? Das sage ich dir später. Du sollst mir dann einen Gefallen tun.« Er droht weiter: »Versuch, dich zu wehren oder zur Polizei zu gehen, dann wird deine Familie leiden.«

Ich verstehe das alles nicht. Ist das ein miserabler Scherz?

»Verarschst du –«

»Nein! Ich meine es ernst!«

»Oh …« Die Anspannung verlässt meinen Körper. Meine Arme und Schultern sinken wie von allein. Kein Spaß? Völliger Ernst? »Warum?«, flüstere ich, der Boden entgleitet mir unter den Füßen.

Kian schweigt einen Moment, als wäge er ab, ob er mir die Wahrheit sagen soll. Letztlich weiß ich nicht, ob er sich für Lüge oder Wahrheit entscheidet.

»Weil ich dich brauche. Habe ich eben gesagt, klar? Frag nicht weiter.«

Mein Körper spannt sich wieder an, und ich erstarre. »Warum brauchst du mich?«

»Das werde ich dir noch früh genug sagen«, spricht er und tritt einen Schritt zurück mit dem Selbstbewusstsein, die volle Kontrolle über mich zu haben. »Außerdem habe ich gesagt, du sollst nicht weiterfragen!«

Mein Atem stockt, weil ich es langsam realisiere: Er meint es ernst. Erst jetzt spüre ich seinen Atem auf meinem Gesicht. Er riecht nach Minze; der milde Tabakgeruch wird kaum davon überdeckt.

Kian stößt sich von der Wand ab und lässt etwas Raum zwischen uns entstehen. Endlich kann ich wieder atmen.

»Ich hätte mir denken können, dass dich das überfordert«, sagt er und grinst.

Wie sehr ich dieses Grinsen schon jetzt verabscheue! Es ist gehässig, gefährlich und unberechenbar.

»Warum machst du das?«, frage ich verzweifelt, während ich seiner Anweisung nicht gehorche, keine weiteren Fragen zu stellen. Es fühlt sich an wie ein zu realistischer Albtraum.

»Ich werde es dir jetzt nicht sagen. Begreif das!« Er neigt den Kopf zur Seite, und sein Grinsen verschwindet. Seine Augen funkeln boshaft.

Wut steigt in mir auf und brodelt gefährlich nahe an der Oberfläche. Diesmal richtet sie sich gegen ihn, nicht gegen mich. Meine Hände ballen sich zu Fäusten.

Ich muss etwas sagen, jetzt ist keine Zeit für Feigheit. »Nein, das werde ich nicht! Warum redest du solchen Unsinn? Erwartest du wirklich, dass ich das verstehe? Was willst du von mir?« Meine Worte sind kaum mehr als ein Flüstern, doch sie zeigen Wirkung.

Kian wirkt überrascht. »Dir liegt offensichtlich nicht viel an deiner Familie, oder?« Dieses schreckliche Grinsen kehrt auf seine Lippen zurück.

»Das stimmt nicht!«, erwidere ich aufgeregt. »Ich

verstehe nur nichts!«

»Warum riskierst du dann ihr Leben? Oder soll ich mich wiederholen?«

Seine Worte rauben mir die Kraft zum Sprechen. Er meint es ernst – todernst sogar. Panik steigt in mir auf, und mein Atem jagt etwas, dass ich nicht begreife. Mein Brustkorb hebt und senkt sich hektisch, während mein Körper vor
Angst zittert.

»Nein – du lügst ... Ich ... Warum?« Meine Stimme bebt unter der Last der Furcht.

»Ich lüge nicht! Kapier es endlich!« Er spricht gereizt mit einem Ausdruck völliger Wut und
Unbeherrschtheit im
Gesicht.

Ich kann es nicht glauben. Das muss ein Scherz sein!

Ich schüttle den Kopf. »Nein. Nein. Nein«, flüstere ich geschockt vor mich hin. Es ist zu viel für mich. Meiner
Familie darf nichts passieren.

»Bist du nicht einverstanden?« Er packt entschlossen und fest meinen Unterarm. Ich keuche leicht auf.

»Ich verstehe nicht –«

»Du musst nichts verstehen«, unterbricht Kian mich. »Du wirst tun, was ich sage. Wenn du es wagst, dagegen zu handeln, verlierst du deine Familie.« Er schaut mir direkt in die Augen, um sicherzustellen, dass seine Worte ankommen.

Mit der freien Hand kneife ich in meinen Oberschenkel und realisiere: Ich träume nicht.

Zitternd atme ich ein und sage: »Wenn du mich jetzt nicht sofort in Ruhe lässt, rufe ich die Polizei!«

Kians Grinsen verschwindet sofort von seinem Gesicht, weicht Ungeduld und Wut. »Rune geht hier zur Grundschule, richtig?«

»Woher kennst du ihren —«

»Ich weiß vieles über dich.« Seine Stimme klingt gefährlich.

»Warum machst du das? Du kommst neu hier her und bedrohst mich sofort?« Ich lache. »Wenn du etwas willst, dann sag es! Du hast doch etwas gegen mich in der Hand!«

»Ich habe meine Gründe für all das. Willst du ihr Leben also aufs Spiel setzen, oder nicht?«

Das alles ergibt keinen Sinn für mich, aber sein Ton wirkt ernst und gefährlich. Er wird durchziehen, was er androht – das spüre ich.

Verzweifelt antworte ich nur mit einem einfachen: »Nein.«

»Also haben wir eine Abmachung?«, fragt Kian eindringlich.

Seufzend lasse ich meinen Blick zuerst Richtung Grundschule schweifen und dann zu Boden sinken: »Ja.«

Ein Lächeln ersetzt Kians vorheriges gehässiges Grinsen, als er sagt: »Gut. Sehr gut.« Dann fügt er hinzu: »Lass uns zu dir nach Hause gehen.« Er dreht sich um, dabei erschauere ich beim Gedanken an das, was kommt.

Nach Hause? Zu mir? Panik ergreift meinen Verstand.

Nein, nein, nein! Doch sein Blick lässt keinen Zweifel – ich habe keine Wahl.

Kurz überlege ich, ob ich Louna um Hilfe bitten sollte. Doch diesen Gedanken verwerfe ich sofort wieder. Ich kenne sie kaum, und sie mich nicht.

Am Bus angekommen, nimmt er meine Hand und hält sie die ganze Fahrt über fest. Ich fühle mich leer, überfordert und hilflos wie nie zuvor. Einsamkeit umgibt mich mehr denn je. Die Welt scheint gegen mich zu sein; hier gehöre ich nicht hin.

Die Busfahrt zieht sich genauso qualvoll in die Länge, wie es der Schultag heute schon tat. Aber genau wie vorher vergeht jeder Moment irgendwann – auch dieser.

An der Haustür lässt Kian wider Erwarten meine Hand los. Erleichtert atme ich auf. Endlich muss ich meine Übelkeit nicht mehr unterdrücken. Ich sehe ihn an; er nickt nur stumm zurück. Mit zittrigen Fingern krame ich den Schlüssel aus meinem Rucksack hervor und verfehle vor Aufregung mehrfach das Schlüsselloch, bis es mir gelingt, die Tür zu öffnen.

Kaum bin ich eingetreten, höre ich Schritte: Rune nähert sich mir hüpfend.

»Pieta!« Sie rennt auf mich zu und springt in meine Arme. Ich lasse meinen Rucksack fallen und umarme sie zurück. Jeden Tag freue ich mich auf diesen Moment, in dem ich für sie da sein kann. Doch plötzlich lockert sich ihr Griff, als sie Kian hinter mir bemerkt.

Zögerlich lasse ich sie los, und ihre Mundwinkel sinken

herab, während ihr Leuchten verschwindet. Mit großen Augen fragt sie: »Wer ist das?«

Kian antwortet vor mir: »Ich bin Kian, der neue Freund deiner Schwester.« Er beugt sich zu ihr hinunter, doch ich greife ein und ziehe ihn sanft hoch. Mein Blick durchbohrt ihn mit stummer Wut, die er hoffentlich erkennt. Doch er schaut weg und schlendert ins Haus.

Ich knie mich vor Rune hinunter und flüstere: »Wir sind nicht befreundet.« Ich hoffe inständig, dass Kian es nicht hört. »Aber er ist okay; du brauchst keine Angst zu haben.« In Runes Augen steht Misstrauen geschrieben.

Aus der Küche ruft Kians Stimme: »Ist deine Mutter schon da?«

»Sie müsste in einer halben Stunde kommen«, antworte ich ihm.

»Ich gehe in mein Zimmer«, murmelt Rune beiläufig und verschwindet sofort.

Ein erleichtertes Gefühl durchströmt mich. Jetzt befindet sie sich in Sicherheit und weit genug von ihm entfernt.

Kian sieht für einen Moment wieder so unschuldig aus wie bei unserer ersten Begegnung. Doch dann verdunkelt sich sein Blick. Die Dunkelheit verdrängt das Grün in seinen Augen.

Er kommt auf mich zu. Mein Herz rast wild, es droht mir aus der Brust zu springen. Er packt grob meine Hand und zerrt mich in die Küche. Er schiebt mich in die Mitte des Raums und lässt mich los. Direkt danach greift er in den unteren Schrank. Ein Messer blitzt in seiner Hand auf.

Mir weicht jegliche Farbe aus dem Gesicht. Mein Herz setzt einen Schlag aus. Ich weiche automatisch einen Schritt zurück. »Kian ... Was ...« »Sei still«, zischt er.

Panik steigt in mir auf. Doch eine andere Stimme meldet sich in meinem Kopf. Der Tod erscheint mir fast verlockend. Doch dann denke ich an meine Schwester. Mein Tod würde sie in Gefahr bringen. Das kann ich nicht zulassen!

Ich bleibe still. Mein Körper bebt vor Angst.

Kian verharrt, hebt das Messer auf Augenhöhe. Er betrachtet es nachdenklich. »Ich plane, weder dir noch ihr etwas anzutun. Dies gilt als erste oder zweite Warnung – wie man es nimmt. Du hast einen Teil unserer Abmachung gebrochen. Du hast meine Worte geleugnet. Beim nächsten Verstoß gibt es keine Gnade mehr, verstanden?«

Wie hatte er das gehört? Ich sprach doch so leise. Ihm entging nichts.

»Ja ... okay. Ich verspreche es dir! Nur ... bitte leg das Messer weg.« Meine Stimme zittert. Trotzdem schaue ich ihm fest in die Augen.

Kian grinst wieder und senkt die Waffe. Er legt sie zurück in die Schublade. Sein Grinsen jagt mir mehr Angst ein als seine Drohungen.

»Gut. Wir warten jetzt auf deine Mutter.«

Ich nicke und erhebe mich langsam. Ich vermeide jede schnelle Bewegung.

Wir nehmen am Esstisch im Wohnzimmer Platz. Eine erdrückende Stille umgibt uns. Mein Herz hämmert so laut, dass ich fürchte, er könnte es schlagen hören. Ich starre auf meine Hände auf dem Tisch. Meine Finger verhaken sich ineinander und verkrampfen sich.

Was geschieht hier bloß? Ich stecke in einem schrecklichen Traum fest. Ich finde keinen Ausweg. Ein Junge taucht auf und fordert meine Unterwerfung. Er schweigt über seine Pläne mit mir. Bei Ungehorsam droht er meiner Familie mit dem Tod. So etwas kenne ich nur aus Büchern und Filmen.

Als hätte ich laut gedacht, beginnt Kian zu sprechen. »Das erscheint dir verrückt, stimmt's?«, fragt er gleichgültig.

Ich nicke mechanisch. Die Worte bleiben mir im Hals stecken. Alles wirkt wie ein grausamer Albtraum.

»Du sollst wissen: Ich handle aus gutem Grund.«

Ich lache unbeabsichtigt auf. Schnell schlage ich die Hände vor meinen Mund. Er hebt nur eine Augenbraue und nickt. Ich wage einen Vorstoß. »Weil du mich ›brauchst‹?« Ich male Anführungszeichen in die Luft.

Kian zeigt kurz ein Grinsen, dann wirkt er ernst. »Ja, ich brauche dich. Aber ...« Er hält inne. »Es ist wirklich verrückt, nicht wahr?«

Ich stoße wütend Luft aus und bleibe stumm.

Er bemerkt das und sagt amüsiert: »Du darfst etwas sagen.

Ich erlaube es dir.«

Wie großzügig von ihm!

»Ich finde es extrem verrückt, wenn mich jemand

bedroht«, erkläre ich. Mein Blick trifft seine Augen direkt.

Ja, ich meine dich!

Er lehnt sich zurück. Seine Arme verschränken sich. »Ich bedrohe dich aus einem guten Grund. Du würdest mir sonst nicht helfen.«

Ungläubig schaue ich ihn an. Ich schüttle den Kopf. »Das weißt du nicht. Du hast mich nie gefragt.«

Kian betrachtet mich schweigend. Sein Blick wird durchdringender. Nach einer Weile spricht er mit Überzeugung: »Der Zweck heiligt die Mittel. Das gilt besonders, wenn der Zweck alles bedeutet.«

Seine Worte verschlagen mir die Sprache.

Ich sammle mich. »Das nennst du eine Entschuldigung? Niemand darf anderen etwas aufzwingen – egal aus welchem Grund.« Meine Entschlossenheit soll ihn treffen.

Kian blickt finster.

»Ich glaube an das Gute in dir, Kian. In jedem Menschen. Der Zweck heiligt nie die Mittel«, füge ich hinzu.

Er lacht laut auf. »Du bist zu naiv, Pieta. Glaubst du das wirklich?«

»Ja«, antworte ich selbstsicher. »Gute Menschen finden einen moralischen Weg zu ihren Zielen.«

Er schüttelt den Kopf. Seine Hand knallt auf den Tisch. »Du bist zu gutgläubig, Pieta. Solche Einteilungen passen nur zu Träumenden. Niemand ist gut oder schlecht.«

»Natürlich!«, widerspreche ich. »Was du tust, ist eindeutig falsch.« Sofort bereue ich meine Worte.

Seine Miene verhärtet sich. Sein Blick durchbohrt mich.

»Spiel nicht Gott, Pieta. Für mich ist es der richtige Weg. Das erkennst du noch«, sagt er knapp.

Ich zweifle daran, nicke aber stumm. Das Warten geht weiter. Nach einigen Minuten höre ich einen Schlüssel. Die Haustür öffnet sich langsam. Mom tritt in den Flur ein. Sie bleibt kurz stehen und mustert Kian fragend. Dann schließt sie die Tür ab.

Ich hole tief Luft und zwinge ein Lächeln hervor. »Hey, Mom«, sage ich und führe sie zum Esstisch. »Das ist Kian, mein ...« Kurz stocke ich. Ich verdränge meine Zweifel und spreche weiter. »Ein guter Freund.«

Mom betrachtet mich intensiv. Ihr Blick verrät viele unausgesprochene Fragen. Ich zucke mit den Schultern. »Setz dich doch«, sage ich und ziehe ihren Stuhl zurück. Sie nimmt Platz und blickt Kian unschlüssig an.

»Freut mich ... Kian«, sagt sie zurückhaltend. Ihre Augen wandern zu mir, als ahne sie etwas.

Kian bleibt entspannt und zeigt ein freundliches Lächeln. »Hallo, Marina. Ich hoffe, ich darf dich so ansprechen.«

Eine Frage schießt mir durch den Kopf: Woher kennt er Moms Namen?

Mom nickt, wirkt angespannt.

»Wo ist dein Mann?«

Diese Worte treffen mich wie Pfeile in der Brust. Mom und ich zucken zusammen. Meine Wut auf ihn wächst weiter.

Sie droht bald überzukochen.

»Mein Mann ist tot. Ich lebe hier allein mit meinen

Kindern«, antwortet Mom. Ihre Stimme zittert merklich, obwohl sie es verbergen will.

Kian zeigt keine Betroffenheit oder Reue. Kannte er die Wahrheit über Dads Tod? Er weiß ja auch die Namen von Mom und meiner Schwester!

Die verdrängten Gefühle überfluten mich wieder vollständig. Meine Fingernägel graben sich in die Handflächen. Der physische Schmerz bewahrt mich vor einem Wutausbruch.

Mom räuspert sich vernehmlich. »Seit wann kennt ihr euch?«, fragt sie und faltet nervös ihre Hände.

Kian ergreift vor mir das Wort. »Ich kenne Pieta erst seit Kurzem. Ich wollte dich aber unbedingt kennenlernen. Sie schlug vor, dass ich mitkomme.«

Seine Worte klingen zu kontrolliert und geplant. Die Blässe bleibt in meinem Gesicht.

Während er spricht, schlucke ich. Meine Fingernägel bohren sich tiefer in meine Handflächen.

»Ah ... fr-freut mich, Kian«, sagt Mom sanft, aber unentschlossen zugleich. Sie wirkt nicht mehr nervös. »Wie alt bist du? Entschuldige die Frage.«

»Kein Problem. Ich bin siebzehn.«

Moms Gesicht verändert sich kaum merklich. Ein Moment der Überraschung huscht über ihre Züge. »Lebst du bei deinen Eltern?«

Kian zuckt zusammen. Seine täuschende Maske baut sich sofort wieder auf. Mom traf einen empfindlichen Punkt.

»Nein«, erwidert er mit aufgesetztem Lächeln. »Sie leben

nicht mehr.«

Mom hebt ihre Hand zum Mund. »Das tut mir sehr leid, Kian. Wenn ich das gewusst hätte ...« Doch ich spüre, dass Mom die Wahrheit schon kannte.

»Macht nichts. Ich wusste auch nicht vom Tod deines Mannes. Sowas kommt vor«, seufzt er theatralisch. Dieser Lügner!

»Stimmt«, sagt Mom mit gesenktem Blick. Wieder liegt etwas Unverständliches in ihren Augen.

Eine seltsame Stille erfüllt den Raum. Meine Wut brodelt noch immer. Am liebsten würde ich Mom alles erzählen. Doch mit jeder stillen Sekunde unterdrücke ich den Zorn stärker.

Kian steht auf. »Es hat mich gefreut, dich kennenzulernen, Marina. Leider muss ich jetzt gehen. Wir sehen uns morgen, Pieta.« Den letzten Satz betont er unnötigerweise.

Sein Blick durchbohrt mich. Seine grünen Augen zeigen einen Hauch von Zuneigung. Doch Kian versteckt dieses Gefühl. Es wird in der Stille vergehen. Die Augen böser Menschen offenbaren irgendwann nur noch Hass. Sie spiegeln die verstummte Seele wider.

»Ja, bis morgen«, erwidere ich mit aufgesetztem Lächeln. Ich hoffe, es genügt ihm. Und tatsächlich – es reicht. Er nickt und schleicht zur Tür. Er öffnet und schließt sie direkt, ohne einen letzten Blick zurück. In meiner Brust klafft jetzt ein riesiges schwarzes Loch. Neue Wunden bluten und brennen.

»Ich gehe in mein Zimmer«, murmle ich hastig und flüchte in die Sicherheit meiner vier Wände.

»Zum Abendessen kommst du aber«, ruft Mom mir hinterher.

Ich nicke, renne die Treppe hoch und verschließe mein Zimmer. An der Tür bleibe ich kurz stehen. Ich sinke zu Boden und ziehe die Beine an. Ein Sturm aus Gefühlen bricht aus mir heraus: Schock, Angst, Wut, Hilflosigkeit, Hoffnungslosigkeit, Trauer. Sie überrollen mich völlig.

Ich springe auf und werfe mich aufs Bett. Ich drücke mein Gesicht ins Kissen und schreie fast lautlos. Die Tränen durchnässen den Stoff.

Was erwarte ich auch?

Ich bleibe eine Heuchlerin, eine Versagerin, ein schlechter Mensch. Meine eigenen Fehler halten mich gefangen. Ich bin dieser Welt fremd. Die Welt hasst mich, weil ich nie für sie bestimmt war. Der Schmerz brennt, aber es muss so sein.

Ich springe auf und beginne, mein Zimmer zu putzen. Ich desinfiziere alles gründlich. Das liegt wenigstens in meiner Hand. Danach schleiche ich ins Bad. Ich dusche die Last ab, meinen beschmutzten Charakter und all das Pech.

Zurück im Bett fühle ich mich etwas besser. Ich scrolle durchs Internet und spende mein Taschengeld. Dabei stoße ich auf einen neuen Artikel über den Destructio-Magier. Ich lese nur die Überschrift.

Droht dem Destructio-Begabten die Todesstrafe?

Mehr schaffe ich nicht. Meine Kraft reicht nicht. Nicht

heute.

Du musst hinsehen! Ein guter Mensch schaut nicht weg –
sei jemand, der die Welt rettet! Sonst wirst du kein Vorbild.
Niemand wird deine Heldentaten bewundern. Nur dann
lohnt sich dein Leben und das der anderen.

GUTE MENSCHEN LÜGEN

NICHT

»Abendessen ist fertig!« Moms Stimme weckt mich.

Ich wache auf. Die Uhr zeigt sieben Uhr abends.

Mein Zimmer sieht ordentlich aus. Aber dennoch juckt es mich in den Fingerspitzen. Sofort verdränge ich den Drang, aufzuräumen. Genau wie sich der stechende Schmerz in meiner Brust tief in mir verkrochen hat. Er ruht dort – womöglich nicht sicher genug. Bald wird er zurückkehren. Aber jetzt verschließe ich alles in mir. Im Moment fühle ich mich gefestigt.

Ein Blick in den Spiegel erschreckt mich: Meine kurzen dunklen Haare stehen wild ab. Tiefe Augenringe umrahmen meine geröteten Augen. Die Lippen sind geschwollen, die Kleidung zerknittert.

Ich ziehe frische Sachen an. Mit Make-up überdecke ich meine Müdigkeit. Ich kämme meine Haare glatt. Ich räume den Kleiderschrank auf, verliere das Zeitgefühl.

»Pieta?!« Moms Stimme schallt von unten herauf.

»Ja, ich komme!«

Ich renne ins Bad. Die schmutzige Kleidung wandert in den Wäschekorb. Nach einer Deo-Wolke eile ich die Treppe hinunter. Rune und Mom sitzen schon am Tisch. Zimtduft und frisches Brot erfüllen die Luft. Der Tee verströmt ein angenehmes Aroma. Ich setze mich schwungvoll dazu.

»Dann guten Appetit«, sagt Mom leise vor dem Essen.

Ein unangenehmes Gefühl liegt über dem Raum.

Zwischendurch sprechen wir über unseren Tag. Rune schreibt nächste Woche Mathe und Physik. Sie hasst diese Fächer. Ich auch. Die Begeisterung mancher Menschen für Zahlen und die ewige Suche nach dem x bleibt mir fremd.

Mom erzählt von ihrem anstrengenden Tag. Schwierige Kundschaft, gestresste Mitarbeitende und ein gereizter Chef machten ihr zu schaffen.

Finden wir keinen Anschluss wegen unserer Art?

Dad war anders: gesellig und beliebt. Er brachte Licht in unsere zurückhaltende, chaotische Familie. Seine Augen habe ich geerbt. Seinen Charakter leider nicht.

Diese Gedanken drücken schwer. Ein Kloß sitzt in meinem Hals. Ich unterdrücke die Tränen, will nicht weinen. Nicht hier. Nicht jetzt.

Minuten vergehen ohne ein Wort. Nur Besteck klirrt auf den Tellern. Lustlos schiebe ich das Essen umher. Der Appetit fehlt mir. Der heutige Tag macht es schwer, zu genießen.

Beim Aufräumen zieht Rune mich zur Seite.

»Alles okay?«, frage ich.

Sie verneint. »Können wir reden? In meinem Zimmer?«
Ich nicke ihr zu.

Nach dem Abwasch sagen wir Mom, dass wir oben
spielen. Dann huschen wir in Runes Zimmer. Sie setzt sich
aufs Bett.

»Wo soll ich mich hinsetzen?«, frage ich vorsichtig. Sie
deutet neben sich, also setze ich mich dorthin. Geduldig
warte ich ab, möchte sie nicht drängen.

Die Stille dehnt sich. Dann atmet sie tief ein und aus.

»I-ich weiß nicht, was mit mir los ist«, spricht sie
zitternd.

Meine Hand umschließt ihre sanft.

»Ich habe Angst«, flüstert sie. Ihre Stimme bricht ab, als
trüge sie zu schwere Worte.

Ich befreie sie von jedem Druck. »Wovor hast du
Angst?«

Rune blickt zu Boden, wirkt traurig und verloren. »Ich
hab keine Ahnung«, sagt sie leise. Tränen füllen ihre Augen.

Ich lasse die Tränen fließen. Ein Wegwischen würde ihre
Trauer als falsch abstempeln. Sie zeigt ihre Gefühle nur
selten. Sie kennt dieses Gefühl der Überwältigung vielleicht
nicht. Vielleicht erschreckt sie das.

»Ich bin so ein Baby«, murmelt Rune.

»Das stimmt nicht«, antworte ich.

Meine Schwester schüttelt energisch den Kopf. »Es zeigt

Schwäche. Dad hätte nie geweint.«

Der letzte Satz treibt mir Tränen in die Augen. Ich drücke ihre Hand fester und spende Wärme. »Gefühle zeigen braucht Stärke. Dad weinte oft, nur sahen wir es nicht«, sage ich sanft.

Mein Zeigefinger streicht über ihre Hand. Diese Worte gelten auch für mich selbst. Andere zu beraten, fällt leichter, als eigene Ratschläge zu befolgen. Unsere Blicke treffen sich. Ihre traurigen, dunklen Augen gleichen meinen. Tränen schimmern im Abendlicht. Rune strahlt pure Schönheit aus. Die Welt überzeugt ausgerechnet die besten Menschen von ihrer Bedeutungslosigkeit. Die Melancholischen verstecken ihre Gefühle, als wäre Tiefe ein Makel. Die Gesellschaft zwingt uns in starre Schönheitsideale. Doch erst, wenn wir uns selbst verloren haben, begreifen wir, dass dieses Ziel von Anfang an unerreichbar war.

»Pieta?«, unterbricht Rune meine Gedanken.

Ich zucke zusammen. »Ja?«

»Ich fragte, ob der Junge von vorhin wirklich ungefährlich ist.«

Die Frage brennt in meiner Brust wie ein Feuer. Kian beschäftigt meine Gedanken. Hört er uns? Kameras oder Wanzen verstecken sich womöglich im Haus. Beobachtet er uns?

Gänsehaut überzieht meinen Körper. Ein Schauer läuft mir über den Rücken. Nur eine Lüge schützt Rune jetzt. Die Wahrheit birgt zu große Gefahren.

Ich schlucke schwer und atme tief durch. »Wir pflegen eine Freundschaft. Er schadet niemandem«, schwindle ich. Weitere Details spare ich aus. Weniger Worte bedeuten weniger Lügen und weniger Fehler.

Gute Menschen lügen niemals – weder selten noch häufig!

»Magst du ihn?«, fragt Rune traurig.

Ihre Stimme lässt mich innehalten. Mein Herz schmerzt. Eine simple Antwort enthielte trotzdem Lügen. Es ist abscheulich, Rune anzulügen. Unfair und falsch, aber ihr Schutz steht über allem.

Rechtfertigt es das?

Nein.

»Was denkst du, wenn wir befreundet sind?«, weiche ich aus.

Sie überlegt kurz und mustert mich misstrauisch. »Ja?«, antwortet sie zögernd.

Ich nicke ungenau und hoffe auf ihre Unaufmerksamkeit.

Gesprochene Lügen wiegen schwerer als lügende Gesten.

Ich lenke das Gespräch zu ihr zurück. Sie akzeptiert das glücklicherweise. »Lass uns über dich sprechen. Du darfst Angst haben, auch ohne den Grund zu kennen. Du darfst traurig sein, ohne zu wissen, warum. Gefühle brauchen nicht immer einen Grund. Sie haben oft einen, aber nicht immer. Das ist völlig normal.«

Ich halte inne. Die nächsten Worte klingen leiser, doch betonter. »Ich bleibe an deiner Seite, wenn deine Gefühle überwältigend werden – genau wie heute.«

Ich drücke sanft ihre andere Hand. Sie spürt meine Anwesenheit – physisch und emotional. Die Stille halte ich einen Moment aus.

Dann sage ich vorsichtig: »Sollen wir uns ablenken? Ein Spiel spielen oder Moms Serie anschauen?«

Rune horcht auf und wischt ihre Tränen ab. Ein kurzes Lächeln erscheint auf ihren Lippen und verschwindet wieder. Eine schwere Stille senkt sich über den Raum. Nach einiger Zeit umarmt sie mich.

Ich fühle ihr Schluchzen. Mein Pullover saugt ihre Tränen auf. Ich verstehe es nicht. Vermisst sie Dad? Löst das diese Gefühle aus? Spürt sie den gesellschaftlichen Druck? Bricht jetzt alles aus ihr heraus? Liegt es an Moms Veränderung?

An meiner? Nichts ist mehr wie früher!

Meine Hände ballen sich. Ich zwinge mich zur

Entspannung. Diese Welt macht mich wütend. Dieses System ändert sich nicht. Die Leidenden bleiben machtlos. Nur die geldgierigen Ärsche mit Ohren könnten etwas bewirken.

Doch ihre beschränkte Denkfähigkeit verhindert das.

»Schläfst du heute bei mir oder ich bei dir?«, frage ich nach unserer Umarmung. Ich fühle mich entspannter.

Sie schüttelt den Kopf. Ihr Blick fleht mich an.

Ich verstehe sie.

»Dann schauen wir bei Mom die Serie, einverstanden?«

Unerwartet antwortet Rune: »Die Angst überfordert

mich. Sie hat so viele Gründe. Entschuldige die Belastung.«

Ich erschrecke. »Du belastest mich nicht. Angst gehört dazu. Wir dürfen einander Umstände machen. Dafür sind Familien da.«

Rune staunt. Mein Lächeln überträgt sich. Ihr helles Grinsen leuchtet kurz auf. Es fehlt mir so.

»Gehen wir jetzt zu Mom?«

»Ja!«

Den ganzen Abend halte ich ihre Hand. Unsere Verbindung bleibt – hoffentlich ewig.

Schon wieder dieser Gedanke! Dieser Glaube an ewige Liebe. Nichts bleibt für immer. Die Endlichkeit segnet und verflucht uns zugleich.

Weitere Verluste ertrage ich nicht. Nicht heute. Aber wie könnte ich Rune wegschicken? Sie bleibt meine Schwester. Das Recht dazu fehlt mir. Meine Liebe zu Mom lässt sich nicht länger verleugnen. Sie engagiert sich unermüdlich für uns. Sie zeigt echte Stärke!

Ein fremdes Gefühl durchströmt mich. Es spannt sich wie ein schmerzhaftes Band um meine Brust. Ich kann es kaum fassen. Es sticht wie ein schwarzer Dorn in meine Gedanken.

Es pocht ohne Unterlass.

Eine Frage drängt sich auf: *Weshalb schaffe ich es nicht, gefühllos durchs Leben zu gehen?* Der Verlust geliebter Menschen würde mich als Außenseiterin weniger treffen. Die Leere nach jedem Abschied fiele kleiner aus. Erwartungen, Enttäuschungen und meine selbst gewählte

Einsamkeit bildeten einen Schutzwall.

Dieser Gedanke erschreckt mich. Er wirkt wie ein ausgereifter Plan. *Lieber eine selbst zugefügte Wunde als eine von außen.*

Ich schiebe diese Überlegung sofort beiseite. Das Gefühl bleibt dennoch bestehen. Eine verhasste Person zu sein, bringt keinen Vorteil. Völlige Abschottung von anderen Menschen verbessert meine Situation nicht. Ich frage mich, ob es doch alles erträglicher machen würde. Ein Schutzschild könnte die Dinge erträglicher machen. Die anderen Menschen hielten von sich aus Abstand.

Die wahre Frage lautet: Will ich das wirklich? Der Umgang mit Tod sowie Verlust braucht andere Lösungen als Flucht. Der Tod zerstört jede Hoffnung. Er hinterlässt eine Leere und schwarze Löcher. Er raubt uns jede Orientierung.

Niemand erklärt uns den richtigen Umgang damit.

Die Gedanken ziehen mich hinab wie tiefes Wasser. Sie umschließen mich schwer und endlos. Ich kämpfe gegen das Ertrinken. Ein Ausweg bleibt unsichtbar. Mein Überlebenskampf scheint aussichtslos.

Mein Handy vibriert unerwartet in der Hosentasche. Mit einem Fluch ziehe ich es heraus. Eine neue Nachricht leuchtet auf:

Todesstrafe für Magiebegabte – das neue Gesetz?

Die Worte schreien mich förmlich an. Ein genervtes Schnauben entweicht mir, sobald ich den Artikel öffne. Ich scrolle durch die Zeilen, mein Herz pocht immer schneller.

Ein neuer Gesetzesentwurf sorgt für heftige Debatten:

Alle Magiebegabten sollen sich der Polizei stellen und auf eine abgelegene Insel abgeschoben werden.

Straftäter*innen unter ihnen könnten sogar mit der Todesstrafe rechnen, wenn sie ihre Kräfte missbrauchen. Wer sich weigert, sich zu melden, muss mit schwerwiegenden Konsequenzen rechnen. Im Fall des Destructio-Begabten (identifiziert als Enzo Winslow), der für den Tod seiner Ex-Frau verantwortlich gemacht wird und bisher nicht kooperiert, steht die Todesstrafe im Raum. Winslow bleibt weiterhin in Isolationshaft. Sein Sohn hat sich bislang nicht zu den Vorwürfen geäußert und wird es vermutlich auch nicht. Während rechte Politiker*innen wie Ernst Becker von der rechten Partei das Gesetz begrüßen, sehen

Menschenrechtsorganisationen darin eine gefährliche Entwicklung. »Das Gesetz würde die Rechte der Menschen massiv verletzen, denn wer leugnet, dass Magiebegabte Menschen sind, ist selbst unmenschlich!«, warnt die Ethikerin Lena Winter. Der Entwurf ist noch nicht verabschiedet, doch die Diskussion spaltet die Gesellschaft.

Ob das Gesetz in Kraft tritt, bleibt abzuwarten.

Ich bemerke erst das Beben meiner Hände, als ich den letzten Satz beende. Meine innere moralische Stimme redet durcheinander. Die Debatte um Schuld und Strafe, die Entscheidung, alle Magiebegabten zu isolieren und ihnen die Grundrechte zu entziehen, zieht sich durch den Text. Ich schließe die Augen und spüre, wie mich die Fragen in meinem Inneren bedrängen: *Verdient jede kriminelle Person eine so harte Strafe? Und was ist mit denen, die unschuldig sind?*

»Es ist schon spät. Ab ins Bett«, reißt mich Moms Stimme aus meinen Gedanken.

Schnell schaue ich auf die Uhr neben dem Fernseher. Kurz vor neun Uhr abends. Die Stunden sind wie ein Rausch vergangen. Ich in meinen Gedanken versunken, ohne ein Zeitgefühl, ohne Wahrnehmung der Umgebung.

»Gute Nacht, Mom. Nacht, Pieta«, ruft Rune und rennt die Treppe hoch in ihr Zimmer – stolpert gefährlich, bevor sie sich geschickt abfängt. Soll ich nach ihr schauen? Nein, lieber nicht. Vorhin hat sie deutlich mit dem Kopf geschüttelt, als ich fragte, ob ich bei ihr bleiben soll. Das muss ich akzeptieren. *Doch was, wenn ihr etwas passiert?* Mein

Körper versteift sich.

»Alles in Ordnung?«, höre ich Mom neben mir stehend fragen, ihre Augen voller Sorge.

Ich nicke, zögere kurz und antworte dann. »Ja. Ich bin nur ziemlich müde. War ein anstrengender Tag«, rede ich und reibe mir die Augen, damit Mom meine rot unterlaufenen Augen als ein Zeichen der Müdigkeit sieht.

»Ich auch. War ein anstrengender Tag«, beginnt Mom und wird von ihrem eigenen Gähnen unterbrochen. »Na ja, dann gute Nacht.« Sie lächelt energielos und verschwindet im Schlafzimmer.

»Gute Nacht«, erwidere ich.

Die Stille senkt sich über das Haus, aber ich bleibe noch

eine Weile auf der Couch sitzen. Der Tag verging so schleppend wie ein ganzes Jahrzehnt. Ich denke an Louna und Wärme schießt in meine Wangen. Warum nur? Unsere erste Unterhaltung war nicht gerade ... ›nett‹.

Sie ist wortgewandt, was ich keinesfalls bin.

Sie ist fesselnd und strahlt wie die Sonne. Ich ... ich bin eher die Dunkelheit der Nacht, nur ohne Sterne.

Ein eisiger Schauer durchfährt mich, als Kian meine Gedanken durchdringt. Seine Anwesenheit in meinem Kopf wirkt bedrohlich und überwältigend. Jegliche Wärme weicht aus meinem Gesicht. *Wer ist er? Wofür braucht er mich? Was an mir ist so einmalig, das andere nicht haben?* Das Etwas, was an mir klebt und anderen den Verweis gibt, ich sei eine gute Beute?

Ich denke an Rune, wie sehr ich sie liebe und wie lange ich das unterdrückt habe. Ich denke an Mom, wie ich ihr das letzte Jahr unrecht getan habe. Ich war wütend auf sie, habe ihre Veränderung als verwerflich betrachtet. Aber wer ist jetzt schon so, wie vor dem schlimmsten Tag? Wir haben uns alle verändert, und Mom gibt ihr Bestes, opfert einiges, versucht, für uns da zu sein, obwohl sie selbst genug durchmacht. Das erkenne ich jetzt.

Nichts wird, wie es früher war. Eine Schwere lastet auf mir, wie eine dunkle Wolke, die mich umschließt und die Luft abdrückt. Es ist, als würde mein Herz vor der Last zerquetscht werden, und die Tränen fließen endlich. Wie soll ich das alles tragen? Ist es überhaupt möglich? Sind wir alle dazu verdammt, mit dieser Schwere des Lebens umzugehen, um besser zu werden – und um später doch zu verlieren?

Ich rolle mich auf der Couch zusammen, meine Schultern beben unter dem unterdrückten Schluchzen. Ich will schreien, aber dieser Kloß im Hals verhindert es.

Nichts schmerzt mehr, als nicht zu wissen, wohin man gehört. Was oder wer braucht mich? Wo ist mein Platz? Wie werde ich der Gesellschaft gerecht? Wann werde ich der Mensch, der ich sein muss? Wäre die Welt anders, wenn ich nicht wäre?

Warum ist diese Welt so herzlos? Warum ist es so schwer, gut zu sein und richtig zu handeln? Warum dreht sich die Welt weiter, obwohl für so viele alles zusammenbricht? Warum scheint die Sonne, wenn die Welt für so viele dunkel ist?

Warum beginnt ein neuer Tag, obwohl viele die Nacht nicht überstehen? So viele Fragen – und keine Antwort. Aber wie kann es sein, dass eine Frage existiert, auf die es keine Antwort gibt? Und warum kann ich meine Gedanken nicht für eine Sekunde abschalten? Ich will nicht mehr denken. Es ist anstrengender als ein Marathon.

Als hätte die Welt Mitleid mit mir, übermannt mich der Schlaf. Nicht ohne Albtraum. Aber für ein paar Stunden verstummen wenigstens meine Gedanken.

Die tiefste und grösste Wahrheit ist die, die im Unterbewusstsein verborgen ist

»Dad? Dad!«, schreie ich und renne auf die dunkle Gestalt zu.

Mein Herz rast beim Anblick. Ich will ihn umarmen, doch die Figur verändert sich. Die Haare werden wilder und weißer, die Augen leuchten grün und bedrohlich. Kian.

»Nein … «, entweicht es mir, und ein Schauer läuft mir über den Rücken.

Er setzt sein kaltes, selbstgefälliges Grinsen auf. Ich erstarre. Jeder Teil von mir schreit nach Flucht, doch mein Körper gehorcht nicht. Meine Schreie bleiben in meiner Kehle gefangen.

»Was ...«, beginne ich und stocke.

Ich sehe Rune in seinen Armen. Ihre Augen zeigen pure Angst, ein Messer liegt an ihrer Kehle.

»Nein!«, schreie ich. »Ich habe alles getan! Was willst du noch?«

Endlich bewege ich mich, aber meine Beine versagen. Ich sinke auf die Knie. Mein Atem stockt. Verzweiflung breitet sich aus wie die alles verschlingende Dunkelheit.

»Du weißt, was ich will«, sagt Kian mit kaltem Blick.

»Nein«, flüstere ich mit überschlagender Stimme. Wut steigt in mir auf. »Verdammt, ich weiß es nicht! Sag mir, was du willst!« Ich schlage auf den Boden. Der Schmerz durchzuckt meine Hände.

Er hebt eine Augenbraue. Sein Grinsen verschwindet. Das Messer drückt fester an Runes Kehle. Sie wimmert gequält.

Ich kämpfe gegen meinen starren Körper. »Bitte, Kian ... Bitte ...«, flehe ich mit brechender Stimme. Die Tränen fließen unaufhaltsam.

»Hör auf zu flennen«, spottet er. »Tu nicht so unwissend.«

Verzweifelt suche ich in meinem Gedächtnis nach einer Antwort. Ich finde nichts. Meine Finger graben sich danach in die Kopfhaut, als könne ich so nach einer Antwort greifen.

Rune wird sterben. Du kannst sie nicht retten.

»Es tut mir leid, Rune. Ich war zu schwach für deinen Schutz«, flüstere ich mit gesenktem Blick. Ich bete zu einer höheren Macht, an die ich nie glaubte.

»Was soll das?«, fragt Kian genervt. Nach kurzer Pause fügt er hinzu: »Sag schon.«

Ich schweige. Mein Wille zählt hier nicht. Er hält alle Trümpfe.

»Schau mich an und rede, oder deine Schwester stirbt sofort.«

Ich presse die Lippen zusammen und kneife die Augen zu. Meine Kehle schnürt sich zu. Ich sammle alle Kraft, zwinge mich zum Blickkontakt und zum Sprechen. »I-ich …«, bringe ich hervor, dann unterbricht mich ein Hustenanfall. Ich beginne erneut: »Ich flehe dich an, ich weiß es wirklich nicht. Bitte glaub mir.«

Unsicherheit blitzt kurz in seinen Augen auf. Dann hebt er eine Augenbraue. »Tatsächlich?«, fragt er ungläubig.

Ich nicke flehend.

»Hm … dann wusstest du also nicht, warum dein Vater wirklich gestorben ist?«

Seine Worte treffen mich hart und hinterhältig. Er spricht die Wahrheit. Niemand hat mir je die genaue Todesursache erklärt. Ich habe auch nie danach gefragt. Ich wollte es nicht erfahren.

Kian erkennt meine Bestürzung. Er schiebt Rune von sich.

Sie rennt zu mir und fällt mir in die Arme.

»Alles okay? Bist du verletzt?«, frage ich und streiche eine Strähne von ihrer nassen Stirn.

»Nein, alles gut«, murmelt sie und bettet ihren Kopf auf

meine Brust.

»Warum hast du nie gefragt?« Kians Stimme holt mich zurück in das Gespräch. Ich denke ans Fliehen, aber das bringt nichts – falls ich überhaupt könnte.

»I-ich w-weiß es nicht«, stottere ich.

Er verengt die Augen. »Verkauf mich nicht für dumm. Das erste ›weiß ich nicht‹ glaube ich dir, aber das hier nicht.«

Ich schlucke, denn ich kenne den Grund. Es bringt nichts, ihn weiter anzulügen. Ich wollte mich bloß selbst belügen.

»Weil ich Angst hatte«, flüstere ich.

Kian tritt auf uns zu. »Wovor?«

Die Antwort kommt sofort: »Davor, dass ich die Wahrheit nicht ertragen kann.« Eine Träne läuft über meine Wange, und ich schmecke die lange verdrängte Wahrheit.

Er bleibt stehen und breitet seine Arme aus. »Hast du dich schon mal umgesehen?«

Ich schaue mich um. Überall nur unendliches Weiß. Keine Wände, keine Zeit. Ein endloser, leerer Raum.

»Glaubst du immer noch, dass du nicht fliehen kannst?« Kian mustert mich prüfend.

Hat er meine Gedanken gelesen? Plötzlich erkenne ich: Das alles ist ein Traum. Ich atme auf, fühle Erleichterung.

Rune ist in Sicherheit, oder?

»Das ist nicht real, Pieta. Überlege, was dein Unterbewusstsein dir sagen will.«

Ich will antworten, ihn nach der Bedeutung fragen. Doch

mein Mund öffnet sich nicht.

Panik steigt in mir auf. Dann erinnere ich mich: *Im schlimmsten Fall wache ich auf.*

»Ich glaube, du weißt, was du herausfinden musst«, sagt er leise.

Danach verblasst Kian langsam. Ich bleibe mit Rune allein zurück. Doch dann bemerke ich, dass sie nicht mehr atmet.

»Rune?!«, schreie ich und zucke zusammen. Es war überraschend, meinen Mund wieder öffnen zu können.

Rune bewegt sich nicht. Ich setze mich hektisch in den Schneidersitz und bette ihren Kopf auf meinen Schoß.

»Rune? Komm schon«, sage ich und rüttle an ihren Schultern. Sie liegt weiter reglos da. Für einen Moment vergesse ich den Traum, und Panik erfasst mich.

»Rune! Wach auf, lass mich nicht allein!« Keine Reaktion.

»Bitte, wach auf!«, schluchze ich und senke meine Stirn auf ihre.

Eine Träne tropft aus meinem Auge auf Runes Wange. An der Stelle erscheint ein leuchtendes, weißes Licht. Dann strahle ich selbst. Meine Haut bricht von innen auf, und ein blauer Schimmer umhüllt Rune. Ich kann nicht begreifen, was geschieht.

Doch das Leuchten verschwindet so schnell, wie es kam.

Rune keucht und öffnet die Augen. »Was ...?«, haucht sie.

Alles verschwimmt vor meinen Augen. Meine Kräfte verlassen mich, und ich kippe zur Seite. Mein Kopf schlägt auf dem Boden auf. Ich höre Rune meinen Namen schreien. Die Dunkelheit zieht mich hinein. Ich falle immer tiefer, bis alles still und dunkel ist. Endlich.

WER EINEN ANDEREN BEHERRSCHT, BEHERRSCHT SICH SELBST AM WENIGSTEN

Ich reiße die Augen auf und ringe nach Luft. Die Welt ist nicht mehr schwarz. Die Stille ist unerträglich, und es dauert einen Moment, bis ich realisiere, dass ich im Wohnzimmer bin. Mein Herzschlag beruhigt sich langsam, als ich die vertrauten Geräusche des Hauses höre – das leise Brummen der Spülmaschine, das Summen der Heizung. *Ein Traum. Es war nur ein Traum.* Doch die Furcht sitzt tief.

Ich schnappe nach Luft und renne die Treppe hoch. Ohne zu klopfen, öffne ich die Tür zu Runes Zimmer. Sie schläft tief und fest, ihr Brustkorb hebt und senkt sich gleichmäßig. Ein Gefühl der Erleichterung überkommt mich. Ich schließe die Tür leise und gehe in mein Zimmer.

Doch bis zu meinem Bett komme ich nicht. Ich lasse

mich an meiner geschlossenen Tür nieder, winkle meine Beine an und vergrabe mein Gesicht in meinen Händen.

Was war das für ein Traum? Er hat sich so verdammt real angefühlt, als wäre es mehr gewesen als nur eine Fantasie.

Nicht wie jeder Traum sich echt anfühlt, sondern weitaus realer. Fast wie eine Erinnerung an ein echtes Ereignis.

Aber es war definitiv ein Traum. Und dennoch kommen Träume immer mit einem Grund.

Ich werde Mom morgen nach Dads Tod fragen. Nach der Schule.

Ein schmaler Lichtstrahl bricht durch das Fenster und trifft mich. Moment mal. Wie spät ist es? Ich ziehe mein Handy aus meiner Hosentasche, weil ich die Uhr neben meinem Schrank nicht erkenne. *Halb sechs?!* Ich habe so lange auf der Couch geschlafen? In einer halben Stunde klingelt mein Wecker. Es lohnt sich nicht mehr, zu schlafen. Dabei fühle ich mich so, als hätte ich keine einzige Minute Ruhe gehabt.

Die Zeit vergeht wie im Flug. Ich verliere mich in meinen Gedanken. Um den Artikel, um Kian, um meine Unvollkommenheit, die ich über alles hasse.

Mein Wecker klingelt. Ich zucke zusammen.

Ich bin eingeschlafen. Ich erinnere mich nicht mehr daran, und wacher bin ich ebenfalls nicht.

Seufzend stehe ich auf und gehe zum Schrank. Erst jetzt, als ich in den Spiegel schaue, wird mir klar, dass ich die Klamotten von gestern anhabe. Ein Schauer durchfährt meinen Körper. Schnell ziehe ich mich aus und nehme ein neues weißes T-Shirt, eine neue schwarze Hose und frische Unterwäsche aus dem Schrank. Ich greife noch einen schwarzen Pullover und gehe dann ins Bad.

Ich habe wenig Motivation zum Duschen, aber nach dieser Nacht bleibt mir keine andere Wahl. Ich spritze mir kaltes Wasser ins Gesicht, dann lasse ich warmes Wasser über meinen Körper laufen, besprühe mich nach dem Abtrocknen und Anziehen mit Deo, kämme meine Haare, die heute nicht auf mich hören wollen, und renne dann die Treppe hinunter.

»Guten Morgen«, begrüßt mich Rune mit einem müden Lächeln, als ich in die Küche gehe.

»Morgen«, erwidere ich und gähne. »Heute mal kein Ausfall?« Ein leichtes Lächeln huscht über meine Lippen.

»Nur die letzte«, erzählt sie mit einem schelmischen Grinsen und fängt an zu lachen.

Ich versuche, mit einzustimmen, doch der Traum hallt in meinem Gedächtnis nach. Wie sie in meinen Armen lag. Tot.

Und dann ... wieder lebendig?

Runes Lachen übertönt für einen Moment meine Gedanken. Wie sehr ich es vermisst habe, und der Fakt, dass ich es irgendwann verlieren werde, lässt mich verstummen.

Es gräbt ein tiefes, klaffendes Loch in meine Brust.

»Was ist?«, fragt Rune, ihr Kichern verstummt.

Ich winke ab. »Nichts, hab schlecht geschlafen«, antworte ich, was nur eine halbe Lüge ist.

»Ich auch. Ich weiß, dass ich schlecht geträumt habe, aber ich kann mich nicht mehr erinnern. Der Traum ist verschwommen. Vielleicht auch besser so.«

Ich nicke nur, lasse die Worte nachklingen.

Rune zuckt mit den Schultern, nimmt sich ihr Müsli und geht zum Tisch im Wohnzimmer. Ich folge ihr und setze mich ihr gegenüber.

Nach einer Weile hebt sie den Kopf und sieht mich an. »Was hast du geträumt?« Ihre Augen spiegeln eine leise Neugier, aber auch eine Sorge, die mir im Magen liegt.

Ich zögere. Kann ich ihr vom Traum erzählen? Würde sie es verstehen, oder wäre das zu viel? Muss ich wieder lügen? Wahrscheinlich. Ein weiteres Geheimnis, das ich allein tragen muss.

Ich sage nur: »Ich weiß es auch nicht mehr genau. Der Traum ist wie in Nebel gehüllt, verschwommen und bruchstückhaft.«

Die Worte schmecken nach Lüge, aber ich lasse es dabei. Ich wünschte, die Lüge wäre wahr. Ich will nicht Dads Tod nachgehen. Ich will ihn ruhen lassen und mich nicht noch mehr damit kaputt machen.

Was ist, wenn mich der Grund noch mehr aus der Bahn bringt? Was ist, wenn das Wissen über seine Todesursache meine Welt noch unvollkommener macht, sie in noch mehr Teile zerspringen lässt?

Rune nimmt es hin, als würde sie die Unwahrheit nicht spüren, oder sie verbirgt ihre Erkenntnis geschickt hinter einem leeren Ausdruck. »Wahrscheinlich ist das bei

Träumen oft so«, murmelt sie und widmet ihrem Essen wieder volle Aufmerksamkeit.

In der Stille wage ich es, sie vorsichtig anzusprechen. »Sag mal ...« Ich halte inne, unentschlossen, ob ich das Thema anschneiden sollte. Doch ich setze an: »Geht es dir besser als gestern?«

Die Frage legt sich wie eine schwere Last auf den Raum. Die Stimmung verdunkelt sich, und ich spüre die Unangemessenheit meiner Worte. Warum sollte es ihr besser gehen, nur weil eine Nacht vergangen ist? Wie konnte ich nur so leichtfertig fragen?

Rune schüttelt stumm den Kopf, die unangenehme Stille bleibt bestehen. Ich will etwas sagen, irgendetwas, um sie zu durchbrechen, doch die Worte bleiben mir im Hals stecken.

Vermutlich besser so.

Die Zeit vergeht in quälender Langsamkeit. Heute haben wir keinen Grund, zur Bushaltestelle zu hetzen. Als wir dort ankommen, sehe ich ihn – Kian. Meine Brust zieht sich zusammen, instinktiv halte ich Rune zurück.

»Kommt Elea heute?« Meine Stimme klingt hoffentlich entspannt, aber mein Herzschlag hämmert in meinen Ohren.

Rune nickt, verwirrt von meiner Frage. »Ja, wie immer.«

Ich atme tief durch und drücke ihre Hand. »Gut. Gut so. Dann wartest du hier auf sie, ja? Ich muss etwas mit Kian klären.«

Ohne eine Reaktion abzuwarten, gebe ich ihr einen

flüchtigen Kuss auf den Scheitel und gehe zu Kian. Das Letzte, was ich will, ist, dass Rune etwas von dem sieht, was gleich geschehen könnte.

»Hey«, sagt Kian mit einem selbstgefälligen Grinsen. »Na, gut geschlafen?«

Sein Ton lässt Wut in mir aufkochen. »Ja, *total* gut! Und du?« Die Ironie in meiner Stimme lässt sich kaum verbergen.

Kian grinst mich an, und ich drücke meine Fingernägel in meine Handinnenflächen, um meinen Zorn in mir zu behalten. Ich spüre, wie er versucht, einen Ausweg zu finden. Er will nicht nur mein Inneres, sondern auch mein Äußeres umgeben. Er will alles zerstören, das mir je wehgetan hat. Ich schlucke diesen Zorn mit aller Kraft herunter. Zumindest versuche ich es.

Kian mustert mich kurz. »Ich habe sehr gut geschlafen«, erwidert er. Ein Schatten von Belustigung flackert in seinen Augen. »Übrigens, deine Mutter war gestern wirklich eine sehr nette Frau.«

Ein kühles Schauern läuft mir über den Rücken, ich schlucke. »Ja … das ist sie«, sage ich knapp und zwinge ein kleines Lächeln auf mein Gesicht. Doch es schwindet augenblicklich, als er meine Hand greift.

Ich zucke zusammen, mein Körper spannt sich an, mein Herz rast in meiner Brust und meine Kehle ist staubtrocken. Ein Hustenanfall überfällt mich. Endlich lässt Kian meine Hand los. Mit zitternden Fingern wühle ich nach meiner Wasserflasche und trinke hastig, während das Brennen in meiner Kehle nicht nachlässt.

Der Gedanke, seine Berührung zu spüren, lässt das Blut in meinen Adern gefrieren. Aber – und das weiß ich schon lange – es geht meist nach dem Willen derer, die den Willen anderer brechen.

Die gesamte Fahrt über reden wir nicht. Ich starre aus dem Fenster, stelle mir vor, wie mein Leben wäre, wenn ich es selbst in der Hand hätte. Dad hätte mir jetzt vermutlich gesagt, dass ich mein Leben immer in der Hand habe, aber ich stimme ihm nicht zu. *Wie um alles in der Welt habe ich diese Situation in meiner Hand?* Wie hätte ich Dads Tod beeinflussen können? Oder das Verschwinden von allem, was mir jemals wichtig war?

Die Gedanken kreisen in meinem Kopf, bis ich merke, wie mir eine Träne die Wange hinunterläuft. Schnell wische ich sie weg und zwinge meine Gefühle zurück.

Heute Abend kann ich trauern, verspreche ich mir selbst. *Nicht jetzt. Nicht hier.* Tief atme ich ein und versuche, meine Gedanken zu verdrängen. Erst als Kian meinen Arm greift, bemerke ich, dass der Bus schon am Ziel ist und wir die Letzten sind.

»Kommst du? Alles okay?«, fragt er knapp.

»Ja«, antworte ich und zwinge mich, ungerührt zu bleiben. »Ich habe nur geträumt.«

Kian scheint sich mit dieser Antwort zufriedenzugeben und geht voran in Richtung Schulgebäude. Ich folge ihm, bemühe mich, nicht zu stolpern oder zu zögern.

Kurz bevor wir das Klassenzimmer erreichen, sehe ich

Louna schnell zur Toilette huschen. Abrupt bleibe ich stehen. »Ich muss kurz aufs Klo«, sage ich hastig und gehe ihr nach, ohne Kians Reaktion abzuwarten. Er wird mir kaum verbieten können, auf Toilette zu gehen.

Ruckartig öffne ich die Tür und sehe Louna, die am Waschbecken steht, sich an den Spiegel stützt und scheinbar gedankenverloren ins Leere blickt. Ihre Augen sind gerötet, und ich kann den Schmerz in ihrem Gesicht sehen. Sie zuckt zusammen, als sie mich bemerkt.

Erschrocken fährt sie mit ihrem Kopf herum. »Wer…«, beginnt sie, doch als Louna merkt, dass ich es bin, atmet sie erleichtert aus. »Pieta, du hast mich echt erschreckt.« Ihr Lächeln, das sie aufsetzt, ist sichtlich gespielt.

Ich gehe langsam auf sie zu. »Sorry, ich …« Ein zögerlicher Moment – was hatte ich mir dabei gedacht, ihr zu folgen? Brauchte ich eine Pause von Kian? Oder wollte ich hier… Ruhe? »Sorry, ich wollte bloß aufs Klo«, stottere ich und zeige auf eine Kabine hinter ihr.

»Oh, kein Problem«, murmelt sie und weicht zur Seite.

Ich schenke ihr ein kurzes Lächeln, wende mich einer Kabine zu, doch mit der Hand am Türknauf halte ich inne. Langsam drehe ich mich erneut zu Louna um. Irgendetwas an ihr scheint anders als sonst.

»Lou … Louna, ist alles okay? Du siehst so … traurig aus.«

Es entsteht eine Stille, eine schwere, greifbare Distanz zwischen uns, als ob die Luft dicker geworden wäre. Louna atmet tief ein und bleibt regungslos stehen. Sie antwortet, ohne sich umzudrehen.

»Ich …« Ihre Finger krallen sich immer härter um das Waschbecken. »Ich …«, beginnt sie von Neuem, ihre Stimme kaum hörbar, dann verstummt sie wieder, als ob sie gegen ihre Worte ankämpfen würde.

Plötzlich richtet sie sich auf, löst ihre Hände vom Waschbecken und spricht mit ihrer schlagfertigen Stimme: »Machst du dir etwa gerade Sorgen um mich?«

Sie dreht sich zu mir um, ihr Gesicht strahlend, als könnte es den Schmerz verbergen. *Wie schafft sie es, ihren Schmerz so gut zu verstecken?* Selbst ihre Stimme ist so gewieft und humorvoll wie gestern.

Bei der Realisierung ihrer Worte werden meine Ohren heiß, meine Wangen rot. »N-nein«, sage ich schnell. »Ich meine, doch! Nur ...« Ich räuspere mich. »Du sahst traurig aus, und ich habe gefragt, ob alles gut ist. Normale Unterhaltung, findest du nicht?«

Lounas Grinsen gefriert, ihre Augen mustern mich unangenehm. »Also hast du dir Sorgen gemacht.« Keine Frage, sondern eine Aussage.

Mein Herz schlägt bis zum Hals. Worte bleiben in meiner Kehle stecken, der Hals vollkommen ausgetrocknet. Meine Beine gehen automatisch zwei Schritte zurück, sobald ich mich räuspere.

Ein Klopfen an der Tür hält mich vom Reden ab – glücklicherweise. Louna und ich zucken zusammen. Wer zur Hölle klopft an der Toilettentür, außer ... *Verdammt.*

»Ich gehe dann mal«, murmle ich und flüchte zur Tür.

»Pieta?«

Lounas Stimme hält mich unter diesen Umständen nicht auf. Ich schließe die Tür rechtzeitig, bevor Kian erscheint – und Louna zu Gesicht bekommt.

»Was hast du so lange gemacht?«, fragt er mich scharf, die Arme vor der Brust verschränkt, angelehnt gegen die Wand. Sein Blick gleicht einer Warnung. »Ich habe Stimmen gehört.«

Fuck. Was soll ich ihm sagen? Warum sollte ich nicht ehrlich sein? Immerhin habe ich nichts Verbotenes gemacht. Was ist daran so verwerflich, dass ich mit Louna geredet habe?

Ich beschließe, mal mehr Wahrheit als Lüge zu sagen. »Ich habe mit Louna gesprochen. Es scheint, dass es ihr nicht gut geht.«

Er mustert mich scharf, seine Augen durchdringen mich wie ein Scanner auf der Suche nach dem kleinsten Hinweis auf Widerspruch.

»Habe ich etwas falsch gemacht?«, frage ich, während ich automatisch einen Schritt zurückweiche.

Kian nimmt einen tiefen Atemzug, seine Miene bleibt gelassen. »Nein, aber ich will bloß, dass du mit niemandem zu lange redest, wenn ich nicht dabei bin, klar?«

Ein bitterer Kloß formt sich in meiner Kehle. »Also darf ich mit niemandem außer dir reden, oder was? Wer bin ich? Deine Gefangene?«

Zu meiner Überraschung bleibt sein Blick gelassen. »Nenn es, wie du willst, aber nimm es hin. Du weißt, was passiert, wenn du es nicht tust.«

Ein kalter Schauer durchfährt mich, aber ich versuche, Haltung zu bewahren. »Was hast du vor? Wofür brauchst du *mich*?«

Er   zuckt   nur   mit   den
Schultern,   ein   Anflug von
Belustigung spielt um seine Lippen. »Ich verrate es dir noch nicht. Du würdest es sonst nicht tun.«

Die altbekannte Wut kocht in mir hoch, und bevor ich es verhindern kann, sprudelt es heraus. »Warum sollte ich es dann unwissend tun?«

Kians Augen verengen sich. »Mir gefällt dein Ton nicht.«

Ich spüre, wie mein Puls in meinen Schläfen pocht, meine Hände zittern leicht. »Mein Ton? Wie soll ich bitte reagieren, wenn jemand wie du plötzlich auftaucht und mich bedroht? Völlig aus dem Nichts.«

Ein leichtes Lächeln zeichnet sich auf seinem Gesicht ab. Langsam drückt er sich von der Wand ab und kommt näher, bis er über mir aufragt.

Angst macht sich in mir breit. »Kian —«, doch weiter komme ich nicht. Ohne Vorwarnung stößt er mich gegen die Wand, die Luft bleibt mir weg. Schmerz explodiert in meiner Schulter, ich keuche auf und sacke ein Stück an der Wand hinab.

»Du hast keine andere Wahl, als mir zu helfen«, sagt Kian leise, sein Blick durchbohrt mich. Ich fühle mich so klein und machtlos unter ihm. »Ich werde dir irgendwann alles erzählen, aber wenn du noch einmal in diesem Ton mit mir sprichst, als wäre ich nichts, dann setzt du das Leben deiner Familie aufs Spiel! Verstehst du das? Du bist hier die Schwache, klar?«

Erkenntnis trifft mich hart, während seine Worte sich in meinem Kopf wiederholen.

Du bist hier die Schwache, klar?

Ein stechender Schmerz schießt durch meinen Unterkörper, als mein Schienbein heftig getroffen wird. Es fühlt sich an, als ob tausend Nadeln gleichzeitig in meine Haut stechen. Ein leiser Schrei entweicht mir.

»Hast du das verstanden?«

Ich bestätige mit einem energischen Nicken und setze einen entschlossenen Gesichtsausdruck auf, um meine Emotionen zu kontrollieren.

Nach einem letzten abschätzigen Blick zieht er mich hoch.

Voller Verwunderung darüber, dass die Klingel noch nicht geläutet hat, sehe ich Frau Weber, die Schulleiterin, um die Ecke auf unser Klassenzimmer zukommen. Als sie uns sieht, bleibt sie stehen.

»Warum seid ihr noch hier? Der Unterricht hat längst begonnen. Ich wollte gerade Bescheid geben, dass die Klingel ausgefallen ist«, sagt Frau Weber mit einem wichtigtuerischen Lächeln.

Ich antworte nicht – nicht nach dem Vorfall mit Frau Zahn. Aber Kian ist schneller. »Entschuldigen Sie vielmals. Wir haben uns verquatscht und nicht auf die Zeit geachtet.

Wir wollten auf die Klingel hören. Nun gut, wir können es nicht rückgängig machen. Es tut uns sehr leid«, schleimt er mit übertrieben gespielter Freundlichkeit, die mich anwidert.

Wie schafft er es nur, dieses falsche Lächeln aufrechtzuerhalten?

Frau Weber lächelt Kian freundlich an und sagt: »Das kann wohl jedem mal passieren, passt das nächste Mal nur besser auf.«

Doch als sie mich ansieht, ist ihr Blick immer noch streng und voller Missbilligung. Ich erwidere ihn nicht, sondern wende mich ab und gehe voraus ins Klassenzimmer. Der Schmerz an meinem Schienbein flammt erneut auf, ich verkneife mir einen Fluch und beiße die Zähne zusammen. Auch die Blicke der anderen brennen auf mir – aber es ist mir egal.

Die Wut kocht wieder in mir hoch. Zuerst die Trauer im Bus, jetzt diese Wut. Diese Gefühle sind miteinander verbunden an, wie verschiedene Seiten desselben dunklen Etwas.

Schlechte Gefühle.

Ich weiß.

Gefühle, die du nicht fühlen darfst. Dein Ziel schon vergessen?

Nein, habe ich nicht.

Dann fang an, wieder die Person zu werden, die du sein musst! Und hör auf, dich ablenken zu lassen und im Selbstmitleid zu ertrinken!

»Na, da haben es auch endlich Pieta und Kian geschafft«, spottet Frau Zahn, ohne überrascht zu klingen. »Wo ist Louna?«

Der Tonfall ihrer Stimme schärft meinen Fokus, und ich kehre aus meinen Gedanken zurück.

Ich bin zu wütend, um zu antworten, bin beschäftigt, gegen diese Wut anzukommen, sie einzusperren. Stattdessen zucke ich mit den Schultern und lasse mich auf meinen Platz fallen. Kian sitzt eine Reihe vor mir, und ich beobachte ihn unbewusst. Gestern war er eine unerreichbare Bedrohung, eine düstere Gestalt, die mir besser ferngeblieben wäre. Heute bemerke ich jede seiner Bewegungen – mit jeder Bewegung schnürt sich mein Herz ein bisschen enger. Es ist keine Zuneigung; es ist Angst.

Die Angst vor dem Ungewissen. Was wird er als Nächstes tun? Wird er mir erneut wehtun, auf eine Weise, die ich nicht ertragen kann?

Wegen meiner lauten Gedanken merke ich kaum, dass Frau Weber wieder gegangen ist, bis mich Lounas hastiges Eintreten ins Klassenzimmer ablenkt. Sie stürmt herein, bleibt kurz stehen und ringt nach Worten.

»Entschuldigen Sie vielmals! Ich … äh«, beginnt sie und wirft einen schnellen Blick auf die Klasse.

Fragende und genervte Blicke begleiten sie, doch als ihre Augen meine treffen, lächle ich und hebe beide Daumen. *Du machst das gut*, forme ich stumm mit meinen Lippen, und für einen Moment wirkt es, als würde sie sich beruhigen. »Es ist privat. Ich kann Ihnen den Grund nach der Stunde sagen«, fährt sie fort und richtet ihren Blick auf Frau Zahn, die genervt seufzt.

»Ist ja gut. Setz dich«, sagt sie ungeduldig.

Louna lächelt mir dankbar zu und setzt sich neben mich. Ein warmes Gefühl steigt in mir auf, mein Herz schlägt schneller. Ich bilde mir ein, ein leises *Danke* von ihren Lippen ablesen zu können. Die Röte in meinem Gesicht muss unübersehbar sein.

Fokussier dich. Du weißt, was auf dem Spiel steht – und Louna hat darin keinen Platz!

Ich atme tief durch und nehme mir vor, mich endlich von ihr zu distanzieren.

Die gesamte Stunde geht es wieder um das Ziegenproblem, aber ich höre nicht zu. Gedanken an Kian schieben sich immer wieder in meinen Kopf. Warum tut er das? Ich verstehe es nicht. Was bin ich für ihn? Warum zwingt er mich, Teil seines Lebens zu sein, nur um mich dabei Stück für Stück zu zerstören? Wer bin ich, so wichtig zu sein, dass mich jemand zwingt, zu gehorchen – bei was auch immer? Ich bin nicht reich, nicht berühmt, nicht einmal besonders. Ich bin nicht außergewöhnlich schön oder intelligent. Es gibt nichts an mir, dass irgendjemand braucht.

Ich bin... nichts. Bloß schwach und unbedeutend.

»Hey.« Eine leise Stimme unterbricht meine Gedanken. Ich schrecke auf und sehe, wie Louna mir einen Zettel zuschiebt.

Danke für eben. Entschuldigung für

gestern.   Heute   in der   Pause, zweite Chance?
:)

Ich schaue zu ihr hinüber und sehe die Hoffnung in ihren Augen. Wie gerne würde ich nicken. Aber da ist Kian. Da ist mein Ziel. Ich muss Abstand halten, ohne dabei alles zu ruinieren.

Das Blatt Papier zittert in meinen Händen. Seufzend schiebe ich ebenso diesen Zettel in meine Mappe.

Lounas Blick brennt auf mir, und ich sehe, wie das Leuchten in ihren Augen langsam erlischt. Ihr fröhliches Gesicht verfinstert sich, und ein trauriger Ausdruck legt sich über ihre Züge.

Ich schaffe es nicht, ihren Blick zu halten. Der Schmerz in ihren Augen spiegelt meine eigenen Zweifel wider, und ich wende mich ab. Der Kloß in meinem Hals wächst, meine

Brust schnürt sich zu.

Wieso habe ich das getan?

Du hast richtig gehandelt.

Mag sein, aber warum tut es dann so weh?

DIE AUGEN, DIE MEIN HERZ STAHLEN

Die nächsten Stunden ignoriere ich Louna. Sie versucht, noch ein-, zweimal mit mir zu reden, aber ich kann nicht. Meine Gedanken sind ein Durcheinander.

Kians körperliche Gewalt lastet schwerer auf mir, als ich gedacht hätte. Seitdem fühle ich mich machtloser, kleiner und schwächer.

Mir entgleitet meine alte, perfekte Welt immer mehr. Nichts wird je wieder so sein, wie es war, egal, was ich auch versuche.

Ist es möglich, dass ich kein guter Mensch mehr werde? Ist meine Welt zerstört?

Das ist Unsinn! Du musst ein guter Mensch sein. Du musst perfekt werden. Nur so wirst du es schaffen.

Was, wenn ich nicht kann? Was, wenn ich für immer versage?

Du musst es können. Du darfst nicht versagen, egal, was passiert.

Diese Gedanken ergeben keinen Sinn.

Ich greife mir in die Haare und stütze meine Ellenbogen auf dem Tisch ab. Was bedeutet es überhaupt, ein guter Mensch zu sein? Ich dachte immer, es bedeute, moralisch zu handeln, ohne Kompromisse. Doch jetzt scheint etwas in mir zu sagen, dass ich falschliege.

Nein, du liegst richtig!

Plötzlich klingelt es, und ich schrecke auf. Da sehe ich, dass die Tafel vollgeschrieben ist. Ich stöhne leise. Louna bemerkt es.

»Ich schicke es dir«, sagt sie und lächelt mich an.

Schnell wandert mein Blick zu Kian, der seine Sachen zusammenpackt.

Plötzlich spüre ich eine sanfte Hand an meinem Handgelenk. Erschrocken drehe ich mich um und sehe Lounas blaue Augen, die mich hypnotisieren und regelrecht festhalten.

Louna zerrt mich mit sich, und obwohl mein Verstand mir sagt, dass ich Abstand halten sollte, lasse ich mich mitreißen. Ihr Griff ist nicht schmerzhaft; er ist sanft. Ich könnte mich jederzeit lösen. Dieses Gefühl löst in mir etwas Wohltuendes aus.

Ich weiß nicht, wie lange wir laufen, aber es fühlt sich an wie eine Ewigkeit. Erst gehen wir eine Etage tiefer, dann über den Schulhof, dann Richtung Ausgang, bevor wir links zu einem abgelegenen Bereich der Schule abbiegen. Louna wirft einen kurzen Blick zurück, um sicherzugehen, dass uns niemand folgt, und führt mich dann weiter hinter eine Hecke, versteckt vor schaulustigen Blicken.

Gedämpfte Pausenhofgeräusche dringen zu uns, doch Kians leise Stimme lässt mich innehalten. »Pieta? Bist du hier?«

Er muss in der Nähe sein.

»Louna«, sage ich leise und flehend, »ich meinte es ernst. Ich sollte wieder vorgehen.«

Als ich mich erheben will, greift sie erneut sanft mein Handgelenk. »Er kann uns nicht hören, versprochen.«

»Das ist egal. Ich muss vor«, dränge ich, meine Stimme zitternd, während mein Atem schneller wird.

Louna sieht mir direkt in die Augen und sagt mit fester Stimme: »Er hat dir wehgetan.«

Ihre Worte treffen mich unerwartet tief. »Oh, wieder beim Belauschen?«, frage ich mit einem scharfen Unterton, um meine Unsicherheit zu überdecken.

Doch Louna wirkt ernst. »Ihr habt so laut geredet, während ich mir die Hände gewaschen habe.« Nachdem von meiner Seite keine Antwort kommt, schiebt sie weitere Worte nach:

»Ich meine es ernst, Pieta.«

»Ich auch.« Meine Stimme ist mit Wut gefüllt.

Sie beißt sich auf die Lippen, schließt die Augen und sammelt sich. Als sie sie wieder öffnet, liegt in ihrem Blick die gleiche Ernsthaftigkeit wie zuvor. »Er ist gefährlich, Pieta.«

Mir fehlen die Worte, und als sie langsam aufsteht, spiegelt ihr Blick genau das wider, was ich selbst fühle: eine Mischung aus Angst und seltsamer Vertrautheit. Für einen Moment verliere ich mich in ihren Iriden, bis sie ihren Blick abwendet.

»Du kannst gehen. Ich kann dich kaum hier festhalten, aber glaube mir, wenn ich sage, dass ich dem nachgehen werde. Gewalt muss aufhören«, flüstert Louna leise, ihr Blick in die Ferne gerichtet.

Mein Blick ruht auf ihr. Bemerkt sie es? Falls ja, lässt sie es sich nicht anmerken. Ein leises, bittersüßes Verlangen steigt in mir auf: *für immer in diesem Moment zu bleiben.* In ihren diamantblauen Augen versinken und mich darin verlieren, als gäbe es nichts anderes mehr.

Sofort schüttle ich den Kopf, zwinge mich, wegzusehen, und kämpfe gegen diesen überwältigenden Drang an. Louna weiß schon zu viel. Ich bringe sie bloß in Gefahr.

»Ich erfahre keine Gewalt.«

Lounas Mundwinkel zucken nach unten, so betrübt, so kalt und unschlüssig, aber sie verbirgt ihre Emotionen schnell wieder. »Du musst, wie gesagt, nicht die Wahrheit sagen.«

»Habe ich aber«, antworte ich, die Worte kommen mir fast ungewollt über die Lippen.

Louna seufzt, setzt sich wieder hinter den Busch, und ich tue es ihr gleich.

»Du gehst nicht?«, fragt sie überrascht.

»Beschwerst du dich etwa?«

»Keineswegs.«

Ihr   Lächeln wärmt mein   Herz,   entlockt mir   ein
Schmunzeln. Kurze Zeit später legt sich eine Stille über uns, die mich verrückt werden lässt.

Letztlich unterbreche ich sie liebend gern. »Hast du … alles gehört?«

Louna blickt mich irritiert an. »Ich denke schon.«

»Danke.«

»Bitte?«, fragt sie skeptisch.

»Weil …«, setze ich fort, doch mein Verstand schreit nach Distanz. Ich wage einen Schritt, den ich sofort bereue. »Weil ich Hilfe brauche.«

Louna ergreift meine Hand und streicht mit ihrem Zeigefinger sanft über meinen Handrücken. Wärme breitet sich in mir aus, und mein Herz schlägt schneller, droht mir aus der Brust zu springen. Etwas zu ruckartig löse ich mich aus ihrem Griff. Sie nimmt dies hin, geht nicht darauf ein.

»Seinetwegen?«, fragt sie leise.

Ich nicke, und abrupt fühle ich mich so verletzlich, so ungeschützt und machtlos. *Wie kannst du sicher sein, dass Louna es ernst meint? Was, wenn sie dich genauso verrät wie alle anderen?*

»Willst du darüber reden?«, fragt sie vorsichtig.

Ich schüttle den Kopf und rücke etwas von ihr ab. Das war zu nah.

»Entschuldige«, murmelt sie verlegen, so anders, als sie sonst reagiert.

»Nein«, rutscht es mir heraus. »Mir tut es leid.«

»Wofür?«

»Weil ich dich ignoriert habe. Weil ich so abweisend bin«, flüstere ich, schüttle meinen Kopf und vergrabe mein Gesicht in meinen Händen.

Louna rückt näher, langsam und bedacht, und legt mir eine Hand auf die Schulter. »Ach, mit meinem Talent verkrafte ich das. Weißt du noch, welches ich habe?«

»Charme?«, lache ich.

»Exakt!«, verkündet Louna stolz. »Außerdem wird dein Schweigen einen Auslöser haben. Nicht ohne Grund möchte ich meine Frage im Laufe der Tage beantwortet haben.«

Sie sagt es nicht, als wäre es meine Pflicht, sondern ihr Wunsch, den ich keinesfalls erfüllen muss.

Überrascht sehe ich sie an. Ihre Worte treffen mich unerwartet. Sie versteht mich, ohne dass ich es erklären muss. Louna lässt mich nicht los, gibt nicht nach. Sie besteht darauf, dass ich mich ihr öffne.

»Da wirst du noch warten müssen«, murmle ich neckisch.

Ein Schmunzeln zeichnet sich auf meinen Lippen ab.

»Ich bin geduldig.« Ihr Lachen zeichnet sie aus, umrahmt ihr Gesicht. *Wie kann ein Mensch nur so makellos sein?*

Stille holt uns erneut ein, dieses Mal ist sie keinesfalls unangenehm. Ich bin es wiederum, die diese durchbricht. Ich erinnere mich an heute früh, an Lounas verzweifeltes Gesicht. »Möchtest *du* reden?«

Diese Frage scheint sie aus dem Konzept zu bringen. Ihre Augen weiten sich, und für einen Moment wirkt sie vollkommen überrumpelt. Dieser Kontrollverlust über ihre Mimik hält nicht lange an. Ernsthaftigkeit zeichnet sich auf ihrem Gesicht ab, mit einem bescheidenen Schmunzeln auf den Lippen. »Über was? Ich bin nicht ansatzweise so spannend wie du.«

»Heute Morgen hast du nicht so gewirkt, als ginge es dir gut«, werfe ich vorsichtig ein, um nicht auf die Andeutung eingehen zu müssen. Die Verlegenheit kann ich nicht komplett verdrängen. »Du schauspielerst gut. Das gebe ich zu. Man braucht nur ein wenig mehr Menschenkenntnis als der Durchschnitt, um zu merken, dass dein Lächeln nicht echt war.«

Ihre Augen werden immer größer. Hat sie ihre Trauer bis jetzt immer verbergen können? Langsam schwindet die Wärme aus ihrem Gesicht, und eine unerwartete Kälte breitet sich aus.

»Du musst nicht darüber sprechen«, versichere ich ihr sofort, sanft und beruhigend.

Sie atmet tief ein und nickt amüsiert. »Ich kenne meine Rechte. Vielleicht nutze ich eines Tages mein Recht, dir meine Sorgen aufzubürden.«

Ich erstarre für wenige Sekunden, erkunde ihre blauen Augen gründlich auf Ernst oder Sarkasmus – finde beides.

»Ich gebe dir hiermit die Erlaubnis, mich zu belasten«, spiele ich grinsend mit.

Ein ehrliches, endlich mal kein sarkastisches Lächeln kämpft sich auf ihr Gesicht zurück, sanft und warm, und ihre Augen strahlen wieder ein wenig heller.

»Danke«, sagt Louna wider meiner Erwartung, setzt das ›Rollenspiel‹ somit nicht fort.

»Kein Ding«, antworte ich, meine Stimme stockend, während meine Augen auf ihren ruhen. Ich verliere mich in diesem Blick, der sich in ein weites, funkelndes Meer vor mir ausbreitet.

Plötzlich verwandeln sich die blauen Augen in ein tiefes, leuchtendes Blau, das mich wie die Wellen des Ozeans umhüllt. Ich kann den Sand unter meinen nackten Füßen spüren. Meine Hand ruht in Lounas, während die Sonne auf unsere Haut scheint und der Wind mein Haar und meine Kleidung durcheinanderwirbelt.

Aber es stört mich nicht. In diesem Moment muss nichts perfekt sein. Lounas Lachen hüllt mich ein, klingt wie eine Melodie, die mir das Gefühl gibt, zu Hause zu sein. Ein Gefühl, das ich schon lange nicht mehr gespürt habe.

Lounas Stimme ist zuerst nur ein Flüstern, kaum wahrnehmbar, doch sie holt mich zurück aus meinem Tagtraum.

»Pieta?«

»Ja?«, frage ich völlig überrumpelt. Ich blicke mich verwirrt um. Die Realität um uns herum kehrt zurück, und ich finde mich wieder, direkt neben mir, hinter der alten, verwitterten Mauer östlich vom Schulhof.

»Alles okay?«, fragt sie mit einem leichten Lächeln, das mich wieder ins Hier und Jetzt holt.

»Ich … war kurz in Gedanken«, murmele ich und schüttele den Kopf, um die Realität endgültig

zurückzuholen, und schaue auf mein Handy. Es muss eben geklingelt haben, wenn die Klingel nicht wieder ausfällt.
»Wir müssen vor, sonst verpassen wir den Unterricht.«

MACHT UND LEID GEHEN
HAND IN HAND

Wir entscheiden uns, nicht zur selben Zeit hervorzukommen
– nur aufgrund meiner Angst vor Kian. Was, wenn er mich
die ganze Zeit abgehört hat? Was, wenn er mir einen
Peilsender untergejubelt hat? Ich will auf Nummer sicher
gehen, und Louna hat nichts dagegen.

Vorsichtig schleiche ich mich von der Mauer vor, in der
Hoffnung, dass Kian mich nicht sofort bemerkt. Draußen
angekommen, streiche ich mir hastig die Blätter aus den
Haaren und zupfe die Kletten von meinen Klamotten, bis
alles wieder ordentlich aussieht.

Als ich auf den Schuleingang zugehe, drängt sich eine
Menge Schüler*innen in das Gebäude – als suchten sie
Schutz, als wäre die Schule der sicherste Ort, sollte die Welt
untergehen.

In meinem Kopf spiele ich unendlich viele Szenarien

durch, was passieren könnte, wenn ich zu Kian zurückkehre. Bevor ich eines davon zu Ende denken kann, spüre ich seine kräftige Hand fest auf meiner Schulter.

»Wo warst du?« Seine Stimme klingt kühl, doch ich kann den wütenden Unterton nicht überhören.

Er packt meine Schulter fester und zieht mich in eine leere Ecke des Schulhofs. Sein Gesicht ist gerötet vor Zorn, in seinen Augen brennt ein Feuer der Aggression. In der Ecke angekommen, stößt er mich gegen die Wand, stützt einen Arm neben meinem Kopf und fixiert mich mit seinem Blick. »Wo warst du, hm?«

Mein Atem beschleunigt sich, mein Herz rast, und Panik breitet sich aus. Meine Gedanken erstarren, mein Hals schnürt sich zu. Ein plötzlicher Schlag auf die Wange bringt mich aus der Fassung. Meine Haut brennt und meine Wange ist feuerrot.

»Sag mir, wo du warst. Am besten die Wahrheit, sonst wird es noch mehr wehtun, klar?«

Ich nicke heftig. »Okay, okay«, stammle ich und senke den Blick. »Ich war … dort hinten«, sage ich und zeige auf einen Spielplatz in der Nähe, hinter dem eine Bank steht. Nicht die komplette Wahrheit – aber wenn er wüsste, dass ich mit Louna gesprochen habe, würde er toben. »Ich wollte nur kurz allein sein.«

Kian betrachtet mich schweigend. Sein Schweigen ist schwer, bedrohlich. Ich denke nicht daran, die Wahrheit auszusprechen.

Er seufzt, dann verzieht sich sein Gesicht zu einem

grimmigen Lächeln. »Du denkst, ich nehme dir das ab?« Ich schaue erschrocken zu ihm auf.

»Glaubst du wirklich, ich lasse mich von dir für dumm verkaufen, Pieta?«

Verdammt. Panik packt mich wie eine eiserne Klaue. Mein Körper gehorcht mir nicht, eingefroren in der kalten Umarmung der Angst. Meine Gedanken überschlagen sich.

Hat er mich doch gesehen? Oder abgehört? Gefilmt? Was weiß er?

Wie konntest du nur so dumm sein und dich so leichtsinnig Louna nähern? Merkst du jetzt, dass du besser allein sein solltest?

Plötzlich gleitet seine Hand durch mein Haar. Angewidert schlage ich sie mit voller Wucht weg. Ein Schauer überfällt mich, Wut flackert in mir auf. »Fass mich nicht an«, zische ich fast automatisch.

Kians Augen verfinstern sich, sein Blick wird bedrohlicher. Die eben weggeschlagene Hand packt erneut nach meinen Haaren – zu schnell, als dass ich reagieren könnte – und zieht meinen Kopf zurück, sodass ich gezwungen bin, ihm ins Gesicht zu sehen. Wie sehr ich dieses Gesicht, das ich erst seit gestern kenne, schon hasse!

Ich halte seinem Blick stand. Sein Griff schmerzt. Seine Augen werden dunkler. »Wie sehr liebst du deine Familie, Pieta? Soll ich ihnen langsam das Leben nehmen, oder soll ich gnädig sein?«

Ich erstarre. Die letzte Sicherheit verschwindet schlagartig.

»Dachte ich mir«, spottet er und lässt meine Haare los, sodass ich auf die Knie falle. Von oben herab blickt er auf mich – und wieder bin ich ihm ausgeliefert.

Tränen brennen heiß in meinen Augen, doch ich beiße die Zähne zusammen, kämpfe verzweifelt dagegen an. Das Letzte, was ich will, ist, ihm noch mehr Genugtuung zu geben.

»Ich sage es dir ein letztes Mal«, spuckt er mir die Worte entgegen, »du bist ein Niemand ohne mich. Du bist machtlos und wertlos. Du kannst dich nicht wehren. Meine Drohungen werden Realität, wenn du mich hintergehst, klar?«

Ich nicke, weiterhin am Boden sitzend, während die Tränen unkontrolliert fließen. Ich versuche, sie verzweifelt zu verbergen.

Du bist machtlos und wertlos. Du kannst dich nicht wehren. Seine Worte brennen sich in mein Gedächtnis, schmerzhaft und unausweichlich, wie eine Wunde, die nicht heilt.

Wir kehren gemeinsam ins Klassenzimmer zurück.

Mein Kopf ist leer, völlig leer, als wären meine Gedanken in einem dunklen Brunnen gefangen. Auch meine Gefühle kann ich nicht greifen – als wären sie das Wasser in eben diesem Brunnen, der ausgetrocknet ist. Der restliche Schultag zieht sich qualvoll, ich halte mich von Louna fern und ignoriere ihre Blicke. Es ist zu gefährlich. Ich weiß nicht, was Kian über uns weiß.

Während der kurzen Pause bleibe ich an meinem Platz, während sich der Klassenraum leert.

Ich finde Ruhe mit mir allein.

Leider nicht lang. Bella auf mich zu. Sie bewegt sich geschmeidig, ihr roter Zopf schwingt energisch hin und her, ihre Augen funkeln erzürnt.

Was hast du jetzt schon wieder getan?

»Pieta, wir müssen reden«, zischt sie.

Ich stehe auf, um ihr auf Augenhöhe zu begegnen. So fühle ich mich … stärker. »Ich sehe keinen Grund dazu.«

Bella schnaubt. »Doch, das tust du. Es geht um Kian. Es gehen Gerüchte herum, dass ihr zusammen seid. Stimmt das?«

Ich kann die Ablehnung in meinem Gesicht nicht verbergen. »Was geht dich das an?«

Bella schnellt vor und greift nach meinem Haar, doch ich weiche gekonnt aus. Sie stolpert und flucht leise, doch bevor ich fliehen kann, schnappt sie erneut nach meinem Haar – diesmal mit Erfolg. Ich stolpere rückwärts, mein Kopf prallt gegen die Wand, Sterne tanzen vor meinen Augen.

Bellas Umriss wird klarer, eine Hand hebt sich mit einem Buch, bereit zum Schlag. Instinktiv schütze ich mein Gesicht, indem ich meine Arme schützend überkreuze. Jede Sekunde rechne ich mit dem Schmerz – doch statt Schmerz höre ich Lounas wütende Stimme. »Lass sie in Ruhe, verdammt! Was denkst du dir dabei?«

»Was ist hier los?«, ertönt eine tiefe, rauchige Stimme,

die klingt, als würde ihr Besitzer zwanzig Zigaretten am Tag rauchen. Herr Cather.

»Ich habe nichts getan«, behauptet Bella sofort. »Ich wollte Pieta bloß helfen, dann kam Louna, und die Situation eskalierte.«

»Das stimmt nicht!«, funkt Louna dazwischen. »Bella hat ihr wehgetan und —«

»Lass gut sein«, unterbreche ich sie und versuche, aufzustehen – trotz des Schwindels, der mich überkommt.

Louna schweigt.

»Setzt euch auf eure Plätze. Ich werde später mit euch reden und das klären«, fordert Herr Cather und beginnt mit dem Unterricht, als wäre nichts gewesen.

Wie immer.

Nach dem Unterricht werde ich von Herrn Cather aufgehalten. »Kann ich noch kurz mit dir reden, Pieta?«

Ich blicke nervös zu Kian, der mir mit einem Nicken bedeutet, dass es in Ordnung ist. »Okay.«

»Nun gut.« Herr Cather atmet tief durch. »Ich möchte deine Sicht zu vorhin hören.«

»Warum sollte das irgendetwas ändern?«

Er sieht mich verständnisvoll an, doch ich weiß, dass dieser Blick nur oberflächlich ist. »Ich möchte die Wahrheit wissen, also was wirklich passiert ist.«

Ich lache trocken auf. »Und was, wenn ich lüge?«

Herr Cather verschränkt die Arme vor seiner Brust.

»Warum solltest du lügen? Ich will bloß deine Sicht hören.« »Ich könnte lügen, weil ich Bella nicht leiden kann.«

Er seufzt genervt. »Ich möchte nur verstehen, was passiert ist.«

»Es wird sowieso nichts ändern.«

»Warum nicht?«, fragt er geduldig, aber ich sehe, dass seine Geduld längst am Ende ist – als würde er in einer leeren Schachtel danach suchen, so tun, als würde er sie finden, aber nichts darin entdecken.

»Weil ich schon oft zu einer Lehrkraft gegangen bin! Weil Sie alle immer nur weggeschaut haben, jedes verdammte Mal! Weil das hier nur ein winzig kleiner Vorfall ist – einer von Tausenden, die mir passieren, seit ich Bella kenne! Und das jeden einzelnen Tag! Aber das interessiert Sie ja nicht. Es ging Ihnen nie um mich. Es geht Ihnen nur um Ihr beschissenes Geld und darum, dass hier bloß niemand Ärger macht, richtig?! Solange alles still bleibt und keiner zu laut wird, ist ja alles gut, oder?!«, platzt es aus mir heraus, meine Stimme überschlägt sich, und ich merke nicht einmal, dass ich längst zittere.

Du musst deine Wut in dir behalten. Es ist nicht gut, ihr freien Lauf zu lassen!

Herr Cather scheint sprachlos. Ohne ein weiteres Wort lasse ich ihn stehen.

Ich öffne meinen Spind, um die Sachen wegzulegen, die ich zu Hause nicht benötige. Ein Zettel fällt mir entgegen. Zum Glück ist Kian an seinem Spind – das verschafft mir einen Moment Zeit. Ich entfalte den Zettel und lese: (555) 707-206 falls du reden möchtest. Louna :)

Ein Zittern überkommt mich, doch bevor ich lange darüber nachdenken kann, höre ich Kians Schritte näherkommen. Hastig stopfe ich den Zettel in meinen Rucksack und widme mich wieder meinem Spind.

»Gehen wir?«, fragt Kian. Seine scheinbar positive Laune ist wie Gift für mich.

»Ja«, entgegne ich unwillig.

Im Bus herrscht Stille, und die Gedanken in meinem Kopf nehmen den ganzen Raum ein. Ich verliere mich in ihnen, bis der Bus hält. Erst draußen an der frischen Luft merke ich, wie stickig es im Bus war. Erleichtert atme ich aus.

»Wir sehen uns morgen«, sagt Kian und tritt näher.

Instinktiv gehe ich einen Schritt zurück. Als seine Hand mein Handgelenk packt, durchzuckt mich die Panik. Der Druck um mein Handgelenk wird stärker. Sein Blick ist ernst, seine Augen voller Feuer.

»Bis morgen«, wiederholt er.

Ich nicke hastig und versuche, mich aus seinem Griff zu winden – erfolglos. »B-bis m-morgen«, stammele ich.

»Denk an meine Worte«, zischt er mir entgegen, seine Worte brennen wie Salz in einer offenen Wunde.

Bevor ich nicken kann, lässt er mich los und verschwindet in die andere Richtung. Ich atme erleichtert aus – nur um den Wind im selben Moment wieder einzusaugen.

Erst zwei Tage. Zwei verdammte Tage. *Wie viele noch?*

Nach Dads Tod habe ich angefangen, die Tage und sogar die Stunden zu zählen, die seitdem vergangen sind. Ist es meine Art, mit dem Verlust umzugehen? Doch jetzt ertappe ich mich dabei, wie ich die Stunden seit jenem Tag zähle – seit dem Tag, an dem Kian in mein Leben getreten ist und es zerstört hat. In beiden Fällen zähle ich die Stunden, in denen meine Welt immer weiter zusammenbricht. *Wann kann ich endlich anfangen, die Stunden des Wiederaufbaus zu zählen, die Tage meines perfekten Lebens?*

Gedankenverloren stehe ich noch immer an der Bushaltestelle. Erst als ein Busfahrer auf sich aufmerksam macht, bemerke ich, dass ich mich keinen Millimeter bewegt habe.

»Hey, du! Steigst du jetzt ein oder nicht?«

Verwirrt sehe ich ihn an. Er ist ein breitschultriger, sportlicher Typ, und seine blonden Haare fallen ihm wirr ins Gesicht. Friseurtermin zu teuer?

Ich schüttle leicht den Kopf zur Antwort und weiche zurück. Er würdigt mich keines zweiten Blickes und rast los, als sei sein Ziel nicht, die Leute sicher ans Ziel zu bringen, sondern einen Weltrekord aufzustellen.

MACHTLOS, ABER NICHT WERTLOS

Zu Hause angekommen, überkommt mich schon im Wohnzimmer die Verzweiflung. Auf dem Ablagetisch vor der Couch stehen schmutzige Gläser und Teller. Der Fernseher ist staubig, das Sofa sieht aus, als hätte es seit Jahren keine Pflege mehr bekommen, und auf dem Boden liegen drei von Runes Plüschtieren. Mein Kopf beginnt zu rasen.

Nichts ist unter deiner Kontrolle.

Und es stimmt. Wenn ich eine Sache in meinem Leben unter Kontrolle bringen kann, dann ist es die Ordnung in diesem Haus.

Die nächsten Stunden verbringe ich damit, zu putzen, zu wischen und zu schrubben.

Erst als ich das Klirren von Moms Schlüssel an der Haustür höre, schleppe ich das Putzzeug hoch in mein

Zimmer. *Völlig sinnlos – sie wird so oder so merken, dass ich es wieder nicht lassen konnte und das Haus auf den Kopf gestellt habe.*

»Pieta?«, ertönt ihre Stimme von unten.

Mit einem Stöhnen zwinge ich mich zum Gehen, zwinge mich dazu, die Treppe hinunterzugehen. Ich weiß genau, was mich erwartet. Eine Standpauke nach der anderen.

»Ich habe es gestern absichtlich so gelassen, damit du nicht aufräumst«, hält sie mir vor. »Wenn es so weitergeht, müssen wir wieder zu deiner Psychologin.«

»Ich brauche keine Therapie«, seufze ich. »Wie oft noch?«

Moms Gesichtszüge verhärten sich. »Und wie oft soll ich wiederholen, dass du sie bitternötig hast?«

Etwas in mir verkrampft sich, als hätte jemand die Hand fest um meine Lunge gelegt. Ich kann die Tränen nicht mehr zurückhalten – es tut so weh. *Warum?*

»Ich mache einen Termin«, unterbricht Mom meine Gedanken und läuft an mir vorbei.

»Was?«, rufe ich entsetzt. »Nein!«

»Doch!«, erwidert sie kühl, bleibt stehen und sieht mich an. In ihrem Blick blitzen Verzweiflung, Trauer, Wut, Hilflosigkeit und Müdigkeit auf. Dann verschwindet sie im Schlafzimmer.

Da stehe ich – eben glaubte ich, wenigstens einen Teil meines Lebens unter Kontrolle zu haben. Jetzt ist nichts mehr davon übrig.

Ich erinnere mich an den Albtraum von letzter Nacht. Ich

wollte Mom fragen, warum Dad gestorben ist, aber ich kann mich nicht mehr überwinden. *Nicht jetzt. Nicht nach allem, was geschehen ist ...*

Um ehrlich zu sein, willst du es gar nicht wissen, oder?

Beim Abendessen versucht Mom, ein Gespräch zu beginnen. »Wie war dein Tag sonst?«

»Ganz gut«, lüge ich. »Wie immer. Und deiner?«

Für den Bruchteil einer Sekunde hält sie inne – ich habe es gesehen –, dann wendet sie sich wieder ihrem Essen zu. »Mein Tag war okay. Ziemlich anstrengend auf Arbeit«, sagt sie und zwingt sich zu einem Lächeln, das offensichtlich gespielt ist.

»Verstehe«, murmle ich, um nicht nachbohren zu müssen.

Die restliche Zeit am Tisch ist bedrückend. Rune sagt, ihr Tag sei wie jeder andere gewesen. *Aber warum klingt diese Aussage so oft wie eine Lüge?*

Später, in meinem Zimmer, starre ich weiter auf Lounas Notiz. Ihre Nummer kenne ich inzwischen auswendig. In meinem Kopf gehe ich die möglichen Dialoge immer wieder durch, jedes Wort scheint sich in mein Gedächtnis zu brennen. Aber am Ende läuft das Gespräch immer auf dasselbe hinaus: Ich lege auf, weil ich mir etwas geschworen habe. Nie wieder lasse ich jemanden so nah an mich heran wie damals bei Dad. Nie wieder.

Meine Gedanken toben wie ein Sturm in meinem Kopf, laut und unkontrollierbar. Mit voller Wucht werfe ich mich aufs Bett, das Gesicht ins Kissen gepresst.

Du hast sie längst zu nah an dich gelassen.

Und die kritische Stimme in meinem Kopf hat recht. Ich denke nur an Louna – und an Kian, aber das ist etwas anderes.

Ich ergebe mich meinen Gefühlen und tippe Lounas Nummer in mein Handy. Ich will nur reden, nicht mehr – vielleicht weniger.

Bevor ich anrufe, halte ich inne.

Glaubst du, Louna wird dir zuhören? Sei nicht albern. Die Welt war und wird nie gut zu dir sein.

Meine Hand umklammert mein Handy so fest, dass meine Finger schmerzen. Ich merke es erst, als ich Lounas Stimme plötzlich in der Leitung höre. Verdammt. Ich muss aus Versehen auf die Anruftaste gekommen sein.

»Pieta?«, dringt Lounas Stimme zu mir durch, und ich kehre schlagartig aus meinen Gedanken zurück. »Pieta? Alles okay?«

»Ja! Ja, äh … alles gut«, erwidere ich hastig. Dann breitet sich Stille aus – unangenehm, schwer und doch unvermeidbar.

Nach einem Moment fragt Louna: »Du hast also meine Notiz bekommen. Hab's mal auf die altmodische Art getan. Hat was.« Kurz scheint sie auf eine Antwort zu warten – umsonst. »Warum rufst du an?«, fragt sie ernster.

Glücklich über die Einleitung und dankbar, dass ich nicht das erste Wort finden muss, spreche ich offener, als ich erwartet habe. »Mir geht's … nicht so gut, und …« Ich halte inne. Das fühlt sich schon zu weit an.

Wie kannst du ihr nach so kurzer Zeit so vertrauen?

Blind.

Du bist einfach nur blind.

»Das war nicht zu übersehen«, antwortet Louna sanft.
»Deine überschminkten Augenringe, deine zersprungenen
Lippen und …« Sie hält inne, scheint zu bemerken, dass das
eher unpassend war. »Willst du darüber reden?«

Diese Frage. Nie hat mich jemand gefragt, ob ich reden
will. Sonst *musste* ich reden – oder es war meine Schuld,
wenn ich keine Hilfe bekam.

»I-ich … weiß n-nicht«, stottere ich und schlage mir
innerlich die Hände über dem Kopf zusammen.

»Du musst nicht«, sagt Louna melodisch.

Wie beim letzten Mal. Doch es ist mehr als ein einfaches
›Du musst nicht‹. Es ist sanft, geduldig. Ihre Worte geben
mir das Gefühl, dass es okay ist – dass ich jederzeit die
Möglichkeit habe, mit ihr zu sprechen, wenn ich es möchte.

Das zaubert mir ein unbewusstes Lächeln auf die Lippen,
das ich schnell zu unterdrücken versuche.

»I-ich habe angerufen, weil … du heute nicht so
glücklich gewirkt hast«, stammle ich und fühle mich wie ein
Kind, das die richtigen Worte nicht findet. »Du hast zwar
gesagt, dass du nicht unbedingt reden willst. Aber …
vielleicht jetzt?«

Eine lange Pause folgt. Ich lasse sie ihr. Einerseits, weil
ich ihr Raum und Zeit geben will, andererseits, weil ich
selbst nicht wüsste, was ich jetzt sagen sollte.

Schließlich bricht es aus Louna heraus: »Ich stehe
möglicherweise etwas neben mir, aber …« Sie atmet hörbar

aus. »Aber es ist nicht so schlimm.«

»Ich höre dir zu«, sage ich fast schon automatisch, ohne lange darüber nachzudenken. *Wo ist das Klebeband, wenn man mal welches braucht?*

Ein leises Lachen ertönt aus der anderen Leitung, halb erleichtert, halb verwundert. »Danke«, murmelt Louna. »Ich würde es dir gerne erzählen …« Sie hält kurz inne, als würden ihr die Worte schwerfallen.

»Aber?«, frage ich sanft.

»Aber ich habe Angst, dich zu belasten.«

»Oh«, entweicht es mir leise. Ich erkenne, dass es mir genauso geht.

Erzähle ich Louna deshalb nichts von meinen Sorgen – aus Angst, sie könnte überfordert sein?

»Das könnte passieren«, gebe ich zu. »Jedoch habe ich von meinem Recht Gebrauch gemacht und es dir vorhin erlaubt.«

»Ich erinnere mich. Dann mache ich jetzt von meinem Recht Gebrauch.«

Bei ihren Worten läuft ein Schauer meinen Rücken hinab.

Sie hüllen mich ein, als könnten sie mir für einen Moment weismachen, dass alles in Ordnung ist.

»Du musst wissen, dass meine Eltern und ich oft umziehen. Meine Eltern sind selbstständig und lassen es sich nicht nehmen, das beste Angebot anzunehmen – auch wenn es weit von unserem jetzigen Zuhause entfernt ist«, formt Louna die Worte, als wäre es ein Gedicht.

Ich schüttle leicht den Kopf und versuche, mich auf das

Wesentliche zu konzentrieren – auf Lounas nicht poetische Worte.

»Egal, ob ich zustimme. Ich werde nicht einmal gefragt, aber das würde auch nichts ändern. Das geht so, seit ich denken kann. Ich habe nirgends Halt gefunden. Das hat mich über die Jahre unglaublich von meinen Eltern entfernt, und dennoch klammern sie sich immer wieder an mich. Und …« Louna schluckt und verstummt.

Ich gebe ihr Zeit. Ihr Verhältnis zu ihren Eltern klingt … einsam. Fast so, als hätte sie überhaupt keine Eltern.

Nach einem tiefen Ein- und Ausatmen redet Louna weiter: »Sie tun mir weh.«

Vier Worte, ein Atemzug, Abertausende Pfeile, die sich in meine Brust bohren und mir die Luft rauben. Ich spüre meinen letzten Atemzug, sichtbar wie in einer eisigen Kälte, die mich innerlich erstarren lässt. Unfähig zu sprechen, starre ich gegen die Wand.

Gewalt muss aufhören.

Ihre Worte ergeben nun einen Sinn.

Zum Glück erlöst Louna mich. »Habe ich das eben laut gesagt?«

Das entlockt mir ein leichtes, unfreiwilliges Lachen – sofort bremse ich mich, weil es dazu keinen schlechteren Zeitpunkt geben könnte. »Ja«, antworte ich dennoch, um Louna nicht das Gefühl zu geben, dass sie allein ist.

»Mist«, lacht sie. »Tut mir leid! Ich hab's einfach rausgehauen. Eigentlich wollte ich nie … egal, so schlimm ist es nicht«, fährt sie ernst fort, ihre Stimme wird immer trauriger.

»Warum?«, frage ich direkt.

»Warum sie mir wehtun? Keine Ahnung«, sagt Louna verwirrt.

»Nein, warum verharmlost du deinen Schmerz und deine Wunden?«

Eine simple Frage – und doch haben die meisten Menschen keine Antwort darauf. Besser gesagt, sie haben eine Antwort, wollen sie aber nicht akzeptieren.

Louna holt Luft, scheint zu lachen. »Warum machst du dich so nieder?«

Ich verdrehe die Augen. »Es geht momentan um dich.«

Sie seufzt und greift nach ihrer Maske, setzt sie auf und verbirgt sich vor mir. »Es ist doch wirklich nichts. Nur … kleine Ausrutscher und –«

»Louna«, unterbreche ich sie. »Leg die Maske ab und lass die echte Louna sprechen.«

Ein Schluchzen dringt aus der Leitung. Leise Flüche folgen. Plötzlich überkommt mich ein Gefühl, das ich nicht benennen kann. Es hinterlässt mich dunkel und schuldig. *Bin ich zu weit gegangen?*

»Es tut mir leid, falls ich zu viel verlangt habe«, versuche ich, das Gespräch vorsichtig zu retten.

Ein Rascheln im Hintergrund, dann ein dumpfer Ton und Lounas Stimme. »Nein, es ist nicht deine Schuld, sondern die meiner Eltern.« Kurz holt sie Luft und fügt hinzu: »Aber ich fühle mich machtlos.«

Machtlos. Was für ein mächtiges Wort. Und welch

herrliche, schmerzhafte Ironie.

»Ich kenne das Gefühl, machtlos zu sein«, flüstere ich, halb hoffend, dass Louna es nicht hören würde – obwohl das natürlich Unsinn ist.

»Wirklich?«, fragt sie zögernd.

»Ja.«

Mein Blick fällt auf das Bild auf meinem Schreibtisch. Dad und ich, damals im Urlaub in den Bergen. Wie sehr ich das Wandern mit ihm geliebt habe, während Mom und Rune in der Stadt shoppen gingen. Eine tiefe Trauer und eine unaushaltbare Schwere überkommen mich.

Du wirst nie wieder das Gefühl des Sommerwinds auf deiner Haut spüren, nie die Sicherheit, die Dad dir gab. Ich bezweifle sogar, dass du jemals wieder klettern wirst.

Seufzend erzähle ich Louna von Dad. »Mein Dad ist vor einem Jahr gestorben. Seitdem fühle ich mich … machtlos, weil ich nichts tun konnte, weil ich etwas akzeptieren muss, das ich gar nicht ändern kann, aber will.« *Warum sagst du ihr das?*

Weil es sich richtig anfühlt.

Kian lasse ich weg. Das ist nicht der richtige Zeitpunkt. *Wird es je einen richtigen Zeitpunkt geben?*

»Das tut mir leid. Kann ich dir irgendwie helfen?«, entgegnet Louna leise.

»Muss es nicht und nein, vermutlich kann das niemand.«

Stille. Eine traurige Stille, die keiner zu unterbrechen wagt, weil ein falsches Wort diesen Moment zerstören könnte. Ich sitze auf meinem Bett und starre noch immer gegen die Wand, aber ich stelle mir vor, in Lounas meeresblaue Augen zu blicken und mich darin zu verlieren.

Was sie wohl gerade denkt?

»Wegen deiner Eltern«, durchbreche ich die Stille, »kann ich dir helfen?«

»Ja«, sagt Louna ohne Zögern.

Perplex über ihre Antwort – die meisten hätten Nein gesagt – brauche ich einen Moment, um zu reagieren. »Was kann ich tun?«

»Kannst du mir weiter zuhören?«

»Heute?« »Immer.«

»Oh«, entweicht es mir leise. Verzweifelt beiße ich mir auf die Lippen. Ein Nein würde ich nie über die Lippen bringen, aber ein Ja … könnte eine Lüge sein.

Ihr dürft keine Freundinnen werden.

Ich kann nicht noch ein Leben verlieren.

Andererseits ist Louna … besonders. Etwas an ihr bringt mich zum Lachen, lässt mein Herz schneller schlagen, schenkt mir das Gefühl, dass die Welt in Ordnung ist.

Ihre Augen zeigen mir Frieden.

»Ich meine natürlich nur, wenn es angemessen ist. Es gibt äußerst ungünstige Situationen, in denen niemand zuhören sollte.«

Wie in einem Strudel versinke ich in Gedanken und werde herausgerissen. »Na, jetzt bin ich gespannt.« Sofort bereue ich die Worte. »Ich verspreche dir, dass ich immer ein offenes Ohr für dich haben werde, wenn du danach fragst«, rudere ich zurück.

»Danke«, flüstert Louna nur. Sie klingt verlegen, nicht sicher, was sie weiter erwidern könnte.

»Nur … darf ich fragen, warum …? Warum redest du mit mir, wenn du Abstand halten könntest?« Ich wage es, die Frage zu stellen, die mich seit unserer ersten Begegnung verfolgt.

»Gegenfrage: Warum findest du es so seltsam, dass ich dich nicht ignoriere?«

Ich halte inne. »Was?« Die Frage überfordert mich ein wenig.

»Warum ist es komisch, dass ich dich nicht ignoriere?«, wiederholt sie.

»Ich … Jeder tut das.«

»Ist das auch der Grund, weshalb du dich so niedermachst?«

Ein dumpfes Rumpeln ertönt – wahrscheinlich Louna, die etwas fallen gelassen hat.

»Ich mache mich nicht schlecht, ich *bin* so. Jede Person wendet sich von mir ab. Das ist doch Antwort genug.«

»Es liegt nicht an den Opfern, wenn sie leiden. Sonst wären sie keine Opfer.« Es ist faszinierend, wie Worte so tiefe Gefühle hervorrufen können.

Worte sind letztlich nur Töne – Töne, die wir formen, um uns auszudrücken.

»Du hältst mich für ein Opfer? Von was?«, frage ich ungläubig.

»Mobbing.«

»Das zählt doch nicht als Mobbing! Andere haben es viel

schlimmer«, winke ich ab.

»Selbst ein ›milder‹ Mord bleibt ein Mord.«

»Trotzdem gibt es Unterschiede«, erwidere ich.

Louna schnauft. »Scheißegal. Wenn dein Bein gebrochen ist, interessierst du dich auch nicht dafür, dass ernstere Brüche existieren.«

Da ist etwas dran. Ich will etwas erwidern, als ein Rufen am anderen Ende der Leitung ertönt.

»Pieta, ich muss auflegen. Meine Mom ruft mich.« *Ich will nicht, dass du gehst.*

Die Worte bleiben unausgesprochen.

Viel zu weit, viel zu weit, viel zu weit, viel zu weit.

Und es stimmt. Ich bin schon zu weit gegangen.

»Kann ich dir noch irgendwie helfen?«, frage ich schnell.

»Du hast alles getan. Danke, wirklich.«

Ein leichtes, trauriges Lächeln entweicht mir. *Schon wieder ...*

»Bis morgen«, sage ich und warte, bis sie auflegt.

Das Handy fliegt in die nächstbeste Ecke, meine Fingernägel graben sich in meine Kopfhaut, die Knie ziehe ich eng an meinen Körper, während heiße Tränen über meine Wangen laufen.

Ich lerne nicht. Jetzt ist da ein neues Leben, das wehtun wird, wenn ich es verliere.

Erschrocken über mich selbst, richte ich mich auf.

Was machst du da? Dich in deinem Selbstmitleid ertränken? Nein. Du wirst deine perfekte Welt wieder aufbauen!

Du wirst der Mensch, der jeder sein sollte – perfekt, makellos und moralisch.

Ein Schatten huscht an mir vorbei. Ich schaue hin und sehe ihn – Dad.

»Verschwinde«, murmle ich zu dieser Einbildung. »Bitte, nicht jetzt.«

Aber Dad verschwindet nicht.

»Dann sag mir wenigstens, wie ich aus dieser Scheiße rauskomme.«

Dad schweigt.

»War ja klar«, fluche ich und vergrabe mein Gesicht in ein Kissen, als könnte es mich vor mir selbst schützen.

Die nächsten Minuten verfluche ich den Tag, an dem meine perfekte Welt zusammenbrach.

Ein abruptes Klopfen durchbricht die Stille, reißt mich aus dem Strudel meiner Gedanken.

NIE WAR ICH ›SIE‹

»Ja?«, frage ich.

Langsam öffnet sich die Tür mit einem leichten Quietschen, und eine unangenehme Gänsehaut legt sich über meine Haut. Ich verziehe das Gesicht und sehe durch meine fast geschlossenen Augen zu Rune. Erleichtert atme ich aus.

Es ist nicht so, dass ich Mom nicht sehen will – ich möchte nur jetzt kein Gespräch über irgendeine unnütze Therapie führen.

Schnell wandert mein Blick zu der Stelle, an der Dad bis eben stand. Er ist verschwunden.

»K-kann ich reinkommen?«, fragt Rune mit zittriger Stimme.

Sofort nicke ich. »Natürlich …«, stammele ich, während mein Blick auf ihre Haare fällt – kürzer, viel kürzer. »Was …?«

Rune steuert auf mein Bett zu und setzt sich neben mich.

Diese Stille zwischen uns ist weder unangenehm noch ungewollt. Nein. Sie ist genau richtig.

»Ich …«, beginnt Rune und durchbricht die Stille. »Ich will dir etwas sagen, aber ich weiß nicht, wie.«

Ich halte inne, konzentriere mich nicht mehr auf ihre Haare und versuche, alles zu tun, um eine perfekte Schwester zu sein.

»Wovor hast du Angst? Warum kannst du es mir nicht sagen?«

Rune schweigt. Sie fummelt an der Haut neben ihrem Fingernagel, die schon aufgekratzt ist. Sanft fasse ich nach ihrer Hand und schließe die andere darum.

Runes Blick schweift zum Boden – ich mache es ihr gleich. So vergeht die Zeit langsam, aber irgendwie bringt sie uns einander näher.

Ihre Atemzüge werden lauter und schwerer, bis sie zu Worten verschmelzen. »Ich habe Angst, dass ich falsch bin. Ich habe Angst vor mir selbst.«

Jemand muss mir ein Messer in den Rücken gerammt haben, so sehr tun ihre Worte weh.

Ich fange mich wieder und umarme sie fest. »Warum solltest du?«, hauche ich.

Rune antwortet sofort, als hätte sie die Antwort einstudiert oder sich die Frage tausendmal selbst gestellt. »Weil ich nicht der Mensch bin, der ich sein muss.«

Ich löse mich sanft aus der Umarmung und blicke ihr tief in die Augen. Ihre braunen Augen erinnern mich an frische Erde nach dem Regen. »Du bist, wer du bist«, sage ich fest.

Im selben Moment kommt mir der Gedanke, dass ich mir diese Worte selbst sagen sollte, aber irgendetwas in mir wehrt sich.

Bei dir ist es etwas anderes! Jeder muss ein guter Mensch sein.

Doch ist es so? Was definiert gute Menschen?

»Nein, ich …«, platzt es unerwartet aus Rune heraus.

»Verdammt, ich bin nicht, wer ich eigentlich bin!«

Sie springt auf und schlägt unerwartet gegen die Wand. »Hey!«, schreie ich dazwischen, erhebe mich und trete zwischen sie und die Wand. »Ich bin hier, hörst du«, sage ich und lege meine Hände über ihre Faust, die glüht, als hätte Rune in Feuer gefasst. »Du bist in Sicherheit. Ich verspreche dir, ich werde immer an deiner Seite sein, egal was passiert.«

Sie blickt verunsichert in meine Augen. Ich stelle mir vor, was sie denkt: *Am Ende wirst selbst du mich wegstoßen.*

Ich wiederhole es.

»Ich verspreche es. Und wenn ich etwas verspreche, dann wird dieses Versprechen niemals gebrochen. Niemals.«

Runes Blick wird weicher, trauriger. Seufzend setzt sie sich wieder und zieht mich mit. »Rey.«

»Was?«, frage ich mehr aus Verwirrung – verstanden habe ich es.

»Rey. Das ist mein Name. Ich möchte ein Junge sein.«

Der Sturm aus Panik löst sich in mir auf. Ich dachte vieles: an Mobbing in der Schule oder an mentale Probleme – sogar an eine Krankheit wie Krebs.

Ich atme tief ein und aus. »Okay.«

Rey schaut mich überrascht an. »Es ist … okay?«

Ich schnaube lachend. »Natürlich. Was ist so schlimm daran, dass du ein Junge bist?«

Er sieht mich an, verwirrt, erleichtert. »Ich *bin* … ein Junge?«

»Bist du das nicht?«

»Doch!«, ergreift Rey sofort das Wort. »Doch, aber …« Die nächsten Worte sagt er nicht – er zeigt sie, indem er auf seinen Körper deutet.

»Dein Körper bestimmt nicht, wer du bist. Wenn du ein Junge bist, dann bist du ein Junge.«

Rey fällt mir in die Arme. »Danke«, flüstert er, und gleichzeitig lehne ich mich mehr in die Umarmung.

So verweilen wir einen Augenblick.

In diesem Moment wird mir klar, wie sehr ich meinen Bruder vermisst habe. War es das, was ihn beschäftigt hat?

Wie lange schon?

All das werde ich ihn später fragen. Jetzt ist nicht der richtige Zeitpunkt. Ich möchte diesen Moment genießen – den einzigen seit langer Zeit, der mein Herz erwärmt.

Für einen Moment scheint alles perfekt.

Bis Rey sich aus der Umarmung löst. »Aber wie sage ich das Mom? Sie wird nicht so reagieren wie du. Und die in meiner Klasse werden mich bestimmt auch auslachen!« Wie gern würde ich ihm widersprechen.

Wie gern würde ich ihm versichern, dass er überall akzeptiert wird.

Doch das wäre eine Lüge – eine große, zerbrechliche Lüge.

Die Welt wird ihm mit Anfeindungen, Intoleranz und Ekel begegnen.

Doch die Menschen, die ihn bedingungslos lieben, werden ihm Liebe, Akzeptanz und Zuneigung entgegenbringen. Sie werden ihm zeigen, dass sein Wert unverändert bleibt. Sie werden sich freuen, dass Rey zu sich selbst gefunden hat.

»Ich kann dich begleiten, wenn du es Mom erzählst«, versuche ich, das Thema erst einmal abzulenken.

»Ich würde es ihr gerne jetzt sagen, weil sie nichts von meinen kurzen Haaren weiß. Wenn sie das sieht, wird sie so oder so Fragen stellen.«

»Okay!« Ich klatsche in die Hände, ziehe Rey auf die Beine und grinse bis über beide Ohren.

Reys verwirrter Blick ist mehr als verständlich. Aber anders kann ich meine Gedanken und die Befürchtungen von eben nicht verdrängen.

Aber ich werde versuchen, perfekt zu wirken – wenn ich es schon nicht bin.

Oben an der Treppe zieht Rey mich zurück, doch es ist zu spät.

»Pieta? Rune? Alles okay bei euch?«, fragt Mom und steht von der Couch auf, greift nach der Fernbedienung – verfehlt sie beim ersten Mal – und schaltet dann den Fernseher aus.

Leicht stupse ich Rey an. »Alles wird gut. Ich bin bei

dir«, flüstere ich ihm zu. Er geht schon die Treppe hinunter.

»Ich … äh …«, beginnt Rey, als er vor ihr steht. »Ich will mit dir reden.«

Während ich ebenfalls die Treppe hinuntergehe, wächst die Panik in Moms Gesicht. »Ist etwas Schlimmes passiert? Was ist mit deinen Haaren geschehen?«

»Nichts … Ich meine …« Er blickt Hilfe suchend zu mir.

»Nein, es ist nichts Schlimmes«, setze ich den Satz fort und lege meine Hand auf Reys Schulter.

»Was ist es dann?«, fragt Mom ungeduldig und schaut uns besorgt an.

Rey wirft mir einen kurzen Blick zu – dann rennt er die Treppe hinauf.

»Rey!«, rufe ich, bevor sich Moms fragendes Gesicht mir zuwendet. »Verdammt!«

»Rey?«, fragt sie verwirrt.

»Später«, antworte ich und renne ihm hinterher.

Ich finde ihn in seinem Zimmer. Mit hängendem Kopf sitzt er auf seinem Bett, die Beine baumelnd.

Ich sage nichts, setze mich neben ihn und warte. Keins meiner Worte wäre jetzt angebracht.

»Ich schaffe das nicht«, flüstert Rey.

Die Tür öffnet sich leise. Mom schlüpft unauffällig herein und versucht, Reys Aufmerksamkeit nicht auf sich zu ziehen – erfolgreich.

»Wovor hast du Angst?«, frage ich sanft, unschlüssig, ob es hilfreich ist, ihm nichts von Moms Anwesenheit zu erzählen.

»Was, wenn Mom mich nicht akzeptiert? Was, wenn sie mich nicht mehr liebt?«

Meine Augen treffen Moms, und ich sehe eine Traurigkeit, die seine Worte nur verstärkt. Nickend fordere ich sie auf, etwas zu sagen.

»Ich werde dich immer akzeptieren.«

Erschrocken fährt Rey hoch. »Mom! Wie lange stehst du da schon?«

Mom ignoriert die Frage. »Wieso sollte ich dich nicht akzeptieren? Du bist meine Tochter. Wie könnte ich dich jemals nicht tolerieren?«

Bei dem Wort *Tochter* zuckt Rey zusammen und sieht mich an. Aufmunternd nicke ich ihm zu.

Er holt Luft und macht das Mutigste, was er je getan hat. »Weil ich nicht deine Tochter bin. Ich —«

»Was? Natürlich bist du das. Wie kommst du denn darauf?«, unterbricht Mom.

»Ich bin dein Sohn.«

Und damit ist es raus. Seine Worte verweilen lange in der Luft.

Moms Augen treffen meine, dann wandern sie wieder zu Rey – in ihnen schimmert Panik.

Panik, weil sie nicht weiß, was sie sagen soll.

»Rey. Mein Name ist Rey«, fügt er hinzu.

Die Wut, die in seinen Worten mitschwingt, ist unüberhörbar. Wut darüber, dass Mom schweigt. Wut darüber, dass sie überfordert ist.

Und ich verstehe ihn.

Wovor fürchtet man sich denn? Warum fühlt man sich in so einer Situation überfordert? Wovor genau?

Weil das eigene Kind endlich zu sich selbst findet? Weil es sich nicht mehr verstecken muss?

Sie sagen, man verliere das Kind. Doch das ist Unsinn – ein Outing führt nur dazu, dass man das eigene Kind endlich kennt. Es sei denn, man lehnt es ab.

Wie kann es so schwer sein, einen Menschen so leben zu lassen, wie er will? Was nehmen wir uns heraus, über andere zu urteilen?

»Mom?«, versuche ich, sie aus der Trance zu lösen.

Mom blinzelt verwirrt und räuspert sich. »Ich ...«, beginnt sie, hinterlässt eine kurze Stille und füllt sie sofort wieder mit Worten. »Rey, ich liebe dich, und daran wird sich nie etwas ändern.«

Die Worte zaubern mir ein Lächeln aufs Gesicht. Auch wenn sie etwas spät kommen, klingen sie ehrlich.

»Komm her«, fügt Mom schnell hinzu, öffnet ihre Arme, fängt Rey auf und hebt ihn in eine innige Umarmung. »Ich werde dich immer akzeptieren, hörst du?«

In diesem Moment frage ich mich, was sie im ersten Augenblick gedacht hat.

Was hätte sie gesagt, wenn ihre Gedanken zu hören gewesen wären?

Eine noch drängendere Frage drängt sich in meinen Verstand:

Was, wenn Rey irgendwann glauben wird, er sei das Problem in dieser Welt?

Verdammt, das ist er nicht.

Wie sehr ich diese Welt dafür hasse, dass sie Menschen ausschließt, die nur sie selbst sein wollen.

Schließt doch die verdammten Arschlöcher aus, die denken, man könnte sich die eigene Identität aussuchen!

Schließt die aus, die anderen ihre Würde und Rechte nehmen wollen!

Aber lasst die in Ruhe, die sich nicht verbiegen wollen und sollten!

Jeder ist anders!

Wenn jemand von normal spricht, frage ich mich, was denn eigentlich normal ist.

Oder ist Normalität nicht eher eine Illusion?

Wahrheit ist, was wir glauben – Moral ist, was wir richten

Am nächsten Morgen weckt mich nicht wie sonst mein Wecker, sondern das durchdringende Klingeln einer Benachrichtigung, die immer wieder aufleuchtet.

»Was zum ...«, murmle ich verschlafen, drehe mich zur anderen Seite und greife nach meinem Handy.

Müde reibe ich mit meiner linken Hand über meine verschlafenen Augen. Das Display zeigt 5:30 Uhr an. Was zur Hölle wird mir um diese Uhrzeit geschickt?

Der Name einer bekannten Zeitschrift erscheint.

Oh nein, bitte nicht.

Aber all das Bitten nützt mir nichts. Der Titel des Artikels sagt mir, dass es in nächster Zeit viel Ärger geben wird.

Destructio-Magier bekommt Todesstrafe.

Die Überschrift schreit mich an. Kein Fragezeichen. Kein Anzeichen auf ein Missverständnis.

Das kann nicht sein!

Zitternd öffne ich den gesamten Artikel.

Enzo Winslow, verurteilt für den Mord an seiner Ex-Frau Serena Winslow und die vorsätzliche Zerstörung ihres Hauses, soll in der kommenden Woche durch die Todesstrafe hingerichtet werden.

Die Entscheidung des Gerichts, die Todesstrafe zu verhängen, wurde aufgrund der extremen Gefahr, die Winslow mit seinen Destructio-Kräften darstellt, getroffen. Laut den zuständigen Behörden hätte eine lebenslange Inhaftierung allein nicht ausgereicht, um die Öffentlichkeit zu schützen, da der Destructio-Magier über unkontrollierbare und zerstörerische Fähigkeiten verfügt.

Die Art der Todesstrafe ist noch nicht bekannt.

»Es war eine schwierige Entscheidung«, erklärte Richter Leon Kimmer. »Aber die Sicherheit der Gesellschaft muss an erster Stelle stehen. Die Zerstörung, die Herr Winslow verursacht hat, zeigt die Gefahr, die von solchen magischen Fähigkeiten ausgeht. Selbst in Haft könnte er eine Bedrohung für uns alle darstellen.«

Die Behörden haben zudem sichergestellt, dass spezielle Sicherheitsmaßnahmen getroffen wurden, um jeglichen magischen Einfluss zu unterbinden.

Die bevorstehende Exekution hat zu einer hitzigen Debatte über den Umgang mit Magiebegabten geführt,

insbesondere in Bezug auf die Rechtsprechung und die
Frage, wie weit diese gehen sollte, um potenzielle Gefahren
zu neutralisieren.

Ungläubig schlage ich mir mit der flachen Hand ins Gesicht.

Noch einmal.

Und noch einmal.

»Ich träume nicht«, murmle ich ungläubig.

Schnell scrolle ich weiter. Dann wechsle ich auf Instagram. Die Politik ist am Brodeln. Die Diskussion über den Artikel ist explodiert.

»Die Todesstrafe ist eine unmenschliche und barbarische
Praxis, die in einer modernen Gesellschaft keinen Platz
haben sollte – egal, ob es sich um eine*n Magiebegabte*n
oder Nicht-Magiebegabte*n handelt«, berichtet die
Parteivorsitzende der linken Partei.

In einem anderen Artikel steigt die Wut in meinen Adern auf, kocht über.

»Die Hinrichtung ist ein notwendiger Schritt, um die
Sicherheit unserer Bürger zu gewährleisten«, erklärte ein
Sprecher der rechten Partei. »Magiebegabte jeglicher Art
oder Rasse stellen eine erhebliche Bedrohung für die
Gesellschaft dar. Es ist unsere Pflicht, mit Härte und
Entschlossenheit gegen solche Verbrecher vorzugehen.«

Oh, wie gerne würde ich solchen rechten Menschen einen Arschtritt ins Gesicht geben! Oder besser – ihnen ein funktionierendes Gehirn einsetzen!

Wie friedlich wäre die Welt nur, wenn jeder Mensch

denken könnte …

Plötzlich klingelt mein Wecker.

Ich erschrecke mich so heftig, dass ich dabei mein Handy aus der Hand fallen lasse. Fluchend hebe ich es wieder auf.

Nichts kaputt. Glück gehabt.

Dann schwinge ich mich aus meinem Bett, meine Glieder unerwartet schwer. Jeder Schritt kostet mich doppelt so viel Energie wie sonst. Keuchend stütze ich mich an meinem Schrank ab.

Wie konnte es nur so weit kommen? Wie konnte diese Welt so verderben?

Die Todesstrafe – wann gab es das letzte Opfer?

Vor hundert Jahren?

Verdammt!

Mit aller Kraft zwinge ich mich, wieder aufrecht zu stehen, und gehe zum Spiegel. Ein lebendes Gespenst sieht mir entgegen.

Meine innere Stimme schreit mich an. *Du musst perfekt aussehen! Schau dir doch mal dein Zimmer an – schrecklich! Außerdem musst du wieder putzen und –*

»Halt die Klappe«, unterbreche ich meine eigenen Gedanken – aber vergebens.

So sehr ich es auch versuche oder will, ich kann die eigenen Gedanken nicht abschalten. Also gebe ich mich dem Perfektionismus hin – dem Einzigen, was ich unter Kontrolle habe.

Nicht nur mir entgleitet meine perfekte Welt – auch die Welt um mich herum scheint ihre Perfektion zu verlieren.

Der Rest des Tages ist grau – nicht aufregend.

Louna ignoriere ich – vor allem nach dem Telefonat, weil es uns zu nah gebracht hat.

Kian ist unerwartet still. Womöglich weil ich mich an seine Regeln halte …

Meine Gedanken kreisen unablässig um ein paar Themen:

Dass Lounas Eltern sie schlagen.

Die ganze Situation um Kian.

Reys Outing und Moms Reaktion.

Und immer wieder die Todesstrafe – welche die Inkompetenz der mächtigsten Menschen widerspiegelt.

Der Artikel von heute früh lässt mich nicht los. Selbst in der Schule reden wir darüber – vor allem im Ethikunterricht.

Niemand beteiligt sich wirklich – alle wirken schockiert.

Wie konnte die Regierung eine solche Entscheidung treffen, wenn selbst Bella meiner Meinung ist?

Wer ist Enzo Winslow, dass sie ihn zum Tode verurteilen?

Wird uns etwas verschwiegen? Konnte man nicht mit ihm reden? Ich will nicht glauben, dass es keinen anderen Weg gibt.

In der letzten Hofpause spricht mich Kian unerwartet an. Anders als sonst greift er nicht nach meinem Arm, sondern tippt mir nur leicht auf die Schulter.

Ich drehe mich verwundert um.

Sein Gesichtsausdruck wirkt weicher und weniger bedrohlich als die letzten Tage. Da schwingt etwas …

Trübes mit.

»Was hältst du vom Urteil?«, fragt er.

Überrascht von der Frage, brauche ich einige Sekunden, um zu antworten. »Es ist … schrecklich«, murmle ich. »Ich meine … nun, ziemlich unmenschlich, nicht?«

»Warum sollte es unmenschlich sein? Er ist gefährlich. Magie lässt sich nicht einfach unterbinden.«

Ich starre ihn mit offenem Mund an, schließe ihn sofort wieder, als ich mir ins Gedächtnis rufe, dass es Kian ist, der vor mir steht.

Du darfst ihm nicht widersprechen!

»Du kannst ehrlich sein«, sagt er, als hätte er meine Gedanken gehört.

Erstaunlicherweise zögere ich nicht lange, meine innere Stimme bleibt stumm. »Ich finde es unmenschlich, weil es moralisch einfach falsch ist. Die Todesstrafe kann keine Lösung sein! Ein Mensch, der ein Haus anzündet und dabei jemanden tötet, hätte theoretisch irgendwann die Möglichkeit, sich in die Gesellschaft zu integrieren. Aber Enzo Winslow wird nie eine zweite Chance bekommen. Niemals.«

Kian lacht leise auf, verschränkt die Arme und schaut mich eindringlich an. »Das dachte ich mir.«

»Was soll das denn heißen?«, frage ich, von seinem Tonfall genervt.

»Du und deine Moral … Du glaubst wirklich, alles lässt sich in richtig und falsch einordnen?«

»Ja, das weiß ich«, erwidere ich sofort.

»Ach ja? Was sagst du zu Robin Hood, einem Mann, der den Reichen das Geld nimmt, um den Armen zu helfen?« Ich stocke, verwirrt von seinem Beispiel.

Robin Hood? Was soll das sein? Eine Ethikaufgabe?

»Ich würde ihm sagen, dass er sich an Hilfsorganisationen oder Bekannte wenden kann, anstatt zu stehlen. Stehlen ist immer falsch, egal aus welchem Grund. Es gibt viele andere Wege, den Armen zu helfen, ohne sich auf Unrecht einzulassen.«

»Also wäre es für dich moralisch falsch?«, fragt Kian genauer nach.

»Ja, wie ich schon sagte: Stehlen ist immer falsch«, entgegne ich mit fester Stimme.

Kian verdreht die Augen und seufzt. »Das glaubst du wirklich?«

Ich nicke vorsichtig, aus Angst, dass weitere Worte zu viel wären.

»Und was bin ich für dich? Gut oder schlecht?«

Mir entwischt ein leises Lachen – sofort schlage ich die Hände vor den Mund. »Entschuldige«, murmle ich.

»Ach, ist schon gut. Mir ist klar, dass ich für dich ein schlechter Mensch bin«, sagt Kian und schaut mich an. »Aber für mich ist es eben nicht so einfach, das zu beurteilen, wenn man die Person nicht kennt. Kein Mensch wird böse oder gut geboren. Es sind unsere Ansichten, die uns einordnen. Nur leider ist das Ganze nicht nur schwarz oder weiß. Es gibt moralische Grauzonen.«

Sein Ton klingt, als würde er einem Kleinkind etwas

erklären. Energisch schüttle ich den Kopf.

Moralische Grauzonen? Was ein Unsinn. Entweder etwas ist falsch oder richtig. Wie könnte es beides – oder keines von beidem – sein?

Kian sieht mir an, dass ich nicht überzeugt bin. »Wenn du wirklich denkst, es gäbe keine Grauzonen, was ist dann mit dieser Geschichte …« Er hält kurz inne. »Eine Frau verliert ihren Ehemann, den sie über alles liebt. Jetzt hat sie die Möglichkeit, eine Person zu töten, um ihn zurückzubekommen. Sie tut es. Moralisch oder unmoralisch? Oder findest du jetzt doch eine Grauzone?«

Ich brauche nicht lange zu überlegen. »Es wäre unmoralisch. Wer ist sie, das Leben eines anderen Menschen zu nehmen, nur um ihren Verlust auszugleichen?« Ein bisschen provozierend füge ich hinzu: »Das ist einfach nur egoistisch.«

Kian lacht leise und verschränkt die Arme. »Oh, glaub mir«, sagt er, »das ist vielleicht egoistisch, aber deswegen nicht falsch. Du wirst deine Meinung irgendwann ändern.«

Ich will zur Antwort ansetzen, da redet er erneut. »Ach übrigens. Heute nach der Schule kommst du mit zu mir.«

Und bevor ich panisch etwas erwidern kann, läutet die Schulklingel.

WER IMMER RICHTIG HANDELT, HANDELT FALSCH

Die letzten beiden Stunden schleppen sich dahin, und ich zwinge mich, aufmerksam dem Unterricht zu folgen – aber es ist sinnlos.

Meine Gedanken schweifen immer wieder ab.

Was mache ich hier bloß?

Warum fühlt sich das alles an, als wäre es ein Albtraum, aus dem ich nicht aufwachen kann?

Wieso verliere ich über alles die Kontrolle?

So viel ist in letzter Zeit geschehen, dass ich erst am Nachmittag zum ersten Mal wieder an Dad denke – nach all der Zeit.

Du hast Dad vergessen! Wie konntest du?

Das ist nicht wahr. Ich hatte nur anderes im Kopf.

Du hast ihn vergessen.

Stöhnend grabe ich meine Fingernägel in meine

Kopfhaut.

Wenn ich nicht sofort aufhöre zu denken, werde ich verrückt.

Zum Glück erlöst mich die Schulklingel.

Doch dann erinnere ich mich daran, dass der schlimmste Teil des Tages noch bevorsteht. Bevor ich zu Kian aufschließen kann, reißt der Menschenstrom uns auseinander.

Plötzlich spüre ich eine sanfte Berührung auf meiner Schulter. Rasch drehe ich mich um – und blicke in diamantblaue Augen.

Ein tiefes Meer voller Schönheit.

»Pieta. Geht es dir gut?« Ihre Stimme holt mich aus meiner Trance.

»J-ja«, stottere ich und mache einen Schritt zurück. »Ich muss los, tut mir leid.«

Die Worte kommen schneller, als ich sie durchdenken kann. Ich versuche, mich aus der Situation zu flüchten.

»Du hast versprochen, mir zuzuhören«, flüstert Louna mit einer Stimme, die ich nicht einordnen kann. Ich bin mir nicht einmal sicher, ob sie es wahrlich gesagt hat.

»Es … tut mir leid. Ruf mich an, okay?«, sage ich, meine Sicht verschwimmt.

Lounas Gesicht scheint so anders. Selbst sie kann die Trauer in ihrer Mimik nicht weiter verbergen. Ihre Augen glänzen feucht, ihre Lippen zittern.

Ich komme ihr umgehend näher. »Was ist los?«, frage ich, obwohl ich weiß, dass die Zeit drängt.

Kian wird dich bald finden.

Ein Hauch von Hoffnung flackert in Lounas Blick auf.

»Meine Eltern haben —«

»Pieta?« Kians Stimme unterbricht sie.

Ich zucke zusammen. »Verdammt!«, fluche ich leise.

»Ist er das?«, fragt Louna besorgt.

»Ein anderes Mal. Ich muss jetzt wirklich los«, sage ich hastig. »Es tut mir leid«, füge ich leise hinzu und renne zu Kian hinüber – diesmal hält mich niemand zurück.

Meine Angst ist größer als mein schlechtes Gewissen.

Du bist schrecklich! Louna wollte dir etwas anvertrauen, und du bist gegangen. Was soll sie jetzt denken, mh?

Ich schreibe ihr auf dem Weg zu Kian schnell eine kurze Nachricht: Dass es mir leidtut und wir morgen definitiv reden können.

Irgendwie.

Während ich tippe, spüre ich, wie mein Herz schneller schlägt und wie meine Wangen warm werden.

Was ist nur los mit dir?

Vielleicht mag ich sie.

Unsinn! Du bist nicht gut genug, nicht perfekt genug für Louna. Sie wird dich nie zurück mögen. Niemand tut das. Sie wird dich früher oder später ebenso ignorieren. Du denkst nur, dass du sie magst, weil sie die Erste ist, die dich nicht sofort wegstößt.

Als Kian die Tür zu seiner Wohnung öffnet und ich eintrete, muss ich mich zusammenreißen, nicht gleich auszuflippen. Überall auf dem Boden liegen Klamotten,

Bücher und … sind das Teller?!

Kian führt mich durch den Flur in sein Wohnzimmer, in dem es schon sauberer aussieht – aber bei Weitem nicht perfekt.

»Setz dich auf die Couch. Ich bin gleich zurück«, sagt er und verschwindet in die Küche.

Die Couch wirkt okay, obwohl sie diese Woche mit Sicherheit keinen Staubsauger gesehen hat.

So sieht es jedenfalls aus.

Bis Kian zurückkommt, kämpfe ich gegen den Drang, aufzustehen und das ganze Chaos aufzuräumen. Meine innere Stimme schreit mich an, dass ich dieses Durcheinander in den Griff bekommen könnte – dass ich es unter Kontrolle bringen könnte.

Doch da kehrt Kian zurück, zwei Gläser Wasser in der Hand, die er auf dem Tisch vor mir abstellt, bevor er sich neben mich setzt.

Ein unangenehmes Gefühl breitet sich in mir aus.

Ich sitze im Wohnzimmer eines Jungen, den ich kaum eine Woche kenne.

In diesem Moment stelle ich mir die Frage, die mich seit Beginn umtreibt: *Warum macht er das alles?*

Welcher Zeitpunkt wäre besser, um das herauszufinden, als jetzt?

»Darf ich dich etwas fragen?«, stammle ich.

Kian nickt, sagt nichts und schaut mich eindringlich an.

Wie sehr ich diesen Blick hasse!

»Warum tust du das? Was bringt dir das?«, frage ich

zögernd, meine Stimme kaum mehr als ein Flüstern.

Er scheint mit der Frage gerechnet zu haben, dennoch wendet er seinen Blick schnell ab. »Warum ist das wichtig?« »Weil ich es verstehen will«, entgegne ich überstürzt.

Kian lächelt kühl. »Das wirst du so oder so nicht.«

»Woher willst du das wissen?«

Sein Blick kehrt zu mir zurück – prüfend, als würde er überlegen, wie viel er sagen kann. »Weil ich deine Moraleinstellungen kenne. Die passen nicht gerade zu dem, was ich tue.«

»Also tust du das aus … moralischen Gründen? Ziemlich widersprüchlich, findest du nicht?«

Blitzartig verhärten sich seine Gesichtszüge, und ein wütender Ausdruck blitzt in seinen Augen auf. »Schluss damit«, faucht er. »Du hast keine Ahnung.«

»Deswegen habe ich gefragt«, halte ich dagegen.

In einem raschen, unerwarteten Moment legt Kian seine Hand über meinen Mund. »Sei still.«

Hektisch nicke ich und nehme einen tiefen Atemzug, nachdem er seine Hand wegnimmt.

Kian steht auf, seufzt – nur um sich gleich wieder zu setzen. Meine Augen starren starr geradeaus – nur um keinen Fehler zu machen.

»Der Grund, warum du hier bist, ist ganz einfach: Ich will wissen, ob deine moralische Einstellung wirklich so starr ist, wie du behauptest. Ich will sie brechen, dir zeigen, dass du unrecht hast«, beginnt Kian.

Dann dreht er sich zu mir, greift nach meinem Kinn und zwingt mich, ihm in die Augen zu sehen. »Wenn du die Kraft einer Equa oder Luminara hättest, würdest du deinen Vater retten?«

Erschrocken springe ich auf die Beine. »Was soll die Frage?«

»Ja oder nein?«, fragt Kian scharf und lässt nicht locker.

»Das ist reine Manipulation! Pure Provokation!«

»Nein. Es könnte wahr sein. Immerhin gibt es Magiebegabte. Wie würdest du handeln?«

Ich verzweifle innerlich – und mein Verstand überflutet mich mit widersprüchlichen Stimmen.

Es ist zu laut.

»Das ist nicht fair! Ich bin nicht magiebegabt!«, rufe ich verzweifelt, kämpfe gegen den Sturm in meinem Kopf an.

Warum reagiere ich so?

Warum nimmt es mich so mit?

Ist es, weil Dad tot ist?

Ist es, weil ich mich nicht manipulieren lassen will?

Nein. Es ist, weil du die Wahrheit nicht akzeptierst. Du würdest das Falsche tun, um Dad zu retten – das weißt du!

Du bist eine Versagerin, so naiv, elend, unmoralisch! So schwach! So manipulierbar!

Nein, nein, nein.

»Ja. Oder. Nein?«, bohrt Kian nach, seine Stimme wie ein kalter, schneidender Wind.

Er steht ebenfalls auf.

Mein Atem wird schneller, unkontrollierter und

unregelmäßiger. Hektisch schaue ich mich um, und mein Blick fällt auf das Chaos aus verstreuten Blättern auf dem Boden. Reflexartig knie ich mich hin und beginne, die Zettel zu ordnen, falte sie sorgsam und lege sie auf den Tisch.

Das beruhigt mich – zumindest ein bisschen.

Ich kann etwas kontrollieren.

Habe es in der Hand, die Zettel so zu ordnen, wie ich es für richtig halte – wenn auch nur für einen winzigen Moment.

Überraschenderweise unterbricht Kian mich nicht.

Schwer atmend setze ich mich wieder auf die Couch. Tränen fließen über meine Wangen, brennen wie glühende Kohlen. Kian beugt sich zu mir hinunter und schaut mir ernst in die Augen.

Ich atme tief ein und aus – und stelle mich der Wahrheit. »Ja«, flüstere ich. »Ja, ich würde ihn retten.«

Kian geht in die Hocke und ist fast auf Augenhöhe mit mir. »Ich weiß«, sagt er leise. »Das würde jeder Mensch tun.«

»Nein«, widerspreche ich. »Gute Menschen würden es nicht tun. Es wäre falsch.« Meine Stimme erstickt.

»Irgendwann wirst du verstehen, dass das nicht stimmt.«

Wenn du das sagst, denke ich.

Nach einer längeren Pause fragt Kian plötzlich: »Warum bist du so besessen davon, perfekt sein zu wollen?«

»Weil es mich glücklich macht«, antworte ich leise.

»Tut es das wirklich?«

Ich zucke nur mit den Schultern.

»Ich will, dass du weißt, dass ich all das hier nicht tue, weil es mir Spaß macht oder weil ich es für richtig halte. Ich tue es, weil ich keine Wahl habe. So wie du eben gemerkt hast, dass man Dinge tun kann, die nach außen hin falsch erscheinen, einfach weil man keine andere Möglichkeit sieht. Moral ist eben nicht immer schwarz-weiß.«

»Du musst mich psychisch brechen und an dich binden? Hast keine andere Wahl, mh?«, frage ich sarkastisch – womöglich ein wenig zu kühn.

»Ich brauche dich, Pieta, aber mir macht das hier keinen Spaß. Mehr musst du nicht wissen – fürs Erste«, sagt Kian, bevor er mich endlich gehen lässt.

Der Heimweg fühlt sich schwer an.

Mehr als einmal überlege ich, sofort zur Polizei abzubiegen. Aber ich weiß, dass das alles bloß verschlimmern würde.

Ich brauche dich, Pieta, aber mir macht das hier keinen Spaß.

Was bedeutet das?

Wieso tut er das?

Ist er wirklich gezwungen – oder ist das eine weitere Lüge?

Oder steckt er in einem moralischen Dilemma, das ich nicht verstehe?

Verflucht, warum sagt er mir nicht die Wahrheit?

Plötzlich spüre ich einen Hauch von Bewegung neben mir.

Ich folge dem Wind – und sehe Dad vor mir stehen.

Ich gehe weiter. Seine Gestalt folgt mir, scheint neben mir zu bleiben. Eine stille, schmerzhafte Begleitung. Neue Tränen sammeln sich in meinen Augen.

Würdest du wirklich alles tun, um Dad zurückzuholen? Alles?

Ja! Wie gern ich es tun würde. Dann könnte ich mit ihm reden, Karten spielen und über das Leben philosophieren.

Aber es ist unmöglich. Ich werde meine Welt nie wieder mit ihm teilen können.

Nie wieder.

Warum tut es nur so weh?

DER LEERE STUHL

Zu Hause angekommen, ist die Sonne schon untergegangen und die Abendbrotzeit längst vorbei. Seufzend schiebe ich die Tür auf.

»Pieta!«, ruft Mom sofort. »Wo warst du? Wir haben uns Sorgen gemacht.«

Sie stolpert zu mir, nimmt mein Gesicht in beide Hände, als wäre ich ein kleines Kind.

»Ich war bei Kian«, sage ich so beruhigend wie möglich, als könnte das die Situation entschärfen.

»Und du kommst nicht auf die Idee, mir Bescheid zu geben?«

»Mom, ich bin kein kleines Kind mehr«, weiche ich aus, hänge meine Jacke auf und gehe zum Esstisch, an dem Rey sitzt und sein Brot mit Messer und Gabel isst.

Ich fand das schon immer eigenartig, aber was soll's.

»Das hat damit nichts zu tun«, verteidigt sich Mom. »Es geht um Kommunikation. Selbst wenn du achtzig wärst, solltest du Bescheid sagen, wenn etwas anders läuft als sonst.«

Ich rolle mit den Augen und hebe die Hände, als würde mich jemand bedrohen. »Okay, okay. Ich sage die nächsten Male Bescheid.«

Das scheint Mom kaum zufriedenzustellen, aber sie sagt nichts mehr. Stattdessen setzt sie sich zu uns und fängt an, von ihrem Tag zu erzählen.

Kurz stelle ich mir vor, dass Dad auf dem leeren Stuhl neben mir sitzt und alles wieder normal ist.

Doch schnell wird mir klar, dass dieser Platz für immer leer bleiben wird. Selbst wenn ich die Hoffnung seit einem Jahr nicht loslassen will – er wird leer bleiben.

Warum bestehst du dann darauf, den Stuhl dort stehenzulassen?

»Habt ihr in der Schule auch über Enzo Winslow gesprochen?«, fragt Rey plötzlich und holt mich aus meinen Gedanken.

»Was?«, entgegne ich verwirrt.

»Ob ihr auch über Enzo Winslow gesprochen habt«, wiederholt Rey geduldig.

»Oh«, entgleitet es mir. Ich fühle mich von diesem Thema überrumpelt. »Ja, haben wir.«

»Schon heftig, oder?« Rey stützt seinen Kopf auf eine Hand, als wäre er zu schwer mit all den Gedanken.

»Ich finde es vor allem falsch«, entgegne ich scharf. »Es ist unmenschlich, unfair, widerwärtig, unüberlegt und einfach nur lächerlich. Und dann noch, was dieser Mistkerl

179

gesagt hat …«

Ich merke, wie meine Wut immer stärker wird, und halte mich innerlich zurück. Was bringt es mir, hier zu toben? Hier ist niemand, der Schuld an meiner Wut hat.

Stille breitet sich aus, setzt sich zu uns und hält uns allen den Mund zu.

Das Gefühl in meiner Brust schwillt an, die Wut will ausbrechen. Meine Lungen brennen, mein Körper bebt.

Angestrengt löse ich die Hand der Stille von meinem Mund, schiebe die erdrückende Last beiseite. »Was denkst du, Mom?«

Sie zuckt zusammen, scheinbar überrascht über meine Frage, und sieht mir in die Augen. Da ist etwas zutiefst Trauriges darin.

»Ich habe einfach nur Angst«, sagt Mom mit zitternder Stimme.

Ich brauche nicht nachzufragen, um zu verstehen, wovor sie sich fürchtet. Es ist offensichtlich.

Mom hat Angst vor der Zukunft und der Entwicklung der veränderten Beziehungen zwischen Menschen und Magiebegabten.

»Du denkst, es gibt noch mehr Magiebegabte?«, fragt Rey zögerlich.

»Ja, ich glaube, es gibt noch viel mehr«, antwortet Mom und nickt langsam. »Und bestimmt wird es welche geben, die ihre Magie ebenfalls ausnutzen. Enzo Winslow wird nicht der Letzte sein.«

Enzo Winslow wird nicht der Letzte sein.

Sieben Worte – und dennoch so eindringlich und beängstigend, dass sie in der Luft hängen bleiben.

»Kennst du Magiebegabte?«, will Rey wissen, und dieses Mal gewinnt seine Neugierde die Oberhand.

Mom zögert, als würde sie ihre Antwort abwägen. »Nein, ich kenne niemanden«, sagt sie. Mich lässt das Gefühl nicht los, dass ihre Antwort nicht der Wahrheit entspricht.

Die restliche Zeit verbringen wir schweigend. Rey scheint in Gedanken versunken. Mom ebenso. Ich verliere mich auch in einem Strudel voller Bedenken, die mich einsaugen.

Wenn du oben bist, musst du putzen.

Aber ich bin so müde.

Du kannst dich erst ausruhen, wenn du die Kontrolle hast.

Das weißt du selbst.

Ich weiß. Irgendetwas muss ich kontrollieren können, aber ich habe keine Kraft mehr. Die ganze Zeit hallen Kians Worte unaufhörlich in mir nach, während ich begreife, dass nichts jemals wieder so sein kann wie früher.

Und doch klammere ich mich an das Ziel, *alles* wiederherzustellen.

Das alles ergibt schon längst keinen Sinn mehr, und trotzdem mache ich weiter und weiter und weiter.

Sollte ich die Kontrolle endlich loslassen und zulassen, dass die Welt ihren eigenen Weg nimmt – auch wenn sie dabei zerbricht?

Wäre es sogar befreiend, zu sehen, wie die Welt Stück für Stück zerbricht?

Was denkst du da? Drehst du völlig durch?

Vermutlich.

Nach dem Abendessen putze ich mein Zimmer.

Dann lasse ich mich in mein Bett fallen und weine. Es sind keine Tränen der Trauer – es sind Tränen der Überforderung.

Was passiert nur mit mir?

Der Schmerz in meiner Brust nimmt zu, hört nicht auf zu pochen. Und je mehr ich mich in der Überforderung verliere, desto mehr fließen meine Gedanken zu Louna.

Du hast dein Versprechen gebrochen.

Ein schlechtes Zeichen.

Ein schlechter Mensch.

Ich habe ihr nicht zugehört, ich bin nicht bei ihr geblieben.

Die Nachricht, die ich ihr geschickt habe, reicht nicht.

Du bist ein schlechter Mensch.

Fast automatisch greift meine Hand nach meinem Handy und wählt Lounas Nummer.

Tue ich das nur, um mich zu bemühen, ein guter Mensch zu sein?

Ist es nicht das, was jeder Mensch anstrebt?

»Pieta?«, ertönt Lounas Stimme am anderen Ende der Leitung. »Hallo?«, holt sie mich aus meinen Gedanken, und erst jetzt realisiere ich, dass ich schon angerufen habe.

»H-hey«, bekomme ich heraus. Die Überforderung macht

mich völlig sprachlos.

»Geht es dir gut?«, fragt Louna besorgt.

Warum ist sie so perfekt?

Immer leise und freundlich. Sie hilft, wo sie kann, und unterstützt jeden.

So solltest du sein!

»Ja, mir geht's gut«, antworte ich, bemüht, meine Unsicherheit zu überspielen. »Aber i-ich rufe an, weil ... um mich zu entschuldigen. Wegen vorhin. Ich habe dich stehen lassen. D-das war nicht richtig.«

Stille ist die erste Antwort, die ich bekomme.

Die zweite folgt wenige Sekunden später. »Du bist nicht einfach weggelaufen, oder? Da war ein Grund, oder?«

Kurz irritiert mich ihre Frage. »Ja, es gab einen Grund, aber —«

»Dann ist alles okay«, unterbricht mich Louna leise.

»Aber ich habe mein Versprechen gebrochen«, sage ich verzweifelt.

Wie kann sie nur so nett zu mir sein?

»Nein, hast du nicht. Du rufst mich an.«

»Ich habe dich stehen lassen, obwohl du mich gebraucht hast«, erwidere ich und spüre, wie der Kloß in meinem Hals wächst.

»Du redest doch mit mir«, versucht Louna mich zu beruhigen. Ihre Stimme klingt warm und aufmunternd.

Ich atme tief durch, langsam. »Brauchst du mich jetzt gerade?«, frage ich.

Louna zögert. Ich höre ihren Atem, bevor sie antwortet:

»Immer.«

Ich kann die Wärme in meiner Brust nicht verhindern.

»Dieses Mal renne ich nicht weg«, verspreche ich ihr.

»Du kannst kaum wegrennen.«

Da ist sie wieder. Ich muss lachen. »Ich höre dir zu«, lenke ich den Ernst der Sache wieder in unser Gespräch.

Draußen wird es dunkler, und der Regen beginnt, sanft gegen die Fensterscheibe zu prasseln. Die Tropfen hinterlassen ein angenehmes Gefühl, ein seltsames Trostpflaster für meine aufgewühlten Gedanken.

Und Lounas Stimme … sie verstärkt das Gefühl. Es ist, als würde ich mich für einen Moment zu Hause fühlen.

Doch dann katapultiert mich ihre ernste, traurige Stimme zurück in die eiskalte Realität. »Meine Eltern … sie ...« Louna bricht ab.

Ich warte, sage nichts, gebe ihr Zeit und Raum.

Ein tiefer Atemzug hallt durch die Leitung. »Sie wollen wieder umziehen.«

Die Worte treffen mich, schießen mir einen Pfeil direkt durchs Herz.

Warum tun sie so weh?

Warum fühlt es sich an, als würde eine alte Wunde aufgerissen werden?

»Ich habe   einmal widersprochen und   dann …« Louna stockt, ihre Stimme ist kaum zu hören. »Es bringt nichts. Meine Eltern werden ihre Meinung nicht ändern ... Das tun sie nie.«

Immer noch brennen ihre Worte in meiner Brust und

hinterlassen ein tiefes, schwarzes Loch, das mich zu verschlingen droht.

»Pieta?«

Ihre Stimme holt mich zurück. »Entschuldige«, seufze ich.

»Es ist nur ...« Ich verstumme.

Ja, *was* ist denn?

Ich kenne Louna seit ein paar Tagen. Mir sollte es egal sein, dass sie umzieht – ein weiterer Mensch, der aus meinem Leben verschwindet.

Aber es ist mir nicht egal. Es fühlt sich an, als würde ich wieder alles verlieren.

Trotz des Schmerzes zwinge ich mich, weiterzusprechen. »Du bist doch erst hierhergezogen.«

»Das stimmt«, sagt Louna. »Aber so ist das manchmal. Wir waren zum Beispiel nur zwei Tage in Luzern, einer Stadt in der Schweiz.«

»Zwei Tage? Und du musstest dennoch zur Schule?«

»Ja. Meine Eltern wissen nie, wie lange wir bleiben. Es ist immer ungewiss.«

»Verdammt«, fluche ich, ehe ich mich zurücknehme. »Ich meine ... es tut mir leid.«

Meine Wut brodelt unter der Oberfläche, aber ich versuche, sie zu verbergen.

»Weißt du, normalerweise ist es nicht schlimm, umzuziehen. Ich baue sowieso zu niemandem eine Bindung auf. Aber jetzt ...« Louna bricht ab. Sie muss den Satz nicht beenden.

»Warum?«, frage ich.

»Warum, was?«

»Warum willst du meinetwegen bleiben?«

Louna lacht leise, fast schüchtern. »Evergreen, du bist wirklich ein Rätsel.«

»Evergreen?«, frage ich verwirrt.

»Ich mag deinen Nachnamen. Klingt meinem ähnlich.«

»Und das heißt?«

»Leicht auszutauschen.« Ihre Antwort lässt mich stocken. *Was meint sie damit?*

»Zurück zum Thema«, sagt sie, bevor ich nachhaken kann. »Warum sollte ich nicht deinetwegen bleiben wollen?«

»Weil wir uns kaum kennen«, antworte ich und versuche, die Gedanken aus meinem Kopf zu verdrängen.

»Genau deswegen«, betont sie, als wäre es das Offensichtlichste der Welt. »Ich will dich kennenlernen.«

Ich spüre, wie mir die Hitze in die Wangen steigt. »W-warum?«

»Warum nicht?«, kontert sie.

Warum nicht? Weil ich es nicht verdiene. Weil ich nichts Besonderes bin. Weil ich so viele Fehler mache, dass ich sie nur verletzen würde. Alles spricht dagegen, mich kennenlernen zu wollen. *Alles.* Ich habe Angst, dass sie mich anlügt. Was, wenn sie mich ausnutzt? Ich will mich selbst nicht einmal kennenlernen – warum sollte sie es wollen?

Das alles sage ich nicht laut.

»Entschuldige, Pieta. Aber jetzt muss ich wegrennen. Wir reden morgen weiter, ja?«

»J-Ja, bis morgen«, flüstere ich traurig, lege auf und stehe auf, um mir in der Küche ein Glas Wasser zu holen. Doch das Gefühl, endlich einen Ort gefunden zu haben, der sich nach Heimat anfühlt, verflüchtigt sich so schnell wie warmer Sommerregen.

Die Regentropfen prasseln heftiger gegen die Fensterscheibe, als wollten sie das Glas durchbrechen. Meine Füße fühlen sich wie festgeklebt an, mein Körper zittert, meine Lungen brennen. Der Schwindel überkommt mich, doch bevor ich umkippe, löst sich die Starre, und ich taumle auf mein Bett zu.

Aus dem Augenwinkel nehme ich eine vertraute Gestalt wahr – Dad.

»Was willst du jetzt hier, mh?« Meine Stimme klingt brüchig, leer. Doch wie gewohnt bekomme ich keine Antwort.

Was mache ich mir denn vor? Glaube ich wirklich, dass ich das Loch in meinem Herzen füllen kann? Dass ich immer die richtige Entscheidung treffen werde?

Ja! Du drehst nur durch, weil Kian auf dich eingeredet hat! Du musst immer die richtigen Entscheidungen treffen.

Um mich abzulenken, klappe ich meinen Laptop auf und scrolle durch die Nachrichten. Schlechte Idee. Überall berichten sie über Enzo Winslow und seine bevorstehende Hinrichtung. Plötzlich springt mir eine neue Schlagzeile ins Auge:

Datum für Todesstrafe steht fest.

Die Justizbehörden haben das Datum für die Hinrichtung des Destructio-Magiers Enzo Winslow festgelegt. Die Exekution soll am kommenden Sonntag in einer spezialisierten Vollzugseinrichtung durchgeführt werden, in der besondere Sicherheitsvorkehrungen gelten, um Winslows zerstörerische Magie zu neutralisieren. Der Fall hat in den letzten Monaten für große Aufregung und gespaltene Meinungen in der Bevölkerung gesorgt.

Magiebegabte, die ihre Kräfte offenlegen, werden künftig »zu ihrer eigenen Sicherheit« auf eine abgelegene Insel verlegt – Arcamagia.

Menschenrechtsgruppen bezeichnen diese Maßnahmen als unverhältnismäßig und warnen vor einer zunehmenden Isolation und Diskriminierung der Magiebegabten.

»Diese Politik setzt alle Magiebegabten unter Generalverdacht und nimmt ihnen das Recht auf ein freies Leben«, erklärte die Organisation ›Gleichberechtigung für Magiebegabte‹.

Mit der drohenden Todesstrafe und dem Zwang zur Umsiedlung scheint die Zukunft für Magiebegabte ungewisser denn je.

DAS UNTERBEWUSSTSEIN KENNT DIE WAHRHEIT, DIE MORAL NICHT

Ich erstarre, kann mich nicht mehr bewegen, starre nur auf den Bildschirm. Die Worte verschwimmen vor meinen Augen. Ich kann nicht begreifen, was ich gelesen habe.

Die Hinrichtung ist schon am Sonntag? Magiebegabte müssen entweder sterben oder auf eine isolierte Insel verbannt werden?

Verflucht, was ist das für ein menschenverachtender Wahnsinn?

Ein Gedanke sticht mir ins Herz: *Was, wenn ich jemanden kenne, der Magie in sich trägt?*

Reflexartig schüttle ich den Kopf, als könnte ich diese Vorstellung abschütteln. Doch die Angst bleibt.

Ich schließe den Laptop. Genug für heute. Ich brauche

einen Moment – irgendetwas, das mich zurück in die Realität holt.

Ein Glas Wasser vielleicht.

Mein Blick fällt auf die Uhr: 21:02. Doch selbst die Zeit fühlt sich unwirklich an, als wäre alles nur ein bizarrer Traum.

Mit leisen Schritten schleiche ich zur Treppe und steige sie so vorsichtig wie möglich hinunter. Vergeblich. Mom sitzt auf der Couch.

»Alles okay?«, fragt sie, als sie mich bemerkt.

»Ja, ich wollte mir nur ein Glas Wasser holen«, murmle ich und wende den Blick ab, auf dem Weg in die Küche.

Als ich mit dem Glas in der Hand zurückkomme, sehe ich, wie Mom mich besorgt mustert. »Ist es wegen der Nachricht?«

»Was?«, frage ich verwirrt. Es dauert einen Moment, bis ich begreife, worauf sie anspielt.

»Dass das Datum für die Hinrichtung feststeht«, erklärt sie leise.

Ich seufze, gehe auf Mom zu, stelle das Glas auf den Couchtisch und lasse mich neben ihr nieder. »Es ist weniger das Datum, was mich schockiert, sondern die anderen Beschlüsse. Magiebegabte müssen entweder sterben oder auf diese Insel fliehen. Das ist nicht gerecht. Nicht richtig. Nicht einmal ansatzweise.«

Mom nickt langsam. »Du hast recht.« Mehr sagt sie nicht.

»Warum nimmst du das so gelassen hin?«, frage ich.

Meine Stimme klingt vorwurfsvoller, als ich es wollte.

»Ich nehme es nicht gelassen hin. Ich habe Angst«, antwortet sie leise. »Aber gerade kann ich nichts daran ändern.«

»Wir dürfen nicht wegschauen!«, erwidere ich heftig. »Wir müssen jede Sekunde an die Betroffenen denken, ihnen irgendwie helfen. Sie sind diejenigen, die leiden!«

Mom rutscht näher, setzt sich auf die Kante der Couch und legt ihre Hand auf meine. Ihre Stimme wird sanft. »Pieta, du musst wirklich aufhören zu glauben, dass du jemandem hilfst, nur weil du ständig an ihn denkst. Du kannst ihnen nur helfen, wenn es dir selbst gut geht.«

Ich ziehe meine Hand weg. »Hast du das von irgendeiner Motivationsseite?«, frage ich scharf.

Ich habe genug von solchen Sätzen. Diese ständigen Ausreden! Man muss jede Sekunde an die leidenden Menschen dieser Welt denken. Man muss das eigene Leben aufopfern, um anderen zu helfen, damit sie ein besseres Leben führen können. Warum versucht jeder, mich vom Gegenteil zu überzeugen?

Mom seufzt tief. »Ich meine es ernst, Pieta. Wenn du vor Schmerzen nicht laufen kannst, wie willst du jemandem zur Hilfe eilen? Du musst zuerst deinen eigenen Schmerz heilen.«

»Welcher Schmerz? Mir geht's gut«, betone ich und verschränke die Arme.

Moms Augen sind geduldig, aber durchdringend und fordernd. »Du weißt, dass das nicht stimmt.«

Ich sage darauf nichts. Stattdessen stehe ich langsam auf, nehme mein Glas, trinke einen kleinen Schluck und wende mich ab. »Gute Nacht, Mom.«

»Gute Nacht, Pieta.«

Ich glaube, ich sehe ein unehrliches Lächeln über ihre Lippen huschen.

In meinem Zimmer fange ich wieder an zu putzen – dieses Mal gründlicher, methodischer. Doch der gewünschte Effekt bleibt aus.

Egal, wie viel ich schrubbe, wie ordentlich ich alles stelle – das Gefühl, etwas zu kontrollieren, kommt nicht.

Die Unruhe in mir wächst, wird drängender. Ich werde hektisch, bringe jedes Detail in Ordnung. Kein Staubkorn auf dem Boden. Nichts liegt sinnlos herum.

Alles hier hat seinen Sinn, seine Ordnung, seinen Zweck.

Nach einer Stunde sinke ich erschöpft auf mein Bett. Ein kurzer Blick zur Uhr: 22:33. Ich sollte schlafen. Aber ich weiß, dass ich so leicht kein Auge zubekommen werde.

Ich raffe mich auf, nehme mein Handy in die Hand, lege mich zurück ins Bett und tippe eine Nachricht an Louna.

Ich: *Vorhin tut mir leid. Kann ich dir gerade helfen?*

Ich schicke die Nachricht ab, ohne auf eine Antwort zu hoffen. Ich erwarte keine. Und das ist gut so.

Denn bevor ich etwas von ihr höre, holt mich die Müdigkeit ein, und ich falle ins Land der Träume.

Es wird hell. Aber ich finde mich nicht in meinem Bett wieder, nicht in meinem Zimmer, nicht zu Hause.

Alles um mich herum ist weiß.

Dieser Ort kommt mir bekannt vor, aber ich kann nicht greifen, warum. Ein kalter Windzug strömt von hinten an mir vorbei, lässt mich frösteln.

Plötzlich steht Kian zwei Meter vor mir. Sein Blick bohrt sich in meine Seele, ein hässliches, überhebliches Lächeln auf den Lippen. Hass funkelt in seinen Augen. Dann wandert sein Blick an mir vorbei – nach vorn. Erst jetzt bemerke ich die Person, die vor mir liegt.

Mein Atem stockt. Dad.

»Dies ist deine Chance«, sagt Kian. Seine Stimme hallt wie ein drohender Gong in der Leere.

Ich schlage die Hände über meine Ohren, doch es hilft nichts. Seine Worte schneiden sich hindurch. »Du kannst deinen Vater wiederbeleben und mich dafür töten. Alles, was du tun musst, ist Ja zu sagen. Also? Tust du es?«

Meine Gedanken überschlagen sich, kollidieren miteinander und hinterlassen nichts als Leere. Ein schwarzes Loch in meinem Verstand.

Dads lebloser Körper liegt direkt vor mir. Die Szene bricht etwas in mir, lässt mich fast durchdrehen. Instinktiv krieche ich zu ihm, packe seine Schultern, schüttle ihn leicht. Ich bete, dass er aufwacht.

Komm schon! Lass mich nicht hier allein. Lass mich nicht umsonst gewartet haben. Zeig mir, dass ich recht hatte. Bitte, wach auf…

Doch es passiert nichts. Sein Körper bleibt still, kalt.

Nur Kians Stimme füllt den Raum. »Ja oder nein?«

Ich starre auf Dad, unfähig, mich zu bewegen. Dann

hallen Kians Worte erneut in meinem Kopf.

Tust du es?

Meinen Dad wiederbeleben … moralisch wäre es falsch, Kian zu opfern. Aber emotional …

Das ist meine Chance, Dad zurückzubekommen. Das ist meine Chance, meine perfekte Welt wiederherzustellen.

Ein Blitz durchzuckt meinen Verstand. Ich glaube, ich weiß, woher ich diesen Ort kenne. Mein Albtraum … Er ähnelt dem, in dem Rey …

Nein, ich will nicht daran denken.

»Entscheide dich jetzt. Ja oder nein?« fordert Kian eindringlich.

Du träumst. Nichts hiervon ist echt.

Das verändert alles.

»Nein«, antworte ich mit zitternder Stimme.

Kians Blick verhärtet sich. Seine Augen verengen sich.

»Du lügst.«

»Was?« Meine Stimme klingt überrascht, verwirrt.

»Sag die Wahrheit«, faucht er. »Du weißt, dass du träumst, nicht wahr? Das verfälscht deine Antwort. Aber das ist egal, weil ich sie sowieso schon kenne.«

»Wer bist du?«, frage ich vorsichtig, versuche, mich zu sammeln. »Was ist das hier? Ich will wissen, was du bist.«

»Dein Unterbewusstsein«, antwortet Kian mit einem fiesen Grinsen.

Ich starre ihn an, versuche, meine Gedanken zu ordnen.

»Weißt du deswegen meine Antwort?« »Ja«, erwidert er kalt.

»Weißt du noch mehr?«, frage ich, weil meine Neugierde immer größer ist als meine Geduld.

»Kommt darauf an, worüber.«

Ich rolle mit den Augen. »Mehr über mich«, präzisiere ich genervt.

»Ja, tatsächlich«, beginnt er, seine Stimme nüchtern und kalt wie die eines Maschinenmenschen. »Aber wirklich spannend ist, dass deine eigentliche Antwort Ja ist, obwohl du immer noch glaubst, es sei unmoralisch und falsch.«

Er tritt zwei Schritte auf mich zu, sein Blick durchdringend. »Du weißt, dass du ein Nein mehr bereuen würdest als ein Ja. Stimmt's?«

»Ja, schon. Aber —«

Kian unterbricht mich scharf. »Warum ist es dann falsch?«

Ich hole tief Luft. »Wer bin ich, dir dein Leben zu nehmen?«, frage ich leise, meine Stimme bebend.

Ein amüsiertes Lächeln zuckt über Kians Gesicht. »Du bist ein Mensch. Menschen denken nicht wie Held*innen in Märchen, die wir für ihre Stärke bewundern. Sie verhalten sich nicht wie die makellosen Figuren in Geschichten, in die wir uns aufgrund ihrer fehlerlosen Charakterzüge verlieben. Wir Menschen sind kein Teil einer erfundenen Welt, sondern von einer, die echt ist.«

Seine Worte sind eine Provokation, ein Stich in meinen Stolz.

»Was willst du von mir?« Meine Stimme klingt nervöser, als ich zugeben will.

»Dass du dir eingestehst, was du wirklich denkst.«

»Ich denke nicht so, wie du glaubst!«, verteidige ich mich hastig.

»Ich bin du, Pieta. Ich kenne deine dunkelsten Gedanken, die du vor dir selbst versteckst«, sagt Kian kontrolliert und kühl.

Ich lache verzweifelt, fast hysterisch. »Ach ja?«

»Ich kann es dir beweisen.«

Seine Stimme verändert sich, wird tiefer, schwerer – bis sie nach meiner eigenen klingt. Gleichzeitig verändert sich Kians Gestalt. Sein Gesicht, seine Haltung, alles wird zu meinem Spiegelbild.

Dad verschwindet. Er löst sich auf, als hätte er nie existiert.

Mein Spiegelbild spricht mit meiner Stimme weiter: »Du hast sogar mal darüber nachgedacht, jemanden mit Luminara- oder Equa-Kräften zu suchen, um Dad wiederzubeleben.«

Diese Worte treffen mich wie ein Schlag in die Magengrube. »Das stimmt nicht!«, rufe ich, obwohl ich genau weiß, dass es stimmt.

Nicht aktiv, nicht bewusst – aber diese Gedanken haben in meinem Kopf existiert. Wie ein dunkler Schatten.

Verzweifelt rede ich weiter. »Okay, fein! Ich bin ein schlechter Mensch. Willst du mir das jetzt unter die Nase reiben?« Meine Stimme überschlägt sich vor Frust.

»Nein«, antwortet mein Unterbewusstsein gelassen. »Denn du bist kein schlechter Mensch.«

»Wie bitte?« Verblüffung mischt sich mit Wut in meiner Stimme. »Ich bin egoistisch, ich schade anderen, ich würde die Magie anderer ausnutzen, um meinen Dad zurückzuholen! Natürlich bin ich ein schlechter Mensch!«

Mich selbst vor mir stehen zu sehen, ist seltsam – dieselbe Wut, die ich in mir spüre, sehe ich jetzt vor mir, in meinem eigenen Gesicht.

Mein Unterbewusstsein kniet sich zu mir, die wütenden Züge spiegeln meine Gefühle wider. »Vergiss deine festgefahrene Moral. Sie ist nur ein Käfig, den du dir selbst gebaut hast«, sagt es kühl.

»Wie könnte ich?« Meine Stimme ist ein verzweifeltes Flüstern.

»Es nervt mich, dass du immer versuchst, perfekt zu sein. Perfektionismus ist eine Illusion – unmöglich zu erreichen.

Aber was mich am meisten wütend macht, ist, dass du die Moral über alles stellst. Verdammt, du bist ein Mensch, kein Roboter! Menschlichkeit ist nicht gleich Moral.«

»Es ist falsch!«, schreie ich, mein Körper zittert vor Aufregung.

Mein Unterbewusstsein bleibt ernst, ungerührt. »Du wirst deine Meinung ändern müssen.« Mit diesen Worten endet das Gespräch.

Mein anderes Ich schubst mich plötzlich mit beiden Händen an den Schultern, und ich verliere den Halt. Der Boden unter mir löst sich auf, nichts als tiefe, endlose Schwärze bleibt.

Ich falle ins Nichts, tiefer und tiefer, als würde die Dunkelheit mich verschlingen.

Hoffnung ist einzig und allein stärker als Angst

Ich falle.

Ein   Lichtstrahl durchbricht direkt unter mir die Dunkelheit.

Das Licht wird heller, größer – unaufhaltsam steuere ich darauf zu. Immer weiter. Bis es mich verschluckt und mich in die Realität zurückwirft.

Mit einem Keuchen reiße ich die Augen auf. Die Decke meines Zimmers starrt auf mich herab. Doch ich will zurück in die Dunkelheit, zurück ins Fallen. Dort war alles frei, wild, friedlich – ohne all das hier. Es fühlte sich angenehm an, es war still, als hätte ich für einen Moment die Last der Welt hinter mir gelassen.

Doch jetzt bin ich hier. Zurück.

Nach kurzer Zeit schlage ich die Decke zur Seite und schwinge mich aus dem Bett. Ein Blick auf mein Handy zeigt: 10:20 Uhr. So lange habe ich schon ewig nicht mehr geschlafen.

Dann fällt mir der Artikel wieder ein. Die Erinnerung reißt mich zurück. Enzo Winslow wird umgebracht. Schon morgen.

In was für einer Welt lebe ich denn? Eine Welt, die Köpfe rollen lässt, um Ordnung zu wahren – ist das wirklich der richtige Weg? Warum entgleitet mir alles immer weiter? Wie lange wird es dauern, bis ein Krieg zwischen Menschen und Magiebegabten ausbricht?

Nicht mehr lang.

Haben sich schon Magiebegabte gemeldet? Werden sie wahrlich auf diese Insel gebracht, oder ist das nur eine Fassade? In dieser Welt würde mich nichts mehr überraschen.

Oder doch?

Ich schüttle den Kopf, als könnte ich die düsteren Gedanken abschütteln, und schlurfe zu meinem Kleiderschrank. Für diesen Samstag brauche ich bequeme Kleidung. Ich nehme eine schwarze Jogginghose und ein weißes, lockeres T-Shirt. Danach gehe ich ins Bad, dusche gründlich – in der Hoffnung, mir all den Schmerz abzuwaschen. Doch es hilft nicht.

Angezogen trete ich die Treppe hinunter. Mom und Rey sitzen auf der Couch und schauen ›Miraculous‹ – unsere Lieblingsserie aus der Kindheit.

»Guten Morgen«, begrüße ich beide und steuere direkt auf die Küche zu.

»Guten Morgen«, kommt es von beiden gleichzeitig zurück.

In der Küche hole ich mir eine Schale Müsli mit Hafermilch, setze Kaffee auf und warte. Wieder Zeit für wirre Gedanken.

Doch lange halten sie nicht an, denn Mom betritt die Küche.

»Pieta?«, fragt sie vorsichtig.

Ich drehe mich zu ihr um. »Ja?« »Ich wollte nur kurz mit dir reden.« *Oh. Was kommt jetzt?*

»Nun, ich habe einen Termin mit deiner Therapeutin ausgemacht. Am Montag.«

Für einen Moment glaube ich, mich verhört zu haben – oder zu träumen. »Wie bitte?«, frage ich entsetzt.

»Ich habe dir gesagt, dass ich einen machen werde«, entgegnet Mom und versucht, sich zu rechtfertigen.

Ja, das hat sie. Aber ich habe gehofft – geglaubt –, dass sie es nicht ernst meint. Falsch gedacht.

»Das verbessert die Situation nicht!«, werfe ich ein, meine Stimme wird lauter. »Ich brauche keine Therapie, verdammt noch mal!« Meine Stimme überschlägt sich, aber ich kann sie nicht bremsen.

Mom atmet tief durch, ihre Stimme bleibt bedacht. »Aber du siehst ihn immer noch, ist es nicht so?«, fragt sie direkt.

»Ja, aber –«

»Nichts aber! Du bist nicht über Jacks Tod hinweggekommen, Pieta. Du bildest ihn dir sogar ein! Du brauchst diese Therapie – dringend.«

Ihre Worte brennen wie Säure. Aber ich kann sie nicht so stehen lassen. »Und du nicht, oder was?«, platzt es wütend aus mir heraus.

Mom verstummt, sieht mich mit diesen traurigen Augen an und seufzt. »Am Montag nach der Schule. Ich hole dich ab.«

Meine Wut beginnt zu brodeln, heiß und drängend, fast unmöglich zurückzuhalten. Wie kann sie mir das antun? Ich bin kein verfluchter Psycho! Ich muss das allein schaffen.

Was sollen die anderen denken, wenn sie herausfinden, dass ich zur Therapie muss? Meine Perfektion – die kleine, bröckelnde Fassade, die ich halte – wird endgültig zerfallen.

Und das darf nicht passieren.

Du musst dich beruhigen, sonst verlierst du deine Fassade noch heute. Die Stimme in meinem Kopf klingt gefasst, fast belehrend. Und sie hat recht, oder?

Ich schlucke das brodelnde Feuer herunter, atme tief durch und sperre es weg. Es hat keinen Zweck, mit Mom zu streiten.

Kein Wort mehr. Ich drehe mich von ihr weg, nehme mein Müsli sowie meinen Kaffee mit ins Wohnzimmer.

Mom setzt sich wieder zu Rey, und ich gehe zum Esstisch. Behutsam stelle ich erst die Tasse, dann die Schale ab – doch ein kleiner Schwall Hafermilch schwappt über den Rand. Genervt schleiche ich zurück in die Küche, hole Küchenrolle und wische die Pfütze weg.

Dann kann ich mich endlich hinsetzen und frühstücken. Doch das Müsli schmeckt heute nicht. Normalerweise liebe ich es, aber nach diesem Gespräch vergeht mir der Appetit.

Jeder Bissen fühlt sich schwer an, jeder Löffel ist eine Herausforderung. Am Ende zwinge ich den letzten Happen hinunter, räume das Geschirr in die Spülmaschine und gehe nach oben.

Zuerst ins Bad, um mir die Zähne zu putzen. Dann flüchte ich in mein Zimmer, schließe die Tür – und lasse die Fassade fallen.

Die Wut überflutet mich, als hätte jemand einen Damm geöffnet. Ich schlage mit den Fäusten auf mein Bett ein, werfe mich drauf und raufe mir die Haare.

Du verlierst dich. Du verlierst alles.

Langsam ist es zu spät, um irgendetwas zurückzubekommen.

Die Worte in meinem Kopf sind ein Echo, laut und unerbittlich. Plötzlich durchzuckt mich eine Idee wie ein Blitz. Ich will sie verdrängen, sie wegschieben – doch es ist umsonst. Sie bleibt eingebrannt.

Sollte ich Louna anrufen?

Ich weiß, dass ich sie nicht für immer ignorieren kann. Außerdem wird sie bald umziehen, also kann ein letztes Telefonat auch nichts schaden. Was kann schon passieren?

Dieser Gedanke überzeugt mich, zum Handy zu greifen und sie anzurufen.

»Hey, Pieta. Entschuldige, dass ich nicht geantwortet habe«, ertönt Lounas Stimme – weich, vertraut.

»Kein Problem, echt.«

»Bist du okay?«

»Nicht wirklich«, antworte ich wahrheitsgemäß, meine Stimme kaum mehr als ein Flüstern.

»Was ist los?«

Ihre Stimme hinterlässt Gänsehaut auf meiner Haut. Ein warmes Kribbeln breitet sich in meinem Bauch aus und wächst mit jeder Sekunde.

»Ich … Hast du schon gehört? Das mit Enzo Winslow … Es schockiert mich irgendwie. Und dann heute früh noch das mit meiner Mutter … egal, ich muss mich fürchterlich anhören, tut mir leid«, sprudelt es aus mir heraus – ohne genau zu wissen, ob das alles überhaupt einen Sinn ergibt.

»Dir muss das nicht leidtun«, sagt Louna sanft. Ihre Stimme beruhigt mich. »Mich hat es gestern Abend ebenfalls schockiert, und ich denke immer noch darüber nach. Ich finde es unmenschlich und einfach nur ekelhaft!« Eine kurze Pause. »Aber was war heute früh mit deiner Mom?«

Ich seufze. »Sie hat für mich einen Termin bei einer Therapeutin gemacht, obwohl ich ihr gesagt habe, dass ich nicht hingehen will.«

»Warum willst du nicht zur Therapie?«, fragt Louna vorsichtig.

»Weil ich keine brauche«, schieße ich zurück – gereizter, als ich wollte.

»Es ist mutig, sich Hilfe zu holen. Es zeigt, dass man kämpfen will«, sagt sie umsichtig. Fast zu wissend ...

»Ich brauche keine Hilfe«, erwidere ich knapp, versuche, die Diskussion zu beenden.

Ein Moment der Stille entsteht, bevor Louna bedächtig sagt: »Weißt du, ich glaube, jeder Mensch braucht irgendwann Hilfe. Warum machen wir eigentlich so einen großen Unterschied zwischen körperlicher und mentaler Hilfe?«

»Weil es nicht dasselbe ist«, entgegne ich sofort – fast reflexartig.

»Nicht dasselbe, aber vergleichbar«, widerspricht sie sanft. »Du musst keinen weiteren Termin ausmachen. Geh am Montag hin und warte ab. Vielleicht sieht es deine Therapeutin genauso wie du.«

Ich brauche einen Moment, bevor ich antworten kann. Am liebsten würde ich dieses Thema endgültig begraben.

»Vermutlich hast du recht«, gebe ich widerwillig zu. Nicht weil ich es wahrhaftig glaube, sondern weil ich mich nicht mit ihr streiten möchte. »Wie geht's dir?«, frage ich schnell, um das Thema zu wechseln – in der Hoffnung, dass sie ihre letzte Frage vom vorherigen Telefonat nicht wieder aufgreift.

»Den Umständen entsprechend gut«, antwortet Louna knapp.

»Es tut mir leid, dass ich nichts für dich tue«, sage ich, meine Stimme bricht leicht. »Ich meine, dass ich nichts gegen die Gewalt deiner Eltern unternehme.«

Auf der anderen Seite ertönt ein leises Lachen. »Du kannst nichts tun. Aber das musst du auch nicht. Außerdem hast du mir mehr Liebe gegeben, als ich in meinem gesamten Leben je erfahren habe.« *Liebe?*

Das Wort bleibt in meinem Kopf hängen, hallt nach.

»Stell mich nicht immer so gut dar«, sage ich. »Ich bin alles andere als jemand, der Liebe verteilt.«

»Du unterschätzt dich maßlos, Evergreen«, erwidert Louna mit Nachdruck.

»Was?« Verwirrt blinzele ich. Meinen Nachnamen zu hören, ist äußerst ungewöhnlich.

»Du musst aufhören, perfekt sein zu wollen«, sagt sie mit einer eindringlichen Ruhe. »Das wirst du nie schaffen.«

Ihre Worte treffen mich tief, brechen etwas in mir, das ich verzweifelt zusammenhalten wollte.

Das wirst du nie schaffen.

Autsch.

»Willst du nicht perfekt sein?«, frage ich ernst, weil ich bis eben dachte, dass jeder Mensch Perfektion anstrebt.

»Das muss ich nicht«, sagt sie mit ihrem altbekannten Ton.

»Erstens, weil es unmöglich ist, und zweitens, weil das Leben sonst langweilig wäre.« Ein Hauch von Gelassenheit schwingt in ihrer Stimme mit.

»Langweilig?«, wiederhole ich irritiert. »Ist es nicht genau dann am schönsten zu leben? Man ist ein guter Mensch, weiß viel und kommt mit allem klar.«

»Perfektion heißt nicht gleich gut. Für mich ist sie mehr eine Illusion. Außerdem gibt es keine rein guten, fehlerlosen Menschen«, entgegnet Louna, ihre Stimme fest, aber kontrolliert.

»Was bist du dann?«, frage ich, halb neugierig, halb

herausfordernd.

Louna verstummt für einen Moment, dann seufzt sie leise. »Gefallen an dem Gedanken zu finden, dass es besser wäre, wenn meine Eltern nie gelebt hätten … das kommt nicht gerade von einem guten Menschen, findest du nicht?«

Ich werde still. Nach meinen Vorstellungen sind solche Gedanken eindeutig die eines schlechten Menschen.

Doch ich sehe Louna nicht so.

Warum?

»Kein Mensch macht immer alles richtig, weil wir gar nicht einheitlich festlegen können, was denn überhaupt richtig ist«, sagt sie.

»Das ergibt keinen Sinn«, antworte ich, überfordert von ihren Worten.

»Warum bist du so erpicht darauf, ein rein guter Mensch zu sein?«, fragt Louna. Ihr mitfühlender Ton gibt mir Sicherheit – und das Gefühl, ihr alles erzählen zu können.

Abstand halten!

»Wie viele Fragen willst du noch beantwortet haben?«

»So lernt man Menschen kennen«, sagt Louna, ihre Stimme herausfordernd, aber amüsiert. »Ach so? Gleich solche konkreten Fragen?« »Ich bin von der schnellen Sorte«, lacht sie.

»Ich nicht.«

»Ich bin auch geduldig.«

Ich schließe die Augen, atme tief durch. »Okay. Dann frag.«

Sofort bereue ich es.

»Oh. Neuer Fortschritt, Evergreen«, sagt Louna triumphierend.

»Versau's nicht.«

»Auf keinen Fall«, meint sie. Ihr Grinsen ist durchs Telefon spürbar. »Warum willst du perfekt sein?«

Ein tiefer Atemzug lockert meine Zunge. »Wegen Dad.« Meine Stimme bricht, und ich verstumme.

»Wie war er so?«, fragt Louna – vermutlich, um die Stimmung zu lockern.

»Er war ein Held«, beginne ich, doch meine Gedanken an ihn sind schwer in Worte zu fassen. »Er half, wem er konnte – nein, auch wem er nicht konnte. Er stellte sich immer hinten an, ohne sich dabei selbst zu vergessen. Doch was mich wirklich beeindruckt hat, war, dass er nie gehasst hat.« Die Erinnerungen schmerzen, und doch erzähle ich weiter: »Kurz vor seinem Tod haben wir über die Welt gesprochen.

Mom war krank und …« Ich stoppe. Meine Stimme versagt.

Louna sagt dieses Mal nichts. Sie gibt mir Zeit.

»Und er gab niemandem die Schuld dafür. Aber ich habe die Welt gehasst«, setze ich stockend fort. »Warum gibt es Leid? Warum existiert die Welt nicht ohne Schmerz? Wofür gibt es Verderben?« Meine Stimme zittert. Ein Schluchzen entkommt mir. »Dad meinte, dass Glück ohne Leid nicht existieren würde. Denn wie kann man Glück schätzen, wenn man Leid nicht kennt? Aber ich glaube das nicht. Bei all dem Hass auf der Welt – wo ist die Liebe? Bei all dem Schlechten

– wo ist das Gute?«

Kurz schweigen wir.

»Doch genau das macht ihn zum Helden: Er sieht immer, wirklich immer das Gute – überall.«

Ich   erwarte Stille.   Doch   Lounas Stimme ertönt sofort, sanft und warm. »Dein Dad war wahrhaftig erhaben.«

Unerwartet lache ich. Ein ehrliches, leises Lachen. »Du sprichst echt komisch.«

»Dein Dad war wirklich cool. Besser?«, fragt Louna lachend.

»Eindeutig.« Ich grinse. Doch das Lächeln weicht schnell. Ein Kloß wächst in meinem Hals. Meine Augen brennen. Die Welt verschwimmt.

Ein Schluchzen verrät Louna, dass ich weine.

»Du willst wie er werden, oder?«, fragt sie vorsichtig, fast flüsternd.

»J-ja. Ich will … will so gut sein … wie er«, antworte ich, meine Worte von Schluchzern unterbrochen.

»Das bist du schon.«

Diese Worte lassen die Zeit stillstehen. Sie tauchen meine schwarz-weiße Welt für einen Moment in Farbe.

Ich will antworten, doch meine Schluchzer ersticken jedes Wort.

»Du bist ein guter Mensch, Evergreen«, betont Louna, ihre Stimme fest und warm. »Du wirst noch viele Entscheidungen treffen, die nicht in dein Bild eines ‚guten' Menschen passen.

Fehler sind menschlich – und manchmal sogar notwendig.« »D-danke«, flüstere ich, meine Stimme brüchig.

Diese Worte … ich habe sie immer gebraucht.

»Aber ich habe Angst. Was ist, wenn ich so viel Schlechtes tue, dass ich …« Ich beende den Satz nicht. Er bleibt in der Luft hängen.

Ein Moment der Stille folgt. Dann ertönt Lounas Stimme. »Dann ist es so.«

Mein Herz sackt ab. »Was?«

»Dann ist es so«, wiederholt sie. »Gut und Böse, Hass und Liebe – sie trennt nicht so viel, wie wir glauben.« Ich schweige. Überwältigt von ihren Worten.

Wie kann sie so etwas hinnehmen?

Wie kann sie akzeptieren, dass ich Fehler begehe?

Doch eine Frage brennt auf meiner Zunge, drängt nach draußen. »Du würdest bei mir bleiben?«, frage ich. Meine Stimme ein Flüstern, kaum lauter als das Rauschen in der Leitung. »Ja.«

Ein einziges Wort. Zwei Buchstaben.

Mehr braucht Louna Everett nicht, um meine Augen erneut mit Tränen zu füllen.

Doch Zweifel kratzen an den Rändern meines Verstands. »Du lügst«, flüstere ich, die Unsicherheit in meiner Stimme unüberhörbar.

Louna bleibt ernst, ihre Stimme gedämpft und fest. »Niemals würde ich dich bei so etwas anlügen.«

»Und bei anderen Themen?«, frage ich in einem

halbherzigen Versuch, meine Unsicherheit zu überspielen.

Eine kurze Pause. Dann, mit einem leichten Lachen: »Ich verspreche nichts.«

»Damit machst du es dir aber ziemlich einfach«, kontere ich, und ein Hauch von Trotz schleicht sich in meine Stimme.

»Vielleicht«, gibt sie zu. »Aber ich meine es ernst: Ich will bleiben. Ist das nicht genug?«

Ich presse die Lippen zusammen, suche nach einer Antwort. »Ich verstehe nicht, wieso«, sage ich.

Ihre Stimme wird weicher. »Nicht schlimm. Das wirst du noch.«

Ein Lächeln schleicht sich auf mein Gesicht – begleitet von einer Idee. »Wärst du dabei, wenn wir das Gespräch an meinem Lieblingsplatz fortführen?«, frage ich verlegen und spüre sofortige Reue, die ich verdränge.

»Natürlich, Evergreen.«

»Sehr gut. In zehn Minuten vor meiner Tür?«

»Abgemacht.«

Wo Hoffnung fehlt, da wächst die Macht

»Viel Spaß und pass auf dich auf!«, ruft Mom mir hinterher, bevor ich die Tür öffne.

»Werde ich«, sage ich schnell und trete hinaus in die angenehme, klare Kälte.

Doch das ist nebensächlich. Alles, was zählt, sind Lounas himmelblaue Augen, die mich ansehen. Ihr Lachen, das so ansteckend ist, dass es selbst die dunkelsten Ecken meiner Gedanken erhellt.

»Willst du mich weiter anstarren, oder zeigst du mir endlich deinen Lieblingsort?«, zieht sie mich auf, ihre Stimme spielerisch.

»Ich möchte dich weiter anstarren«, necke ich zurück – bevor ich realisiere, was ich gesagt habe. Meine Wangen glühen. Die Worte hallen in meinem Kopf wider.

Was habe ich nur gesagt?

Louna lächelt verträumt. »Das kannst du an deinem Lieblingsort auch noch tun.«

Mein Gesicht glüht noch mehr. Mein Schmunzeln schrumpft zu einem verhaltenen Zucken meiner Mundwinkel. »Ich ... äh ... ich meinte das natürlich nicht ernst … Humor und so.«

Lounas Grinsen verschwindet keineswegs. »Humor, ja klar.«

»Ja«, antworte ich hastig. »Nur Humor.«

Langsam setzt sie sich in Bewegung – und geht überraschenderweise in die richtige Richtung. »Wenn du noch etwas übst, glaube ich es dir sogar«, neckt sie.

Ich hole schnell zu ihr auf. Sage kein Wort mehr.

Der Weg zum Steg ist schmerzhaft. Ich hätte es nicht erwartet. Es ist ein Jahr her, dass ich diesen Ort besucht habe – und dennoch fühlt es sich an, als würde jemand meine Wunden aufreißen.

Die Wiese, auf der wir laufen, wurde schon lange nicht mehr gepflegt, doch das nimmt ihr nichts von ihrer Schönheit. Blumen sprießen üppig, obwohl die warmen Tage sich langsam dem Ende neigen. Die Blätter der umstehenden Bäume tragen ihr saftiges Grün – aber nicht mehr lange.

»Weshalb ist er dein Lieblingsort?«, reißt mich Louna aus meinen Gedanken. Ihre Neugier klingt ehrlich.

»Er ist nicht wirklich bekannt«, antworte ich zögernd. »Hier haben Dad und ich oft gesessen und über Gott und die Welt geredet – nun, eigentlich nie über Gott. Mom und Rey wussten – oder wissen – nichts davon.«

Die Erinnerungen überrollen mich wie eine Welle. Sie treiben mir Tränen in die Augen – und zaubern mir gleichzeitig ein Lächeln auf die Lippen.

Als wir das Ufer des kleinen Sees erreichen, sehe ich ihn: den kleinen Holzsteg, auf dem Dad und ich oft saßen. Ich bilde mir ein, uns jetzt dort sitzen zu sehen – wie damals.

Ich bleibe stehen, nehme meinen Kopf in die Hände und schluchze. Die Erinnerung ist zu überwältigend.

»Ich vermisse ihn so sehr, dass es mich zerreißt!«, platzt es aus mir heraus. Meine Stimme bricht. Schluchzer durchziehen sie.

Louna bleibt vor mir stehen, nimmt meine Hand sachte in ihre, mit der anderen streicht sie sanft über meine Wange. Mit ihrem Zeigefinger wischt sie meine Tränen weg – die ich nicht zurückhalten kann.

Obwohl ich die Berührung gerne genießen würde, weiche ich einen Schritt zurück.

»Tut mir leid, ich wollte nicht –«

»Du hast nichts falsch gemacht«, unterbreche ich sie sofort. »Ich brauche einfach Zeit.«

Ihr Kopf bewegt sich erst leicht nach hinten, dann nach vorne. Ein Nicken, das mir Wärme gibt. Verständnisvoll.

Wortlos.

Ich werfe ihr einen dankbaren Blick zu. Wieder ist da dieses Gefühl, ihr alles anvertrauen zu können. »Ich weiß nicht, wie ich für immer ohne ihn leben kann«, weine ich, meine Stimme kaum mehr als ein Flüstern, das fast im

Rauschen des Sees untergeht.

»Er wird immer bei dir sein – in deinen Träumen, in deinen Erinnerungen, aber vor allem in deinem Herzen«, sagt sie sanft.

Ihre Worte sind wie ein Anker, doch das Gefühl, ihn für immer verloren zu haben, ist stärker. »Was ist, wenn die Erinnerungen an ihn irgendwann verblassen? Im schlimmsten

Fall verschwinden?«

»Erinnerungen bleiben.«

Ich verstumme. Die Tränen bahnen sich ihren Weg über meine Wangen. Einen Moment lang weine ich stumm, bis Louna mich in ihre Arme schließt. Dieses Mal stoße ich sie nicht weg.

Ich flüstere in ihr Schlüsselbein: »Ich muss aufhören zu weinen. Wie lächerlich und armselig von mir. Entschuldige.« Langsam löse ich mich aus ihrer Umarmung.

»Nicht«, sagt Louna deutlich, ihre Stimme fest, aber beruhigend. »Du darfst weinen. Es zeigt deine Stärke. Es ist die Art, wie deine Augen sprechen, wenn dein Mund es nicht kann. Du hast ihn geliebt – nein, du liebst ihn noch immer.«

»Ich bin stark, wenn ich endlich aufhöre, um Dad zu trauern«, widerspreche ich, meine Stimme brüchig.

Louna greift wieder nach meiner Hand, hält inne, schaut mich fragend an – und ergreift sie erst, nachdem ich ihr zunicke. »Du bist stark, wenn du endlich deine Maske absetzt«, sagt sie leise, ihre Augen treffen meine. »Ich will die Pieta kennenlernen, die du warst, als wir uns das erste Mal gesehen haben. Damals war deine Maske kurz verrutscht, und dein wahres Ich hat mich angeschaut. Von diesem Moment an wusste ich, dass ich dir überallhin folgen würde, egal, was passiert. Und ich würde es immer wieder tun – für dein wahres Ich.«

Meine Hand prickelt unter ihrer. Kurz verliere ich mich in ihren Augen, sehe ihren Blick zu meinen Lippen huschen – nur um sofort wieder zu meinen Augen zurückzufinden.

Sanft löse ich mich aus ihrem Griff. »Warum lässt du mich nicht fallen?«

Louna scheint darüber nachzudenken, ob sie mir die Antwort gibt. Sie schuldet mir endlich eine Antwort – nicht nur ich ihr.

Sie gibt nach. »Wenn ich dir die Frage beantworte, beantwortest du meine. Abgemacht?«, fragt sie und hält mir ihre ausgestreckte Hand hin.

Lächelnd schüttle ich sie – als würden wir einen Pakt eingehen. »Abgemacht.«

»Gut.« Ein letzter tiefer Atemzug, dann redet sie weiter. »Du bist die erste Person, die mich gefragt hat, wie es mir geht. Die erste Person, die sich um mich sorgt.«

Ihre Worte hallen schmerzhaft in meinem Gedächtnis nach, brennen sich in meine Haut. Unfähig zu antworten, starre ich sie bloß fragend an.

»Jetzt bist du dran«, erinnert mich Louna.

»Äh … ja«, stottere ich.

»Warum machst du dich so nieder?«, wiederholt sie die

Frage, die ich nicht vergessen habe. Ich bin bloß überfordert.

»Ich habe sie dir irgendwie schon beantwortet«, gestehe ich leise. »Weil ich so bin.«

Louna mustert mich zweifelnd. »Dann weißt du die Antwort auf meine Frage selbst nicht.«

»Wie bitte?«

»Du bist nicht so, wie du dich darstellst. Hinter der Fassade, die du allen zeigst, steckt jemand, den sie einfach nicht verstehen. Es ist nicht deine Schuld, dass dir alle aus dem Weg gehen. Sie sehen dich nicht. Sie sind es nicht wert. Es ist nicht deine Schuld, dass du dich so elendig fühlst. Du hast dir diese Dunkelheit nicht ausgesucht. Du kämpfst – jeden Tag, auch wenn es sich nicht so anfühlt. Aber bitte, hör auf, dich selbst dafür zu verurteilen. Du bist nicht kaputt. Du bist nicht das, was die anderen glauben. Du bist so viel mehr, als du dir selbst zutraust.«

Die Tränen strömen, ohne dass ich sie aufhalten kann. Meine Schultern beben unter meinen Schluchzern. Meine Beine geben nach. Ich warte auf den weichen Rasen, den harten Boden – doch sie kommen nicht.

Beim nächsten Atemzug finde ich mich in Lounas Armen wieder. »Bist du okay?«, fragt sie hektisch.

Langsam finde ich zurück in die Realität. Mein Atem beruhigt sich, genau wie mein Herzschlag. »J-ja.«

Eine Sekunde später stehe ich wieder auf meinen eigenen Beinen. Ich drehe mich sofort zum Steg, um Lounas Augen zu umgehen.

Ihre Worte …

Lautes Fluchen reißt mich aus meinen Gedanken.

»Alles okay?«, frage ich vorsichtig und suche doch ihren Blick.

»Ja«, sagt Louna sofort – doch ihre Stimme verrät sie. »Es ist nur … mein Dad. Er hat angerufen.«

Die Angst in ihren Augen packt mich. Eine ungewohnte Entschlossenheit entfacht sich in mir – ein Drang, ihr dieselben heilenden Worte zu schenken, die sie mir gegeben hat.

Ich nehme ihre Hand in meine, halte sie fest, um sie zu beruhigen. »Weißt du, was ich an dir lie– äh, ich meine mag?«

Meine Wangen brennen. Aber ich zwinge mich, weiterzureden. »Du hast dich an mein wahres Ich geklammert, als ich es nicht mehr konnte – obwohl du mich erst seit kurzer Zeit kennst. Du akzeptierst mich so, wie es sonst keiner tut. Aber auch ich möchte dir etwas geben.«

Ich hole tief Luft, wähle meine Worte sorgfältig. »Du bist so viel mehr, als deine Eltern in dir sehen. Du bist mehr als ihre Meinung. Was sie dir antun, kommt der Hölle gleich. Aber ich verspreche dir eines: Ich werde nie aufhören, dich aus der Hölle zu ziehen – bis du frei bist.«

Die erste Träne fällt von Lounas Wange zu Boden. Die zweite wische ich behutsam weg. Dann ziehe ich sie in eine feste Umarmung, halte sie so, als könnte ich all ihren Schmerz auf mich übertragen.

So verweilen wir, bis Lounas Handy klingelt. Wir zucken

zusammen, haben beide nicht damit gerechnet.

»Das ist mein Vater«, sagt sie, ihre Stimme angespannt.

»Möchtest du rangehen?«

Louna zögert. Ihre Augen suchen nach Halt.

Dann seufzt sie und nimmt das Gespräch an – stellt es auf Lautsprecher. Gibt ihr das mehr Mut? Mehr Sicherheit?

»Wo bist du? Du solltest genau jetzt zu Hause sein! Wir wollen Mittagessen!«, schreit ihr Vater sofort ins Handy.

Seine Stimme ist schneidend, aggressiv.

Louna zuckt zusammen, offensichtlich eingeschüchtert. Ich drücke ihre Hand, um ihr die Angst zu nehmen, und nicke ihr aufmunternd zu.

»Ich habe dir gesagt, dass ich bei einer Freundin bin, um eine Schulaufgabe zu erledigen«, sagt Louna, ihre Stimme bebt.

»Dann komm jetzt sofort nach Hause.«

»Das geht nicht, weil –«

»Sei still«, unterbricht er sie harsch. »Wenn du nicht sofort hier bist, erwartet dich etwas Schlimmeres als heute früh.«

Ihr Körper beginnt zu zittern, ihr Atem geht schneller, unkontrollierter. Panisch stellt sie den Anruf auf stumm, dreht sich zu mir – und fleht. »Pieta, ich kann nicht nach Hause. Ich kann nicht.«

Sofort ziehe ich sie in meine Arme, halte sie fest. »Du musst nicht nach Hause, okay? Nie wieder«, sage ich mit einer Entschlossenheit, die ich selbst nicht verstehe.

»Wie?«, flüstert sie, ihre Stimme voller Angst. »Sie

werden die Polizei rufen«, merkt Louna panisch an.

»Wenn sie das tun, zeigst du der Polizei deine Wunden.«

»Meine … was?«

Ich ziehe sie leicht zurück, damit ich ihr in die Augen sehen kann. »Ich habe sie gesehen, Louna. Schon bei unserem ersten Treffen. Der Kragen deines Hemds verbirgt nicht alles. Und die feinen, aber bei näherem Betrachten sichtbaren Narben in deinem Gesicht … sie sehen nicht so aus, als wären sie selbst verschuldet.«

Louna verstummt. Ihre Augen füllen sich mit Tränen, während sie tiefer in die Umarmung sinkt. »Du denkst, es würde funktionieren?«

»Absolut«, antworte ich sicher, meine Stimme fest.

Wir lösen uns aus der Umarmung – und bemerken, dass ihr Vater aufgelegt hat.

Louna zögert, dann hebt sie entschlossen das Handy und wählt erneut seine Nummer.

Ihr Blick hat sich verändert. Da ist jetzt etwas Starkes, Unerschütterliches.

»Was fällt dir ein, mich auf stumm zu schalten?«, fährt ihr Vater sie sofort an. »Komm nach Hause. Es wird nur schlimmer.« Seine Worte klingen wie eine Bedrohung, schärfer als zuvor.

»Ich bin zu Hause«, gibt Louna kühl zurück.

Dieser Satz überrascht sogar mich. Meine Wangen glühen, und ein kleines Lächeln schleicht sich auf mein Gesicht.

»Was redest du da? Du bist nicht hier. Spiel ja kein Spiel

mit mir, Fräulein!«

»Tue ich nicht«, kontert Louna, ihre Stimme plötzlich selbstsicher. »Ich werde nicht zu euch zurückkommen. Ich habe genug, und —«

»Du vergisst, wer du bist! Wenn du in fünf Minuten nicht hier bist, rufen wir die Polizei. Hast du verstanden?!« Seine Stimme ist so laut, dass ich das Gefühl habe, er stünde direkt neben uns.

»Ruft ruhig die Polizei«, erwidert Louna gefasst, aber mit Nachdruck. »Dann zeige ich ihnen meine Wunden.«

»Du wagst es nicht —« beginnt er, doch seine Worte werden abgeschnitten, als Louna abrupt auflegt.

Für einen Moment herrscht absolute Stille.

Dann murmelt sie: »Ich glaube nicht, dass ich das gerade getan habe.«

»Ich bin unglaublich stolz auf dich.«

Louna hebt den Blick. »Darf ich dich etwas völlig anderes fragen?«, wechselt sie zu meiner Überraschung das Thema.

Ihre Augen wirken nachdenklich.

»Natürlich.«

Ihr Gesicht verändert sich. Es wird härter, ernster – und ihre Frage trifft mich wie ein Schlag. »Wie stehst du zu Kian?«

»Was?«, stammele ich, vollkommen überrumpelt.

»Du warst oft bei ihm. Ihr seid mit Sicherheit nicht zusammen, oder? Du sahst immer so … verängstigt in seiner Nähe aus. Außerdem habe ich gesehen, wie er dir wehgetan hat.«

»Um Himmels willen, nein, wir sind nicht zusammen«, antworte ich schnell. »Er …« Ich halte inne.

Soll ich ihr davon erzählen? Wäre es überlegt?

Was, wenn er mich abhört?

Nein, das tut er vermutlich nicht – sonst hätte er längst Schlimmeres herausgefunden.

»Es ist kompliziert.«

»Ich weiß«, sagt Louna sanft, ihre Stimme fast flüsternd. »Sonst hättest du es mir schon erzählt, oder?«

Ich nicke zögernd, seufze und beschließe, ihr die Wahrheit zu sagen.

Von unserer ersten Begegnung, von allen beängstigenden Momenten – bis zu Donnerstagabend.

Während ich spreche, sehe ich, wie sich ihr Gesicht verändert. Es wird immer erschrockener, je mehr ich enthülle.

Als ich ende, herrscht für einen Moment völlige Stille zwischen uns.

Schwer. Unausweichlich.

Louna ist es, die sie durchbricht. »Verflucht, du weißt noch nicht mal, warum er das alles tut?« Ich schüttle den Kopf.

»Und die Polizei zu rufen, ist keine Option?«, fragt sie, ihre Stimme voller Sorge.

»Nein! Es ist zu gefährlich«, antworte ich sofort. »Ich habe keine Beweise, und er hätte genug Zeit, um …« Ich muss den Satz nicht beenden. Sie versteht es auch so.

»Ich bleibe bei dir, bis dieser Mistkerl die Finger von dir lässt«, sagt Louna entschlossen.

»Louna —«, setze ich an, doch sie hebt die Hand, um mich zu unterbrechen.

»Nein«, sagt sie fest, lässt keinen Widerspruch zu. »Ich werde nicht mit mir reden lassen. Du hast mich vor meinen Eltern gerettet. Jetzt rette ich dich vor diesem Arschloch.« Ihre Worte entlocken mir ein leichtes Lächeln.

Aber mehr noch geben sie mir etwas, das ich längst verloren glaubte:

Hoffnung.

Hoffnung, dass alles, was Kian betrifft, irgendwann ein Ende finden könnte.

Die nächsten Minuten sitzen wir schweigend am Ufer.

Das Wasser glitzert im sanften Licht, eine friedliche Stille umgibt uns.

»Es ist schön hier«, durchbricht Lounas Stimme die Stille. »Warum wolltest du mir das zeigen?«

Ich blicke weiter dem Horizont entgegen, denke nach, bevor ich antworte. »Du bist … besonders. Auf eine Art, die ich selbst noch nicht verstehe.«

Kaum sind die Worte ausgesprochen, bemerke ich meinen Fehler. »Was nicht heißt, dass du möglicherweise nicht besonders bist, sondern … Na ja, dass ich nicht verstehe, warum du so besonders für mich bist. Nein, das klingt falsch. Ich meine —«

»Ich verstehe, was du meinst«, unterbricht mich Louna lachend und gibt mir die Zeit, mich zu fassen.

Ich atme tief durch. »Du hast mich nicht weggestoßen –
wie Dad. Ich möchte herausfinden, was das bedeutet.« Ihre
Augen treffen meine – intensiver.

»Aber … vielleicht wollte ich auch nur das tun.«

Louna schaut mich überrascht an, doch da ist es schon zu
spät. Mit all meiner Kraft greife ich ihre Schultern – und
stoße sie ins Wasser.

Mit einem fassungslosen Schrei taucht sie unter, nur um
Sekunden später wieder aufzutauchen, die nassen Haare im
Gesicht, der Blick voller genervter Empörung.

Ich lache laut, halte mich nicht zurück – ihr
Gesichtsausdruck ist zu komisch.

»Das war nicht schlau, Evergreen«, neckt Louna, bevor
sie, entgegen meiner Erwartung, meine Beine packt und
mich mit ins Wasser zieht.

Keuchend tauchen wir wieder auf, lachen, spritzen uns
gegenseitig Wasser ins Gesicht.

»Na, warte«, drohe ich, meine Stimme halb lachend, halb
gespielt wütend.

Wir verlieren uns in einer ausgelassenen Wasserschlacht
– als wären wir wieder sieben Jahre alt.

Zum ersten Mal seit Dads Tod fühle ich mich lebendig.

*Zum ersten Mal glaube ich mit ganzem Herzen, einen
echten Sinn im Leben zu haben – nicht nur für andere,
sondern für mich selbst.*

Nach kurzer Zeit sind wir völlig außer Atem und lachen
nur, während das Wasser sanft um uns schwappt.

»Wie soll ich Mom nur unsere nassen Klamotten

erklären?«, frage ich lachend.

»Ach komm, wir haben unsere Meerjungfrauen-Gene entdeckt. Besser spät als nie, oder?«

»Der war echt schlecht«, erwidere ich mit einem Schmunzeln.

»Du hast gelacht.«

»Aus Mitleid.«

»Klappe, Evergreen.«

Wir brechen erneut in Lachen aus.

Für einen Moment fühlt sich die Welt heil an – als gäbe es keinen Schmerz.

Aber Dads Prinzipien hallen in meinem Kopf nach.

Ich glaube, wenn ich nicht wüsste, wie sich Hass anfühlt, würde sich dieses Gefühl zu Louna nicht so wundervoll anfühlen.

Kurze Zeit später sitzen wir frierend auf dem Steg, aneinandergelehnt, um der Kälte etwas entgegenzusetzen.

»Darf ich dir eine Frage stellen?«, unterbreche ich die angenehme Stille.

»Klar.«

»Findest du die Todesstrafe gerecht?«

Louna zieht abrupt Luft ein, als hätte ich sie kalt erwischt.

»Um Himmels willen, nein!«

»Was hättest du getan?«

Louna denkt einen Moment nach, dann spricht sie mit fester Stimme. »Magiebegabte können gefährlich sein, das stimmt. Die Geschichte mit Nocturna zeigt das ganz deutlich – als sie ihre Equa-Magie einsetzte, um jegliche Magie zu zerstören. Aber sie tat es nicht ohne Grund. Ihre Eltern durften sich nicht lieben – Destructio und Luminara. Ihr Hass wuchs nach der Hinrichtung ihrer Eltern. Sie hasste die Magiebegabten, wollte Magie auslöschen, weil sie der Grund für ihr Leid war. Aber das weißt du sicher schon. Worauf ich hinaus will, ist: Enzo Winslow wird auch einen Grund haben, warum er immer wieder die Kontrolle verliert. Aber davon steht nirgendwo etwas. Verstehst du?«

»Ich denke schon«, gebe ich skeptisch zurück, unschlüssig, ob ich ihren Gedankengang korrekt erfasst habe.

Louna lächelt leicht. »Lass es mich dir so erklären: Stell dir vor, Enzo hat alles getan, um seinen Sohn vor etwas zu schützen. Er sitzt seit einer Woche in Isolationshaft und durfte kein einziges Wort mehr mit ihm wechseln. Er konnte sich nicht entschuldigen. Nichts erklären. Wenn es so wäre – was ich nicht weiß –, wäre die Todesstrafe dann überhaupt ein Kompromiss?«

Ihre Worte lassen mein Gehirn arbeiten.

Louna hat durchaus recht. Wir wissen nicht, warum Enzo das Haus angezündet hat. Niemand weiß, warum er immer wieder versucht, auszubrechen. Niemand weiß, warum sich sein Sohn nicht äußert.

»Probleme löst man nicht, indem man ihre Folgen bekämpft. Man muss die Ursache verstehen. So auch in diesem Fall. Das würde ich tun«, fügt Louna hinzu.

Ich blicke auf das glitzernde Wasser. »Weißt du, wie die

Menschen sich früher gewehrt haben? Zum Beispiel gegen Angriffe, wenn Magiebegabte im Spiel waren?«

Louna schüttelt leicht den Kopf, ein Lächeln schleicht sich auf ihr Gesicht. »Ich bin keine Expertin. Aber den Teil habe ich im Geschichtsunterricht geliebt.«

Sie lehnt sich leicht nach vorne, als würde sie eine dramatische Geschichte erzählen. »Wenn ich es richtig in Erinnerung habe, dann gab es damals noch Exinanium – einen Stoff, der Magie unterdrückt und bei einer Überdosis tödlich ist«, erklärt sie.

»Es gibt ihn nicht mehr?«, frage ich überrascht.

»Vermutlich nicht. Exinanium ist ein Rohstoff wie Kohle oder Öl – nicht erneuerbar.«

»Verflucht!«, schnaube ich. »Es muss doch einen anderen Weg geben.«

»Die Welt von früher ist nicht mehr die von heute. Heute stehen die Menschen eher über den Magiebegabten, weil es einfach nicht mehr so viele gibt – und weil die meisten gar nicht wissen, dass sie Magie besitzen.«

Das lässt mich aufhorchen. »Was? Viele wissen es nicht einmal?«

»Erst ab dem achtzehnten Lebensjahr spürt man die Magie richtig. Davor bricht sie nur unabsichtlich aus. Zum Beispiel durch starke Emotionen oder dem Bewusstsein über die eigene Magie«, erklärt sie, als wäre sie die Suchmaschine höchstpersönlich.

»Du scheinst dich auszukennen«, necke ich sie – neugierig auf ihre Leidenschaft für das Thema.

Louna lächelt. »Ich liebe die Geschichten. Sie faszinieren mich einfach. Magie ist etwas Wundervolles. Aber vor allem liebe ich die Theorie des Gleichgewichts: Wenn man jemanden wiederbelebt, stirbt man selbst. Wenn man jemandem das Leben nimmt, wird die Seele irgendwo wiedergeboren. Beides funktioniert für Magiebegabte nur einmal, da es sehr viel Magie kostet. Nur bei Angriffen mit Magie folgen sie keinem Gleichgewicht. Oder vielleicht doch – nur können wir es weder fassen noch begreifen.«

Sie zögert und fügt hinzu: »Auf jeden Fall habe ich durch Magie eins gelernt: Ohne Hass gäbe es keine Liebe. Und ohne Liebe gäbe es keinen Hass. Wie dein Vater schon sagte.«

Ich will etwas erwidern, doch ein kalter Wassertropfen landet auf meiner Nase.

Dann noch einer.

Und noch einer.

»Wir müssen jetzt gehen, wenn wir trocken …« Louna hält inne, schmunzelt. »Wenn wir nicht noch nasser werden wollen.«

Ich stimme zu, und so machen wir uns auf den Weg nach Hause. Doch meine Gedanken bleiben bei der Todesstrafe.

Wer ist Enzo Winslow?

Ab wann verdient ein Mensch den Tod?

Und ist das nicht eher eine subjektive Beurteilung?

Doch eines ist sicher:

Ich werde nichts gegen Enzo Winslows Tod unternehmen können.

Niemand kann das – außer diejenigen, die die meiste Macht besitzen.

Dieser Gedanke entlockt mir ein sarkastisches Schmunzeln.

Am Ende geht es immer nur um Macht.

DER STUHL, DER NICHT MEHR LEER IST

»Warum sind eure Klamotten so durchnässt?«, begrüßt uns Mom, als wir die Tür öffnen.

Wir müssen dastehen wie zwei triefende, nasse Säcke.

»Ein neuer Trend, Mom. Nennt sich ›Aqua-Fashion‹. Noch nicht gehört?«, versuche ich, so ernst wie möglich zu klingen, während ich mich mühsam zusammenreiße, nicht zu grinsen.

»Was?«, fragt Mom völlig verwirrt, ihre Stirn in Falten gelegt.

Louna stößt mit ihrem Ellenbogen gegen meinen, ihre Augen funkeln.

»Nicht so wichtig«, schiebe ich schnell hinterher und schiebe Louna weiter ins Wohnzimmer, bevor Mom weiter fragt.

»Das ist Louna. Meine …« Ich stocke, mein Herz schlägt

schneller.

Was soll ich sagen?

Meine Freundin?

Meine Klassenkameradin?

Dann schüttle ich den Kopf. »Jedenfalls würde s-sie heute h-hier schlafen, wenn das in Ordnung ist«, stottere ich weiter.

Moms Augen weiten sich vor Verwirrung. Ihr Gehirn scheint das alles erst einmal verarbeiten zu müssen.

Dann nickt sie langsam. »Ja, das ist in Ordnung. Fühl dich wie zu Hause, Louna.«

»Danke«, sagt Louna mit einem warmen Lächeln.

»Seid nur zum Abendessen unten, ja?«, fügt Mom hinzu, bevor wir nach oben verschwinden können.

»Machen wir«, werfe ich schnell hinterher.

Dann ziehe ich Louna die Treppe hinauf in mein Zimmer.

Kaum haben wir das Zimmer betreten, bleibt sie abrupt stehen. »Was ist?«, frage ich, während meine Finger unübersehbar an meinem Pullover herumspielen und mein Bein nervös auf und ab wippt.

Lounas Augen gleiten durch mein Zimmer, stellen es gedanklich regelrecht auf den Kopf. »Verfluchte Aqua-Fashion, wie oft räumst du hier auf?«

»Bitte, was? Verfluchte Aqua-Fashion?«, wiederhole ich und versuche so, mich aus der Sache herauszuwinden.

»Egal. Wie oft räumst du auf? Es sieht hier aus wie geleckt.«

»Du scherzt«, antworte ich und verschränke die Arme.

»Ich habe erst heute früh geputzt.«

»Wie – heute früh?«, fragt Louna mit gespieltem Entsetzen. »Ich habe mein Zimmer vor einer Woche das letzte Mal aufgeräumt.«

Ihre Augen treffen meine – fordernd, fragend.

Schnell weiche ich ihrem Blick aus. »Da steckt mehr dahinter, oder?« Ich seufze schwer, nicke.

Ihr warmes, ehrliches Lächeln – diese kleine Aufmunterung – bedeutet mir alles. »Erzähl's mir, wenn du möchtest.«

Ich nicke dankend. »Später vielleicht.«

Nach einem Moment verwandelt sich ihr liebliches Lächeln in ein breites, freudiges Grinsen. »So, und jetzt ziehen wir uns um! Pyjamaparty!«, ruft sie – so aufgeregt, dass sie gar nicht mehr aufzuhalten ist.

Louna stürmt, ohne zu zögern, weiter in mein Zimmer. »Darf ich ein paar deiner Sachen anziehen?«, fragt sie, während sie meinen Kleiderschrank inspiziert.

Ich nicke lächelnd.

»Egal, welche?«

Ich nicke langsam.

Schweigend beobachte ich, wie sie meine Sachen durchstöbert, wie sie ihr nasses Haar hinter die Ohren streicht, wie ihr Lächeln immer breiter wird, als sie einen Pullover meiner Lieblingssängerin entdeckt.

»Du bist Billie-Eilish-Fan?«, fragt Louna, ihre Augen voller Begeisterung.

Ich nicke wieder und deute auf das Poster an der Wand,

das ihr Interesse noch mehr weckt.

»Wie konnte ich das übersehen?«, murmelt sie und betrachtet den Pullover. »Ich bin auch ein großer Fan«, fügt sie mit einem Lächeln hinzu, bevor sie weiter nach einer passenden Hose sucht.

Nach kurzer Zeit hat sie sich Klamotten ausgesucht – inklusive des Billie-Eilish-Pullovers – und verschwindet für zwanzig Minuten im Bad.

In der Zwischenzeit nehme ich mir ebenfalls frische Sachen aus meinem Schrank, binde meine kurzen, nassen Haare zu einem kleinen Pferdeschwanz und verbringe die restliche Zeit am Handy.

Um ehrlich zu sein, nur um nach neuen Artikeln über Enzo Winslow zu suchen. Alles, was ich finde, sind Aufrufe zu Demonstrationen gegen die Todesstrafe.

Ein paar Gegendemos sind geplant.

Heute sollen auch mehrere Proteste stattfinden.

Ein Link führt zu einer Petition, die fordert, dass Enzo Winslow am Leben bleibt. Ohne zu zögern, unterschreibe ich – und schalte dann mein Handy aus.

Mein Kopf dröhnt. Meine Gedanken schreien.

Sie wollen, dass ich versuche, diese ungerechte Welt gerecht zu machen.

Aber tief in mir weiß ich, dass ich das nicht schaffen werde.

Egal, wie viel Macht ich hätte – es gibt immer jemanden, der mehr hat.

Wir Menschen sind zu blöd für Frieden.

Und ich kann nichts dagegen tun.

Der Gedanke trifft mich wie ein Messer. Es tut verdammt weh.

Aber wenn mich das Leben eines gelehrt hat, dann genau das.

Ein lautes Klopfen unterbricht meine Gedanken. »Hey, du Schlafmütze! Ich habe gesagt, dass du ins Bad kannst«, ruft Louna.

Doch ihr Lächeln verschwindet augenblicklich, sobald sie mein Gesicht sieht. »Was ist los?«, fragt sie leise, setzt sich zu mir aufs Bett und legt einen Arm um meine Schulter.

»Ach, es ist nicht so wild«, versuche ich abzuwinken – doch meine Stimme verrät mich. »Es ist nur … Es tut weh, diese Welt allein nicht verändern zu können. Ergibt das einen Sinn?«

Louna nickt langsam. »Ja, tut es. Ich verstehe diesen Schmerz sehr gut. Man fühlt sich machtlos. Aber lass mich dir eines sagen: Manchmal ist es besser, keine Macht zu haben.«

Ich blicke sie verwirrt an. »Aber wenn ich Macht hätte, könnte die Welt in Frieden leben. Wie kann es da besser sein, keine Macht zu haben?«

»Wer sagt denn, dass du keinen Fehler machen würdest?«

Ihr Satz lässt mich innehalten. Ich spüre, wie die Worte sich in meinem Kopf festsetzen.

Hat sie recht?

Würde ich Fehler machen, wenn ich die Welt in der Hand hätte? Wenn ich sie so gestalten könnte, wie ich sie mir vorstelle?

Wie dumm warst du, zu denken, dass du niemals Fehler machen könntest!

»Ich würde Fehler machen«, stelle ich fest, meine Stimme bricht.

»Jeder Mensch würde das«, sagt Louna sanft und drückt meine Schulter leicht. »Nun geh schon duschen«, fügt sie lachend hinzu und schiebt mich aus dem Zimmer.

Heute dusche ich nicht so gründlich wie sonst.

Ich habe nicht das Gefühl, etwas von mir abwaschen zu müssen.

Mit nassen, aber gepflegten Haaren öffne ich die Tür zu meinem Zimmer. Louna steht am Fenster, ihr Blick in die Ferne gerichtet. Der Wind, der durch den leicht geöffneten Spalt hereinweht, lässt ein paar ihrer nassen Haare flattern.

Sie wirkt so … friedlich.

Sie dreht sich zu mir um. »Deine Mom war vor einer Minute hier. Wir sollen runter.«

»Aye, Aye, Captain!«

Louna fängt an zu lachen. »Du wärst eine gute Matrosin.«

»Und du eine heiße Captain.« Die Worte verlassen meinen Mund, bevor ich sie zurückhalten kann.

Moment. Was hast du da gesagt?!

Mein Gesicht wird heiß, ich spüre, wie ich rot anlaufe.

Lounas Wangen glühen. »Wollen wir runter?«, fragt sie schnell und versucht, die unangenehme Situation möglichst angenehm zu machen.

»Das ist eine gute Idee«, stimme ich zu, froh über den Themenwechsel.

»Das schmeckt köstlich, Marina!«, freut sich Louna nach ihrem zweiten Bissen von Moms berühmter veganer Lasagne.

»Danke«, gibt Mom mit einem strahlenden Lächeln zurück.

»Mom ist die beste Köchin in diesem Land!«, ruft Rey begeistert und stopft sich den nächsten Bissen in den Mund.

»Wenn das nicht mal etwas übertrieben ist«, sagt Mom mit amüsiertem Unterton.

Ich winke ab. »Nicht im Geringsten übertrieben. Ich würde sogar sagen, dass du die beste Köchin der Welt bist.«

Mom antwortet mit einem breiten Lächeln, bevor wir alle wieder in eine angenehme Stille verfallen.

Trotzdem fühlt es sich seltsam an, Louna auf Dads Stuhl sitzen zu sehen. Andererseits weiß ich, dass er nichts dagegen gehabt hätte.

Wie gerufen spüre ich einen leichten Windzug, der mich frösteln lässt. Als ich aufblicke, sehe ich Dad mit einem Lächeln an der Tür stehen.

Ich nicke ihm zu, doch dann geschieht etwas, das mich völlig aus der Bahn wirft: Dad winkt mir zu.

»Alles okay?«, fragt Mom.

Ihre Stimme holt mich in die Realität zurück.

Ich blinzle, schüttle leicht den Kopf. »Ja. Ja, alles in Ordnung.«

»Warum guckst du dann, als hättest du einen Geist

gesehen?«, will Louna wissen, ihr Blick durchbohrend.

Weil ich einen gesehen habe.

Die Worte liegen mir auf der Zunge, doch ich dränge sie zurück. »Mir ist nur eingefallen, dass wir bis Montag Hausaufgaben aufhaben«, erfinde ich eine Notlüge und zwinge mich zu einem aufgesetzten Lächeln.

»Was?«, fragt Louna entsetzt. Ein Stück Lasagne fällt ihr fast aus dem Mund.

»Genau so habe ich eben reagiert«, sage ich und nutze die Gelegenheit, um das Thema weiterzuführen.

»Das erklärt deinen verstörten Blick«, lacht Louna, und ich bin dankbar für ihre Leichtigkeit.

Die nächsten Minuten vergehen schweigend. Nur das leise Klirren von Besteck auf Tellern durchbricht die Stille.

»Habt ihr morgen etwas vor?«, unterbricht Mom die Ruhe und hebt den Kopf.

Ich schaue zu Louna, die nur den Kopf schüttelt. »Nein, bis jetzt nicht.«

»Es wäre auch besser, wenn ihr hierbleibt«, sagt Mom mit ernster Stimme. »Morgen sollen große Demos stattfinden. Sie wollen am Abend sogar versuchen, das Hochsicherheitsgefängnis zu stürmen.«

Louna hebt sofort den Kopf, ihre Augen vor Neugier geweitet. »Weiß man jetzt, wie sie ihn töten wollen?«

Mom zögert einen Moment, dann sagt sie: »Sie fanden Exinanium.«

»Was?!« Lounas Gabel klappert auf ihren Teller. »Das ist unmöglich. Es ist doch alles aufgebraucht!«

»So hieß es, ja«, antwortet Mom, ihre Stimme verhalten, aber ernst. »Aber sie haben massenhaft davon gefunden. Vermutlich im Wald, wo früher die Völker der Luminara und Destructio lebten. Sie vergruben es wahrscheinlich tief im Boden – aber sie haben es erhalten. Schon jetzt fertigen Waffenindustrien Stichwaffen, Schilder und Patronen aus Exinanium. Es kann allerdings – wie in Enzo Winslows Fall – auch als Gift verwendet werden.«

»Moment.« Meine Stirn legt sich in Falten. »Wenn sie sogar Schilder herstellen können, warum vollenden sie die Todesstrafe dann noch?«

Mom seufzt leise, ihre Augen verraten Frustration.

»Machtdemonstration.«

Ein Wort, das hässlicher nicht sein könnte.

Es hinterlässt einen bitteren Nachgeschmack in meinem Mund.

Ruckartig stehe ich auf, schlage meine Fäuste auf den Tisch. »Das kann nicht passieren!« Meine Stimme zittert vor Wut.

Auch Louna springt auf, ihr Arm legt sich sofort tröstend um meine Schultern. Zärtlich streicht sie durch meine Haare, ihre Berührung beruhigt mich. Meine Wut verwandelt sich in Trauer. Erste Tränen rollen über meine Wangen.

Plötzlich steht Rey auf. Seine Stimme durchbricht die angespannte Stille: »Menschen sind Scheiße.«

Wir starren ihn alle an, überrascht von seiner Direktheit. Dann brechen wir gleichzeitig in Lachen aus. Es ist nur von kurzer Dauer.

»Da hast du wohl nicht so ganz unrecht«, sagt Mom, ein kleines Lächeln huscht über ihre Lippen, während sie sich ebenfalls erhebt.

»Nicht alle«, sage ich leise und lasse meinen Blick unauffällig zu Louna wandern.

»Aber die meisten«, fügt mein Bruder schnell hinzu – was uns alle erneut zum Lachen bringt.

Den restlichen Abend verbringen wir auf der Couch mit einem Film.

Rapunzel.

Mein absoluter Lieblingsfilm.

Wenn ich ihn schaue, kann ich abschalten, alles andere ausblenden. Es ist, als ob die Sorgen und Ängste für einen Moment pausieren.

Genau das brauche ich jetzt – etwas, das mich davon abhält, an die bevorstehende Todesstrafe zu denken, die morgen über Enzo Winslow vollstreckt wird.

Als der Film endet, spüre ich, wie Tränen über mein Gesicht rollen.

Wie jedes Mal.

Warum bin ich bei Filmen und Büchern nur so emotional?

»Gute Nacht«, wünscht uns Rey und verschwindet nach oben.

»Gute Nacht«, sagen Louna und ich gleichzeitig, lachen

kurz darüber und gehen dann ebenfalls nach oben.

»Gute Nacht«, ruft Mom uns noch hinterher.

Doch jetzt, da der Film vorbei ist, brechen meine Gedanken wie eine Flutwelle über mich herein.

Wie können wir hier sitzen und nichts tun, während Enzo Winslow morgen getötet wird?

Ja, er hat einen schwerwiegenden Fehler gemacht – aber er hat den Tod nicht mehr verdient als Menschen, die Schlimmeres getan haben und nur das Glück hatten, ohne Magie geboren zu sein.

Wut steigt in mir auf.

Warum empfinden manche Menschen Abneigung gegen Eigenschaften, für die niemand etwas kann? Eigenschaften, die ihnen angeboren sind?

Sollte man nicht eher jene Verhaltensweisen ablehnen, die Menschen bewusst dazu bringen, anderen mit Hass zu begegnen?

Hass ist niemals angeboren.

»Kommst du mit Zähneputzen?«, reißt Lounas Stimme mich aus meinen Gedanken.

»Ja, ich bin sofort da«, antworte ich und versuche, meine Gedanken zu sortieren.

Louna geht schon vor, und ich bleibe kurz allein. Mein Kopf fühlt sich an, als würde er qualmen – als hätte ich einen anstrengenden Schultag hinter mir. Nur habe ich heute mehr gelernt als in der gesamten Schulzeit zusammen.

Nach dem Zähneputzen setzen wir uns auf mein Bett, lehnen uns an die Wand und starren wortlos geradeaus.

»Was ist das Krasseste, was du je gemacht hast?«, fragt Louna plötzlich, ihre Stimme interessiert.

»Hä? Wie kommst du denn auf die Frage?«

Sie zuckt mit den Schultern, ein kleines Lächeln auf ihren Lippen. »Ich will dich eben besser kennenlernen.«

Ich lache auf. »Und das ist deine erste Frage? Echt jetzt?«

Louna zieht einen Schmollmund und sagt mit gespielter Entrüstung: »Stell doch eine bessere.«

»Nein, nein. Ich beantworte deine ja schon«, gebe ich grinsend zurück. »Ich glaube, das Krasseste, was ich je gemacht habe, war, den höchsten Falltower zu fahren.«

»Den höchsten – bitte was?«

»Falltower«, erkläre ich. »Das ist ein riesiger Turm, um den herum Sitzplätze angebracht sind. Zuerst wirst du langsam bis an die Spitze gezogen«, ich hebe meinen Arm, um es ihr zu zeigen, »und dann wumm!« Ich lasse meinen Arm ruckartig fallen. »Fällst du in die Tiefe. Für einen Moment fühlst du dich schwerelos, dann bist du schon unten – und es ist vorbei. Wie ein Mini-Fallschirmsprung.«

Louna schaut mich mit großen Augen an, ihre Begeisterung ist nicht zu übersehen. »Wie cool! Ich wollte schon immer mal in einen Freizeitpark.«

Ich halte inne. »Warte … du warst noch nie in einem Freizeitpark?«

Louna schüttelt traurig den Kopf. Ihr Blick sinkt zu Boden, und etwas zieht sich in mir zusammen.

»Wir werden einen zusammen besuchen, versprochen.«

Ihr unglücklicher Blick verwandelt sich augenblicklich in

einen voller Vorfreude. Wie ein kleines Kind beginnt sie zu lachen, ihre Augen strahlen.

»Okay, was war das Krasseste, was du je getan hast?«, frage ich, um das Gespräch weiterzuführen.

Kurz überlegt sie, ihre Stirn in Falten gelegt.

»Wahrscheinlich meinem Vater zu sagen, dass ich nicht nach

Hause komme.«

Ich blinzle. »Hat er dich noch mal angerufen?«

»Ganze dreißig Mal.«

»Bitte was?!« Meine Augen werden riesig.

»Eigentlich ein gutes Zeichen«, erklärt Louna mit einem leichten Lächeln. »Heißt, dass er sich nicht traut, die Polizei zu rufen.«

»Da hast du recht«, stimme ich zu, beeindruckt von ihrer Stärke. »Na gut, dann bin ich jetzt dran, mir eine Frage auszudenken.«

Ich lasse mir einen Moment Zeit, bevor ich grinse und frage: »Wer war dein Kindheitscrush?«

Louna wirft mir einen grimmigen Blick zu. »Dein Ernst?«

»Was?« Ich hebe die Hände, als würde sie mich gleich erschießen. »Die Antwort sagt viel über deinen Charakter aus.«

Louna seufzt gespielt dramatisch. »Was soll's. Ich wollte früher unbedingt mit Peter Pan nach Nimmerland, nie erwachsen werden. Aber rückblickend war ich eher neidisch auf Peter. Also würde ich sagen, Wendy war mein

Schwarm.«

Ich lächle verträumt. Es wäre so irre, nie erwachsen zu werden.

»Jetzt bist du dran«, fordert Louna mit einem breiten Grinsen.

»Okay, okay«, gebe ich nach, tue aber so, als müsste ich überlegen. »Ich nehme definitiv Rapunzel.«

»Du bist ja schon fast besessen«, wirft Louna schnell ein, und ich verdrehe die Augen.

»Stimmt nicht«, rechtfertige ich mich lachend. »Sie zeigt mir einfach immer wieder, dass Träume wahr werden können, wenn man nicht aufgibt. Außerdem zeigt sie, dass ein erfüllter Wunsch kein Ende bedeutet. Es gibt immer einen neuen Traum, für den es sich lohnt, weiterzumachen.«

Lounas funkelnd blaue Augen treffen meine, dann lacht sie leise. »Okay, Frau Philosophin.«

»Benutz deine Stimme lieber, um die nächste Frage zu stellen«, kontere ich lachend.

Und so vergehen Minuten um Minuten, Stunden um Stunden, Frage um Frage.

Es fühlt sich so leicht an, fast wie in einer anderen Welt – nur wir beide, ohne Sorgen, ohne Angst.

»Einverstanden, jetzt zu schlafen?«, fragt Louna, ihre Stimme müde, aber zufrieden.

»Vollkommen.«

Da niemand hier mit Besuch gerechnet hat, teilen wir uns eine Decke. Louna dreht sich auf ihre linke Seite, den Blick nach außen gerichtet. Ich tue es ihr gleich.

»Gute Nacht«, flüstere ich.

»Pieta?«

»Mh?«

»Ich … bin ich dir zu viel?«

Ich drehe mich zu ihr, doch mein verwirrter Blick trifft nur ihren Hinterkopf. »Was?« »Ich meine, na ja … ich bin sehr …«

»Extrovertiert?«, helfe ich nach.

»Ja«, bestätigt Louna, während sie sich zur Mitte dreht – und unsere Augen sich treffen.

»Du bist so viel mehr als das«, will ich sie beruhigen, bemerke aber sofort, dass ich mich ungeschickt ausdrücke. »Ich meine natürlich nicht, dass du zu viel bist. Aber du bist mehr als nur extrovertiert. Du bist lustig, verständnisvoll, vertrauenswürdig, loyal. Du lässt mich nicht hängen. Du bist mutig, zielstrebig, schlau, wortgewandt, und –«

»Okay, okay«, lacht Louna.

»Ich war noch nicht fertig. Dass du auch ziemlich nervig sein kannst, habe ich vergessen.«

»Klappe, Evergreen.«

Nach meinem Kichern herrscht kurze Stille. Nur unsere Augen reden miteinander.

Doch wie ihr Blick immer wieder zu meinen Lippen wandert, entgeht mir nicht.

Wandern meine Augen gleichermaßen zu ihren?

Ja.

Seufzend zwinge ich mich, dem Ernst der Lage die Bühne zu geben und meine Unsicherheit zu verbergen.

»Aber ich meine es ernst. Du bist mir nicht zu viel.«

Lounas Mundwinkel zucken nach oben. »Na dann.« Ihre Augen bleiben dieses Mal länger auf meinen Lippen.

»Na dann«, sage ich schnell. »Gute Nacht.« Mein Körper dreht sich wie von selbst. Ich kann ihr Gesicht nicht länger sehen.

»Gute Nacht«, flüstert Louna, und ich meine, ein kleines Lachen in ihren Worten zu hören.

Heute träume ich zum ersten Mal seit Dads Tod keinen Albtraum.

Schweigen wird erst laut, wenn es zu spät ist

Ein Lichtstrahl trifft mein Gesicht und zwingt mich, meine Augen zu öffnen. Es dauert einen Moment, bis ich mich wieder daran erinnere, wo ich bin – und mit wem.

Draußen zwitschern die Vögel, als wäre es Sommer, doch die bunten Blätter fallen schon von den Bäumen.

»Guten Morgen.«

Ruckartig setze ich mich auf, mein Kopf dreht sich zur Stimme. Es ist ungewohnt, neben jemandem aufzuwachen – vor allem neben Louna.

Die letzten siebzehn Jahre bin ich immer allein eingeschlafen und aufgewacht. Es nimmt einem ein Stück der Einsamkeit, wenn jemand bei einem schläft.

»Guten Morgen«, gebe ich gähnend zurück und werfe einen Blick auf die Uhr. 10:17 Uhr.

»Du siehst lustig aus, wenn du schläfst«, meint Louna

grinsend und streckt mir ihr Handy entgegen.

Darauf liege ich kreuz und quer im Bett, die Decke halb auf dem Boden, mein Körper verdreht wie ein misslungener Schneeengel, der Mund weit geöffnet.

»Oh mein Gott!«, rufe ich und versuche, das Handy zu greifen – doch Louna hält es lachend außer Reichweite. »Das zeigst du niemandem!«

»Ich glaube, das wird mein neuer Bildschirmhintergrund«, stichelt sie, ihre Augen funkeln vor Freude.

»Wag es ja nicht!«, lache ich und versuche weiterhin, nach dem Handy zu schnappen – vergebens.

Dann beginne ich, Louna zu kitzeln. Sie wehrt sich quiekend, aber bevor ich mich versehe, übernimmt sie die Oberhand und überfällt mich.

So verlieren wir uns in einer Kitzelschlacht, die bald zur Kissenschlacht übergeht. Lachend raufen wir uns, bis Louna plötzlich über mir innehält.

Ich liege mit dem Rücken auf meinem weichen Bett, Louna über mir, ihre Hände abgestützt neben meinen Ohren. Ihre Haare fallen wie ein Vorhang über ihre Schultern und kitzeln mein Gesicht. Unsere schnellen Atemzüge synchronisieren sich, und für einen Moment ist die Welt um uns still.

Ihre himmelblauen Augen geben mir das Gefühl, zu schweben.

Ihre blonden Haare bilden die Sonne um mich herum.

Was sieht sie in meinen pechschwarzen Augen?

Ich bilde mir ein, dass sie mir näherkommt – und ich stelle mir vor, wie es wäre, ihre Lippen … *Nein.*

Ich brauche Abstand! BITTE!

Zu meinem Glück klopft es an der Tür.

Louna springt auf und rollt sich geschickt zur Seite. Als die Tür aufgeht, liegen wir da, als wären wir eben erst aufgewacht.

»Frühstück ist fertig«, murmelt Rey mit verschlafener Stimme.

»Ja«, sage ich hastig. »W-wir kommen.«

Rey wirft uns einen letzten Blick zu, rümpft die Nase – dann schließt er vorsichtig die Tür.

Wir atmen gleichzeitig tief aus.

Erleichterung.

»Also merk dir: Keine Bilder von mir, während ich schlafe«, erinnere ich Louna mit einem grinsenden Seitenblick.

»Wenn das eben der Preis dafür war, dann werde ich noch Hunderte Fotos machen«, kontert sie mit einem frechen Lächeln.

Mein Gesicht wird rot, meine Wangen glühen. »Wenn es … wie ausgeht?«

Zuerst scheint selbst Louna verlegen. »I-ich habe, wie deutlich zu erkennen war, gewonnen«, rettet sie sich.

Lachend schwinge ich mich aus dem Bett. »Dieses Mal gewinne ich: Wer zuerst unten ist, darf sich für heute etwas wünschen!«

Meine Beine tragen mich schon aus dem Zimmer, bevor

Louna reagieren kann.

»Hey!«, ruft sie mir hinterher. »Das ist nicht fair!«

Mit einem Schmunzeln warte ich am Ende der Treppe.

»Das war nicht fair«, murmelt Louna, schleicht die Stufen hinunter und wirft mir einen vorwurfsvollen Blick zu. Sie gibt sich nicht mehr die Mühe, schnell zu sein.

»Und ob«, sage ich und verschränke die Arme. »Zu langsam.«

Louna seufzt dramatisch, ihre ernste Miene weicht einem Lächeln. »Ich hätte sowieso keine Ahnung, was ich mir wünschen sollte. Kannst du gerne übernehmen.«

Ich klatsche in die Hände und setze mich zu Rey und Mom an den Tisch. Louna macht es mir gleich, lässt sich neben mir nieder.

»Ein Wettrennen?«, fragt Rey mit einem schiefen Grinsen. »Seid ihr dafür nicht schon zu alt?«

»Man ist nie zu alt für Spaß«, nimmt uns Mom die Antwort ab.

Louna und ich nicken bloß zur Bestätigung – ein stilles Einverständnis.

Die restliche Zeit vergeht in Ruhe. Nur das Klirren von Besteck auf Tellern und leise Essgeräusche durchbrechen die Stille. Doch genau diese Stille bringt meine Gedanken ins Wanken. Auf einmal drängt sich Enzo Winslow wieder in mein Bewusstsein. Erschrocken stelle ich fest, dass ich ihm bis zu diesem Moment keinen einzigen Gedanken gewidmet habe.

Wie konnte ich lachen, Kissen werfen und mit Louna

wetteifern, ohne mich an das heutige Ereignis, seine Hinrichtung, seinen Tod, zu erinnern?

Heute ist sein Todestag.

Und ich … ich habe nichts Besseres zu tun, als unbeschwert aufzuwachen und wie ein kleines Kind die Treppe herunterzurennen.

Ich bin so ein schlechter Mensch …

Doch bevor der Gedanke sich tiefer in mir festsetzen kann, greift Louna nach meiner Hand.

Ihre Berührung ist warm, beruhigend. »Hey«, spricht sie sanft. »Was ist los? Du zitterst ja total.«

Erst durch ihre Worte nehme ich das Beben wahr, das durch meinen Körper geht. »Es i-ist nur … Heute ist d-der Tag«, stammele ich.

»Du denkst an Enzo Winslow, nicht wahr?« Ihre Augen sind voller Mitgefühl.

Ich antworte mit einem Nicken.

»Die Welt muss heute stark sein«, murmelt Mom düster. »Ab heute wird nichts mehr so sein, wie es noch gestern war.«

»Diese Welt ist schon längst kaputt«, entgegne ich leise. »Heute wird sie nur noch kaputter.«

Eine beklemmende Stille legt sich über den Tisch. Selbst Rey scheinen die Worte schwer auf der Seele zu liegen.

Er ist es, der die Stille bricht. »Wird es übertragen?« Doch kaum hat er die Frage ausgesprochen, rudert er hastig zurück. »Ich meine, also … ich will es mir nicht anschauen, aber wenn es live übertragen wird, wird der Aufruhr noch gigantischer.«

Mom seufzt, ihre Schultern sinken leicht. »Es wird live übertragen. Und du hast recht. Es wird alles nur noch schlimmer machen.«

»Wann ist es?«, frage ich dazwischen, meine Stimme brüchig.

»In zwei Stunden.«

»In zwei Stunden?!« Ungläubig starre ich Mom an, mein Herz schlägt schneller.

»Wollen wir die Zeit zusammen verbringen?«, schlägt Mom vor, bemüht, ihre Stimme sachlich zu halten.

»Ist vielleicht besser so«, stimmt Louna zu, ihre Hand auf meiner.

Niemand widerspricht.

»Gut, dann in zwei Stunden hier? Wir können etwas spielen oder uns unterhalten«, schließt Mom unser Gespräch.

Doch ich bin überzeugt, dass die Welt uns zwingen wird, zuzuschauen.

Langsam stehen wir auf, jeder zieht sich in seine eigene Ecke zurück – um was zu tun? Was macht man jetzt?

Sitzen manche Menschen schon vor dem Fernseher, wie Psychopathen, und warten auf die Hinrichtung?

Klingt wie aus einer erfundenen Geschichte.

Aber es ist unsere Realität.

Oben im Zimmer schließe ich hinter mir die Tür. Die Stille im Raum ist fast erdrückend.

»Ich muss ins Bad, sofort unter die Dusche«, erklärt

Louna.

»Du kannst gehen. Ich gehe nach dir.«

»Darf ich erneut deinen Kleiderschrank plündern? Meine Sachen von gestern sind noch klitschnass.«

»Okay«, antworte ich knapp und beginne, das Zimmer aufzuräumen. Ich denke gar nicht nach, meine Hände bewegen sich wie von selbst.

Es ist ein Reflex.

Ein Automatismus.

Doch Louna räuspert sich lautstark. »Wenn ich zurückkomme, sieht es aus wie jetzt.«

Ich drehe mich zu ihr um. »Was? Wieso? Ich darf wohl noch aufräumen.«

»Es ist aufgeräumt«, sagt sie trocken und breitet die Arme aus, als wolle sie das ganze Zimmer mit einer Geste einfangen.

Ich verdrehe die Augen.

Sie hat recht.

»Okay, ich werde nichts anrühren.«

Dabei hebe ich die Hände, als würde jemand eine Waffe auf mich richten.

Nachdem sowohl Louna und ich fertig im Bad sind, setzen wir uns schweigend auf die Kante des Betts.

Louna durchbricht die Stille. »Darf ich dich etwas über deinen Dad fragen?«

»Natürlich«, antworte ich sofort – doch ein Knoten zieht sich in meinem Magen zusammen.

Was wird sie fragen?

»Hast du ein Foto? Oder ein Album? Ich habe in der gesamten Wohnung keines gesehen.«

Da trifft Louna einen wunden Punkt.

Ich spüre, wie meine Schultern sich verspannen. »Wir haben hier keine Bilder hängen, weil …« Ich zögere, suche nach den richtigen Worten. »Weil ich es nicht ertragen würde.«

Louna rückt näher zu mir, legt ihren Arm über meine Schultern und lehnt sich an mich. »Du musst mir keines zeigen, aber hast du ein Foto von ihm, das du irgendwo versteckt hast?«

»Ja«, flüstere ich. »Aber dieses Fotoalbum habe ich seit seinem Tod nicht mehr angeschaut oder gar angefasst.«

Ohne auf Lounas Antwort zu warten, stehe ich langsam auf und öffne die unterste Schublade meines Schreibtischs. Darin liegt ein blaues Fotoalbum. Vorne steckt ein Bild, das Mom, Dad, Rey und mich zeigt.

Der Anblick verschwimmt vor meinen Augen. Tränen sammeln sich, brennen in meinen Lidern. Ich blinzle heftig, löse den Blick und setze mich zurück auf mein Bett.

»Du musst das nicht tun«, sagt Louna leise. »Ich wollte nur …«

Sie stockt, als hätte sie Angst, etwas Falsches zu sagen.

»Schon gut«, interveniere ich schnell, bevor sie sich noch mehr entschuldigt. »Ich muss lernen, damit klarzukommen. Immerhin möchte ich irgendwann wieder Bilder von Dad hier stehen haben.«

Ich winke ab. »Möchtest du es dir anschauen?« Louna

nickt.

Langsam blättern wir das Album durch. Louna stellt Fragen – wie Dad so war, was ihn ausgemacht hat, und so weiter.

Dieses Mal kann ich meine Tränen nicht zurückhalten. Sie laufen still über meine Wangen, aber ich beachte sie nicht – und Louna genauso wenig.

Die Tränen sind ein Teil dieses Moments. Und das ist okay.

Doch als wir die nächste Seite umblättern, fällt mir ein Brief ins Auge. Nicht zugeklebt, sondern offen.

Für Pieta steht auf dem Briefumschlag.

Louna blättert weiter.

Noch ein Brief.

Für Rey.

Sie kehrt zurück zu meinem, nimmt ihn heraus und reicht ihn mir. »Das ist für dich«, sagt sie leise.

Ich öffne ihn langsam. Dann halte ich kurz inne. »Verdammt, ich kann das nicht«, fluche ich und lasse den Brief fallen. »Ich kann nichts von ihm lesen.«

Louna nimmt meine zitternden Hände in ihre und sieht mich direkt an. Ihre blauen Augen – ein stilles Meer inmitten meines tobenden Sturms.

»Du bist nicht allein, Pieta. Du bist nie allein.« Ihre Stimme ist leise, aber jedes Wort trifft mich wie ein Anker, der mich in der Realität hält.

Ich seufze tief, schließe die Augen – und öffne den Brief. Meine Hände zittern. Mein Atem wird schneller, je weiter ich lese.

Liebe Pieta,

ich hoffe, dass du diesen Brief erst liest, wenn ich längst von dieser Welt gegangen bin.

Es gibt Dinge, die ich dir nie gesagt habe – nicht weil ich dir nicht vertraue, sondern weil ich dachte, dass ich dich damit schützen könnte. Vielleicht war das ein Fehler, und dafür entschuldige ich mich.

Deine Mutter und ich, wir sind keine normalen Menschen.

Ich bin ein Luminara, und deine Mutter ist eine Destructio.

Das bedeutet, dass du und Rune als unsere Kinder etwas Besonderes seid. Etwas Seltenes. Ihr seid Equas.

Ich weiß, dass ich hätte ehrlich sein sollen. Aber ich habe immer gehofft, dass du ein Leben ohne diese Bürde führen könntest.

Dass du nie erfahren würdest, was du in dir trägst.

Ich wollte dir die Freiheit geben, ein normales Leben zu führen – ein Leben, in dem du nur du selbst sein könntest.

Wir haben dich und Rune bekommen, weil wir fest daran geglaubt haben, dass das Gute und das Schlechte in uns beiden ein Gleichgewicht schaffen würden.

Dass das Leben, das wir uns aufgebaut haben, stärker sein könnte als alles andere.

Vielleicht war das naiv.
Vielleicht war es falsch von uns, das zu hoffen.

Vergib mir, Pieta, wenn meine Entscheidungen dir mehr Last als Schutz gebracht haben.
Vergib mir, dass ich so egoistisch sein werde und deine Mutter heilen werde.
Ich kann Marina nicht beim Sterben zusehen. Niemals.

Es tut mir leid.
Ich tat alles, um dich zu beschützen – und habe vielleicht genau das Gegenteil erreicht.

Deswegen schreibe ich dir und Rune einen Brief, um vielleicht ein kleines Stück meiner Fehler wiedergutzumachen.
Ich werde euch immer lieben.

Mit all meiner Liebe,
   Dad

Meine Hände zittern so heftig, dass ich den Brief kaum halten kann.

Jeder Atemzug ist wie ein Schlag gegen meine Rippen, als ob der Schmerz in den Worten meines Vaters meinen Körper zerschmettert.

Tränen fließen unaufhaltsam, verwaschen die Tinte, die einst von seiner Hand auf das Papier geschrieben wurde.

Alles um mich herum verliert an Bedeutung.

Nur diese Worte bleiben, wie ein scharfes Messer in meinem Innersten.

Meine Ohren hören nichts. Sie blenden alles aus – außer meinen eigenen Atem und Herzschlag.

Der Brief gleitet aus meinen Händen, wie ein Gewicht, das ich nicht mehr halten kann.

Meine Finger graben sich in meine Kopfhaut, während mein Atem in keuchende Schluchzer zerbricht.

Die Welt wird verschwommen.

Meine Sicht ein Flimmern aus Dunkelheit und Licht.

Ein kalter, alles verschlingender Schatten kriecht über mich, zieht mich in sich hinein.

Ich schreie – ein verzweifelter, tonloser Schrei, der nur in meinem Kopf zu existieren scheint.

Alles wird still.

Nur Dunkelheit bleibt.

Die Todesstrafe zeigt unseren Mangel an Grösse, wenn wir über Leben und Tod entscheiden wollen

Leider bleibe ich nicht für immer von Dunkelheit umhüllt.

Rufe reißen mich ins grelle Licht.

»Pieta? Kannst du mich hören?«

Es ist Lounas Stimme – angespannt, voller Sorge.

Panisch schlage ich die Augen auf, setze mich ruckartig auf und halte mir den Kopf.

Die Welt schwankt.

Dreht sich.

Scheint sich zu verdoppeln.

»Wie lange war ich weg?«, frage ich atemlos.

»Vielleicht ein paar Sekunden«, antwortet Louna schnell.

»Wie geht's dir jetzt?«

Ich schaue sie nur an, unfähig, etwas zu sagen.

»Okay, war eine blöde Frage«, fügt sie hastig hinzu und streicht sich nervös durchs Haar.

Ich bleibe auf meinem Bett sitzen, starre ins Leere.

Du bist eine Equa.

Meine Familie ist magiebegabt.

Dad ist gestorben, weil er Mom geheilt hat.

Und jetzt …

Mom, Rey und ich sind in Gefahr.

Wenn wir entdeckt werden, müssen wir hier weg.

Verdammt, verdammt, verdammt.

Plötzlich spüre ich Wärme. Ich finde mich in Lounas Armen wieder. Ihre Stimme bricht, als sie mich fester hält.

Ihre Worte sind ein Flüstern, ein verzweifeltes Flehen: »Es tut mir so leid, Pieta. Ich wünschte, ich könnte dir diese Bürde nehmen.«

Ihre Wärme prallt gegen die Kälte in mir ab. Doch ihre Hände, die sanft meinen Rücken streicheln, halten mich hier.

Im Jetzt.

Völlig überwältigt lehne ich mich gegen sie und schweige. Sofort wünsche ich mir nichts sehnlicher, als wieder ohnmächtig zu werden – diesmal für eine lange, lange Zeit.

Doch der schrille Ton von Lounas Wecker reißt uns aus

der Umarmung.

Die Schwere in meinem Herzen wird noch drückender, wenn ich an das denke, was gleich passieren wird.

Tränen rollen über meine Wange.

Eine nach der anderen.

Wie ein stiller Wasserfall.

Kurz bevor wir das Zimmer verlassen, halte ich inne. »Soll ich Mom den Brief zeigen?«, frage ich leise, fast flüsternd.

Louna sieht mich an, ihre Stirn in Falten gelegt. »Ich würde es tun, aber das musst du selbst entscheiden.«

Ich seufze. »Ich mache es von der Situation abhängig.«

Als ich mich zum Gehen wende, hält mich Louna sanft am Arm fest. »Bist du sicher, dass …« Sie stockt. Ihre Worte bleiben in der Luft hängen.

Dann atmet sie laut aus. »Ich mache mir Sorgen um dich.« Ihre Stimme ist leise. Aber sie trägt das Gewicht all ihrer Ängste.

»Ich weiß«, antworte ich ebenso leise. »Wenn du bei mir bleibst, ist es in Ordnung«, flüstere ich, kaum in der Lage, mehr zu sagen.

»Ich werde dich nicht verlassen. Versprochen.«

Ihre Worte entlocken mir ein Lächeln – und geben mir die Kraft, die ich für den nächsten Schritt die Treppe hinunter brauche.

»Was ist passiert?«, fragt Mom besorgt, als wir uns an den Tisch setzen und ihr Blick an meinen verheulten Augen hängen bleibt.

Kurz überlege ich, ob dies der falsche Zeitpunkt ist. Aber wann wäre schon der richtige?

Ich lege den Brief auf den Tisch. Reys Brief schiebe ich in seine Richtung.

Mom greift nach meinem. Ihre Hände zittern leicht, während ihre Augen über Dads Schrift fliegen. Sie werden immer glasiger – bis ihre Tränen fallen und sie sich den Mund mit der Hand zuhält.

Dann sucht sie meinen Blick. »Es tut mir so leid, Pieta«, wispert Mom. Ihre Stimme bricht am Ende fast vollständig.

Ich wäre ihr gerne böse.

Ich wäre gerne wütend und enttäuscht.

Aber ich kann es nicht.

Ich verstehe ihre Entscheidung, uns nichts zu sagen.

Ich hätte es vermutlich genauso gemacht.

Doch das ändert nichts daran, dass unendlich viele Fragen in meinem Kopf schwirren.

»Wusstest du von diesem Brief? Wusstest du von Dads Vorhaben, dich zu heilen?«

Mom senkt den Blick, stützt den Kopf auf ihre Hände. »Ich wusste nicht von den Briefen«, beginnt sie stockend. »Ich wusste auch nichts von seinem Vorhaben ... bis es zu spät war.«

Sie schüttelt den Kopf, Tränen tropfen zwischen ihre Finger. »Ich hätte nach seinem Tod ehrlich mit euch sein sollen. Das hat er sich so sehr gewünscht, aber ... ich konnte es nicht. Keine Entschuldigung wird das je wieder gutmachen. Trotzdem ... es tut mir so unendlich leid«, weint Mom weiter.

Rey sitzt starr da, starrt ins Leere, nachdem er seinen Brief gelesen hat. Tränen laufen ihm still über die Wangen.

Dann durchschneidet ein lautes Warnsignal die Stadt. Es ist ohrenbetäubend laut.

Erschrocken fahren wir alle hoch, unsere fragenden Blicke suchen einander.

Der Fernseher schaltet sich von selbst um.

»Guten Abend. Wir unterbrechen das aktuelle Programm für eine Sondermeldung zur bevorstehenden Hinrichtung des Destructio-Magiers Enzo Winslow«, beginnt der Nachrichtensprecher.

Ein erdrückendes Gewicht legt sich auf meine Brust.

Mom hat dieselben Kräfte wie Enzo Winslow.

Was, wenn sie an seiner Stelle wäre?

»Die Exekution ist für heute Mittag, also in einer Viertelstunde, angesetzt und markiert das erste vollstreckte Urteil dieser Art seit Einführung der neuen Sicherheitsgesetze für Magiebegabte.«

Es hört sich so anders an, wenn man plötzlich selbst betroffen ist.

»Enzo Winslow, der bereits vor wenigen Tagen für den Einsatz seiner zerstörerischen Kräfte und die Bedrohung der öffentlichen Sicherheit verurteilt wurde, soll gleich das Urteil erfahren. Die Behörden betonen, dass diese Hinrichtung als abschreckendes Beispiel dient und die Ernsthaftigkeit der neuen Sicherheitsgesetze verdeutlicht, die auf Magiebegabte angewendet werden.« Abschreckung.

Ein anderes Wort für Terror.

»Deswegen gibt es neue Änderungen: Der oberste Gerichtshof hat entschieden, die Todesstrafe nicht mit einer Injektion und nicht in der Hochsicherheitsanstalt zu vollstrecken.«

Mein Herz setzt einen Schlag aus.

»Unsere Reportenden berichten live, dass sich bereits eine große Menschenmenge vor dem Platz, auf dem der Galgen platziert ist, versammelt hat. Selbstverständlich wurden umfassende Sicherheitsvorkehrungen getroffen, um die Durchführung des Urteils zu gewährleisten und um die Sicherheit der Bürger*innen zu schützen. Wir halten Sie auf dem Laufenden.«

Dann schaltet der Fernseher auf das vorherige Programm zurück.

Wut lodert in mir auf.

Heiß. Unkontrollierbar.

Sie haben die Hinrichtung verändert, um uns abzuschrecken?!

Sicherheitsvorkehrungen?

Mit Sicherheit diese widerwärtigen Handschellen aus Exinanium.

Alles Bullshit!

Abschreckend? Es ist *er*schreckend!

Exinanium wäre eine Möglichkeit, Enzo Winslow am Leben zu lassen – aber nein, sie wählen seinen Tod!

Ich trete heftig gegen meinen Stuhl. Er kippt krachend um.

Ohne zu zögern, laufe ich zur Tür, stürme los.

»Wo willst du hin?«, ruft Louna.

Ihr Stuhl schabt laut über den Boden, als sie hastig aufsteht.

Mein Herz rast. Mein Atem wird schwer.

Bilder von Mom, Rey und mir an diesem Galgen schießen durch meinen Kopf wie Projektile.

»Ich kann das nicht zulassen!«, schreie ich.

Die Worte brennen in meiner Kehle. Meine Hände ballen sich zu Fäusten, meine Nägel schneiden in die Haut.

»Ich muss etwas tun! Irgendwas! Er muss nicht getötet werden!«

Louna holt mich ein, greift nach meinem Arm. Doch ich reiße mich sofort los, ohne sie anzusehen.

»Was willst du tun? Selbst wenn du die Hinrichtung aufhalten könntest, wärst du niemals rechtzeitig dort!«, versucht sie, mich zu stoppen. Ihre Stimme ist eindringlich.

»Ich kann nicht einfach nichts tun!«, schreie ich. Meine Stimme zittert vor Verzweiflung. »Mom könnte an seiner Stelle sein!«

Die Worte hallen durch den Raum wie ein magischer Spruch, der die Zeit anhält.

Alles verstummt.

Ich blicke in niedergeschlagene Augen, die mir ausweichen. »Ihr wollt wirklich nichts tun?«, frage ich.

Meine Stimme ist kaum mehr als ein Flüstern.

So enttäuscht.

»Was zur Hölle sollen wir denn machen?!«, bricht Louna

wütend hervor. »Dein Heldinnen-Syndrom ist ja schön und gut, aber manchmal bringt es nichts, Evergreen!«

Ihre Worte treffen mich wie ein Messer, das sich tief in meinen Rücken bohrt und sich grausam herumdreht.

Louna nimmt erneut meine Hand. Dieses Mal versuche ich nicht, sie abzuschütteln.

Meine Knie geben unter mir nach.

Die Welt dreht sich.

Doch Louna fängt mich auf. Ihre Arme stützen mich, halten mich fest.

»Ich bin da, Pieta.« Ihre Stimme ist fest wie ein Fels in der Brandung. »Wir stehen das zusammen durch. Keine dummen Ideen mehr.«

Der Rest der Zeit bis zur Hinrichtung ist ein verschwommener Traum.

Gefangen zwischen Wachsein und einem lähmenden Nichts.

Ich nehme kaum wahr, was um mich herum geschieht.

Dann ertönt das Signal wieder.

Laut. Unerbittlich.

Der Fernseher schaltet sich erneut um.

»Wir melden uns live vom riesigen Plasa-Platz, auf dem die Hinrichtung des Destructio-Magiers Enzo Winslow derzeit unter strengsten Sicherheitsvorkehrungen stattfindet.«

Die Stimme des Nachrichtensprechers klingt sachlich, fast routiniert.

»Der Hinrichtungsprozess läuft planmäßig ab, und die

Behörden haben alle erforderlichen Maßnahmen getroffen, um mögliche Gefahren zu vermeiden. Einige Reportende und Regierungsvertretende sind anwesend, um die Umsetzung des Urteils zu beobachten.«

Dann zeigt die Kamera die Menschenmenge.

»Hier sehen Sie die zahlreichen Zuschauenden, die sich spontan dieses Spektakel von Nahem anschauen wollen.«

»Wie widerlich muss man sein, sich das vor Ort anzusehen, ohne etwas dagegen zu tun? Spektakel?! Was sind das für ekelhafte Menschen?«, zischt Louna mit geballten Fäusten. Ihre Augen glühen vor Abscheu und Wut.

»Winslows Fall hat im Land für Aufsehen gesorgt. Demonstrationen von Unterstützenden und Gegner*innen der Todesstrafe finden derzeit in etlichen Städten statt, was die wachsende Spaltung der Gesellschaft zeigt. Wie zu sehen ist, versucht auch hier vor Ort eine Menschentraube, die Hinrichtung zu stören. Doch Sie können sich sicher sein, dass dieses Vorhaben unmöglich zu erreichen ist.«

Unmöglich.

»Die Regierung verteidigt ihre Entscheidung als notwendige Maßnahme zur Aufrechterhaltung der öffentlichen Sicherheit und als Signal an jene, die ihre Kräfte nicht melden oder gar missbrauchen.« Ich nehme die Worte auf.

Ich verstehe sie.

Aber ich verarbeite sie nicht.

Hoffnungslosigkeit breitet sich in mir aus wie ein giftiges Gas, das mich erstickt.

»Unsere Regierung?!«, zischt Louna.

»Drecksmenschen!« Dann blitzt für einen Moment ein Bild auf:

Enzo Winslow steht auf einer Holzerhöhung neben dem Galgen.

Das Seil schwingt im Wind.

Die Menschen, die sich diese Grausamkeit live anschauen, sind nicht wenige.

Sie stehen in Reihen, einige drängeln sich weiter vor.

Manche jubeln. Andere sind regungslos.

Einzelne verlassen den Platz.

Doch die meisten starren sensationshungrig auf den Galgen.

Der Henker führt Enzo Winslow zum Seil.

Das ist der Moment, in dem ich mich aus meiner Starre befreie.

»Schaltet das ab! Ich will das nicht sehen!«

»Das hätte ich längst getan, aber es geht nicht«, erklärt mir Mom bitter.

»Es funktioniert nicht?!«, frage ich ungläubig und greife zur Fernbedienung.

Sekunden später stelle ich fest, dass diese Welt immer brutaler wird.

»Ich … das glaube ich nicht. Das Ding ist kaputt.« Ich überbrücke die Distanz zum Fernseher.

Bis jetzt ist der Henker mit dem Seil beschäftigt.

Ich drücke die On-Off-Taste direkt am Gerät.

Nichts.

Wie konnte ich nur so naiv sein?

Ein unendlich schmerzvolles Gefühl macht sich in mir breit.

Zieht mich mit seiner Schwere auf die Knie.

Ich renne in die Küche, falle zu Boden und lehne mich gegen den Kühlschrank.

Alles verschwimmt.

Ich sehe nichts außer den Bildern in meinem Kopf:

Der Abschaum von Henker, der dieses verfluchte Seil um Winslows Hals befestigt.

Enzo, der hoffentlich einen schnellen Tod findet. Welche Gedanken schießen ihm in seinen letzten Momenten durch den Kopf?

Denkt er an seine Frau, die er getötet hat?

An seinen Sohn?

Bereut er es?

Will er weiterleben?

Oder ist er erleichtert, dieser kaputten Welt zu entkommen?

Die Geräusche aus dem Wohnzimmer werden leiser.

Die Demonstration verstummt.

Er ist tot.

Enzo Winslow ist tot.

Ich weine nicht nur.

Ich sterbe innerlich.

Obwohl ich ihn nicht gekannt habe.

Obwohl er etwas Unverzeihliches getan hat.

Er war ein Leben.

Ein Leben, das weiter hätte existieren können.

Ein Leben, um das vermutlich keiner trauern wird.

Irgendwann nehme ich Lounas und Moms Präsenz wahr.

Sie sitzen neben mir, versuchen, mich zu beruhigen, mit mir zu reden.

Aber ihre Worte dringen nicht durch.

Ich bin wie eine leere Hülle.

Gefangen in einem schmerzhaften Nichts.

Einige Stunden sind vergangen, seit Enzo Winslow hingerichtet wurde.

Louna und ich ziehen uns in mein Zimmer zurück. Ich liege in ihren Armen, während sie mich stützt.

Rey bleibt bei Mom – er sieht aus, als hätte er die Welt aus den Augen verloren.

Wer ist nach so einer Situation noch derselbe Mensch?

Wir liegen nicht lange Arm in Arm im Bett, als plötzlich mein Handy klingelt. Ich greife in meine Hosentasche – und erstarre, als ich sehe, wer mich anruft.

Nein, nein, nein!

»Wer ist es?«, fragt Louna müde.

Doch als sie mein Gesicht sieht, wird ihr Blick sofort schärfer.

»Kian.«

Nur ein Name – und unendlich viel Angst.

Louna schnellt hoch. »Leg auf!«

»Nein. Das ist zu gefährlich.«

Mit zitternden Fingern nehme ich den Anruf an, stelle aber auf Lautsprecher.

»Hallo, Pieta«, ertönt seine raue Stimme.

»H-hallo, Kian«, stottere ich.

Meine Kehle fühlt sich zugeschnürt an. »Was —«

»Hör mir zu. Ich weiß, dass du nicht allein bist, Pieta.«
Kians Stimme zischt durch die Leitung wie eine Schlange,
die ihre Beute umschlingt.

Mein Herz setzt einen Schlag aus.

Ein kaltes Frösteln breitet sich von meiner Wirbelsäule
bis zu meinen Fingerspitzen aus.

»Du hast unser Versprechen gebrochen, und das wird
Konsequenzen haben.«

Seine Worte sind messerscharf.

»Ich möchte, dass du allein zu mir kommst. Wenn du es
nicht tust, bin ich in einer halben Stunde bei dir. Du weißt,
was dann passiert, oder?«

Ich schlucke. Wut und Angst kämpfen in mir um die
Oberhand.

»Okay, i-ich werde kommen. Allein.« Ich betone das
letzte Wort – doch meine Stimme bricht.

»Gut.«

Das letzte Wort, das er sagt, bevor er auflegt.

»Kian?« rufe ich noch – doch die Leitung ist bereits tot.
»Verflucht!«

»Du gehst nicht allein zu ihm. Das kannst du
vergessen!«, sagt Louna sofort, ihre Stimme fest und
unnachgiebig.

»Louna, bitte … Ich habe keine andere Wahl. Er wird
meine Familie umbringen.« Ich flehe sie an.

»Dann rufe ich die Polizei.«

»Wir haben keinerlei Beweise«, sage ich verzweifelt.

»Dann überraschen wir ihn eben mit der Polizei.« Ihre Stimme bleibt ernst, hartnäckig.

Ich schüttle den Kopf. »Denkst du wirklich, ich hätte nicht schon längst die Polizei gerufen, wenn es eine gute Idee wäre?«

Louna öffnet den Mund – nur um ihn gleich wieder zu schließen.

»Mir wird nichts passieren«, sage ich leise. »Er braucht mich für irgendetwas. Er wird mir nichts tun.«

»Lass mich wenigstens in der Nähe sein«, fleht Louna, ihre Stimme bebt.

»Du musst hierbleiben, wenn Mom nach uns sieht«, erkläre ich. »Bitte, Louna. Bleib hier und lass mich gehen. So ist es am sichersten.«

Ihre Augen mustern mich besorgt, dann seufzt sie schwer. »Pass auf dich auf.«

Ich glaube ihrem Sinneswandel nicht.

»Und ruf mich sofort an, wenn dir etwas passiert.«

»Danke.«

»Bild dir nichts drauf ein, Evergreen«, erwidert sie, und ihre Stimme wird schärfer. »Ich bin gerade mehr als nur wütend auf dich. Du hast Glück, dass ich dich so sehr liebe.« *Du hast Glück, dass ich dich so sehr liebe.*

Meine Haut glüht nach diesen Worten.

Sie geben mir Kraft, die längst verloren schien.

»Trotzdem danke«, wiederhole ich mit einem

Schmunzeln.

Louna kommt näher, nimmt mich in ihre Arme.

»Lass das nicht die letzte Umarmung sein«, sagt sie, versucht, stark zu klingen – doch ihre Tränen verraten sie. »Ich darf dich nicht verlieren, hörst du? Ich *kann* dich nicht verlieren.«

»Du wirst mich nicht verlieren.«

Dann klettere ich durch mein Fenster – und verschwinde in der nachmittäglichen Dunkelheit.

Doch ich habe es absichtlich nicht versprochen.

WO LIEBE STIRBT, WÄCHST DER HASS

Der Weg zu Kian kostet Kraft.

Mit jedem Schritt frage ich mich, wie ich mich überhaupt auf den Beinen halten kann. Und warum ich auf meinem Weg niemandem begegne.

Die Straßen sind leer, keine Menschenseele weit und breit.

Wahrscheinlich sind alle zu Hause geblieben, um die Hinrichtung zu verfolgen. Oder sie sind bei den Demonstrationen.

Wieder überfällt mich die Hoffnungslosigkeit. Lähmt meinen Geist.

Keine Demonstration hat irgendetwas geändert.

Keine Petition hat die Entscheidung beeinflusst.

Viele sagen, nichts sei umsonst. Aber daran glaube ich nicht.

Denn es war umsonst.

Es ist umsonst.

Wir sind machtlos.

Ist das, wie Gesellschaft heute funktioniert?

Vor Kians Haus bleibe ich stehen. Zögere lange. Dann hebe ich die Hand, um zu klopfen. Genau in diesem Moment öffnet Kian die Tür.

»Perfektes Timing«, begrüßt er mich.

Ein seltsames Lächeln liegt auf seinen Lippen, als er mich eintreten lässt.

Er führt mich ins Wohnzimmer. Der Raum kommt mir vertrauter vor, als er sollte. Das letzte Mal war ich vor ein paar Tagen hier – doch es fühlt sich an wie eine Ewigkeit.

»Möchtest du etwas zu trinken?«, fragt er mich mit übertriebener Höflichkeit.

Ich schüttle hastig den Kopf.

Am Ende will er mich vergiften.

Er setzt sich zu mir auf die Couch. Schweigt.

Die Spannung in der Luft wird unerträglich.

Ich will die Stille unterbrechen, da ergreift Kian das Wort.

»Wem hast du es erzählt?«

Seine Worte treffen mich unerwartet. Ich kann meine Überraschung nicht verbergen.

»Du … du weißt es nicht?«

Ein Grinsen breitet sich auf seinen Lippen aus.

Kalt. Gefährlich.

»Nein, ich habe geraten – und, wie es aussieht, voll ins

Schwarze getroffen.« Er lehnt sich zurück. »Es war klar, dass du es jemandem früher oder später erzählst. Du bist immerhin menschlich, mehr oder weniger.«

»Mehr oder weniger? Wie meinst du das?«

»Das ist nicht die Antwort auf meine Frage«, lenkt Kian wieder zurück zum eigentlichen Thema. »Wem hast du es verraten?«

Ich muss Louna schützen. »E-einer guten Freundin, die ich schon lange kenne, von damals«, stammele ich und wende meinen Blick ab. Meine Hände zittern leicht.

»Lüg mich nicht an. Das kann ich nicht leiden.« Seine Stimme ist ernst.

Eiskalt.

Ich schweige, halte den Atem an. Ich darf Lounas Namen nicht aussprechen.

Was, wenn er ihr etwas tut?

Kian mustert mich aufmerksam. Seine Augen bohren sich in meine. »Ist es dieses Mädchen, mit dem du dich heimlich getroffen hast?« Ich erstarre.

Mein Herz bleibt fast stehen.

Meine Augen weiten sich.

Mein Atem stockt.

»Denkst du wirklich, ich bemerke nicht, wie ihr euch anseht?« Ein höhnisches Lachen entweicht seinen Lippen.

»Pieta Evergreen, verkaufst du mich für blöd?«

Schnell schüttle ich den Kopf. »Nein, tue ich nicht.«

Plötzlich greift er nach meinem Handgelenk. Sein Griff ist so hart, dass mir ein Schrei entkommt. Seine Finger sind wie ein Schraubstock. Der Schmerz explodiert in meinem Arm.

»Lüg mich verdammt noch mal nicht an!«

Er faucht die Worte heraus und wirft mein Handgelenk grob zurück in meinen Schoß.

Meine Kehle ist trocken.

Ich nicke stumm. Hoffe, dass es genügt.

Kian schnalzt mit der Zunge. »Sei froh, dass ich dich lebend brauche.« Sein Blick durchbohrt mich. »Zumindest jetzt noch.«

Seine Worte treffen mich wie eine eiserne Faust.

Es fühlt sich an, als würden zwei Mauern von vorne und hinten auf mich zustoßen.

Bald werden sie mich zerquetschen.

»Habe ich dir je meinen ganzen Namen gesagt?«, fragt Kian nach einer Weile.

»Nein«, murmle ich.

»Mhh. Mit Absicht.« Ein schmales Lächeln zuckt über seine Lippen. »Aber jetzt ist der Zeitpunkt gekommen, ihn dir zu verraten und dir meinen Plan zu erklären.«

Ein kaltes, bedrückendes Gefühl kriecht meinen Rücken hoch.

Die Mauern kommen immer näher. Drängen mich ein.

»Mein Name ist Kian Winslow.« Die Mauern zerquetschen mich endgültig.

Winslow.

Ich starre in Kians moosgrüne Augen. »D-du bist Enzos Sohn.«

Die Ähnlichkeit zu Enzo ist jetzt unverkennbar.

»Gut erkannt«, sagt er, sein Tonfall spöttisch. »Die Geschichte um ihn wird dir auch meinen Plan erklären.«

Plötzlich verstehe ich, wieso er diese Pflaster trägt.

Sie verdecken seine Brandnarben.

Und dann trifft mich die Erkenntnis wie ein Schlag.

»Du bist auch magiebegabt«, flüstere ich, unfähig, ihn länger anzusehen.

Ich brauche nur eins und eins zusammenzählen.

»Und du brauchst nicht mich, sondern meine Magie.«

»Ebenfalls gut erkannt.« Mein Herz stolpert.

Der Raum beginnt, sich zu drehen.

»Woher …«, beginne ich, doch meine Stimme versagt.

»Woher ich wusste, dass du magisch bist? Dazu komme ich jetzt.«

Kian steht auf. Seine Schritte hallen im Raum wider, während er vor mir auf und ab läuft.

Seine Worte schneiden sich in meine Gedanken wie scharfe Messer.

Brechen mich Stück für Stück.

»Mein Vater hat mir schon früh gesagt, dass ich ein Destructio bin. Er lehrte mich, mit meiner Magie umzugehen. Aber er lehrte mich auch, sie zu hassen.« Sein Ton wird dunkler. »Magie ist nichts Gutes. Sie ist böse – egal, ob Licht oder Dunkelheit. Sie ist ein Fluch.«

Ich will etwas sagen, doch seine Stimme wird lauter. Entschlossener.

Sie übertönt meinen leisen Atem. »Sicherlich kennst du

die Geschichten um die Völker. Und die sind nicht gelogen. Nocturna gab es wirklich. Sie war die erste Magiebegabte, die erkannte, dass ihre Magie ein Fluch war.«

Er hält inne, sein Blick schneidet sich in meinen. »Sie hat nicht – wie in den Geschichten erzählt wird – die Dörfer aus Wut zerstört, weil ihre Eltern getötet wurden. Nein. Sie zerstörte sie, weil sie Magie vernichten wollte.«

Ich starre ihn an. Unfähig, die Worte zu verarbeiten, die er mit so erbitterter Überzeugung spricht.

»Als Equa konnte sie töten – und gleichzeitig Menschenleben erschaffen. Aber was sie nicht wusste, war, dass unter den Leben, die sie erschuf, auch Magiebegabte waren. Deswegen existieren wir noch immer.«

Kian macht eine kurze Pause. Seine Schritte verharren.

Er sucht meinen Blick, und als sich unsere Augen treffen, sehe ich seinen Hass brennen.

Lichterloh.

»Dieser Fluch, der in mir lebt, tötete schließlich meine Mutter«, fährt er fort. Seine Stimme zittert nun. »Eigentlich wollte Vater nur mich und sich selbst mit dem Feuer töten, aber es lief schief. Mutter kam …«

Er bricht ab. Seine Stimme verliert Kraft.

Seine Fassade beginnt zu bröckeln, und für einen Moment sehe ich Schwäche.

»Dein Vater hat sie nicht getötet?«, frage ich vorsichtig.

Kian schüttelt den Kopf. »Ich war es.« Seine Stimme ist kalt, bitter. »Beim Versuch, Dad zu töten, um seine Magie aufzuhalten, habe ich … Mutter getroffen.«

Seine Stimme bricht, doch er zwingt sich, weiterzusprechen. »Vater lief weg. Dieser Heuchler.« Er bleibt direkt vor mir stehen. Seine Augen bohren sich in meine. »Es gibt nur einen Grund, weshalb ich gerade nicht in den Vorbereitungen für Mutters Beerdigung bin«, sagt er. »Ich werde sie wiederbeleben lassen – und zwar von dir.«

Hätte es mich überraschen sollen?

Vermutlich nicht.

Trotzdem sitzt der Schock tief.

»Was?«, entfährt es mir entsetzt.

Ich schnappe nach Luft und will aufstehen – doch Kian drückt mich mit seinen Händen an meinen Schultern zurück auf die Couch.

»Ich werde das nicht tun. Ich weiß nicht einmal, wie ich meine Magie anwende«, mache ich ihm klar. Meine Stimme zittert.

Vor Wut.

Vor Angst.

»Ich wusste, dass ich dich nicht genug manipuliert habe«, flüstert er – mehr zu sich selbst als zu mir.

Dann richtet er sich wieder an mich. »Du wirst es tun. Denn wenn du es nicht tust, werde ich dich und deine Mutter töten und deine Schwester dazu zwingen, meine Mutter wiederzubeleben.«

Er neigt leicht den Kopf. »Ich werde mein Ziel so oder so erreichen.«

Meine Kehle schnürt sich zu.

»Mein Bruder«, murmle ich.

»Was?«

»Mein Bruder«, wiederhole ich, diesmal klarer.

Mein Blick bohrt sich in seinen.

»Einerlei.« Er winkt ab.

»Warum ich?« Nach Tagen der Unwissenheit will ich endlich Antworten. »Ich werde nicht die einzige Magiebegabte mit Heilkräften sein. Und woher weißt du von meinen Kräften?«

Kian lehnt sich zurück, sein Lächeln so kalt wie ein Wintersturm. »Ich hatte meine Beziehungen, um dich zu finden. Eine Equa. Etwas so Seltenes – und gleichzeitig so Falsches.«

Seine Augen funkeln hasserfüllt, er lehnt sich nach vorne. »Und warum du und kein anderer? Weil du eben ein Monster bist, das nicht in diese Welt gehört.«

Nach einer kurzen Pause fügt er hinzu: »Deine Magie ist falsch und gehört zerstört. Wenn du meine Mutter wiederbelebst, werden du und deine Magie sterben. Eine perfekte Win-win-Situation.« Seine Stimme trieft vor Verachtung.

»Was redest du denn da? Du bist selbst magisch!«, fauche ich. Meine Stimme ist selbstbewusster.

Wütender.

Lauter.

Kians Gesicht zuckt. Ein winziger Moment der Unsicherheit.

Jetzt.

Ich nutze den Augenblick und stoße ihn mit aller Kraft

zurück.

Er stolpert über seine eigenen Füße.

Ohne nachzudenken, renne ich zum nächstgelegenen Fenster, reiße es auf –

Nur um im nächsten Moment brutal nach hinten gerissen zu werden.

Ein scharfer Schmerz explodiert in meiner Kopfhaut, als Kian mich an meinen Haaren packt und zurückzieht.

Ich schreie.

Meine Hände greifen nach seiner – doch er hält mich fest.

Dann, endlich, lässt er los.

Ich sinke zu Boden.

Doch er gibt mir keine Sekunde zum Durchatmen.

Sofort packt er mich an den Handgelenken, zieht mich hoch und drückt mich mit solcher Wucht gegen die Wand, dass mir die Luft wegbleibt.

Ich keuche.

Mein Brustkorb zieht sich schmerzhaft zusammen.

Ich bin gezwungen, in seine wutverzerrten Augen zu starren.

»Ich bin nicht magisch!«, faucht er. »Ich bin ebenfalls ein Monster. Aber irgendwann wird es eine Lösung geben, die uns unsere Kräfte nimmt. Doch das ist jetzt nicht wichtig.«

Sein Griff um meine Handgelenke verstärkt sich. Der Schmerz wird unerträglich. »Du wirst hier und jetzt dein Leben geben!« Seine Stimme ist eiskalt.

Entschlossen.

»Ich zeige dir, wie man Magie anwendet. Dann wirst du

Mutter wiederbeleben. Und dein Leben geben.« Meine Kehle ist staubtrocken.

Seine nächsten Worte schwirren wie Gift durch den Raum. »Dafür verspreche ich dir, dass ich Louna nichts antun werde.«

Mein Verstand schreit.

»Und Mom und Rey ebenfalls«, setze ich mit fester Stimme nach.

Kian hebt eine Braue. »Das kann ich nicht versprechen.«

Er zuckt mit den Schultern. »Immerhin besitzen sie Magie.« Die Worte jagen mir unzählige Pfeile durch die Brust.

Mein Atem stockt. Ich versuche, mich aus seinem Griff zu lösen.

»Du hast gesagt, wenn ich alles tue, was du verlangst, wirst du sie in Ruhe lassen!«

Ich schreie ihm wütend und verzweifelt ins Gesicht.

Kian grinst kalt. »Das ist Vergangenheit. Seit wann muss man sich an alles halten, was man gesagt hat? Ich halte mich an keine Vorschriften.«

Ich wusste nicht, dass meine Welt noch weiter zerbröckeln und untergehen kann.

Aber nach Kians Worten stürze ich in einen dunklen Abgrund.

Wie kann alles immer schlimmer werden?

»Du verfluchtes Häufchen Elend!«, brülle ich.

Die Wut steigt und steigt, brodelt über – heißer, intensiver als je zuvor.

Mit voller Wucht trete ich Kian vors Schienbein.

Er schreit auf, lässt von mir ab und greift sich ans Bein.

Das ist meine Chance!

Ich drehe mich um, will losrennen.

Doch bevor ich nur einen Schritt machen kann, zischt ein großer schwarzer Ball knapp an mir vorbei und schlägt mit voller Wucht in die Wand.

Putz rieselt herab.

Ein tiefes Loch klafft dort, wo der Ball eingeschlagen ist.

»Renn noch einmal weg, und ich werde Louna ebenfalls nicht verschonen«, faucht Kian.

Ich bleibe stehen. Der Rücken zu ihm gekehrt, meine Hände zu Fäusten geballt.

Und dann spüre ich es. Ein vertrautes, aber nicht zuzuordnendes Gefühl.

Es ist wie eine Welle, die durch meinen Körper jagt – intensiv, kraftvoll, kaum kontrollierbar.

Das ist es ... das ist meine Magie!

Dieses Mal halte ich sie fest umklammert. Als würde mein Leben davon abhängen.

Und womöglich tut es das.

Plötzlich erscheinen dunkle und helle Blitze um meine Finger. Sie tanzen wie lebendige Wesen, knistern, pulsieren, werden stärker.

Immer mehr Energie fließt durch mich hindurch, bis es zu viel ist –

Meine Sinne überfluten.

Es fühlt sich an, als würde ich übersteuern, wie ein alter

Computer.

Dann, schlagartig, verschwindet alles.

Die Blitze.

Die Energie.

Alles.

Ich sacke nach hinten.

Mein Körper gibt nach.

Kian macht sich nicht die Mühe, mich aufzufangen.

Ich gehe keuchend zu Boden.

Mein Kopf dröhnt.

Als ich mich aufrichte und zu ihm schaue, sehe ich etwas Unerwartetes in seinem Gesicht:

Verwirrung.

Seine Züge sind nicht mehr von kalter Kontrolle geprägt.

Sondern von echter Überraschung.

»Wie hast du das gemacht?«, fragt er langsam.

»Was?« Ich bin ebenso verwirrt.

»Wie kannst du nach deiner Magie greifen, ohne überhaupt zu wissen, wie?« Seine moosgrünen Augen mustern mich.

Als wäre ich ein Rätsel, das er nicht lösen kann.

Ich gehe kurz in mich, um nach der Wahrheit zu suchen. Ich finde sie. Klar und deutlich.

»Ich weiß es«, flüstere ich. »Ich wusste nur nie, dass es meine Magie war, die in meinem Inneren anklopfte, um endlich herauskommen zu dürfen.« Langsam stehe ich auf. Meine Beine zittern leicht. »Ich habe sie nicht gerufen, Kian. Ich habe sie einfach rausgelassen.«

Seine Augen verengen sich. »So einfach? Das kann nicht …« Er bricht ab und schüttelt den Kopf. »Egal. Bringen wir es hinter uns und —«

Kian stoppt mitten im Satz, wird unterbrochen. Sein Körper kippt zur Seite, schlaff wie eine Puppe.

Überrascht wandert mein Blick nach oben, und ich sehe sie. Die Person, die ich am meisten vermisst habe.

Louna steht da, hält eine Bratpfanne in beiden Händen.

Ihre Brust hebt und senkt sich schnell.

Ihre Wangen sind rot.

Ihre Augen funkeln.

Kurz wagt sie einen Blick zu Kian, der reglos am Boden liegt und vollkommen bewusstlos scheint.

Dann grinst Louna. »Hab doch gesagt, dass ich dich nicht verlassen werde.«

Ich falle ihr lachend in die Arme. Atme ihren Vanilleduft tief ein. Lasse mich davon umhüllen.

Dann löse ich mich. »Wie bist du …?«, will ich fragen, doch dann fällt mir das offene Fenster auf. »Ich habe dir einen Weg hinein verschafft. Das klingt schon fast wie geplant.«

Louna hebt eine Augenbraue. »Nur dass wir keinen Plan hatten.« Sie korrigiert mich mit herausgestreckter Brust und stemmt die Arme in die Hüften.

»Richtig«, stimme ich zu und werde ernster. »Außer dem, dass du eigentlich zu Hause bleiben solltest.«

Louna senkt ihren Blick und streicht sich eine blonde Strähne hinter das Ohr.

Eine so simple Bewegung – und doch breitet sich Wärme in mir aus. Ich könnte ihr stundenlang dabei zuschauen.

»Es tut mir leid, aber ich darf dich nicht verlieren«, entschuldigt sie sich leise.

»Hey«, flüstere ich und nehme Lounas Hand in meine.

»Du wirst mich nicht so leicht los, glaub mir.« Ein kurzes Schmunzeln folgt.

»Warum die Bratpfanne?«

»War das Erste, was ich fand«, gesteht Louna. »Und … inspiriert durch Rapunzel«, fügt sie lächelnd hinzu.

Ein Kichern kann ich mir nicht verkneifen. Genauso wenig ein Augenrollen und ein leiser Seufzer. Dann wird meine Stimme härter. »Egal. Erst mal müssen wir hier weg. Am besten durchs Fenster.«

Louna nickt, und so machen wir uns aus dem Staub.

Wir entscheiden uns gegen eine Durchsuchung seiner Wohnung.

Ich schlage vor, Kian mitzunehmen, aber es wäre zu riskant.

Was, wenn er unterwegs aufwacht?

Wir fesseln ihn an die Heizung.

Er wird sich befreien können.

Ehrlich gesagt, können wir nicht taktisch denken. Da ist nur Erleichterung und Dunkelheit.

Aber es gibt uns einen kleinen Vorsprung.

MONSTER WERDEN NICHT GEBOREN, SIE WERDEN ERSCHAFFEN

Draußen ist der Himmel kaum mehr zu erkennen, fast so, als hätte die Dunkelheit die Welt verschlungen.

Hand in Hand laufen wir durch die toten Straßen und Gassen.

Mein Blick gleitet zu unseren verschränkten Fingern. Es hinterlässt ein Prickeln auf meiner Haut, lässt mich Hoffnung schöpfen. Doch mit einem Mal strömen die Erinnerungen über mich ein. Wie eine unkontrollierte, große Welle.

Ich schüttle den Kopf, lasse Lounas Hand los.

Der letzte Mensch, der mir Hoffnung gab, ist jetzt tot.

Louna sagt nichts.

Nimmt es hin.

Fragt nicht nach.

Sie akzeptiert es.

Sie gibt mir Zeit.

Es ist wie damals.

Und das Gefühl lässt mich nicht los, dass ich sie verliere. Bald.

Durch diese verfluchte Magie!

Wieder hallen Kians Worte in meinem Kopf nach: *»Ihr seid Monster.«*

»Louna?«

»Mhh?«

»Bin ich ein Monster?«

Sie bleibt abrupt stehen.

Ich gehe einige Schritte weiter. Ich drehe mich zu ihr und blicke in ein trauriges, aber ebenfalls wütendes Gesicht.

Doch dann zwingt sie sich zu einem Lächeln. Es erreicht nicht ihre Augen. »Ein Monster? Sorry, aber dafür bist du nicht furchteinflößend genug.«

Ich gehe zurück zu ihr, lache nicht, bleibe ernst. Ihr Versuch, die Frage herunterzuspielen, trifft nicht den Kern dessen, was mich quält. »Ich meine es ernst. Ich habe Magie. Macht mich das nicht zu einem Monster?«

Lounas Lächeln verschwindet. Ihre Augen suchen meine. »Magie erschafft keine Monster. Monster werden nicht geboren. Sie wachsen aus den dunklen Gedanken, die wir hegen.«

Ich weiche ihren Augen aus, senke meinen Blick. Fühle mich nicht mal ein wenig besser. »Du kannst meine

Gedanken nicht lesen«, murmle ich.

»Mag sein.« Ihre Stimme wird fester, klarer. »Du bist vielleicht stur, leichtsinnig und dein Heldinnensyndrom nervt manchmal tierisch. Aber du bist kein Monster, hörst du?«

Tränen sammeln sich in meinen Augenwinkeln, doch ihre Worte entlocken mir ein dezentes Lächeln. »Ist das deine Art,

Komplimente zu machen?«

»Nimmst du es denn an?«

Ich schweige, und das Schweigen wiegt schwer.

Bin ich für Louna kein Monster?

Aber das bedeutet nicht, dass ich keins bin.

Ich durchbreche die Stille. »Wir sollten weiter. Nicht, dass Kian uns einholt«, lenke ich vom Thema ab.

»Er weiß, wo du wohnst. Er wird zu uns kommen«, erwidert Louna.

Und ich weiß das.

»Wir müssen uns trotzdem beeilen, damit wir Mom und Rey warnen können.«

Lounas Augen halten meinen Blick fest, ihre blauen Augen durchdringen mich. »Das habe ich schon getan. Sie sind im Keller.«

Erleichterung überkommt mich wie eine Welle, doch ich dränge sie sofort beiseite.

Es ist nicht vorbei.

»Gut«, sage ich knapp.

Louna zögert. »Sollten wir uns ein anderes Versteck

suchen?«

Verzweiflung kriecht in meiner Brust empor, doch ich schüttle entschieden meinen Kopf. »Nein, Kian wird zu mir nach Hause kommen. Wenn wir nicht dort sind, wird er Mom und Rey finden. Wieso haben wir nicht früher daran gedacht?

Wieso haben wir ihn dort gelassen. Wir hätten …« Egal wie.

Die Situation ist aussichtslos.

Ich werde mich ihm stellen müssen.

Ich atme tief durch, sammle mich und spreche weiter. »Wir müssen den Kampf in einem Gebäude austragen. Draußen würde die Welt auf uns aufmerksam werden – und dann war's das.«

»Den Kampf?« Louna blickt mich mit großen Augen an, überrascht, fast schockiert.

Ich nicke langsam, meine Stimme zittert. »Ich werde mich ihm stellen müssen. Ich habe keine Wahl. Er wird nicht lockerlassen, bis er seinen Willen bekommt«, erkläre ich.

Wenig später frage ich: »Du hast zugehört, oder?«

Louna nickt. »Ja, ich weiß, was er vorhat.«

»Dann weißt du auch, dass wir es beenden müssen.«

Ihre Worte schneiden durch die Stille. »Weißt du auch, dass einer sterben muss, damit die andere Seite gewinnt?«

Ein Kloß bildet sich in meinem Hals, schwer und schmerzend. Verzweiflung und Panik, die ich zu unterdrücken versuche, stoßen an die Oberfläche.

»Niemand wird sterben. Ich werde Kian umstimmen. Ich werde ihm klarmachen, dass er einen Fehler begeht.«

Louna hebt eine Augenbraue. »Du glaubst nicht wirklich, dass das klappen wird, oder?«

»Warum sollte es nicht funktionieren?« Meine Stimme wird fester. »Es gibt in jedem Menschen einen Funken Licht.«

Und daran werde ich weiter glauben!

»Stell dir vor, du könntest deinen Vater wiederbeleben«, entgegnet sie, ihr Blick intensiv. »Du würdest es tun, oder?«

Dieses Mal bleibe ich stehen, als hätte sie mir den Boden unter den Füßen weggezogen. »Louna, ich *kann* ihn wiederbeleben.«

»Und du wirst es tun, richtig?«

Mein Atem stockt, mein Herz fällt in die schwarze, endlose Tiefe.

Ja, du wirst es tun! Gesteh dir endlich ein, dass du das die gesamte Zeit im Hinterkopf hattest.

»Es wäre falsch, es zu tun«, flüstere ich. »Ich müsste jemanden opfern.«

»Ich fände es nicht falsch. Es ist ein menschlicher Gedanke«, widerspricht Louna.

»Es ist ein dunkler Gedanke«, halte ich dagegen. »Du hast selbst gesagt, dass dunkle Gedanken Monster formen.«

Louna schüttelt den Kopf. »Es ist kein dunkler Gedanke, Pieta. Er ist nachvollziehbar.«

»Das sagst du nur, weil du diese Gedanken nicht hast, weil du keine Magie hast!« Ich suche ihren Blick, sie weicht meinem aus, als hätten meine Augen sie mit meiner Wut verbrannt. »Für dich ist das so einfach, weil du kein Monster bist!«

»Denkst du, ich habe keine dunklen Gedanken?« Louna sucht dieses Mal meinen Blick, obwohl ich merke, wie schwer es ihr fällt. »Ich habe mir so oft gewünscht, dass meine Eltern nie geboren worden wären – das weißt du! Manchmal habe ich davon geträumt, wie sie …« Louna hält inne, zögert, doch dann überwindet sie sich, die Wahrheit auszusprechen: »Wie sie nicht mehr nach Hause kommen. Nie wieder. Was macht das aus mir, mh? Bin ich deswegen ein Monster?«

Ich verfalle in Schweigen, es ist angenehmer, als zu reden.

Ich will nicht streiten. Wir verlieren immer mehr kostbare Zeit.

»Wir müssen los«, lenke ich ab und mache einen Schritt nach vorne.

Doch Louna greift nach meiner Hand und zieht mich zurück. »Versprich mir eins, bevor wir weitergehen: Nimm meine Worte an. Du bist kein Monster, Evergreen.« Jetzt nimmt sie mich in die Arme. »Egal, was andere sagen. Egal, was dein Kopf dir sagt.«

Als wir uns wieder lösen, suche ich ihren Blick. Ihre himmelblauen Augen strahlen, trotz all der Dunkelheit um uns herum.

Dann seufze ich. »Ich kann nicht meinen kompletten Glauben, meine Einstellung zu dieser Welt verändern«, gebe ich ehrlich zu. »Aber ich verspreche dir, dass ich es versuchen werde.«

Louna grinst plötzlich. Ihr Ausdruck wird spielerisch. »Versuch gleich noch, deinen Humor zu verbessern«, stichelt sie mit einem Grinsen, um die Situation aufzulockern.

Ich schnaube und hebe eine Augenbraue. »Oh, ich finde *deinen* Humor, ehrlich gesagt, furchtbar«, gebe ich lächelnd zurück.

»Klappe, Evergreen.«

Ein Lächeln breitet sich auf meinem Gesicht aus, wärmt mein Inneres.

Danach setzen wir unseren Weg fort, Hand in Hand, in die ungewisse Dunkelheit vor uns.

Wir klettern wieder durchs Fenster, beide außer Atem, weil keiner von uns an den Schlüssel gedacht hat. »Was hast du Mom und Rey gesagt?«, frage ich.

»Die Wahrheit«, antwortet Louna knapp. »Natürlich verkürzt.«

»Und sie haben sofort auf dich gehört und dir geglaubt?«, frage ich skeptisch. Das kann ich mir kaum vorstellen. Louna zögert, dann seufzt sie. »Deine Mom kennt Kian. Sie weiß, dass er Enzo Winslows Sohn ist.«

Meine Augen weiten sich, und ein stechendes Gefühl von Verrat brennt in meiner Brust. »Was?«

»Das ist alles, was ich weiß«, sagt Louna, ohne sich weiter zu vertiefen.

»Warum hast du mir das nicht gleich gesagt?«

»Ich bin noch völlig durcheinander, okay? Es tut mir leid.«

»Sie hat mir nie etwas gesagt«, flüstere ich vor mich hin. Wie in Trance.

»Das wird einen guten Grund haben«, versucht sie zu relativieren.

Aber das reicht mir nicht. »Gibt es auch einen guten Grund dafür, dass sie nichts getan hat? Sie hat nichts gegen Kian unternommen, mich nicht einmal gewarnt!« Meine Stimme wird lauter, meine Wut brodelt hoch.

Was weiß ich irgendetwas? Oder wird alles vor mir geheimgehalten, was in dieser Familie abgeht?

»Ich weiß es nicht. Mehr hat sie nicht gesagt, bevor deine Mom und Rey im Keller verschwunden sind«, gibt Louna zu, fast entschuldigend.

Plötzlich hallt ein lauter Knall von unten durch das Haus. Mein Herz setzt einen Schlag aus. »Das kann nicht sein«, flüstere ich mit flatterndem Herzen. »Es ging viel zu schnell. Wir müssen zu Mom und Rey. Er war doch bewusstlos. Wie kann das sein…?«

Louna macht einen Schritt Richtung Tür. »Lass uns nachsehen.«

Bevor sie nur einen Schritt weitergehen kann, greife ich nach ihrem Arm und halte sie zurück. »Nein! Du bleibst hier!«, sage ich mit Nachdruck, meine Stimme zittert leicht.

»Was?«, fragt Louna entsetzt. »Das kannst du nicht von mir verlangen!«

»Ich kann dich eben auch nicht verlieren, verdammt!«,

schreie ich unkontrolliert. Louna starrt mich an, ihr Blick
zeigt   mehr,   als   Worte   je   könnten –
Schmerz,   Sorge   und
Verständnis.

Doch plötzlich ertönt eine raue Stimme von unten. »Ihr
könnt euch nicht ewig verstecken.«

»Verdammt!«, fluche ich und lasse von Louna ab. Ich
warte nicht auf eine Reaktion – wir haben keine Zeit mehr.
Ohne einen weiteren Blick setze ich mich in Bewegung,
trete aus meinem Zimmer und renne hinunter ins
Wohnzimmer. »Ah, wen haben wir denn da?« Kians Augen
leuchten schwarz, dunkle Blitze zucken um seinen Körper
wie lebendige Schatten. »Dachtet ihr wirklich, dass eure
Fesseln mich abhalten werden?« Er lacht bestialisch. Ein
eisiger Schauer jagt über meinen Rücken.

»Nein«, antworte ich knapp und zwinge mich, meine
Licht-Magie zu sammeln. Es kostet mich zu viel Kraft. Ich
habe nie gelernt, mit Magie umzugehen. Egal, ob ich eine
Equa bin – gegen Kian habe ich untrainiert keine Chance.
Aber Worte haben Macht. Worte können gewinnen. Ich
muss glauben, dass meine Worte ihn zur Vernunft bringen.

»Nein? Dann seid ihr noch närrischer, als ich dachte«,
höhnt er. »Warum habt ihr mich nicht einfach getötet? Es
wäre ein Leichtes gewesen. Na ja, mehr oder weniger.«

Plötzlich schießt mir ein Gedanke – oder vielmehr eine
Erklärung – in den Kopf, klar und vernichtend. »Es war dein
Plan«, stammle ich.

Kian grinst. Dieses widerliche, skrupellose Grinsen.

»Du wusstest, dass Louna kommen würde, noch bevor ich es wusste.« Meine Stimme zittert, doch ich zwinge mich, weiterzureden. »Du wusstest, dass wir dich nicht töten würden. Du hast gehofft, dass wir dich zurücklassen oder mitnehmen, um herauszufinden, wo Rey und Mom sind.« Ich mache eine kurze Pause und spreche dann den Gedanken aus, der die ganze Zeit über in meinem Kopf schwirrte. »Es war zu einfach.«

Kians Grinsen gefriert auf seinem Gesicht, ein Ausdruck aus blanker Selbstgefälligkeit. »Es war wirklich unterhaltsam, zu sehen, wie naiv ihr wart. Du hast mich direkt zum Ort geführt, an dem du am meisten verlieren kannst. Ich habe wirklich gedacht, du wärst schlauer, als sie alle hier zu verstecken.« Er winkt ab, als sei es bedeutungslos. »Aber genug davon. Kommen wir zur Vereinbarung.«

»Vereinbarung?« Ich kann die Abscheu in meiner Stimme nicht verbergen.

»Du bekommst deine letzte Chance«, verkündet Kian, und seine dunklen Blitze verschwinden, während er seine Magie zurückfließen lässt. »Wenn du jetzt mit mir kommst, werde ich niemanden verletzen. Ich werde deine Familie nur melden, sodass sie auf der Insel Arcamagia weiterleben und ein neues Leben beginnen können.«

Vergiss es, will ich sagen, schließe den Mund aber sofort wieder.

Meine Kehle schnürt sich zu.

Das wäre meine Chance.

Mom und Rey wären in Sicherheit.

Louna auch.

Ich wäre zwar tot, aber … ich würde Dad dort wiedersehen.

Kaum habe ich diesen Gedanken zu Ende gedacht, sehe ich sie. Diese braunen Augen. Dads braune Augen.

›*Geh nicht mit ihm, Pieta.*‹

Mein Herz springt, mein Atem stockt.

Spinne ich jetzt total?

Vermutlich.

Denn Kian redet nicht weiter, und er scheint meinen Vater nicht zu hören.

Dad schüttelt nur den Kopf, seine Augen voller Angst und Trauer, seine Hände gefaltet, als würde er beten, ein kleines hoffnungsvolles Lächeln liegt auf seinen Lippen.

Dann beginnt er zu verblassen.

War das ein Zeichen?

Was will er mir sagen?

»Und? Wie entscheidest du dich?«, hakt Kian nach und durchbricht meine Gedanken wie ein Messer.

Dads Kopfschütteln flimmert vor meinen Augen. Lounas Stimme hallt in meinen Ohren: *»Ich kann dich nicht verlieren.«*

Meine nächsten Gedanken richten sich an alle, denen ich vielleicht etwas bedeute: *Ich kann nicht am Leben bleiben, wenn mein Tod der einzige Weg ist, euch zu beschützen.* »Ich komme mit dir.«

Kians Grinsen ist nicht mehr eingefroren. Seine

Mundwinkel wandern weiter nach oben. »Gute Entscheidung.«

Doch eine weitere Stimme durchbricht die Spannung. »Da habe ich noch ein Wörtchen mitzureden.«

Erschrocken drehe ich mich um und sehe Louna. Ihr selbstbewusstes Gesicht strahlt eine Entschlossenheit aus, die meine Brust zugleich wärmt und zerreißt.

»Ich sagte doch, du sollst im Zimmer bleiben«, entgegne ich, doch meine Stimme verrät meine Verzweiflung. Die Wut, die ich zeigen will, bleibt aus.

»Und ich sagte, dass ich dich nicht verlieren kann«, schießt sie zurück und geht die Treppe hinunter. »Hör auf, mich beschützen zu wollen, aber dich selbst zu verlieren, Evergreen!«

Ohne dass ich es steuere, fließt meine Magie durch meinen Körper, durch meine Adern, ein vertrauliches, aber bedrohliches Pulsieren. Dunkle Blitze tanzen um meine Fingerspitzen.

Ich hebe die Hand und lasse sie auf die Treppe niedersausen. Das Holz unter Louna bricht krachend ein, zerbröckelt in ein wirres Chaos aus Splittern, bis Louna stehen bleibt, nur einen Schritt vor dem Abgrund.

Es wird sie nicht lange aufhalten.

»Es tut mir leid«, murmle ich und wende mich ab, nur um Kians kaltes Grinsen zu sehen. »Gehen wir.«

Ohne zu zögern, greift er unsanft nach meiner Hand und zieht mich zur Tür. Sein Grinsen auf den Lippen wie eine schaurige Maske auf seinem Gesicht.

»Nein!« Lounas Schrei hallt durch das Haus. Dann höre ich den dumpfen Aufprall ihrer Füße auf dem Boden hinter mir. Sie ist gesprungen.

Panisch lasse ich meine Magie durch meinen Körper strömen, stampfe mit aller Kraft auf den Boden. Ein Beben folgt, das den Boden unter Louna erzittern und bröckeln lässt. Sie fällt nach vorne auf die Knie, stützt sich gerade noch rechtzeitig mit den Händen ab.

Ich kann sie nicht ansehen. Ich will sie so nicht sehen.

»Pieta!« Ihre Stimme lässt mich innehalten, zerreißt mich, jagt mir einen Pfeil direkt in meine Lunge. »Bitte … Du hast gesagt, dass ich dich so schnell nicht loswerde. Das ging zu schnell, findest du nicht?« Ihr Versuch, ihren Humor zu bewahren, trifft mich härter, als jeder Schrei es je könnte.

Kian lässt mein Handgelenk nicht los, zieht stärker an mir.

»Gleich hast du deine Chance vertan!«, knurrt seine raue Stimme voller Zorn.

»Pieta«, ruft Louna noch einmal. Ihre Stimme bricht fast. »Weißt du noch, als ich dein Heldinnen-Syndrom niedergemacht habe? Ich werde es weiter tun. Hör auf, die Heldin zu spielen.«

Ihre Worte hallen durch den Raum. Ich höre sie noch Sekunden später in meinem Kopf. Sie treffen mich tief, und etwas bricht in mir.

Die Energie, die ich zu unterdrücken versuchte, entfesselt sich. Dann reiße ich mich aus Kians Griff los. Meine Magie strömt durch meine Adern, lodert in meinen Füßen und

Händen.

Ich stampfe auf, der Boden bebt erneut. Gleichzeitig feuere ich einen hellen Energieball ab.

Kian wehrt ihn ab, aber auf das Beben ist er nicht vorbereitet. Er kommt ins Schwanken. Den Moment nutze ich aus, forme erneut einen hellen Energieball und schleudere ihn ab. Kian versucht, auszuweichen, aber er ist nicht schnell genug. Der Ball streift seine Schulter und zwingt ihn zu Boden.

Ich lasse ihm keine Zeit. Weiße Blitze explodieren aus meinen Händen, durchbrechen die Luft mit einem ohrenbetäubenden Knall. Sie rasen auf Kian zu, doch er wirbelt zur Seite, und der Boden, den sie treffen, splittert wie Glas.

Ich schnappe nach Luft, meine Finger brennen, aber ich lasse nicht nach.

Kian taumelt zurück, seine moosgrünen Iriden voller Hass – und etwas, das wie Angst aussieht. Ich wundere mich nicht, woher ich weiß, wie ich das alles tue. Mein Körper scheint sich von allein zu bewegen, geführt von einer Kraft, die ich erst jetzt langsam begreife.

»Louna! Geh zu Mom und Rey!«, schreie ich, ohne mich umzudrehen.

»Vergiss es!«, brüllt sie zurück.

Ich schließe die Augen und sammle all die Kraft, die ich in mir finden kann. »Tu es!«

Bevor sie etwas entgegnen kann, fluche ich, als Kian auf die Beine kommt. Seine Augen funkeln dunkel, und seine

Energie knistert gefährlich in der Luft. Er sammelt seine Blitze um sich und schleudert sie auf mich ab.

Ich bin zu langsam.

Plötzlich explodiert ein brennender Schmerz in meiner Schulter. Alles verschwimmt, und für kurze Zeit fühle ich mich schwerelos, bevor ich unsanft mit der Seite auf dem Boden knalle. Ein erstickter Schrei löst sich aus meiner Lunge.

Schritte nähern sich. »Pieta!«, Lounas Stimme ist panisch, ihr Atem hektisch. »Kannst du mich hören?« Sie streichelt mir eine Strähne vom Auge weg. »Oh, Himmel sei Dank«, wispert Louna, als ich mein Auge leicht bewege.

Doch ich schüttle sie von mir ab, die Verzweiflung in mir wie eine klaffende Wunde. »Bitte … versteck dich, Louna«, werfe ich ihr die Worte vor den Kopf, die wie Glassplitter in der Luft hängen bleiben.

Ich warte nicht auf ihre Antwort, weil ich sie kenne: »Nein.«

Ich widme mich Kian, der gähnt und sich demonstrativ die Hand vor den Mund hält. »Nicht schlecht, aber ziemlich lahm«, spottet er.

Wut brennt wie ein Feuer in mir und bringt dunkle Magie zum Vorschein, aber ich dränge sie zurück, suche nach meiner hellen Magie, finde sie und mache mich bereit.

Kian grinst selbstgefällig. »Du kannst dich nicht ewig vor der Destructio-Magie in dir verstecken.«

Ich antworte nicht, lasse stattdessen meine Blitze sprechen.

Vergebens. Ich verfehle ihn wieder.

»Beeindruckend, dass du deine Magie so einsetzen kannst, aber du hast keine Ahnung, was du da tust.«

Wieder feuere ich helle Blitze ab, diesmal schneller. Kian weicht geschickt aus, aber ich zwinge ihn in Bewegung.

»Du lernst schnell, das muss man dir lassen«, spottet er weiter, während ich angestrengt meine Angriffe fortsetze.

Doch meine Erschöpfung holt mich ein.

Meine Bewegungen werden langsamer, mein Atem schwerer.

Ich kann nicht mehr.

Ich will diesen Kampf nicht mehr führen.

Ich bin so müde.

Ich brauche nur etwas Ruhe ...

Kians Ton ändert sich, wird ernster und gefährlicher. »Deine Magie nutzt dir nichts. Im Gegenteil, sie verschlechtert deine Lage nur. Du hast mir widersprochen und mich herausgefordert, und jetzt wirst du den Preis dafür zahlen.« Er kommt näher, seine Magie weicht zurück. »Willst du wirklich, dass ich alles zerstöre, was dir lieb ist?«

Verzweiflung packt mich mit eisernen Klauen, zieht mich in die Tiefe.

Seine nächsten Worte sind noch abscheulicher: »Willst du wirklich mit dem Wissen sterben, dass du deine Familie umgebracht hast?«

Die Dunkelheit droht, mich zu verschlingen, doch ein Gedanke reißt mich aus ihrer Umklammerung. Der Gedanke an mein Ziel – ihn mit Worten zu erreichen.

»Kian«, beginne ich, meine Stimme deutlich zitternd. »Was willst du wirklich erreichen?«

»Nein, Pieta. Das wird nicht funktionieren«, höre ich Louna schreien, aber ich ignoriere sie.

Es muss funktionieren.

»Was willst du erreichen?«, wiederhole ich, lauter diesmal.

Kians Blick flackert, als ob er meine Worte nicht erwartet hätte. »W-was? Das habe ich dir doch erklärt.«

»Denkst du, deine Mutter würde das hier wollen?« Meine Arme ausgestreckt, um ihm das Chaos um uns herum zu präsentieren. »Denkst du, sie wird stolz auf dich sein, wenn du deinen Plan durchsetzt?«

Für einen Moment scheinen meine Worte etwas in ihm zu bewirken, aber er versteckt es sofort wieder, schüttelt es ab. »Das ist mir egal!«

»Wie kann dir das egal sein?!«, brülle ich, meine Stimme durchdringend.

»Dir wäre es auch egal, oder nicht? Wieso hast du deinen Vater nicht längst wiederbelebt?«

Ich erstarre, mein Atem stockt. Ich zwinge mich zu einer Antwort. »Weil es nicht richtig wäre.« Meine Stimme klingt fast flehend.

»Halt die Klappe!«, schreit er, seine Stimme wie ein Donnerhall. »Das hat einen anderen Grund, habe ich recht? Verdammt, hör auf mit deinem moralischen Scheiß! Es geht nicht um richtig oder falsch! Du belügst dich selbst.«

Ich zucke bei jedem seiner Worte zusammen, als würde

mich jedes wie ein Blitz treffen, und ich wünschte, sie wären falsch.

Aber sie sind es nicht.

»Du lügst dich auch selbst an«, schieße ich zurück. »Glaubst du wirklich, deine Mutter wird dich in die Arme nehmen, wenn sie erfährt, was du getan hast? Sie wird wütend sein und —«

»Sei still!«, zischt er, doch ich lasse nicht nach.

»Also habe ich recht? Es gibt noch einen Weg. Ich werde dir helfen. Ich weiß, wie es ist, ein Elternteil zu verlieren. Ich kann dich verstehen.«

Kian lacht kalt auf. »Nein, du verstehst nichts. Hast du deinen Vater mit eigenen Händen getötet?« Ich schweige.

»Du kannst mich nicht verstehen«, knurrt er, seine Stimme voller Zorn und Schmerz.

»Vielleicht nicht. Aber ich weiß, dass du das hier bereuen wirst«, sage ich, meine Stimme flehend.

»Das Einzige, was ich bereue, ist, deinem lächerlichen Versuch, mich mit Worten zu bekämpfen, meine Aufmerksamkeit geschenkt zu haben!«

»Ich glaube an das Gute in dir, Kian.« Ich kann ihn nicht aufgeben.

Ich muss ihn umstimmen.

Es muss funktionieren.

»Es reicht! Jetzt ist genug mit den Spielchen!«, schreit Kian und hinterlässt eine abrupte Stille im Raum. »Ich habe genug davon! Es war ein großer Fehler, dich mir ein zweites

Mal zu widersetzen! Und vor allem zu denken, dass du mich retten könntest. Du bist die größte Närrin, die ich kenne!«

Kian sammelt seine Magie, die lichterloh brennt. »Jetzt werde ich dir zeigen, wie es sich anfühlt, alles zu verlieren. Ich werde alles zerstören, was du liebst – Stück für Stück, vor deinen Augen. Das ist der Preis für deinen Übermut.« Während er redet, werden die dunklen Blitze um ihn immer größer, dunkler und gefährlicher. Seine Augen schwarz wie die Nacht, voller purer Wut.

Seine Magie entfesselt sich. Dunkelheit verschlingt alles, und ich höre nur noch einen Schrei – Lounas Schrei.

Bis dieser schließlich verstummt.

VERZEIH, DASS ICH DICH NICHT RETTEN KONNTE

»Louna?!«, schreie ich in meinen Gedanken, doch noch immer bekomme ich keinen Ton heraus. Mein Körper ist voller Panik, wie eingefroren.

Das waren Lounas Schreie. Ich weiß es. Ich war zu schwach. Ich habe versagt. Wieso zur Hölle bin ich nicht mit ihm gegangen? Ich hätte sie retten können. Ich hätte …

Plötzlich wird es heller. Etwas Flüssiges tropft in meinen Mund, bitter und metallisch. Hektisch schlage ich die Augen auf, meine Sicht ist verschwommen.

Blut.

Meine Hand fährt zitternd zur Wunde über meiner Lippe, dann blicke ich an mir herunter.

Noch mehr Blut.

Es durchtränkt meine Kleidung. Mein Blick huscht neben mich.

Ich erstarre.

Das Blut ... es ist nicht nur meins.

Ein lauter Schrei entweicht mir, dann erhebe ich mich und renne auf Lounas regungslosen Körper zu.

Nein, nein, nein, das darf nicht wahr sein.

Lounas Atem ist flach – viel zu flach. Ich komme vor ihr auf die Knie, lege ihren Kopf vorsichtig auf meine Beine und taste panisch nach ihrem Puls.

Viel zu langsam.

»Louna? Kannst du mich hören?«, frage ich verzweifelt. Meine Stimme bricht, während die ersten heißen Tränen meine Wangen hinunterrollen. »Louna, sag doch was. Bitte, lass mich nicht hängen, komm schon!«

Doch nichts. Kein Wort, keine Bewegung. Das einzige Lebenszeichen ist ihr flacher Atem.

Meine Hände zittern, als ich ihre Wunden untersuche. Am Kopf sind keine tiefen oder gefährlichen Wunden, doch die an ihrem Bauch ... Mein Atem stockt, mein Magen zieht sich zusammen. »Verflucht!« Die Wunde ist zu tief.

Viel zu tief.

Plötzlich ertönt Klatschen. Der plötzliche Laut reißt mich aus meiner Verzweiflung.

Instinktiv stelle ich mich vor Louna.

Kians Lachen dringt wie ein Messer in mich ein. »Hah! Selbst tot beschützt du deine kleine Freundin. Wie herzzerreißend!«

Wie konnte ich Kian vergessen? Meine Wut lodert auf und verstärkt sich zu einem Flächenbrand. »Sie ist nicht tot!«

»Ob sie jetzt stirbt oder später, spielt keine Rolle. Der Tod wartet ohnehin auf sie – und ich entscheide, wie lange er sich Zeit lässt«, sagt Kian, sein Grinsen breit wie das einer Katze, die mit ihrer Beute spielt.

Ich balle meine Hände zu Fäusten. Greife nach meiner Magie. Weiße Blitze zucken wie lebendige Schlangen aus meinen Händen, treffen auf Kians dunkle Welle, und der Aufprall schickt einen Hagel aus Splittern und Staub durch den Raum.

Meine Beine brennen vor Anstrengung, doch ich zwinge mich, weiterzumachen. Ohne nachzudenken, lasse ich meine Magie frei, lasse sie auf Kian zuströmen – und wie erwartet weicht er aus.

Doch ich bin vorbereitet. Mit einem heftigen Stampfen lasse ich den Boden beben.

Kian schwankt, kann sein Gleichgewicht gerade so aufrechterhalten. Sofort greife ich erneut mit Blitzen an, doch er weicht erneut aus, bleibt auf den Beinen.

»Nicht schlecht«, höhnt er. »Aber immer noch nutzlos.«

Ich ignoriere ihn, konzentriere mich. Wieder lasse ich den Boden beben, doch Kian kontert, lässt seine Hand zu Boden rasen. Eine dunkle Welle bricht aus dem Boden hervor. Sie erfasst mich wie eine Flut und schleudert mich durch den Raum.

Panisch greife ich nach meiner Magie, um den Aufprall abzufangen, doch vergebens. Der Schmerz, als ich aufpralle, ist überwältigend. Ein ersticktes Keuchen entweicht mir,

Sterne explodieren vor meinem Sichtfeld. Ich werde sterben. Aber ich darf nicht sterben. Ich muss Louna retten und …

Der Gedanke durchzuckt mich wie ein Blitz, mein Herz fällt. Louna, Mom, Rey!

Wie konntest du sie vergessen?

Stöhnend richte ich mich auf, taumle ein paar Schritte nach vorne, bis ich Halt finde. Mein Körper schmerzt bei jedem Schritt, die Welt vor meinen Augen noch verschwommen. Aber ich kann nicht aufgeben. Nicht jetzt.

»Wir können das schnell hinter uns bringen«, beginnt Kian, seine Stimme kalt. »Du kommst mit, führst meinen Plan aus, und deine Familie wird nur gemeldet. Louna könnte vielleicht überleben – mit geringer Wahrscheinlichkeit.« Ein sadistisches Grinsen zieht über sein Gesicht. »Oder ich beende die Leben deiner Liebsten hier und jetzt.«

Wut flutet meine Adern. »Du verdammter Heuchler!«, fluche ich und lasse einen hellen Energieball auf ihn los, bevor ich nachdenken kann.

Kian weicht elegant aus, als wäre es das Leichteste der Welt. »Ich weiß, wo sie sind«, grinst er.

Ich feuere weiter, treffe aber nur die Luft. Kian kommt mir immer näher, elegant ausweichend. Sein Grinsen vertieft sich, bis er nur einen Meter von mir entfernt ist.

Mein Atem geht stoßweise, und meine Magie scheint schwächer zu werden. »Warum?«, frage ich verzweifelt, meine Stimme zitternd.

Kian verdreht die Augen, als wäre ich ein lästiges Insekt. »Was soll ich dir noch erklären?«

»Warum macht es dir Spaß, andere leiden zu sehen?«, frage ich. Meine Beine zitternd. Lange kann ich mich nicht mehr aufrecht halten.

Kian hält inne, überrascht von der Frage. »Du denkst, mir macht es Spaß?«, fragt er erstaunt. »Vielleicht. Aber es ist mehr Mittel zum Zweck.«

»Es ist noch nicht zu spät«, flehe ich ihn an. »Bitte, Kian.«

Mit einer Wegwerfbewegung schleudert er mich mit seiner Magie gegen die Wand. Der Schmerz durchzuckt meinen Körper, und ein ersticktes Keuchen entfährt mir.

»Es ist ja schon amüsant, wie naiv du bist«, sagt er spöttisch. »Aber langsam reicht es.« Dann wendet er sich ab und geht in Richtung Keller.

»Nein«, hauche ich, zu müde, um die Worte laut auszusprechen.

Entweder nimmt er meine Stimme nicht wahr, oder er ignoriert mich. Panisch greife ich nach meiner Magie. Langsam und schwer kämpft sie sich an die Oberfläche. Ich nehme alles, was ich habe, und feuere helle Blitze direkt auf Kian ab.

Dieses Mal treffe ich. Ein lauter Schrei entweicht seinen Lippen, und er taumelt gegen die Kellertür, bevor er zu Boden sinkt. Zitternd tastet er nach der klaffenden Wunde an seiner Schulter, Blut quillt hervor.

Ich schluchze, während ich mich aufrichte, meine Magie

fast vollständig erschöpft. Dennoch versuche ich, meine restliche Magie zu sammeln.

Ich muss es jetzt beenden, bevor Kian wieder zu Kräften kommt.

Ich gehe auf ihn zu, mit all meiner verbliebenen Kraft forme ich einen weiteren hellen Energieball und warte keine Sekunde. Er fliegt auf gerader Linie auf Kian zu. Kian rührt sich nicht. Sein Gesicht entspannt sich, fast gleichgültig, bis auf den Schmerz, der sich in seinen Zügen widerspiegelt.

Panik oder Angst? Fehlanzeige.

Als der Energieball an einer unsichtbaren Wand abprallt und explodiert, weiß ich, weshalb. Für einen Moment sehe ich nichts außer Weiß. Als sich meine Sicht klärt, ist Kian wieder auf den Beinen, die Hand auf der Klinke der Kellertür.

Panik übermannt mich. Ich greife nach meiner Magie, suche verzweifelt nach einem Funken, aber sie ist nicht regeneriert. Nur die dunkle Magie bleibt unberührt.

Du wirst sie nicht nutzen! Es wäre falsch.

Ich renne.

Wenn meine Magie versagt, muss ich es anders versuchen. Ich muss alles versuchen! Bevor Kian meine Schritte hört und sich umdrehen kann, remple ich ihn an. Wir stürzen zusammen zu Boden. Er scheint überrascht. Den Moment nutze ich aus und schlage auf ihn ein. Darauf habe ich so lange gewartet. Endlich kann ich all die aufgestaute Wut, die er in mir entfacht hat, an ihm auslassen, an der Person, die all das verursacht hat.

Doch mein Moment der Überlegenheit ist kurz. Kian nutzt meine Unachtsamkeit aus und löst sich geschickt aus meinem Griff, greift nach meinem Handgelenk und verdreht es mit brutaler Präzision. Schmerz durchzuckt meinen Arm, und bevor ich mich wehren kann, stößt er mich mit den Füßen grob von sich. Mein Handgelenk pocht, mein Kopf rauscht, doch ich versuche, mich wieder zu orientieren.

»Genug mit den Spielchen«, knurrt Kian wütend.

Dann lässt er eine Salve dunkler Blitze auf mich los. Ich rolle mich instinktiv zur Seite, als erneute Blitze auf mich zu rasen. Wir verlieren uns in einem gefährlichen Tanz – er im ständigen Angriff, ich ausweichend, immer nur einen Atemzug von der nächsten tödlichen Attacke entfernt.

Es endet abrupt, als ich merke, dass ich in die Falle getappt bin. Ich finde mich in der Küche wieder, die Tür knallt vor mir zu, die Türklinke abgebrochen. Panisch schlage ich gegen die Tür, versuche sie zu öffnen, doch es ist vergebens. Dreimal werfe ich mich mit voller Wucht gegen die Tür, bis ein pochender Schmerz mich abhält. »Verfluchte Scheiße!« Dann höre ich es – das Knarren der Kellertür. Kians Schritte hallen, als er die Treppe hinuntergeht.

»Lass mich raus, du elendiger Mistkerl!«, schreie ich, aber ich weiß, dass es nichts nützt. Trotzdem schlage ich weiter gegen die Tür, nicht mehr aus Hoffnung, sondern aus purer Verzweiflung.

Er wird ihnen wehtun … Er könnte … Nein! Das lasse ich nicht zu!

Ich spüre, wie die dunkle Magie in mir aufsteigt, kribbelt und entweichen will.

Das ist falsch! Meine innere Stimme schreit.

Scheiß drauf, ich habe schon versagt.

Bevor meine innere Stimme etwas sagen kann, zerstöre ich mit meiner Magie die Tür, die in Stücke zerberstet, und renne zum Keller. Im Augenwinkel erkenne ich Louna. Ihr Körper liegt regungslos da, ihre blassen Lippen lassen mein Herz einen Schlag aussetzen.

Schnell renne ich zu ihr, greife nach einer Decke, die auf der Couch liegt, ziehe meinen Pullover aus und knie mich vor Louna. Ihre Augen noch immer geschlossen, ihr Atem flach.

»Du wirst nicht sterben. Du wirst nicht sterben«, flüstere ich verzweifelt, während ich meinen Pullover um ihre Wunde binde. Dann lege ich die Decke über ihren Körper, um sie zu wärmen. »Du darfst nicht sterben. Halt durch, bitte.« Ich bekomme keine Antwort.

Panik steigt in mir auf, gefährlicher als je zuvor.

Ein lauter Knall ertönt von unten. Sofort renne ich wieder zum Keller, halte meine Magie bereit.

»Ich bin beeindruckt«, ertönt Kians raue Stimme bedrohlich.

Ich zucke zusammen, suche ihn mit meinen Augen in der Dunkelheit, während ich die Treppe hinuntersteige.

Ein dunkler Energieball fliegt haarscharf an mir vorbei in die Wand. Das Geräusch ist laut, das Haus bebt. Instinktiv versuche ich, einen magischen Schild zu kreieren. Kurz flackert die Energie vor meinen Augen auf, dann werde ich zur Seite geschleudert.

Dieses Mal schaffe ich es, den Aufprall abzufedern und zum Gegenangriff anzusetzen.

»Wenn du mich angreifst, tötest du deine Mutter. Nur mal angemerkt«, ertönt seine Stimme erneut, jetzt amüsiert, gefährlich.

Langsam tritt eine Gestalt aus der Dunkelheit – Kian. Mein Herz setzt aus, als ich sehe, wen er in den Armen hält.

Mom.

»Scheiße«, entfährt es mir, meine Magie weicht zurück. Mit schnellen Schritten überbrücke ich die Distanz zwischen uns, bis Kian mich abrupt stoppt.

»Keinen Schritt näher«, befiehlt er kalt.

»Ich werde dich nicht angreifen«, schwöre ich, die Hände erhoben. »Ich will sie nur umarmen.« Vorsichtig greife ich nach Moms Hand, ihre Augen mit Angst gefüllt.

Kian zieht sie von mir weg, und erst jetzt bemerke ich das Messer an Moms Kehle. »Einen Schritt weiter, und es ist aus«, warnt er.

Sofort hebe ich meine Hände höher in die Luft und mache zwei Schritte zurück.

»Wo ist deine Schwester?«, fragt Kian, betont langsam und drohend.

Ich blinzle verwirrt, zu irritiert, um ihn zu korrigieren, mein Blick wechselt zwischen Mom und Kian hin und her. »Aber … er muss hier sein.«

Kians Augen verengen sich. »Noch eine Lüge, und es ist

aus.« Er drückt die Messerspitze gegen Moms Kehle, und ein dünner Blutstropfen zeichnet eine rote Spur auf die Klinge. »Bitte!«, flehe ich. »Tu ihr nichts.«

»Dann rede«, zischt Kian, seine Geduld am Ende. »Aber die Wahrheit.«

Ich weiß, dass er mir nicht glauben wird. Trotzdem entscheide ich mich, die Wahrheit zu sagen. Es ist immer noch besser, als jetzt zu lügen und Moms und Reys Leben aufs Spiel zu setzen.

»Louna hat mir nur erzählt, dass sie Rey und Mom im Keller versteckt hat, bevor sie mir zu dir gefolgt ist. Mehr weiß ich wirklich nicht! Ich schwöre es dir.« Ich sinke auf die Knie, weil ich mir nicht anders zu helfen weiß. »Ich schwöre es.«

Kian mustert mich, seine Augen voller Skepsis, doch dann grinst er plötzlich. »Findest du das nicht etwas dramatisch?«, fragt Kian amüsiert. »Vergiss es. Ich finde es gut.«

Sein Lachen füllt den Keller, ein widerwärtiges Geräusch, das Gänsehaut auf meiner Haut hinterlässt.

Ich will aufspringen, ihn schlagen, ihm wehtun – ihn vernichten. Doch ich muss mich zusammenreißen.

»Bitte, tu ihr nichts«, flehe ich erneut.

»Fürs Erste nicht«, sagt er. »Du sagst die Wahrheit. Aber ... weißt du die Wahrheit über deine Mutter?«

Diese Frage lässt mich erstarren. Mein Herz rast. »Was?«

Kian schüttelt theatralisch den Kopf, als sei er über meine Unwissenheit enttäuscht. »Wie es scheint, ist dem nicht so.

Mhh. Was denkst du, Marina? Willst du es ihr sagen, oder darf ich das übernehmen?«

Ich hebe den Kopf, meine Augen suchen Moms Gesicht und finden ihre tränenden Augen.

»Ich weiß, warum Dad gestorben ist«, flüstere ich. »Ich weiß von Louna, dass du ihn kennst, dass du weißt, dass er Enzo Winslows Sohn ist.«

»Ach, wenn es nur das wäre«, sagt Kian. Seine Worte treffen mich wie ein Schlag, und eine eisige Stille legt sich über den Raum.

Meine Verwirrung richtet sich an Mom. »Was meint er?«

Moms Augen schließen sich, ihr Atem wird tiefer. »Ich kenne – kannte – Serena, seine Mutter.«

»Was?«

»Ich kannte sie, weil…« Mom hält inne, die Worte scheinen, sie zu zerreißen. Sie ringt mit sich selbst.

»Spuck's aus!« Kians Stimme ist wie ein Peitschenhieb.

»Wir waren wie Schwestern, nur nicht vom selben Blut.«

Auf einmal wird mir schwarz vor Augen. Es ist keine Magie, kein Zaubern – es ist der Schock, der mich niederstreckt. Das Stück meiner Welt, das bis eben existierte, bricht jetzt endgültig zusammen, bröckelt zu Staub, bis nichts mehr übrig ist. Alles, was ich mal dachte zu wissen, ist nicht mehr wichtig.

Mom kennt nicht nur Kian, weiß, dass er Enzos Sohn ist.

Mom war mit seiner Mutter befreundet. Mom weiß alles.

»Du lügst!« Die Worte platzen aus mir heraus, begleitet von einem verzweifelten Zittern. »Er hat dich dazu gebracht, mich anzulügen, richtig?«

Hoffnungsvoll warte ich auf Moms Antwort, eine einzige Bestätigung, dass alles nur ein Trick ist. Doch sie kommt nicht. Sie wird nie kommen, weil Mom eben die Wahrheit gesagt hat.

»Das kann nicht sein«, flüstere ich. »Deswegen wusstest du von meinen Kräften. Du kennst Mom, weil deine Mutter sie kennt.«

»Du bist nicht so blöd, wie ich dachte«, sagt Kian spöttisch.

»Und du bist noch viel unmenschlicher, als ich dachte«, fauche ich zurück, meine Worte wie Klingen.

Kians Grinsen beginnt zu bröckeln. »Du bist ziemlich leichtsinnig. Ich hätte deine Mutter gerade töten können.«

»Aber du hast es nicht getan«, erkenne ich. Etwas klickt in meinem Verstand, ein Detail, das ich bisher übersehen hatte.

Es trifft mich wie ein Blitz.

»Willst du es wirklich darauf anlegen?« Kian fixiert mich, sein Grinsen kehrt zurück, doch es ist nicht mehr so sicher wie zuvor.

Ich versichere mich unzählige Male, aber ich bin mir sicher, dass ich richtig liege. Alle Puzzlestücke fügen sich zusammen. Es ergibt einen Sinn.

Meine Hände ballen sich, und ich rufe meine Magie hervor. Helle Blitze zischen um mich herum, tanzen wie ungebetene Gäste. Ohne zu zögern, richte ich sie auf Mom. Meine Blitze schießen durch sie hindurch, durchbohren sie mit Leichtigkeit. Kian versucht, auszuweichen, doch er wird von der Wucht erfasst.

Mom schreit nicht, fällt nicht auf die Knie. Sie verpufft.

Ich hatte recht. Seit Minuten hat sie nicht geblinzelt, außerdem waren ihre Haare länger als sonst. Sie war nicht Mom. Sie war ein Bild, ein Trugbild aus Kians Erinnerungen.

Wie hat er das gemacht?

»Wie konntest du?!«, brülle ich und lasse einen weiteren Energieball los. Diesmal trifft er Kian direkt. Es riecht nach Eisen und verbranntem Fleisch. Er fällt erst auf die Knie, dann zur Seite. Ein Loch klafft in seinem Bein, tief und hässlich.

»Wo sind sie?« Meine Stimme ist schneidend, ohne Raum für Diskussionen. Kian stöhnt vor Schmerz, doch selbst jetzt schafft er es, einen schwachen Schutzschild um sich zu ziehen.

»Wo sind sie?!«, frage ich lauter, drohender. Meine Wut schwillt an, doch ich lasse sie nicht die Kontrolle übernehmen. »Sag es mir, oder du wirst bereuen, dass du jemals geboren wurdest!«

»Ich … weiß … es … nicht«, keucht Kian und zieht sich langsam auf die Beine.

Seine Schmerzen scheinen nachzulassen.

»Sag mir verdammt noch mal, wo sie sind!«, schreie ich, meine Stimme überschlägt sich vor Wut und Verzweiflung.

»Und wenn ich es nicht tue?« Da ist er wieder. Nur kurz außer Gefecht gewesen.

Wie lange und hart muss er trainiert haben, um so mächtig zu werden? Um diese höllischen Schmerzen ignorieren zu können?

Ich versuche, seinen Blick zu lesen, suche nach einem Hinweis. »Also sind sie nicht hier«, schließe ich, meine Hände vor Zorn zu Fäusten geballt. Wo sind sie dann? »War das wenigstens die Wahrheit?«, bohre ich weiter.

»Ja, es ist die Wahrheit, Evergreen.«

»Nenn mich nicht so«, zische ich angewidert. »Nimm den Namen meiner Familie nicht in den Mund, nicht jetzt! Du willst mich immerhin umbringen.«

Kian bleibt stehen, seine Augen funkeln. »Nein.«

»Nein?«, lache ich.

»Ich will dich nicht töten«, sagt er leise. »Ich will deine Magie vernichten. Aber ohne sie kannst du nicht leben. Dafür kann ich nichts.«

Ich lache sarkastisch, bitter. »Oh, wirklich? Und wer wird dich töten, Kian? Schließlich bist du doch genauso ein Monster, oder?«

Mein Schlag hat gesessen. Worte haben Macht.

Seine Miene verfinstert sich. Doch bevor ich reagieren kann, greift er an. Aus dem Nichts. Seine Blitze kommen schneller, als ich sie überhaupt wahrnehmen kann. Schmerz schießt durch meinen Körper, als sie meine Schulter, meine Beine und meinen Arm treffen. Schreiend falle ich auf die Knie, meine Sicht verschwommen.

Kian blickt triumphierend auf mich hinab. »Du bist schwach, Pieta«, höhnt er.

Schmerz explodiert in Wellen, brennt in meinen Gliedern, aber da ist etwas. Ein Funken. Meine Licht-Magie. Sie klammert sich an meine Wunden und beginnt, diese zu schließen, um mich am Leben zu halten. Widerspricht das nicht dem Gleichgewicht? Später. Jetzt zählt nur, dass ich wieder auf die Beine komme.

Ich stehe keuchend auf, mein Körper zittert vor Anstrengung, und ich setze zum Gegenangriff an. Ich feuere einen hellen Energieball ab. Ein heller Strahl trifft Kian an seiner Schulter, und sein Schrei hallt durch den Raum.

Doch bevor ich eingreifen kann, stampft er mit voller Wucht auf den Boden. Eine Welle rast durch den Boden, aber diesmal halte ich mich auf den Beinen.

Dann kommt das Messer.

In einer perfekt geraden Linie fliegt es lautlos auf mich zu. Zu schnell. Ich reagiere, aber es ist zu spät. Der Schmerz trifft mich wie eine Lawine, als sich das Messer tief in meinem Bauch bohrt. Sterne explodieren vor meinen Augen, die Welt kippt zur Seite. Ich taumle, meine Knie geben nach. Erst stürze ich zu Boden, dann fällt alles um mich herum in Stille. Meine Sicht verschwimmt, meine Gedanken zerreißen.

Du wirst nicht sterben.

Die Stimme hallt in meinem Kopf wider.

Er braucht dich.

Ich weiß.

Deshalb hat er mein Herz verschont. Er will mich nicht töten. Nicht jetzt. Er will mich brechen. Er wird sein Ziel erreichen. Es kann sich nur noch um Sekunden handeln, bis ich in die Dunkelheit falle.

Plötzlich dringt ein Laut an mein Ohr. Ein Flüstern, leise, kaum hörbar. Doch dann verstehe ich die Worte: *Du hast Glück, dass ich dich so sehr liebe.*

Es ist Lounas Stimme. Oder war es Lounas Stimme? Sie ist nicht hier. Das war nur eine Erinnerung.

Himmel, wie sehr Erinnerungen schmerzen können. Sie bleiben unauslöschlich im Gedächtnis, aber sie gehören der Vergangenheit an. Sie sind Momente, die nie wieder geschehen werden, unveränderbar und doch so lebendig.

Erinnerungen sind verfluchte Scheiße!

›*Habe ich dir diese Sprache beigebracht?*‹

Innerlich schrecke ich auf, die Welt vor meinen Augen ist noch verschwommen, aber eine Gestalt nimmt langsam Form an. Dad.

›*Nein, das hast du nicht*‹, gebe ich in Gedanken zurück, ein Schmunzeln schleicht sich über meine Lippen.

Vielleicht hat Kian versagt.

Vielleicht sterbe ich doch.

›*Du wirst nicht sterben. Ich bin hier, um dich zu retten.*‹

›*Was? Es kann nicht sein, dass du hier bist. Ich muss verrückt sein.*‹

›*Als ich starb, habe ich einen kleinen Funken Magie übrig gelassen, um für begrenzte Zeit als Geist im Diesseits zu verweilen. Anscheinend reicht die Magie nur für eine Person*

– aber das genügt.‹

›Das ist nicht real! Verschwinde aus meinem Kopf!‹

›Hör mir gut zu, Pieta. Ich habe nicht viel Zeit. Die Magie schwindet schnell. Ich werde deine Wunde mit meiner restlichen Magie heilen. Sie wird nicht vollständig verheilen, aber du wirst weder sterben noch das Bewusstsein verlieren.‹

›Warte... habe ich mir dich nie eingebildet? Du warst immer da? Kann ich dich dann noch sehen?‹

›Ich werde versuchen, nicht all meine Magie zu verbrauchen. Vielleicht reicht es für ein weiteres Mal, dass ich zu dir kommen kann. Aber viel mehr wird nicht möglich sein.‹

›Ich kann dich wiederbeleben! Es kann wieder so werden wie früher!‹

›Du weißt, dass das nicht stimmt, Pieta.‹

›Vielleicht wird nichts mehr wie früher, okay, aber ich kann dich zurückholen.‹

Dads Augen funkeln. Ist es Trauer? Verzweiflung? Angst?

›Pieta, du musst wissen: Jede Entscheidung hat ihren Preis. Überlege gut, ob du bereit bist, ihn zu zahlen. Sei dir deiner Macht bewusst. Möchtest du sie wirklich einsetzen?‹

›Was soll schon schiefgehen?‹

›Du weißt, dass ich Marina wiederbelebt habe und deswegen gestorben bin, oder?‹

Ein dumpfer Schmerz ergreift mein Herz. ›Ja, ich weiß.‹

›Genauso ist es auch beim Töten. Die Person, die durch Destructio-Kräfte umgebracht wird, wird irgendwo auf *dieser Welt wiedergeboren – ohne die Erinnerungen an das frühere Leben und in einem anderen Körper.‹*

›Aber können Equas nicht ihre Kräfte verbinden? Ich rette dich und töte gleichzeitig einen anderen Menschen. So ist das Gleichgewicht hergestellt, ohne dass ich sterben muss.‹

Dad schüttelt langsam den Kopf. *›Wen willst du opfern, Pieta?‹*

Diese Frage trifft mich wie ein Blitz. Ich bleibe stumm.

›Aber, Pieta, die Magie des Tötens oder Wiederbelebens ist so mächtig und kostet so viel Kraft, dass sie nur einmal in deinem Leben eingesetzt werden kann. Es ist eine endgültige Entscheidung. Einmal getan, gibt es keinen Weg zurück, keine zweite Chance.‹

Meine Gedanken spielen verrückt. Deswegen hat Kian das Messer bei sich. Er kann nicht mehr töten.

Bevor Dad etwas erwidern kann, flackert sein Geist, kurz ist er verschwunden, dann kehrt er zurück. *›Wir haben keine Zeit mehr. Ich muss dir noch etwas über deine Magie sagen. Du musst sowohl die helle als auch die dunkle Magie nutzen. Sonst wirst du nie die Stärke erreichen, die du brauchst, um es mit Kian aufzunehmen. Beide Seiten gehören zusammen, vergiss das nie!‹*

›Aber—‹

›Keine Zeit, ich werde dich nun heilen.‹

›Aber es gibt noch so vieles, was ich dir sagen möchte!‹

›Du hast dein gesamtes Leben Zeit, Pieta. Ich werde immer zuhören.‹

›Was, wenn nicht? Woher willst du das so genau wissen?‹

›Vertrau mir. So wie früher, okay?‹

›Ich kann dich nicht noch einmal verlieren.‹

›Du hast mich nie verloren. Ich bin immer bei dir‹, sind seine letzten Worte, bevor er verschwindet. Die Welt wird schwarz.

Hat es Dad nicht geschafft? Werde ich doch ohnmächtig? Oder sterbe ich?

DIE AUGEN, DIE MEIN HERZ
BRACHEN

Ich werde nicht bewusstlos.

Stattdessen kehre ich in die Realität zurück – in den zerstörten Keller. Kian hockt vor mir, seine Augen voller Überraschung.

Instinktiv sammle ich meine Magie und lasse Blitze hervorschießen. Er stolpert zurück, presst eine Hand auf seine frischen Wunden, sein Blick irritiert, fast fragend. Ich ignoriere sein Gesicht und stemme mich auf die Beine. Etwas wackelig, aber innerlich bin ich stärker als je zuvor. Dads Magie lebt in mir weiter – nicht viel, aber sie gibt mir Kraft.

Ich setze zum nächsten Angriff an, aber Kian ist bereit. Unsere Energiebälle treffen sich mit einem ohrenbetäubenden Knall, Funken regnen auf den Boden. Die Explosion schleudert uns beide gegen die Wand, Staub wirbelt auf, die Erde bebt. Doch die Pause dauert nicht lange an. Blitz um Blitz, Schlag um Schlag – wir verlieren uns in einem tödlichen Tanz.

Jeder von uns kennt den nächsten Zug des anderen, als wären wir zwei Spiegelbilder.

Dads Worte hallen in meinem Verstand: *Beide Seiten gehören zusammen.*

Noch immer klammere ich mich an die helle Magie, verdränge die dunkle.

Wieso?

Wieso habe ich nicht erkannt, dass wahre Stärke nur entsteht, wenn man beide Teile akzeptiert? Dass Equas deshalb so mächtig sind.

Wie gerufen fliegen Kians Blitze auf mich zu. Dieses Mal greife ich nicht nur nach dem Licht, sondern auch nach dem Schatten. Weiß und Schwarz verschmelzen. Um mich strahlt ein Licht, das gleichzeitig dunkel ist – Yin und Yang, die pure Dualität.

Denn zu jeder Dunkelheit gehört Licht und zu jeder Helligkeit gehört Schatten.

Helle und dunkle Blitze schießen aus mir, treffen Kian und zerfetzen den Raum. Wände, Decke, Boden – alles wird in Chaos gehüllt. Das Haus erzittert, als die Decke einstürzt.

Ich spüre die Gefahr, bevor ich sie sehe. Die Trümmer, die mich umringen, holen mich aus der Trance. Panisch stürme ich zur Treppe, nur um im Augenwinkel zu sehen, wie Kian zu Boden sinkt. Er versucht, aufzustehen, doch sein Körper versagt.

Lass ihn zurück!, schreit die Stimme in meinem Kopf.

»Das kann ich nicht.«

Ich renne, ohne zu zögern, zu ihm, packe ihn und ziehe ihn weg, bevor ein massiver Trümmerblock dort einschlägt, wo er lag. Ein weiteres Beben lässt den Keller erschüttern. Die Treppe beginnt zu zerfallen. Meine Licht-Magie fließt in den zersplitterten Boden, füllt die Risse, lässt das Holz kurzzeitig stabil werden. Bevor sie wieder einstürzt, hebe ich keuchend Kian auf meinen Rücken und schleppe ihn nach oben.

Kaum erreiche ich die Sicherheit der oberen Etage, lasse ich ihn unsanft fallen und verriegle die Kellertür hinter uns. Zum Glück liegt der Keller unter unserer Garage und nicht direkt unter dem Haus. Das könnte reichen.

Doch plötzlich wird die Welt schwarz. Etwas Hartes kollidiert mit meinem Kopf. Der Schmerz ist wie ein Blitz, bevor ich ins Nichts stürze. Tiefer und tiefer.

War es das? Sterbe ich jetzt? So? Ha! Louna wird sich amüsieren, wenn sie davon erfährt.

Aber ich sterbe nicht.

Oder gibt es doch ein Leben nach dem Tod?

Langsam gewöhnen sich meine Augen an das Licht. Ich wünschte, sie hätten es nicht getan. Ich wünschte, die Welt wäre dunkel geblieben.

Ich liege nicht mehr. Ich sitze gefesselt am Boden. Vor mir steht Kian, doch das gehässige Grinsen fehlt. Sein Gesicht ist von Panik gezeichnet.

Vor ihm liegt Louna. Mein Herz rast. Ich will schreien,

aber ich kann meinen Mund nicht öffnen. Erst jetzt spüre ich den Druck auf meinem Mund – Tape. Panik erfasst mich.

Was soll das?

Warum lässt er mich leben?

Warum verlängert er meinen Albtraum?

»Mist, sie kann nicht jetzt schon wach werden«, höre ich Kian leise fluchen, bevor seine Stimme wieder den bekannten Spott annimmt. »Ah, schau an. Da wird ja unsere Schlafmütze wieder wach.«

Ich will ihn anschreien, ihn verfluchen, aber alles, was aus meinem Mund kommt, ist ein unverständliches Murmeln.

Wenn Worte nicht reichen, muss meine Magie sprechen. Ich rufe sie zu mir, fühle ihre Antwort, bereit, aus mir hervorzubrechen.

»Das würde ich an deiner Stelle nicht tun«, unterbricht Kian scharf, sein Blick auf Louna gerichtet. »Oder deine kleine Freundin stirbt.« Sein Tonfall schneidet wie ein Messer durch mich.

Meine Magie zieht sich zurück, widerwillig, aber gehorsam.

»Schlaue Entscheidung.«

»Mm… wmmst du?«, versuche ich zu fragen, meine Worte kaum verständlich.

Zu meiner Überraschung scheint Kian, es zu verstehen. »Ist es denn nicht offensichtlich?«

Ich starre ihn an, versuche, meinen Blick reden zu lassen. Nichts an dieser Situation ergibt für mich einen Sinn.

Warum lässt er mich leben? Ratlos schüttle ich meinen Kopf.

Kian stöhnt genervt und rollt die Augen. »Sorry, ich habe ganz vergessen, dass das Ding in deinem Kopf nur zur Deko da ist.«

»Hm!«, brumme ich laut. Dieser Feigling!

»Was hast du gesagt?«, fragt er grinsend und beugt sich ein wenig zu mir herunter.

»Hm… Fmmk dich!« Fick dich. Fick dich. Fick dich.

»Hast du was gesagt? Nein? Na ja, was soll's«, höhnt Kian, bevor er sich aufrichtet. Doch unverhofft wimmert Louna unter ihm – ein leises, schmerzerfülltes Geräusch.

»Lmmna!«, schreie ich ihren Namen und richte mich mit Schwierigkeiten auf, krieche zu ihr, meine Arme noch immer gefesselt. Kniend bleibe ich vor ihr sitzen.

Aber Kian tritt mir mit voller Wucht in die Seite. Der Schmerz raubt mir den Atem, ich falle zu Boden.

Doch ich lasse mich nicht aufhalten. Sofort richte ich mich wieder auf, greife nach meiner Magie, lasse sie die Fesseln durchbrechen, reiße mir das Tape von meinen Lippen – nur um sofort zu erstarren.

Kian steht über Louna, die Messerspitze an ihrer Kehle. »Keinen Schritt näher«, warnt er, seine Augen kalt und berechnend.

Ich bin wie eingefroren, wage es nicht einmal, zu atmen.

Kians Grinsen vertieft sich. »So, da wir endlich Ruhe haben, kommen wir zum Plan«, beginnt er. »Du fragst dich sicherlich, warum ich es nicht einfach zu Ende gebracht habe. Nun, deine ach so tapfere Freundin hat alles verkompliziert. Sie hat mir gezeigt, wie tief du in ihr Herz gekrochen bist. Ich habe leider keine Idee, wie ich sie dafür bestrafen soll. Hast du vielleicht einen Vorschlag?«

»Lass sie in Ruhe«, fauche ich. »Louna ist unschuldig.«

Kians Augen funkeln kalt. »Oh, das ist sie schon lange nicht mehr.«

»Was?« Entsetzen durchfährt mich. Ich muss mich zwingen, stillzuhalten.

»Sie hat dich gedeckt, dir geholfen. Aber am schlimmsten ist, dass sie mich kurz vor meinem Ziel aufgehalten hat. Dein ach so tolles Herzblatt ist mir ein ständiger Dorn im Auge«, sagt er spöttisch, als würde er ein Spiel spielen.

»Ihr Name ist Louna, und sie ist nicht –«, sage ich fest, mit mehr Kraft, als ich fühle, bevor er mich unterbricht.

»Das ist mir völlig egal«, erwidert er schulterzuckend. »Wir beenden das hier und jetzt. Also –«

»Du sprichst ihren Namen nicht aus, weil du Angst hast, dass er dich für immer verfolgen wird. Hast du auch Angst vor meinem Namen, mh?« Ich halte seinen Blick, mein Herz rast, aber ich zeige keine Schwäche.

Einen Moment sehe ich etwas in Kians Gesicht – einen winzigen Riss in seiner Maske. Aber er verbirgt es sofort. »Entweder du bist still, kommst mit mir, und deine Freundin bleibt am Leben. Oder du weigerst dich und wir beenden das hier. Wir beide wissen, wie das endet.«

Meine Anspannung verwandelt sich in Wut. Meine

Fäuste brennen, meine Magie drängt nach außen, aber ich halte sie zurück. In meinem Kopf tobt ein Sturm, lässt alles einstürzen.

Töte ihn!

Und riskieren, Louna zu verlieren? Nein. Die Chance, dass sie überlebt, ist größer, wenn ich mich ergebe und mit ihm gehe. Insgeheim wusste ich die ganze Zeit, dass ich vor meinem Schicksal nicht weglaufen kann.

Ich hebe langsam beide Hände, lasse meine Magie verschwinden. »In Ordnung. Ich gehe mit dir.«

»Nein«, flüstert Louna, ihre Stimme kaum hörbar, aber es ist genug, um mein Herz zu brechen. »Verlass … mich nicht.« Drei weitere Worte – aber sie bedeuten so viel.

Kian mustert mich streng. »Willst du dich etwa umentscheiden?«

»Nein, ich –«

Unverhofft greift Lounas Hand nach meinem Bein. Ihr Griff ist schlaff. »Du … bist keine … Heldin! Hör auf. Bitte.«

Ich schaue zu ihr hinab, meine Fassade bricht fast. »Ein einziges Mal werde ich es mir trotzdem erlauben, die Heldin zu spielen. Ich kann nicht leben, wenn mein Tod der einzige Weg ist, dich zu retten«, sage ich leise, aber entschlossen. Ich gehe um sie herum, ihre Worte hallen weiter in meinem Kopf.

»Evergreen!« Lounas Stimme wird lauter, eindringlicher.

»Wenn du jetzt gehst … werde ich dir das niemals verzeihen.«

Ich stocke, zögere. Kian zerrt ungeduldig an meinem Arm. »Warte«, bitte ich ihn. »Lass mich, mich von Louna verabschieden … bitte.«

»Vergiss es«, knurrt er.

»Was hast du zu befürchten?«, frage ich und starre ihn an. »Du erreichst dein Ziel so oder so. Das hast du selbst gesagt.«

Kian mustert mich mit einem finsteren, misstrauischen Blick. Er zögert, scheint jede Möglichkeit durchzugehen, abzuschätzen, und seufzt dann genervt. »Na gut. Aber beeil dich.«

»Danke«, flüstere ich ihm zu, bevor ich vor Louna auf die Knie falle. »Louna! Wie fühlst du dich?«

»Schlecht«, erwidert sie knapp, ihre Stimme stockend, aber ihre Entschlossenheit ungebrochen.

»Ich weiß, dumme Frage.«

»Vor allem, nachdem du dich verabschieden willst«, kontert sie, ihre Augen voller Schmerz, aber ebenso voller Wut.

»Ich kann dich nicht sterben lassen, Louna.« Ich nehme ihre Hand in meine, beuge mich zu ihr und hauche ihr einen sanften Kuss auf die Stirn.

»Und ich soll dir beim Sterben zusehen? Danke.« Ihre Worte treffen mich wie Dolche.

Der Kloß in meinem Hals wird immer größer. »Es tut mir leid, okay? Was zur Hölle soll ich denn tun?« Meine Stimme wird wütender, verzweifelter.

»Lass mich hier«, sagt sie hustend. »Kämpfe gegen

diesen Feigling, und hol dir dein Leben zurück.«

»Das meinst du nicht ernst. Mein Leben bedeutet deinen Tod. Das kannst du nicht von mir verlangen«, antworte ich flehend.

»Und du kannst nicht von mir verlangen, dich gehen zu lassen!« Ihre Stimme wird laut, doch ihre Worte enden in einem Hustenanfall, der sie schwächt. Als sie weiterspricht, ist ihre Stimme voller Trauer. »Als ich dich das erste Mal gesehen habe, da dachte ich, ich könnte das Licht in deiner Dunkelheit sein. Dabei bist *du* von Anfang an das Licht in meiner Dunkelheit. Ich kann dich nicht verlieren, Evergreen.«

Ihre Worte brechen etwas in mir. Tränen laufen über meine Wangen, und der Schmerz pocht in meinem ganzen Körper wie ein Echo meines zerschmetterten Herzens.

Das vermutlich erste und letzte Mal beuge ich mich zu ihr, völlig außer Kontrolle, und spüre ihre warmen, weichen Lippen auf meinen, so vertraut. Meine Lippen kribbeln angenehm. Es ist kein Kuss, der Hoffnung ausstrahlt. Er ist ein Abschied. So schmerzhaft, so bittersüß. Doch ich wollte ihr schon lange zeigen, wie ich fühle. Hatte Angst, dass es zu spät sein würde – wie jetzt.

»Die Zeit ist um«, verkündet Kian kalt. »Wir gehen.« Seine Hand greift grob meinen Oberarm, und er zerrt mich hoch.

Louna setzt sich ohne Rücksicht auf ihre Schmerzen auf. »Pieta, du kannst mich so nicht hierlassen! Was hast du dir dabei gedacht?!« Ihre Worte tragen einen Schmerz, dem kein Ausdruck, kein Versuch der Erklärung gerecht werden würde. Ihre Augen tragen keine Zuversicht mehr, keine Wärme – nur bittere Verzweiflung.

Sie hat recht. Ich hätte sie nicht küssen dürfen. Ich hätte ihr nicht diese Hoffnung geben dürfen. Ich wollte ihr doch bloß zeigen, dass ... dass ich sie liebe.

Entschlossen, mit neuer Kraft, drehe ich meinen Körper zu Kian, rufe nach meiner Magie, doch dann sehe ich, wie er mit der anderen Hand das Messer hebt. So schnell, dass ich es kaum realisiere. Die Welt verlangsamt sich. Ich erwarte den Schmerz, erwarte die Dunkelheit, die mich verschlingen wird. Doch sie kommt nicht.

Stattdessen höre ich den dumpfen Klang eines Aufpralls.

Meine Augen weiten sich, sobald ich sehe, wie Lounas Körper vor mir zusammenbricht.

Mit einem einzigen, grausamen Stoß hat Kian das Licht in meinem Leben ausgelöscht.

Mein Schrei durchschneidet die Stille, wild und verzweifelt, als ich auf die Knie falle und ihren Körper an meinen lehne.

Keine Macht der Welt kann Louna zurückholen. Der Schmerz in ihren Augen brennt sich in mein Herz ein, und ich erkenne, was ich längst hätte wissen müssen: Kian hat nie vorgehabt, sein Versprechen zu halten.

LIEBE BRINGT VERLUST, AUF VERLUST FOLGT HOFFNUNGSLOSIGKEIT, UND OHNE HOFFNUNG SIND WIR NICHTS

»Louna!« Mein Schrei reißt durch das Haus, scharf und verzweifelt, wie ein Blitz, der den Himmel spaltet.

»Nicht schon wieder!«, sagt Kian genervt und kalt, als sei mein Schmerz ein lästiges Geräusch, das er nicht erträgt.

»Was soll das?«, schreie ich ihm entgegen, Wut und Entsetzen überschlagen sich in meiner Stimme. »Du hast gesagt, dass du ihr nie wieder wehtun wirst!«

»Habe ich?«, fragt er, ein boshaftes Lächeln stiehlt sich auf seine Lippen. »Da habe ich wohl gelogen.«

Ich starre ihn ungläubig an, mein Atem stockt. »Was?!«
Kian mustert mich mit einem kühlen, berechnenden
Blick. »Du verstehst es nicht, oder? Ich muss dich brechen,
Pieta. Sonst wirst du niemals tun, was ich will. Sonst wirst
du
niemals freiwillig sterben.«

Seine Worte treffen mich härter als jeder Schlag. »Du bist
krank!«, schreie ich, meine Stimme überschlägt sich vor
Wut und Verzweiflung. »Das hier hat nichts mehr mit deiner
Mutter zu tun, das ist Wahnsinn!«

Kian lächelt nur, als hätte ich ihm ein Kompliment
gegeben. »Nenn es, wie du willst. Aber es wird
funktionieren.«

Ich lasse mich nicht aufhalten. Meine Hände zittern, als
ich nach ihrem Puls taste.

Sie lebt.

Noch.

Sie atmet flach, zu flach. »Louna! Hörst du mich? Sag
etwas!«

Keine Antwort.

»Das dauert mir zu lange. Kommst du nun mit?«, fragt
Kian mit einem Tonfall, als hätte er es mit einem hibbeligen
Kind zu tun.

»Was?«, hauche ich, unfähig zu begreifen. »Nein! Ich
muss sicherstellen, dass Louna überlebt!«

Kian verdreht die Augen – dieses Zeichen seiner
Überheblichkeit brennt sich in mein Innerstes ein. Er tritt
einen Schritt näher, blickt auf uns herab wie ein Richter, der

sein Urteil fällt. »Letzte Chance.«

»Aber du hast gesagt, dass sie leben darf, wenn —«

Was jetzt geschieht, geschieht so schnell, dass ich es kaum begreife. Ein eiskaltes Blitzen, und Kians Messer schießt nach vorne, präzise und gnadenlos. Es dringt tief unter Lounas linker Brust ein, die Klinge gleitet durch Fleisch und Knochen, als wäre es nichts. Seine Hand verharrt kurz, zittert nicht, zeigt keine Reue, bevor er das Messer mit einem widerwärtigen Geräusch wieder aus ihrem Körper reißt, das Fleisch widerstrebend.

Die Welt erstarrt.

Alles ist plötzlich stumm.

Kein Laut.

Kein Atem.

Keine Tränen.

Nur Leere.

Lounas Körper verliert jegliche Spannung.

Mein Schrei bleibt in meiner Kehle stecken. Ich starre auf sie hinab, unfähig zu atmen, unfähig zu denken. Es ist, als wäre mein Verstand ausgesetzt.

»Komm jetzt!«, zischt Kian und reißt mich aus der Stille. Doch seine Worte dringen nicht durch. Ich bin taub für alles außer für den Schmerz, der mich zu ersticken droht.

»Sie lebt …«, flüstere ich, obwohl ich weiß, dass es nicht wahr ist. Meine Hände zittern, als ich sie berühre. Ihre Haut ist kalt, totenkalt. Mein Herz pocht in einem verzweifelten Rhythmus, während meine Finger immer wieder ihren Hals abtasten, als könnten sie die Wahrheit ändern, indem sie sie leugnen. Aber ihr Puls bleibt fort.

Sie ist tot.

Das Wort hallt in mir wider, ein Echo, das alles übertönt.

Ich hatte recht.

Ich wusste, dass ich sie verliere.

Hab sie verloren!

Ich habe wieder versagt.

IMMER VERSAGE ICH!

Die Welt beginnt zu kippen. Alles ist verschwommen. Ich falle, tiefer und tiefer. Der Schmerz, der mich zerreißt, ist allumfassend, explodiert in mir. Ich bin leer. Und in dieser Leere lodert etwas auf. Etwas Dunkles. Etwas, das ich nicht kontrollieren kann.

Meine Magie.

Sie entfesselt sich mit einer Wucht, die jede Grenze sprengt. Sie bricht an die Oberfläche, rau und ungezähmt, ein Sturm aus purem Chaos, der mich einhüllt, mich zerreißt und wieder zusammensetzt – aber dieses Mal ist es anders. Dunkler. Mächtiger. Denn diesmal wehre ich mich nicht. Ich lasse sie durch mich hindurchfließen, wild und unaufhaltsam. Jetzt lasse ich es geschehen. Weil es nichts mehr gibt, was mich hält. Nichts mehr, wofür es sich zu kämpfen lohnt. Nur die Dunkelheit, die mich endlich verschlingt.

Moral ist nicht gleich Menschlichkeit

Ich sterbe nicht.

Ich erwache im Chaos.

Vor mir liegen die Überreste der Couch – Fetzen von Stoff und Kunstleder, ein paar herausgesprungene Federn. Nichts, das daran erinnert, dass es einmal ein Möbelstück war.

Mein Körper scheint unverletzt, abgesehen von ein paar Kratzern.

Doch innerlich?

Ich bin zerbrochen.

Ich bin tot.

Ein Husten und ein schwaches Stöhnen reißen mich aus meiner Leere. Mein Herz setzt aus, dann rast es.

Louna!

Tränen schießen in meine Augen, bevor ich nur

nachsehen kann. Hoffnung keimt in mir auf, ein verräterisches Licht in der Dunkelheit, das ich sofort niederdrücken will. Denn Lounas Brustkorb hebt und senkt sich keinen Millimeter.

Mein Blick wandert zur Tür. Dort liegt Kian, zusammengesunken, zerschunden, aber lebendig. Sein flacher Atem verrät ihn. Der Funken Hoffnung stirbt sofort, ersetzt durch eine auflodernde Wut.

Langsam komme ich auf die Beine, schleiche zu Louna. Ich muss sichergehen, dass sie nicht doch überlebt hat.

Sie kann nicht tot sein.

Sie darf nicht.

Aber mir ist bewusst, dass die erste Phase des Trauerns die Verleugnung ist. Etwas anderes tue ich nicht.

Ich weiß, dass ihr Herz nicht mehr schlägt.

Ich weiß, dass Lounas Gehirn nicht mehr arbeitet.

Aber es darf nicht sein.

Ich kann nicht–

Ein erstickter Schrei löst sich, als ich mich neben ihrem wirklich wirklich wirklich leblosen Körper knie.

Ich fasse durch ihre blonden Haare, die weich wie Seide sind.

Ihre Wangen, die sonst so rosa schienen, sind jetzt hautfarben – kalt. So kalt.

Sie ist tot.

Tot tot tot tot

Ich verliere jegliche Kraft. Mein Kopf sinkt zu ihrer Brust, da, wo ihr Herz einmal geschlagen hat. Mein restlicher Körper wird schlaff.

Mein Zeitgefühl schwindet. Die Stunden oder Minuten – oder gar Sekunden – vergehen wie alles auf der Welt. Wie das Leben.

Ein leises Wimmern dringt zu mir durch. Wie das vor … vor wie langer Zeit? Ich schrecke hoch, voller Hoffnung, aber sie ist vergebens.

Es kommt aus Kians Kehle.

Louna bleibt tot.

Betäubt, mit verschwommener Wahrnehmung wanke ich zu ihm, mein Blick kalt. Seine Wunden sind zahlreich, er blutet, doch nichts ist tief genug, um ihn zu töten.

Wie hat er das überlebt?

Du weißt es.

Ausnahmsweise stimme ich meiner inneren Stimme zu. Ich habe die Kontrolle verloren. Die Magie hat übernommen. Er muss in letzter Sekunde einen Schutzschild erschaffen haben, sonst wäre er jetzt nicht mehr hier.

Plötzlich zuckt Kians Hand und greift nach meinem Handgelenk. Sein Griff hat nichts von der Stärke, die er sonst zeigt. Ein leiser Fluch verlässt seine Lippen. Seine Magie hört nicht mehr auf ihn.

Ist sie verschwunden?

Nein, sie ist verblasst. Er hat alles gegeben, um zu überleben.

Rasch rufe ich nach meiner eigenen Magie, doch ein brennender Schmerz durchzuckt meinen Körper. Die Blitze tanzen um mich herum, aber ich spüre, dass sie fast aufgebraucht ist. Es dauert, bis sie sich regeneriert, das weiß ich.

Aber wozu warten? Du kannst es hier und jetzt beenden. Töte ihn! Jetzt!

Mein Atem stockt, meine Energie zieht sich zurück.

Meine innere Stimme hat recht. Ich könnte es tun. Kian liegt wehrlos vor mir, gefesselt durch seine Schwäche. Ich muss nur zuschlagen.

Dads Worte klingen in meinem Kopf wider: *Wenn du ihn tötest, wird sein Geist wiedergeboren, irgendwo in einem neuen Körper, ohne Erinnerung.*

Aber sollte mir das nicht egal sein?

Mein Blick fällt auf Louna.

Sie ist tot.

Aber sie könnte leben. Leben. Vor mir stehen. Mit mir sein. *Sie könnte leben.*

Die Idee bohrt sich in meinen Kopf und lässt nicht los: Kian opfern.

Louna zurückholen.

Aber ist das nicht genau das, was ich immer verachtet habe? Das Leben eines Menschen für ein anderes tauschen?

Doch wie könnte ich Louna gehen lassen, wenn ich die Macht habe, sie zurückzuholen? Meine Gedanken drehen sich wie ein Tornado, die dunklen Wolken erdrücken mich.

Und inmitten dieses Chaos ist eine kleine, leise Stimme, die flüstert:

Es ist falsch.

Du wirst zum Monster deines Selbst.

Du verlierst dich.

Aber die Stille, die Louna hinterlassen würde, schreit lauter.

Ich blicke zu ihm, dann zu ihr.

Sein Körper zuckt vor Schmerz, doch er atmet.

Sie atmet nicht.

Die Entscheidung lastet schwer auf mir, drückt auf meine Brust, bis ich keine Luft bekomme.

Meine Gedanken kehren zurück zu dem Moment, als Kian sein Messer zog, als er mir alles nahm, was mir blieb.

Liebe.

Blut.

Tod.

Als ich wieder klarsehe, bin ich fest entschlossen.

Die Welt ist nicht mehr verschwommen.

Langsam gehe ich auf ihn zu, packe seinen Oberarm und ziehe ihn mit letzter Kraft zu Louna.

»Was …«, krächzt er zwischen Hustenanfällen. »Was hast du vor?«

Ich antworte nicht. Stattdessen nehme ich die Seile, mit denen ich gefesselt war, und binde seine Beine zusammen. Mit meiner Magie trenne ich vorher das Seil, fessle seine Hände.

»Lass mich lo –«, beginnt er, doch ich schlage zu, hart und zielsicher.

Seine Augen rollen zurück, und er wird bewusstlos.

Keine Regung in mir, kein Mitleid, keine Reue. Nur eine eisige Kälte, die sich in meinem Inneren breitmacht.

Ich knie mich zwischen Kian und Louna, lege meine Hände auf ihre Brust. Ich schließe die Augen, rufe nach meiner Magie. Sie gehorcht langsam, schmerzhaft. Sie kribbelt in meinen Fingerspitzen, bereit, alles zu geben.

Bereit, alles zu riskieren.

»Was …« Kians Stimme ist rau, kaum mehr als ein Flüstern. Er scheint wieder zu sich zu kommen, doch ich lasse mich nicht beirren. Meine Augen bleiben fest auf seine gerichtet, voller Entschlossenheit. Ich werde das hier zu Ende bringen.

»Oh.« Ein leises Lachen entweicht seinen Lippen, als ihm die Bedeutung meiner Haltung klar wird. Seine Mundwinkel ziehen sich nach oben, nicht gehässig oder spöttisch, sondern fast … einsichtig. Erleichtert. »Was hast du auf dem Schulhof gesagt? Es sei egoistisch? Nicht gerade deine moralische Ansicht, oder? Gut, dass du deinen moralischen Scheiß endlich über Bord wirfst.«

Ich lächle leicht, aber es ist kein Ausdruck der Freude. Es ist ein kaltes Lächeln, voller Ironie. Kein Funken Zweifel regt sich in mir. Ich bin entschlossen. Ich werde es tun.

»Dann werde ich eben so meine Mutter wiedersehen.« Seine Worte hallen durch den Raum. Sie klingen fast wie eine Art Abschied. Dann schließt er die Augen, sein erleichtertes Lächeln bleibt.

Innerlich weiß ich, dass es unmöglich ist. Ich weiß, dass meine Magie nicht reicht. Aber es ist so oder so alles egal, solange Louna nicht lebt.

Ich fokussiere meine gesamte Kraft, lasse die Magie

durch meine Hände fließen. Mit der linken entziehe ich Kian die Lebensenergie, führe sie gleichzeitig durch meine rechte zu Louna.

Woher auch immer ich weiß, wie es funktioniert – es funktioniert.

Mein Atem geht stoßweise, während ich meine Zähne aufeinanderbeiße. Ich darf nicht aufhören! Meine Muskeln spannen sich an, mein ganzer Körper arbeitet, bis er an seine Grenzen stößt.

Und plötzlich spüre ich es: Meine Magie lässt nach. Sie wird schwächer, wie eine Flamme, die erlischt. Panik greift nach mir.

Oh, bitte nicht jetzt!

Ich suche fieberhaft nach dem letzten Rest, kratze an der Grenze meiner Fähigkeiten, wie man den letzten klebrigen Rest Teig aus einer Schüssel schabt.

Aber die Schüssel ist leer.

Mit jeder Sekunde wird der Widerstand stärker. Meine Magie sträubt sich. Ich atme schwer, die Welt um mich verschwimmt.

Nur noch ein kleines Stück! Bitte, nur noch ein wenig!

Ein angestrengter Schrei entweicht meiner Kehle, doch er bringt mir keine zusätzliche Kraft. Noch ein Schrei folgt, diesmal voller Verzweiflung, als ich erkenne, dass ich scheitern werde.

Es ist nicht genug.

Es reicht nicht.

Du hast wieder versagt!

WIEDER VERSAGT!

Eine andere Stimme, sanft und doch eindringlich, unterbricht das Urteil. ›*Nein, hast du nicht.*‹

Ich reiße die Augen auf. Vor mir steht er. Dad. Sein Geist ist klarer denn je, umhüllt von einem schwachen Licht.

›*Dad?*‹

›*Ich werde dir meinen letzten Funken Magie geben*‹, sagt er, als wäre es normal. Als wäre es nichts.

Seine Worte treffen mich wie ein Schlag. ›*Nein! Du hast ihn für unsere letzte Begegnung aufgehoben!*‹

›*Die ist jetzt. Wir dürfen keine Zeit verlieren, sonst bricht die Wiederbelebung ab.*‹

›*Aber... Das kann nicht das letzte Mal sein, dass ich dich sehe.*‹

Dad tritt näher, seine Augen voller Wärme und Trauer. Seine geisterhafte Hand legt sich sanft an meine Wange. Ich spüre sie nicht, nur einen leichten Luftzug, als wäre er ein feiner Hauch.

›*Du wirst nie wieder die Kraft finden, jemanden wiederzubeleben*‹, erklärt er leise.

Ich starre ihn an, wissend, dennoch fassungslos. ›*Es funktioniert wirklich nur einmal?*‹

Er nickt langsam. '*Ja. Und du weißt es. Ich habe es dir erzählt.*‹

Verzweiflung schnürt mir die Kehle zu.

Hoffnungslosigkeit hüllt mich ein, drückt mir die Luft aus den Lungen.

Ich hatte den Funken Zuversicht in mir, Dad hätte

gelogen, damit ich ihn nicht wiederbelebe.

Aber nein. Es funktioniert nur einmal.

Und ich habe das Gefühl, diese Tatsache erneut vergessen zu wollen.

Doch dann spüre ich plötzlich Dads Hand auf meinem Brustkorb. ›*Was zur Hölle tust du?*‹

›*Ich gebe dir meine letzte Magie.*‹

›*Hör auf!*‹ Meine Stimme ist brüchig, voller Wut und Schmerz zugleich. ›*Du darfst das nicht tun!*‹

›*Nein, Pieta. Es muss sein.*‹

Ich schweige, mein Blick sucht seinen. Tränen brennen in meinen Augen, als ich sein friedliches, entschlossenes Gesicht sehe. Mein Inneres zerbricht.

›*Ich kann dich nicht vollkommen verlieren, Dad. Ich ... ich kann nicht mehr.*‹

Er lächelt, dieses warme Lächeln, das mich immer aufgerichtet hat. ›*Ich bin immer bei dir, Pieta. In deinen Erinnerungen, in deinem Herzen und überall, wo du hingehst. Ich werde immer da sein.*‹

Sein Vertrauen, seine Liebe – sie durchdringen jede Zelle meines Körpers, doch sie bringen keine Erleichterung.

›*Ein letztes Mal ...*‹ Die Worte bleiben mir im Hals stecken.

Ein letztes Mal sehe ich ihn.

Ein letztes Mal rede ich zu ihm.

Ein letztes Mal spüre ich die Hoffnung, Dad irgendwann wieder in meinen Armen halten zu können, ein Lächeln auf seinen Lippen zu sehen.

Jetzt werde ich all das verlieren.

Für immer.

Dennoch weiß ich, dass ich Glück habe: Ich kann mich verabschieden. Er kann sich verabschieden. Seine letzten Worte sind heilende Worte.

Normalerweise wartet der Tod nicht auf den passenden letzten Satz. Insgeheim bin ich dankbar, diese Chance zu bekommen.

Meine Schultern zucken unter meinem Schluchzen, meine Hände zittern. ›*Ich werde dich so sehr vermissen.*‹

Seine Augen glitzern, eine Mischung aus Trauer und unerschütterlicher Stärke. ›*Ich vermisse euch auch. Jede einzelne Sekunde, bis wir uns dort oben wiedersehen.*‹ Seine Stimme bricht fast, doch er fängt sich. ›*Ich bin stolz auf dich, Pieta. Immer. Merk dir das, mein Herz.*‹

Alles in mir will schreien, protestieren, ihn festhalten und nie wieder loslassen.

Aber es ist zu spät.

Ich spüre seine Magie, wie sie in mich fließt, wie sie meine Kraft erneuert. Sie ist warm, strahlt durch mich hindurch und gibt mir die Macht, Kians Lebensenergie in Lounas umzuwandeln. Es fühlt sich an, als würde sein Wesen eins mit meinem werden, bevor es verschwindet.

Dann keucht Louna plötzlich auf, schnappt panisch nach Luft, während Kians Herz ein letztes Mal schlägt.

Sein Atem stoppt.

Der Raum wird still.

Ich sollte glücklich sein.

Ich sollte Louna in die Arme schließen, sie küssen, den Moment feiern. Ich sollte Mom und Rey suchen gehen.

Ich sollte mir überlegen, wie es weitergeht.

Ich sollte so vieles tun.

Aber alles, was ich tue, ist schreien.

Mein Schrei erfüllt den Raum, ungezähmt und roh.

Es ist, als hätte ich versucht, das Meer mit bloßen Händen zu halten, und jetzt ertrinke ich in seinen unaufhaltsamen Wellen. Tränen laufen wie Wasserfälle über meine Wangen. Meine Fäuste hämmern auf den Boden, bis meine Knöchel aufreißen. Beim nächsten Schrei wird die Welt dunkel.

Und mal wieder falle ich.

Und mal wieder frage ich mich, ob das jetzt das Ende ist.

Menschen handeln nicht nach Moral, sondern nach Instinkt, Nähe und Angst

Ich sterbe nicht.

Mein Herz schlägt weiter, obwohl alles in mir nach Ruhe schreit. Ich warte nur auf den Moment, wenn die Dunkelheit bleibt. Aber bis dahin scheint mein Schicksal mir gnädig noch etwas Zeit zu geben. Wie großzügig.

Ein leises Wimmern durchdringt die Stille und zieht meine Aufmerksamkeit auf sich. Meine Augen gewöhnen sich langsam ans Licht, ich blicke zur Decke.

Du bist zu Hause.

Oder zumindest in dem, was davon übrig ist.

Als ich aufstehen will, schießt Schmerz wie glühende

Messer durch meine Muskeln, meine Knochen, durch meinen gesamten Körper. Ich kann mich kaum bewegen, bin wie gelähmt, wie gefangen in meinem Körper, in einem Käfig, aus dem ich mich weder befreien noch entkommen kann.

Aber viel bedrückender als der physische Schmerz ist der, der mein Herz zerschmettert, der meinen Verstand quält.

Dad wird nie wieder kommen. Nie wieder.

Heiße Tränen sammeln sich in meinen Augen, aber ich kann sie zurückhalten. Ich muss mich zusammenreißen.

Das Wimmern drängt sich erneut in den Vordergrund. Ein verzweifelter Laut, den ich sofort erkenne.

»Louna?«

Das traurige Geräusch verstummt, kurz darauf höre ich eine vertraute Stimme: »Pieta! Himmel sei Dank!« Ihr Gesicht taucht in meinem Blickfeld auf und meine Brust schnürt sich zu, als ihre blonden Haare und ihre himmelblauen Augen mich ansehen.

Louna lebt. Sie lebt!

»Kannst du mich hören?«, fragt sie, und ihre Stimme zittert vor Sorge.

Ich nicke leicht, die Bewegung schickt Wellen von Schmerz durch meinen Körper. Doch langsam, quälend langsam, scheint der Schmerz nachzulassen. Mit zusammengebissenen Zähnen richte ich mich langsam auf, ein leiser Schrei entweicht mir.

»Vorsicht! Nicht zu schnell«, mahnt Louna und stützt mich.

Erst jetzt wage ich es, zu sprechen. Meine Stimme klingt klarer, als ich erwartet habe. »Was … Wie lang war ich weg?«

Ihre Augen funkeln vor Erleichterung. Doch ohne jeglichen Übergang bricht eine Welle von Erkenntnis über mich herein: Sie lebt.

Louna lebt!

Lebt lebt lebt lebt lebt

Es hat funktioniert! Verdammt, es hat funktioniert! Ich lache unkontrolliert auf und werfe mich in ihre Arme. Alles in mir will sie nie wieder loslassen.

Aber dann, so abrupt wie die Freude kam, bricht die Erinnerung in mein Bewusstsein: die Konsequenz.

Langsam löse ich mich aus der Umarmung, mein Blick gleitet zur Seite.

Dort liegt er.

Kian.

Tot.

Sein regloser Körper, die Augen geschlossen, das friedliche Lächeln auf den Lippen.

Hoffentlich ist er bei seiner Mutter.

Mein Körper beginnt zu beben, mein Atem wird immer schneller, stolpert. Panik erfasst mich, reißt mich in ein dunkles Loch.

»Hey!« Louna nimmt mein Gesicht in ihre Hände, zieht mich zu sich, zwingt mich, ihr in die Augen zu schauen. Ihre Stimme ist sanft, aber fest. »Es ist alles gut, hörst du? Es ist vorbei.«

Ich schüttle ihren Griff ab, meine Stimme überschlägt sich. »Nein. Scheiße, ich habe ihn umgebracht!« Die Worte ziehen ihre Dolche und stechen in meiner Kehle. »Ich bin ein verdammtes Monster!«

Louna packt meinen Arm, diesmal fester, zieht mich zu sich. Und bevor ich protestieren kann, spüre ich ihre Lippen auf meinen. Ihre kalten, leicht rissigen Lippen. Der Kuss ist ein kurzer Sturm aus Emotionen, eine Berührung, die mich wie ein Blitz trifft. Er ist nicht von langer Dauer, dafür sagt er genug.

Als sie sich löst, fixiert sie mich mit ihren Augen. »Denkst du wirklich, ich würde ein Monster küssen?«

Ich bleibe stumm, unfähig zu antworten. Die Tränen kann ich nicht mehr zurückhalten, sie fließen unaufhaltsam.

Louna lächelt sanft und streicht mit ihrem Finger über meine Wange, wischt die Tränen fort. »Denkst du, Monster bereuen ihre Taten?«

Ich zucke nur mit den Schultern, weiche ihrem Blick aus. Die Worte, die ich sagen möchte, verknoten sich in meinem Hals.

Erst nach einer Weile finde ich meine Stimme wieder, leise und zögernd. »Ich habe ein Leben genommen, als wäre es nichts. Als wäre es ein Gegenstand, den ich austauschen könnte.« Meine Stimme bricht. »Das ist, was Monster tun.«

»Nein.« Lounas Antwort kommt unerwartet harsch. Ihr Blick fixiert mich, durchdringt meine Barrieren. »Das ist, was so gut wie jede lebendige Seele getan hätte.«

Ich verharre, öffne den Mund, um ihn gleich wieder zu

schließen. Hat sie recht?

Natürlich nicht. Nur Monster handeln unmoralisch!

»Warum fühlt es sich dann so falsch an?«, frage ich mit gesenktem Blick.

»Weil sich irgendwelche Intelligenzabstinenzler mal dachten, das wunderschöne Wort Moral zu erfinden und völlig übertrieben«, entgegnet Louna trocken. »Es waren Menschen, die sich in Situationen hineinversetzten, die sie nie erlebt haben oder erleben werden, und dennoch die Macht besaßen, zu entscheiden, wie andere zu handeln haben. Vielleicht ist es auch das, was wir für richtig halten – aber es stimmt oft nicht mit dem überein, wie wir Menschen wirklich funktionieren.«

Sie holt tief Luft, um ihre Gedanken für einen Augenblick zu sammeln. »Die Gesellschaft prügelt uns ihre Moral ein, sodass uns nur noch diese als die einzig wahre erscheint. Aber was ist Moral eigentlich? Wann handelt man unmoralisch, und wer entscheidet das, wenn nicht wir selbst? Diese Fragen bleiben unbeantwortet, wenn wir nicht den Mut haben, sie zu stellen.«

Nach einer kurzen Pause fügt sie hinzu: »Wir erinnern uns nicht, wann wir lernten, was moralisch ist. Aber wir werden uns erinnern, wann wir verstanden, was Moral überhaupt bedeutet. Ist das nicht traurig?«

Ihre Worte bohren sich in meinen Verstand. Die typische Ethikaufgabe kommt mir in den Kopf. Stellst du die Weiche um, stirbt ein Mensch. Stellst du sie nicht um, sterben fünf.

Was tust du?

Jede Person glaubt, in der Vorstellung moralisch zu handeln, die Weiche umzulegen und eine Person zu opfern, um die Leben der anderen zu retten.

Aber im echten Leben? Im echten Leben wären die meisten nicht fähig zu handeln. Die meisten wären zu langsam. Oder sie würden in diesem Moment zusammenbrechen. Womöglich könnten sie die Weiche nicht umstellen, weil sie dann mit schuld an dem Tod der fünf Menschen wären.

Moral ist eine Theorie, nach der wir funktionieren sollten – aber nicht, wie wir wahrhaftig handeln. In der Realität entscheiden Angst, Nähe und Instinkt schneller als jedes moralische Ideal.

»Bin ich ein Monster?«, fragt Louna plötzlich, unerwartet und bedacht.

Ich blicke sie fassungslos an. »Was? Nein, natürlich nicht.«

»Komisch«, sagt sie mit einem leichten Lächeln, das ihre Lippen umspielt, »ich hätte nämlich genauso gehandelt.«

»Hast du aber nicht«, entgegne ich schnell, meine Stimme energischer als erwartet.

»Du bist kein Monster, Evergreen«, sagt Louna mit einem verschmitzten Lächeln und boxt mir leicht gegen die Schulter. »Viel mehr bist du einfach eine richtige Nervensäge.«

Und dann lacht sie – ein echtes, freies Lachen, das die Schwere des Augenblicks zerschlägt. Mir entweicht ein leises Lachen, unfreiwillig, aber ehrlich. Die Bilder vor ihrem Tod flackern vor meinem inneren Auge auf, völlig aus dem

Nichts.

Louna bemerkt es. »Alles okay?«

»Ja, es ist nur ... verzeihst du mir?«

Erst scheint sie nicht zu verstehen, dann erinnert sie sich. »Der Kuss.«

Ich nicke traurig, ihr Blick brennt auf meiner Haut.

»Hat es sich denn gut angefühlt?«

Ich erstarre. »W-was?«

»Mhh, klingt nicht so überzeugend.«

Ich schaue sie verwirrt an, sehe ihr schelmisches Lächeln.

»Ja ... ich meine nein ... äh ...« Ich halte lieber den Mund.

»Ja oder nein?« Ihr Grinsen verschwindet keineswegs, wird eher breiter.

»Beides.«

»War der eben etwa auch nicht gut?«, fragt sie mit einer gespielten Betroffenheit.

»Was? Nein, beide waren ... ach Louna, hör auf damit.«

»Mit was soll ich aufhören?« Ihre vorgebliche Verwirrung

ist sehr unglaubwürdig.

»Mein Verhalten runterzuspielen. Das war echt bescheuert von mir.«

Dieses Mal hat Louna nicht sofort eine Antwort, mustert mich ausgiebig. »Ja, war es.«

Der saß. »E-es tut mir leid.«

»Das geht noch besser.«

»Wie?«, frage ich perplex.

»Jemanden um Entschuldigung zu bitten, musst du wirklich noch üben«, erklärt sie sarkastisch.

Na, wenn das so ist ... »Oh, Eure erhabene Hoheit, wie könnte ein armseliges Wesen wie ich je die Last meiner unsäglichen Gräueltaten tilgen? Und doch, in meiner bodenlosen Scham und Demut, wage ich es, Euch um ein winziges Quäntchen Eurer göttlichen Gnade anzuflehen.«

Kurz ist es still, bevor Louna in lautes Lachen ausbricht. Ich stimme etwas leiser mit ein.

»Verdammt, Evergreen,   das   war   gut! Entschuldigung angenommen.«

Jetzt findet sie allmählich aus ihrem Lachkrampf heraus. »Erst einmal müssen wir das Thema wechseln und planen, was wir jetzt tun, irgendwelche Ideen?«, fragt Louna, ihre Stimme erlangt langsam ihren Ernst wieder.

Mein Blick fällt auf Kians leblosen Körper, und die Worte entweichen mir, bevor ich darüber nachdenken kann: »Wir vergraben ihn. Neben seiner Mutter. Aber nicht bei seinem

Vater.«

»Du willst was?«, fragt Louna verblüfft, ihre Augenbrauen in die Höhe gezogen.

»Wenn er die Wahrheit gesagt hat, liegt seine Mutter in seinem Haus. Wir müssen dorthin, sie finden, um sie zusammen zu begraben«, erkläre ich.

Louna starrt mich mit einer Mischung aus Abscheu und Schock an, bevor sie langsam nickt. »Und dann? Wir müssen seinen Tod melden, das weißt du, oder?«

Die Wahrheit trifft mich wie ein kalter Windstoß – ich habe keinen Plan. Überhaupt keinen. Ich kaue auf meinen Lippen, bis sie schmerzen, und zucke mit den Schultern.

»Ich habe eine schlechte Idee, aber ich habe eine«, beginnt Louna, ihre Stimme so leise, als würde sie sich schämen.

»Wir lassen ihn hier.«

Ein trockenes Lachen entfährt mir. »Das war's?« Louna nickt.

»Das ist mit Abstand die schlechteste Idee, die ich je gehört habe.«

Ihr Blick verfinstert sich. »Hast du eine bessere, Evergreen?«

»Wir könnten eine anonyme Nachricht hinterlassen«, schlage ich vor.

»Und wo? Hier? Wenn wir das tun, können wir ihn genauso gut hierlassen«, wirft sie ein, ihre Stimme einen Hauch zu laut.

»Dann bringen wir ihn zu seinem Haus.«

»Damit wir schön unsere DNA überall verteilen? Nein, danke.«

Stöhnend verdrehe ich die Augen. »Wenn wir ihn hierlassen, ist es offensichtlich, dass meine Familie etwas damit zu tun hat. Außerdem – wie können wir sicher sein, dass er neben seiner Mutter beerdigt wird, wenn wir ihn nicht mitnehmen?«

Louna legt ihren grübelnden Blick auf, scheint einen

Gedankenblitz zu haben und neigt ihren Kopf zur Seite, ein gefährliches Grinsen breitet sich auf ihren Lippen aus.

»Denkst du wirklich, ich habe nicht schon einen diskreten Plan?«

»Natürlich hast du einen Plan«, murmle ich trocken. »Du hattest eben ja auch einen fantastischen Plan.«

Lounas Grinsen wird breiter. Den letzten Teil scheint sie überhört zu haben oder zu ignorieren. »Wir fliehen auf die Insel Arcamagia. Zuerst holen wir deine Mom und Rey aus dem Keller, und dann erläutere ich –«

»Moment«, unterbreche ich sie, Panik in meiner Stimme. Wie konntest du sie nur vergessen?! Mein Atem wird flach. »Mom und Rey sind nicht im Keller.«

Lounas Gesicht verliert jede Farbe. »Was? Das kann nicht sein. Vielleicht haben sie sich versteckt?«

»Nein«, antworte ich knapp, meine Stimme überschlägt sich. »Kian und ich haben unten gekämpft. Sie waren nicht da. Der Keller …«

Die Worte bleiben mir fast im Hals stecken.

»Der Keller ist eingestürzt.«

Ich stolpere zurück, spüre die Tränen heiß auf meinen Wangen und schlage meine Hand vor meinen Mund, um einen Schrei zu ersticken, der in mir aufsteigt.

»Hey, hey!«, versucht Louna, mich zu beruhigen. Sie greift nach meinen Schultern und zwingt mich, sie anzusehen. »Hör zu. Sie waren nicht da unten, wenn sie ihre Magie nicht eingesetzt haben. Deine Mom hätte Rey und sich selbst dort rausbekommen, okay?« Ihre Stimme ist bedacht, aber ihre Augen verraten ihre Besorgnis.

Mein Atem beruhigt sich ein wenig, mein Herz wird langsamer, weniger hektisch. Aber die Unruhe in mir bleibt. »Wo sind sie dann?«

Louna senkt ihren Blick. »Ich weiß es nicht.«

Das Schweigen dehnt sich aus, schwer und drückend. Wir stehen da, Arm in Arm, verloren in Gedanken. Und wieder einmal habe ich etwas verloren. Nicht richtig. Wieder einmal habe ich etwas verloren, das ich vielleicht doch nicht verloren habe.

Dad hätte ich zurückholen können.

Louna habe ich verloren und doch nicht.

Und jetzt Mom und Rey.

Sie mögen noch leben, aber sie fühlen sich dennoch verloren an. Diese verdammte Unwissenheit frisst mich auf. Soll ich um sie trauern oder Hoffnung haben? Soll ich weinen oder mich auf das nächste Wiedersehen freuen? Ein Mensch muss nicht sterben, um verloren zu sein. Und Himmel, tut das weh.

Aber hier die Zeit zu vergeuden, die Mom und Rey vielleicht das Leben kostet, ist ebenfalls keine Lösung. Ich löse mich von Louna, richte mich auf.

»Wir lassen Kian hier. Wir suchen mein Handy, und ich schaue, ob Mom eine Nachricht hinterlassen hat. Dann sehen wir weiter.«

»Aye, Aye Captain«, sagt Louna, nimmt eine übertriebene militärische Haltung ein. Nach einem kurzen Zögern winkt sie ab. »Okay, ich weiß, kein guter Zeitpunkt für Witze. Tut mir leid.«

Ich lache. »Mach dich an die Arbeit, Matrosin.«

»Aye, Aye«, ruft sie und beginnt, die kaputte Treppe zu meinem Zimmer zu erklimmen.

Ich blicke ihr kurz nach. Ob mein Zimmer noch steht? Ich bezweifle es.

Ich wende mich dem Wohnzimmer zu – oder eher dem Chaos, was mal ein Wohnzimmer war. Noch immer kann ich nichts an dieser Situation realisieren.

Ich habe einen Menschen getötet.

Monster!

Jemanden wiederbelebt.

Meine Mom und meinen Bruder verloren.

Den Geist meines Dads gesehen.

Das Letzte wird mir niemand mehr glauben. Aber die Gedanken an Dad lassen mein Herz zusammenkrampfen. Ich wollte ihn das letzte Mal sehen, wenn ich in Sicherheit bin. Wenn ich ihm zeigen kann, was ich geschafft habe. Aber das wird niemals passieren. Ich werde ihn nie wiedersehen, nie wieder mit ihm sprechen, nie wieder in seine Arme fallen.

All das nur wegen dieser verfluchten Magie!

Das ist nicht richtig.

Nein, das ist es nicht. Aber ohne Magie wäre Mom gestorben. Es ergibt keinen Sinn, und es hilft mir rein gar nichts. Kein ›Was wäre, wenn‹ wird mich jetzt weiterbringen. Und trotzdem schiebt sich diese Frage immer wieder in meinen Verstand, wie ein ungebetener Gast, der sich weigert, zu gehen.

»Pieta!«, höre ich Lounas Stimme aus der Nähe. Ich drehe mich um und sehe, wie sie mir mein Handy entgegenhält. »Ich hab's gefunden.« Sie ist völlig außer Atem, als hätte sie das ganze Haus gleich zweimal durchsucht.

»Danke«, murmle ich, sie reicht es mir, ich entsperre es, und mein Herz setzt kurz aus.

Mom hat eine Nachricht hinterlassen ... Es fühlt sich fast zu gut an, um wahr zu sein. Oder?

»Pieta? Hat sie dir eine Nachricht geschrieben?« Lounas Stimme ist sanft, und dennoch kann sie den sorgvollen Unterton nicht verstecken.

Ich nicke langsam. Dann öffne ich die Nachricht und lese leise. Mein Herz rast.

Pieta, ich weiß nicht, wie viel Zeit mir bleibt, um das zu schreiben. Sie haben uns festgenommen, Rey und mich. Es ging alles so schnell, die Polizei war überall. Sie meinten, es gäbe eine neue Auflage für Magiebegabte.

Mach dir keine Sorgen um uns. Kümmere dich zuerst um dich selbst. Finde Louna und bleibt zusammen, egal was passiert. Denk daran, was ich dir über Arcamagia erzählt habe... das ist jetzt euer sicherster Weg. Vielleicht bringen sie uns auch dorthin.

Ich liebe dich mehr, als Worte sagen können. Bitte, sei vorsichtig. Wir werden uns wiedersehen! In Liebe, Mom

Ich lese die Nachricht ein zweites Mal, lasse die Worte in meinem Kopf widerhallen.

Meine Sicht verschwimmt.

Die Welt wird wieder dunkler und dunkler …

»Pieta?« Lounas Stimme zieht mich aus der Dunkelheit zurück in die Realität.

Ich wende meinen Blick vom Handy ab und schaue in Lounas blaustrahlende Augen. »Die Polizei … Sie haben unser Haus gefunden und …« Ich schaffe es nicht, den Satz zu beenden. Meine Schluchzer ersticken meine Worte.

Louna nimmt meine Hände in ihre und hält sie fest. »Sie werden ihnen nichts tun, hörst du? Marina und Rey haben nichts getan. Sie werden nach Arcamagia gebracht. Und weißt du was? Genau dorthin gehen wir jetzt auch.« Ihre Worte sind entschieden, voller Überzeugung.

Aber ich schüttle den Kopf, unfähig, ihre Sicherheit zu teilen. »Mom meinte, es gibt neue Auflagen für Magiebegabte.«

»Was?« Lounas Gesichtsausdruck verändert sich sofort.

»Google mal.«

Das ist typisch Louna. Mitten im Chaos denkt sie an pragmatische Lösungen. Trotz meines Schmerzes muss ich leicht schnauben. »Du bist unmöglich«, murmle ich und entsperre das Handy erneut. Ich stoße auf eine aktuelle Nachricht und lese sie laut vor.

Verschärfte   Auflagen für Magiebegabte nach neuen Verbrechen.

Nach dem vorgestrigen Vorfall, bei dem ein Mann versuchte, mit seiner Destructio-Magie eine Frau zu ermorden, und dem gestrigen Vorfall, bei dem ein anderer

Mann versuchte, mit seiner Luminara-Magie seine Ehefrau zu kontrollieren, um sich später an ihr sexuell zu vergehen, entschloss sich die Regierung, strengere Maßnahmen zu erlassen:

Alle kriminellen Magiebegabten werden zur Todesstrafe verurteilt. Gesetzestreue Magiebegabte müssen sich umgehend bei den Behörden melden und werden zur kontrollierten Unterbringung auf die Insel Arcamagia verlegt. Eine Nichtmeldung zieht harte Strafen nach sich, einschließlich Inhaftierung oder verschärfter Überwachung bis hin zur Hinrichtung. Die Regierung betont, dass diese Auflagen zum Schutz der Bevölkerung unabdingbar sind.

»Das kann nicht wahr sein!«, sage ich sofort, nachdem ich das letzte Wort ausspreche. »Das ist unmenschlich und widerwärtig! Dieser Mann hätte auch ohne seine Magie versucht, sich an der Frau zu vergehen oder sie sogar zu töten. Und wie soll man bitte jemanden mit heller Magie kontrollieren? Es war Zufall, dass er ein Luminara war. Wieder hat es nichts mit der Magie zu tun!«

Louna nickt traurig, ihre Lippen zu einer schmalen Linie gepresst. »Man könnte es auch anders sehen. Mal wieder waren es Männer.«

Ich öffne den Mund, doch ihre Worte lassen mich verstummen. Es ist eine schmerzhafte Wahrheit – und dennoch zieht sich mein Magen zusammen. Männer begehen die meisten Straftaten – ein Fakt. Doch anstatt sie für ihre Taten verantwortlich zu machen, sucht man einen anderen Schuldigen: Magie. Genauso ist es mit der Hautfarbe, der Herkunft, der Sexualität – mit allem, was außerhalb unserer Kontrolle liegt, was niemand von uns gewählt hat.

Louna zieht an meiner Hand und holt mich aus meinen Gedanken. »Komm, wir müssen los.«

»Ich muss Mom und Rey finden!« Ich schüttle ihren Griff ab, meine Stimme bricht vor Verzweiflung.

»Das werden wir, wenn wir erst auf Arcamagia sind«, verspricht Louna.

»Und wenn nicht?« Meine Augen suchen ihre, fordern eine Antwort. Doch Louna schweigt.

»Ich werde nicht ohne sie gehen!« Meine Stimme ist hart, entschlossen.

Ich habe so viel verloren. Ich werde für jedes Leben kämpfen, das mir geblieben ist. Doch in Wahrheit kann ich nicht viel tun. Selbst wenn Mom und Rey tot wären, könnte ich es nicht ändern. Ich kann sie nicht zurückholen. Aber sie sind nicht tot. Sie dürfen nicht tot sein.

Lounas Kopf sinkt, als würde sie nachdenken. Dann hebt sie ihn wieder, ihre Augen glänzen – eine Mischung aus Anstrengung und einem Funken Hoffnung. »Okay, neuer Plan. Da ihr kein Auto habt, stehlen wir das Auto meiner Eltern. Ich fahre uns bis Arcamagia, nehme Kian und seine Mutter mit. Keine Ahnung, wo diese Insel ist, aber wir finden schon irgendwie einen Weg dorthin. Was sagst du?«

»Du hast Mom und Rey in deinem Plan vergessen.« Ich ignoriere ihre eigentliche Frage.

»Sie werden dort sein.« Lounas Stimme ist gelassen – fast zu gelassen.

»Woher willst du das wissen?« Meine Stimme droht zu kippen, doch ich halte sie rechtzeitig im Zaum.

»Wo sollten sie sonst sein?«

»Rey ist ein Equa. Sie könnten sonst was mit ihm machen!« Meine Worte klingen härter, als ich es beabsichtigt hatte.

Louna atmet tief ein und aus. »Okay. Wenn sie nicht auf Arcamagia sind, werde ich sie suchen gehen – versprochen.«

Ein unangenehmes Gefühl macht sich in mir breit. »Ich wollte dich nicht damit beauftragen. Ich will doch bloß …« Der Satz bleibt mir im Hals stecken.

»Ich weiß.« Louna flüstert die Worte und zieht mich in ihre Arme. Ich lasse es zu. Bei ihr ist es warm, gemütlich, vertraut. Wie zu Hause.

Was würde ich nur ohne sie tun? All die Jahre, die jetzt kommen – ich will sie mit ihr verbringen. Ich erinnere mich an mein Versprechen nach Dads Tod: *Du darfst nie wieder jemanden an dich heranlassen!*

Ich habe mehr als versagt. Aber vielleicht musste ich das – um hier zu sein. Um in Lounas Armen zu liegen und zu spüren, was Heimat wirklich bedeutet.

Nach einer Weile durchbreche ich die angenehme Stille. »Willst du deinen Eltern wirklich das Auto stehlen? Sagst du ihnen, dass du gehst?«

Louna lacht trocken auf. »Dass ich nichts mehr von ihnen

gehört habe, ist Beweis genug, dass sie sich nicht für mich interessieren. So soll es sein. Ich werde ihnen eine bittere Nachricht hinterlassen – das war's. Sollen sie ihr Leben leben, aber ohne mich.«

Ein Lächeln huscht über meine Lippen. »Ich bin beeindruckt, Everett.«

»Hey! Nur ich nenne dich bei deinem Nachnamen, klar?!« Sie stößt mich spielerisch mit dem Ellenbogen an.

»Vollkommen klar, Everett.«

Ihr Blick ist voller gespielter Empörung. Ohne Vorwarnung springt sie auf mich zu und beginnt, mich erbarmungslos zu kitzeln. Ich lache unkontrolliert, krümme mich unter ihrem Angriff, ringe nach Luft, ersticke fast an meiner eigenen Lache. Irgendwann sind wir beide völlig außer Atem, liegen erschöpft nebeneinander auf dem Boden.

»Lass dir das eine Lehre sein«, tadelt sie mich mit einem breiten Grinsen. Dann steht sie plötzlich auf und wendet sich zur Tür. »Wir sollten gehen.«

Ihr abrupter Gefühlswandel verwirrt mich ein wenig. Mein Lächeln verblasst, meine Wangen glühen noch immer, mein Herz rast.

Ich bin nicht bereit, alles hinter mir zu lassen. Das gesamte Haus, in dem ich seit siebzehn Jahren lebe, ist vollkommen zerstört. Wird man uns suchen? Wird man uns vermissen?

Seit Dads Tod starb unsere Familie immer ein bisschen mehr – bis wir kaum Kontakt zur Außenwelt hatten.

»Kommst du?« Louna steht an der Tür, bereit, ein neues Leben zu beginnen.

Natürlich. Sie wird ihre Eltern vielleicht nie wiedersehen – und das ist ihr recht. Ich hingegen würde alles dafür geben, meine Eltern niemals zu verlieren.

Wie es wohl ist, wenn die eigenen Eltern einen übel behandeln? Oder gar nicht akzeptieren?

Ein Stich zieht durch mein Herz. Es tut mir leid – für jeden Menschen, der das durchmachen musste oder noch immer muss.

Vielleicht komme ich zurück, um Kian zu holen. Doch jetzt wende ich mich meinem Zuhause noch einmal zu – und muss die Tränen zurückhalten.

Mein Zuhause ist kaum wiederzuerkennen. Das Chaos, die Zerstörung, die Trümmer …

Ich hoffe, mein neues Zuhause wird mir denselben Halt geben. Dasselbe Gefühl von Heimat.

Wir beeilen uns nicht. Es ist früher Morgen, die Straßen liegen still. Wir brauchen den Autoschlüssel – wir müssen hoffen und beten, dass Lounas Eltern schon wach sind. Ich werfe einen Blick auf mein Handy: 5:23 Uhr.

Es könnte knapp werden. Viele schlafen, aber heute ist Montag. Es sollte funktionieren. Es muss funktionieren.

»Hast du Angst?« Meine Stimme durchbricht die Stille. Die Dunkelheit der Nacht umhüllt uns, doch die Lichter am Straßenrand leuchten uns den Weg. Keine Menschenseele weit und breit. Unter anderen Umständen wäre es fast romantisch.

»Was?« Louna wirkt überrascht. »Wovor?«

»Vor dem Leben.«

»Wirst du jetzt zur Philosophin?« Sie versucht, ihre wahren Gefühle mit Humor zu überspielen. Wir sind uns ähnlicher, als ich anfangs dachte.

»Ich meine es ernst.« Meine Stimme wird fester. »Kennst du das Gefühl, aufzuwachen und diese lähmende Angst zu spüren? Die Angst, dass heute der Tag sein könnte, an dem du alles verlierst, was dir lieb ist? Ich meine … was ist, wenn

Mom und Rey auch …«

»Deine Mom und Rey leben – versprochen.«

Dann schweigt Louna. Sekunden vergehen. Ich rechne schon nicht mehr mit einer Antwort, als sie unerwartet in die Düsternis spricht. »Aber ja, ich kenne das Gefühl. Nur noch nicht so lang.« Sie bleibt stehen. »Erst seitdem ich dich kenne.«

Ich halte an – mehr automatisch als bewusst. Meine Gedanken stocken, mein Körper gefriert – nur um gleich wieder durch Lounas Worte aufzutauen.

»Ich habe immer noch Angst, dich zu verlieren«, sagt sie leise. »Jede verdammte Sekunde.«

Ich drehe mich zu ihr um, trete einen Schritt näher. »Glaub mir, so schnell wirst du mich nicht los.«

»Du tust es wieder.«

Ich hebe die Hände, als würde ich mich ergeben. »Okay, keine Witze, schon verstanden.«

Eine Pause entsteht, die durch ihre nächsten Worte

schwerer wird. »Denkst du, sie lassen mich mit auf die Insel?«

Die Frage kommt so plötzlich, dass ich auflache. »Wieso nicht?«

Lounas Blick verdunkelt sich, ihre blauen Augen schimmern traurig. »Weil ich keine Magiebegabte bin.«

»Oh.« Das entweicht mir, bevor ich darüber nachdenken kann. »Sie werden es verstehen.« Doch tief in mir weiß ich es besser.

»Nein, werden sie nicht.«

Ich nicke seufzend. »Ich werde dich nicht allein lassen, klar? Wollen wir es trotzdem versuchen?«

»Was bleibt uns anderes übrig?«

»Vieles.« Ich halte ihrem Blick stand. »Wir haben eine andere Wahl. Ich bringe dich in Sicherheit und stelle mich der Polizei.«

Louna bleibt abrupt stehen, ihre Augen blitzen auf. »Spinnst du?«

Ich hebe erneut die Hände. »Ich wollte nur sagen, dass uns theoretisch etwas anderes übrig bleibt.«

»Vergiss es.« Louna dreht sich um, geht schnellen Schrittes voraus, ihre Haltung starr wie eine Mauer.

Schnell hole ich zu ihr auf. Wir laufen Hand in Hand, schweigend.

Wäre es doch nur ein normaler Tag. Unter normalen Umständen.

Es wäre so perfekt.

Nach einer endlosen Viertelstunde taucht Lounas Nachbarschaft auf. Ihr Haus ragt wie ein unüberwindbarer Wächter inmitten der Dunkelheit auf. Die Straßenlaternen flackern, und meine Gedanken drehen sich unaufhörlich um das, was uns bevorsteht.

Was, wenn es nicht klappt?

Was, wenn wir entdeckt werden?

Doch Lounas fester Griff um meine Hand zieht mich aus dem Strudel meiner Sorgen. Ihr Schritt bleibt entschlossen, doch kurz vor der Haustür bleibt sie so abrupt stehen, dass ich stolpere und mich nur knapp auf den Beinen halte.

»Wir sollten umkehren.« Ihre Stimme ist kaum mehr als ein Flüstern, doch Panik schwingt deutlich mit.

»Was? Warum?« Ich sehe ihr Gesicht – blass, gezeichnet von Angst. Ich kann ihre Gedanken fast hören.

»Das war eine furchtbare Idee.« Sie dreht sich um, bereit, davonzulaufen.

Schnell greife ich nach ihrer Hand. »Warte.«

Sie bleibt abrupt stehen, und durch die Wucht stolpere ich fast mit ihr nach hinten. Ich schaffe es, sie aufzufangen, als wir beide in einer verkrampften Hocke landen.

Unsere Blicke treffen sich. »Es ist okay, Angst zu haben,« sage ich sanft, während ich sie weiterhin halte.

Eine einzelne Träne rollt über ihre Wange, ihre Augen glitzern vor unterdrückten Gefühlen. »Angst ist was für Feiglinge,« murmelt sie.

»Hast du mich gerade höchstpersönlich als Feigling beleidigt?« Ich necke sie leise, und ein kleines Lächeln schleicht sich in die Anspannung.

Louna steht langsam auf, und ich folge ihr. Meine Beine schmerzen von der verkrampften Haltung. »Ja, Evergreen, das habe ich.« Sie grinst frech.

»Dann beweise mir, dass du keiner bist.«

Ihre Augen leuchten auf, als hätte ich genau die richtigen Worte gefunden. Sie strafft die Schultern – und marschiert fast schon zur Haustür. Ich eile ihr hinterher, wieder falle ich fast.

Das Klopfen hallt in meinen Ohren wie ein Donnerschlag.

So fest, dass ich mich frage, ob sie ihre Eltern wecken oder einschüchtern will – oder beides.

Sie klopft erneut.

Und noch einmal.

Erst dann höre ich lautes Fluchen hinter der Tür, das immer näherkommt. Schwere Schritte, die wie ein Donnergrollen durch das Haus dröhnen.

»Wer ist da?« Die unhöfliche Stimme einer Frau erklingt.

Louna zögert nicht. »Ich bin es. Louna.«

Die Tür wird aufgerissen – so heftig, dass sie gegen die Wand schlägt. Eine große Frau tritt ins Licht. Ihr Schlafanzug ist zerknittert, dunkle Augenringe verraten eine miese Nacht. Ihr blondes Haar ist zu einem Haarknoten gebunden, einige Strähnen hängen ihr ins Gesicht.

Ihr Blick ist eiskalt. Ihre schmalen Augen verengen sich, als sie Louna erblickt.

Dann wandern sie zu mir. »Und wer bist du bitte?«

Ihr Blick trifft mich wie eine kalte Dusche – eine, die auf warm gestellt ist, aber trotzdem frösteln lässt.

Ich zwinge ein Lächeln auf meine Lippen. »Ich bin Pieta Evergreen. Lounas ... Freundin.« Es klingt eher wie eine Frage als eine Feststellung.

»Wer?« Ihre Stimme wird schärfer. Sie sieht wieder zu Louna. »Wie oft habe ich dir gesagt, keine Freundschaften zu schließen? Die tun dir nicht gut. Und jetzt ab in dein Zimmer. Dort reden wir. Allein.«

»Das mit der Freundin hast du falsch verstanden, Mutter. Wir sind ...« Louna hält inne, wirft mir einen kurzen Blick zu. Ein kaum merkliches Schmunzeln umspielt ihre Lippen. Ich nicke ihr zu. »... zusammen.«

»Eine solche Schandtat!«, faucht ihre Mutter, ihre Stimme ein schneidendes Flüstern. »Du willst mir weismachen, dass du dich gegen Gottes Willen stellst? Dass du ...« Ihre Worte bleiben hängen, ihre Wut zu groß, um sie zu formen.

Louna winkt grinsend ab. »Dies ist keine Schandtat.« Sie greift nach meiner Hand, drückt fest zu, zeigt damit ihre Ehrlichkeit. »Niemals könnte es falsch sein, dem eigenen Herzen zu folgen.«

Die Hände der Frau vor uns ballen sich zu Fäusten. Ihr Gesicht verwandelt sich in eine wütende Grimasse. »Louna Everett, du gehst jetzt *sofort* in dein Zimmer. Und dieses dreiste Balg verzieht sich umgehend von meinem Grundstück!« Ich erstarre kurz, doch bevor nur ein Laut meine Lippen verlässt, nickt Louna mir leicht zu. »Okay«, sagt sie leise und folgt ihrer Mutter in den Flur, der vermutlich zu ihrem Zimmer führt. Ehe sie verschwindet, zwinkert sie mir zu, ein Hauch von ihrem üblichen Lächeln auf den Lippen.

MACHT FÜHRT NICHT ZUR ENTMENSCHLICHUNG – SIE IST ES

Es wird immer kälter, doch gleichzeitig heller.

Zum zehnten Mal in dieser Minute schaue ich auf mein Handy – ungeduldig, voller Sorge. Louna ist seit einer halben Stunde im Haus. Zehn Minuten hatten wir ausgemacht, aber bis jetzt hat sie mir kein Zeichen gegeben, dass ich eingreifen soll.

Meine Hände sind feucht, Schweiß brennt in meinen Augen, obwohl die Luft eisig ist. Wieder blicke ich auf die Uhr: 6:41 Uhr. Endlich ist eine weitere Minute vergangen. Ich trete nervös von einem Fuß auf den anderen, laufe auf und ab, versuche, mich irgendwie zu beherrschen.

Was, wenn Louna etwas passiert ist, während ich hier draußen herumirre?

Ein Stöhnen entweicht mir, als ich mich zur Tür drehe. Entschlossen setze ich an, um hineinzugehen. Meine Hand hebt sich, da wird die Tür aufgestoßen.

Ein erschrockener Laut entweicht meiner Kehle, mein Herz schnellt bis in den Hals – doch es beruhigt sich sofort, als ich sehe, wer vor mir steht.

Louna.

Bevor ich etwas sagen kann, packt sie mich am Arm und zieht mich neben das Haus in eine kleine Gasse. Ihr ernster Ausdruck verwandelt sich in ein rebellisches Grinsen. Der Schlüssel baumelt an ihrem Finger, schwingt vor meiner Nase hin und her. In ihrem Blick spiegelt sich unser Triumph.

»Hast du dir etwa Sorgen gemacht?«, fragt sie spöttisch.

Ich senke sanft ihre Hand mit dem Schlüssel. »Wir sollten uns beeilen, bevor deine Eltern etwas merken«, merke ich hektisch an.

»Die werden nicht nach uns schauen«, versichert Louna mit selbstbewusster Leichtigkeit.

»Was? Was ist passiert?«

»Ich habe mich rausgeschlichen«, sagt sie mit einem breiten Lächeln.

»Bitte?« Jetzt bin ich völlig verwirrt.

»Ich erzähle es dir, wenn wir von hier weg sind.« Dann packt sie meine Hand und zieht mich mit sich. Ohne Widerstand folge ich ihr.

Das Auto springt beim ersten Versuch an. Ich erwarte, dass es jeden Moment explodiert, stehen bleibt oder aus irgendeinem Grund den Geist aufgibt. Doch nach fünf Minuten kann ich mich etwas entspannen. Wir sind fast am Gebäude angekommen, das einst mein Zuhause war. Es ist nach sieben Uhr, aber selbst jetzt sind weder Polizei, Feuerwehr noch ein Krankenwagen vor Ort. Das bedeutet, dass es bis jetzt niemand gemeldet hat – trotz der sichtbaren Schäden.

Louna fährt besser, als ich erwartet habe, obwohl sie keine achtzehn ist.

»Wo hast du gelernt, so Auto zu fahren?«

»Ich musste früh meinen Führerschein machen«, erklärt sie. »Ich darf allerdings nur mit Volljährigen fahren, die selbst einen Führerschein haben. Also sollten wir jetzt besser nicht erwischt werden.«

»Du musstest?« Ich hake nach – dieses Wort stört mich fast immer.

»Meine Eltern wollten es so, aber frag nicht, warum. Ich habe nie eine Antwort bekommen.«

»Dann wechsle ich das Thema und frage lieber, was vorhin passiert ist.« Während ich spreche, hält Louna das Auto an.

Wir sind da.

»Ah, stimmt ja«, sagt sie und grinst. »Also, ich bin mit meiner Mutter ins Zimmer gegangen und habe mir ihre ach so tolle Rede angehört. Ich bekam Zimmerarrest, dann habe ich mich rausgeschlichen. War gar nicht so schwer. War fast zu einfach.« Zufrieden klopft sie sich selbst auf die Schulter.

Bevor ich etwas erwidern und meine Sorgen aussprechen

kann, hat Louna schon eingeparkt. Gemeinsam steigen wir aus, schließen die Türen leise, um keine unnötige Aufmerksamkeit auf uns zu ziehen.

Louna geht vor, klopft an die Tür – und ich werfe ihr einen verwirrten Blick zu. *Warum klopfst du?* Sie schlägt sich mit der Hand an die Stirn, lacht lautlos und öffnet dann die Tür.

Ich habe vieles erwartet, aber nicht das, was jetzt passiert. Es geht so schnell.

Im ersten Moment sehe ich nur rote, lockige Haare – ich kenne nur eine Person mit dieser Haarfarbe.

Im nächsten Moment verschwimmt die Welt vor meinen Augen.

Ich höre Louna meinen Namen schreien, bevor meine Knie nachgeben. Doch die Dunkelheit bleibt aus. Stattdessen höre ich Lounas Schreie und kämpfe gegen das Ohnmachtsgefühl an. Ich warte darauf, dass die Dunkelheit mich mit sich reißt – aber es passiert nicht.

Mein Blickfeld wird klarer und klarer. Ich erkenne meine Umgebung: Ich liege im Wohnzimmer, neben mir liegt Louna. Stöhnend richte ich mich auf – und meine schlimmste Befürchtung bestätigt sich.

Vor mir steht Bella.

Sie holt mit einem Baseballschläger aus. Doch dieses Mal bin ich vorbereitet.

Meine Magie fließt schon automatisch durch meinen Körper bis in die Fingerspitzen. Dunkle Blitze formen sich in Millisekunden und zerstören die mutmaßliche Waffe.

Bella wird durch die Energie zurückgeschleudert und prallt gegen die Wand hinter ihr. Ein erstickter Schrei kommt tief aus ihrer Kehle.

Ich bin erstaunt, wie schnell meine Magie sich regeneriert hat, obwohl ich sie vor wenigen Stunden vollständig aufgebraucht habe. Dennoch wird sie sich nie wieder vollständig regenerieren – selbst jetzt ist sie nicht annähernd so stark wie früher.

Vielleicht ist es besser so.

Vielleicht ist es meine eigene Ablehnung gegenüber meiner Magie, die ihren Verlust weniger schmerzhaft macht.

Schnell wende ich meine Aufmerksamkeit Louna zu. »Louna?« Ich lege meine Hände auf ihre Schultern, dann schüttle ich sie sanft. »Hörst du mich?« Doch es kommt keine Antwort.

Erleichtert stelle ich fest, dass ihr Herz schlägt und dass sie atmet.

»Du Miststück, du hast ihn umgebracht!« Eine wütende, fast schon bestialische Stimme ertönt hinter mir. Dann hallen schnelle Schritte durch den Raum.

Ich drehe mich rechtzeitig um, um auszuweichen.

»Du verfluchtes Monster!«

Helle Blitze zucken um Bella herum, tanzen in rasendem Tempo.

Mein Herz setzt aus. »Du bist –«

»Auch ein Monster, ich weiß«, beendet Bella meinen Satz.

Dann springt sie ab und lässt ihre Blitze auf mich los.

Es ist ein Leichtes, ihre Angriffe abzuwehren – womöglich hat sie ihre Kräfte erst vor Kurzem entdeckt. Vermutlich ist sie eine Luminara, keine Equa. Die eigentliche Herausforderung ist, sie zu treffen, ohne ihr ernsthaft wehzutun.

»Bella«, versuche ich, zu ihr durchzudringen. »Bella, hör mir doch zu.«

Aber sie feuert immer mehr Blitze auf mich ab.

Langsam wird sie müde, doch Aufgeben ist keine Option für sie. Ich muss das beenden, bevor sie sich selbst verletzt.

Ich stampfe mit aller Kraft auf den Boden. Das Beben reißt Bella aus dem Gleichgewicht.

Schnell fixiere ich sie mit meiner Magie am Boden.

»Du elendes Monster!«, schreit sie, ihre Stimme schrill vor Wut. »Du verdammtes Miststück!« Die Worte sprudeln aus ihr heraus, bis ihre Stimme versagt. Sie holt Luft, aber redet nicht weiter.

»Bist du fertig? Kann ich jetzt reden?« Meine Stimme klingt kühl, provokant.

Ich hätte nie gedacht, dass ich mal über Bella stehen würde

– wortwörtlich. Jetzt bin ich die Größere, die Stärkere, die Mächtigere, die Mutigere. Aber ganz ehrlich? Es fühlt sich nicht gut an. Die Überlegenheit, die ich spüre, schmeckt bitter.

Dennoch fahre ich fort. »Was tust du hier?«

»Ha!« Bella lacht höhnisch. »Das fragst du *mich*? Ich habe Kian gesucht! Und wo finde ich ihn? Leblos – bei dir!

Wie erklärst du das, mh?«

Ihr Vorwurf trifft mich, aber ich lasse mich nicht unterkriegen. Nie wieder!

»Du hast ihm geholfen«, schlussfolgere ich. »Wie standest du zu Kian?«

Bella schweigt. Ihre Lippen beben, aber sie sagt nichts.

»Du wirst mich verraten, wenn ich mit Louna gehe, oder?«

»Glaubst du, ich bin dumm?« Sie schnaubt verächtlich. »Du hast ihn umgebracht!«

Mein Geduldsfaden reißt. »Weil ich keine andere Wahl hatte!« Ich schreie es heraus. »Er hat Louna getötet! Was hätte ich tun sollen? Zusehen? Ich habe sie zurückgeholt, und dafür musste Kian sterben!«

Ich hole zitternd Luft. »Es tut mir leid, okay? Verdammt, du denkst doch nicht, dass ich es gerne getan habe.«

Das verschlägt Bella die Sprache. Ihre großen Augen sprechen Bände.

Doch dann schüttelt sie den Kopf. »Steck dir deine Entschuldigung sonst wo hin. Es ändert nichts.«

Meine Wut kocht weiter über, bricht vollständig aus mir heraus wie ein unaufhaltsamer Sturm. »Vielleicht. Aber ich nehme mir mal heraus, meine Wut an der Person auszulassen, die Schuld an meinem beschissenen Leben trägt, okay?« Bella schaut verwirrt.

Mein Atem geht stoßweise. »Ich hatte jeden verdammten Tag Angst, in die Schule zu gehen, weil ich wusste, dass du dort auf mich warten würdest. Nur um dich selbst zu unterhalten, nur um mir zu zeigen, wie nutzlos ich bin. Ich war nicht mehr als ein Spielzeug für dich – ein Objekt, an dem du deinen Frust ablassen konntest. Du wolltest Aufmerksamkeit und hast mich gedemütigt, um deine eigene Lächerlichkeit zu verbergen. Aber weißt du was?«

Ich spüre, wie meine Hände zittern, und mein Atem geht stoßweise. Dann spreche ich die bleischweren Worte aus: »Ich habe dir abends, wenn ich allein im Bett lag, den Tod gewünscht.«

Bellas Lippen beben. Ihre Augen werden größer.

»Und weißt du, was das Schlimmste daran ist?« Meine Stimme wird rau. »Ich dachte, ich wäre das Problem. Dass ich deswegen ein schlechter Mensch wäre.«

Ihre Augen werden glasig, doch ich rede weiter. »Jetzt weiß ich es besser. Viel besser. Es geht nicht darum, ob es richtig oder falsch ist. Es geht darum, dass solche Gedanken nichts weiter als ein Teil des Menschseins sind. Sie sind ein Teil meines Schmerzes gewesen – diese Pein wurde zu Hass. Heute weiß ich, dass sie mich nicht zu einem Monster machen. Ich wünsche dir nicht mehr den Tod, Bella. Aber ich wünsche dir, dass du das Leid, das du mir zugefügt hast, erkennst.«

Bellas Blick weicht meinem aus. Sie sieht zu Kian. »Warum?« Ihre Stimme bricht. Tränen glitzern in ihren Augenwinkeln. »Warum hast du ihn getötet?«

Langsam gehe ich in die Hocke, um auf Augenhöhe mit ihr zu sein. »Weil ich menschlich bin«, sage ich leise, meine Stimme schwer vor Schuld. »Weil mein Denken in solchen

Momenten nicht den moralischen Prinzipien folgt.«

Dann zeige ich auf Louna. »Ich habe sie wiederbelebt und Kian dafür geopfert. Ich konnte ihn nicht mehr umstimmen – er hätte weiterhin alles getan, um seine Mutter zurückzuholen. Ich hatte eine andere Wahl, ja, aber das war die einzige, die ich für wählbar hielt.«

Stille.

»Es tut mir leid«, füge ich hinzu. Und ich meine es todernst.

Bellas Schluchzen geht fließend in ein lautes Weinen über. Es ist seltsam, sie so zu sehen. Zu sehen, dass sie … menschlich ist.

Bella war immer die Perfekte: das schönste Mädchen der Schule, superintelligent, mit Manieren, einem ausgeprägten Sinn für Stil. Dazu wohlhabende Eltern, die sie verwöhnten.

Sie war die Person, die alle bewunderten und beneideten.

Jetzt sehe ich sie hier.

Verletzlich.

Gebrochen.

Und zum ersten Mal wirkt sie … greifbar und echt.

»Wie standest du zu ihm?« Ich stelle die Frage erneut. Sie hat sie vorhin nicht beantwortet.

Bella seufzt, ihre Schultern sacken herab. »Ich bin seine Cousine.« Sie atmet tief durch. »Meine Mama war Serenas Schwester. Sie kannten Marina, deine Mutter.«

Plötzlich geht mir ein Licht auf. Ein Gedanke drängt sich in meinen Verstand. »Was hast du jetzt vor?« Ich zögere kurz, bevor ich meinen Plan erkläre.

Bella wischt sich mit zitternden Fingern über die Augen. »Ganz ehrlich?« Sie zögert. »Ich hatte vor, dich zu töten oder zumindest schwer zu verletzen – und dich dann der Polizei zu melden.«

»Und dann?«

»Und dann?« Bella lacht kurz, bitter. »Eigentlich wollte ich mit Kian sprechen. Aber dann lag er hier – tot. Ab da dachte ich nur: Entweder du stirbst oder ich. Ich wusste, dass ich dich überrumpeln muss, aber selbst das hat nicht funktioniert.« Sie hebt das Kinn leicht an. »Also bring es zu Ende. Hör auf, mich weiter vollzuquatschen.«

»Was zu Ende bringen?« Ich starre sie fassungslos an. »Du denkst doch nicht ernsthaft, dass ich dich töten werde, oder?«

Bella schaut weg. Ihr Blick ist leer. »Du gibst mir die Chance, dich bei der Polizei zu melden?« »Wenn du dich selbst gleich mitmeldest, gerne.« Das trifft einen wunden Punkt.

Bella sagt nichts, aber ihre versteinerten Gesichtszüge verraten, dass sie genau weiß, was das bedeutet. Sie kann mich nicht melden, weil sie dann selbst untersucht werden würde.

Sie rollt mit den Augen, aber ihre Stimme ist gebrochen. »Was willst du dann von mir?«

»Ich möchte, dass du Kian und seiner Mutter die letzte Ehre erweist. Begrabe sie zusammen und kümmere dich um ihr Grab.« Ich mache eine kurze Pause. »Und natürlich«, füge ich schnell hinzu, »verrate uns nicht.«

Verwirrung flackert in ihrem Blick auf. »Du willst, dass ich mich um die Beerdigung kümmere? Und um ihre Gräber?«

»Du und deine Eltern seid das Letzte, was Kian und Serena noch bleibt«, gebe ich vorsichtig zu bedenken.

Bella schnaubt. »Sie sind tot.«

»Was, wenn sie dich sehen können?«

Bella funkelt mich an. »Glaubst du wirklich an den Mist? Sie sind tot. Sie existieren nicht mehr.«

»Ein Grund mehr, um ihnen die letzte Ehre zu erweisen. Findest du nicht?« Ich bemühe mich, umsichtig zu bleiben, aber meine Worte klingen trotziger, als ich es wollte.

Einen Moment lang sagt sie nichts. Dann stellt sie die Frage, auf die ich schmerzlich gewartet habe: »Kannst du ihn nicht wiederbeleben?«

Diese Äußerung bringt mich kurz aus dem Konzept. »Was?«, frage ich, bevor ich mich schnell wieder fange. »Nein, kann ich nicht.«

»Was?« Bella reißt sich aus meinem Griff, aber ich lasse es zu.

Es mag sich überheblich anhören, aber sie ist keine Bedrohung mehr. Sie ist zu erschöpft, zu unwissend über ihre Kräfte, um mir gefährlich zu werden.

»Magiebegabte haben keinen unendlichen Zugriff auf Magie. Ja, sie regeneriert sich, aber wenn man den Brunnen, gefüllt mit Magie, leert, kehrt sie nie vollständig zurück. Sie bleibt schwach.«

Ich atme tief durch. »Es reicht nur für einen einzigen

Moment: um einmal zu töten. Einmal wiederzubeleben. Aber nie mehr.«

Ich lüge nicht.

Natürlich habe ich darüber nachgedacht, ob es nicht doch möglich wäre, Dad zurückzuholen. Ich hatte gehofft, dass Dad mich angelogen hat, damit ich es nicht einmal versuche. Doch ich spüre es am eigenen Leib: Meine Magie ist da – aber sie ist verblasst.

Bella starrt mich ungläubig an. Dann bricht ihre Trauer durch. »Ich könnte es tun«, flüstert sie – ein Eingeständnis ihrer eigenen Gedanken.

Ich verstehe sie. Mehr als irgendjemand sonst es je könnte.

Deshalb will ich sie nicht aufhalten.

Wer wäre ich, das zu tun?

»Die Entscheidung liegt bei dir«, sage ich leise. »Ich kann dich nicht aufhalten. Sei dir nur der Konsequenzen bewusst.«

Bella nickt. Zum ersten Mal erkenne ich keinen Widerstand in ihrem Blick. Nur Akzeptanz.

Sie läuft auf Kian zu, kniet sich neben ihn und streicht ihm vorsichtig über die Haare.

»Wirst du uns verraten?« Ich stelle die Frage erneut.

Sie blickt über die Schulter zu mir. »Ihr wollt nach Arcamagia, richtig?«

»Richtig.«

Bellas Miene verfinstert sich. Erst kaum merklich, dann immer mehr – bis ihr Gesicht fast zu einer beängstigenden

Grimasse entgleist. »Also wisst ihr es nicht.«

Meine Augenbrauen wandern nach oben. »Was? Was wissen wir nicht?«

Bella seufzt, löst sich von Kian und kommt mir näher.

Ich bilde mir ein, Tränen in ihren Augenwinkeln zu sehen.

»Es existiert nicht.«

Sie bleibt stehen, nur um im nächsten Moment vor mir auf und ab zu laufen.

Währenddessen weiten sich meine Augen.

Meine Kinnlade fällt.

Ich bin unfähig, etwas zu sagen.

»Es hat nie existiert.« Ihre Stimme ist kaum mehr als ein Hauch. »Nur eine falsche Hoffnung für hoffnungslose Menschen.«

ZEIT HEILT KEINE NARBEN

Ich kann nicht verhindern, dass Tränen über meine Wangen laufen.

Zwei Finger kneifen in meinen Oberschenkel.

Ich träume nicht.

»Das … nein, das stimmt nicht.«

Bella bleibt stehen, den Rücken zu mir gedreht. »Willst du es wirklich herausfinden?«

»Aber wenn … wenn es Arcamagia nicht gibt, dann sind meine Mom und Rey in großer Gefahr!«

Jetzt laufe ich ebenso rastlos durch das Wohnzimmer. Verzweifelt fahre ich mir mit den Händen durch die Haare, ziehe so fest daran, dass der Schmerz auf meiner Kopfhaut zuckt.

Welch Ironie, dass ich diese Geste vor Bella so instinktiv ausführe.

»Deine Mom und Rey … war ihr Name nicht Rune?«

»Nein, er ist ein Junge und heißt Rey. Aber das ist gerade

nicht das Thema.« Ich blicke ihr mit brennender

Dringlichkeit in die Augen.»Wir müssen sie finden.

Retten.

Was auch immer. Nur nicht tatenlos rumstehen!« Ein

Schluchzen lässt mich innehalten.

Louna.

Meine Beine tragen mich rasch zu ihr – dann geben sie

nach. Ich sinke auf die Knie, mein Körper sucht Halt.

»Louna? Hörst du mich?«

Ihre Augen flackern, bis sie einen Punkt fixieren.

Bella.

Mit einer Hand reibt sie sich über die Stirn.»Träum ich,

oder steht diese hirnverlorene Göre jetzt echt vor mir?«

Ich kann mir das Lachen nicht verkneifen.»Ja, Bella

steht vor dir.«

»Hirnverlorene Göre?« Bella verdreht grinsend die

Augen.»Was Besseres ist dir nicht eingefallen?«

»Ha!« Louna kommt wackelnd auf die Beine. Ich stütze

sie, doch sie lässt es sich nicht anmerken.»Glaub mir, ich

könnte so vieles sagen, aber das war mit Abstand das

Harmloseste. Willst du das andere hören, mh?« Ich stelle

mich zwischen die beiden.

»Ladys, wollt ihr weiter mit belanglosen Worten um euch

schmeißen oder lieber überlegen, wie wir aus dieser

misslichen Lage kommen?«

Sowohl Louna als auch Bella schauen mich irritiert an.

Langsam löst sich die Spannung im Raum.

Bellas angespannter Körper entspannt sich etwas.

Lounas wackelige Beine finden Halt. »Unser Plan steht doch noch, oder nicht?« Ihr hoffnungsvoller Blick jagt mir Tränen in die Augen. Wie gerne würde ich jetzt sagen, dass alles nach Plan läuft. Dass wir nach Arcamagia fliehen und dort auf Mom und Rey treffen.

Aber dieser Traum ist zerbrochen.

Zu schön, um wahr zu sein.

Schutz, Frieden, Liebe, Halt, ein fortbestehendes Zuhause – wem ist das schon vergönnt?

»Nein …« Ich seufze. »Unser Plan ist zerstört.«

»Was? Warum? Etwa ihretwegen?« Louna zeigt vorwurfsvoll auf Bella.

»Nein. Ihretwegen haben wir die Chance zu überleben.« Denn das muss ich zugeben.

Wäre Bella nicht, hätte es nicht lange gedauert, bis die Polizei uns gefunden und verraten hätte.

»Bitte, was? Das ist ein Scherz.« Louna sieht mich an, als hoffe sie, dass sie Bella nicht danken muss – zumindest vermute ich das.

»Leider nicht.«

Noch immer mustert sie mich misstrauisch.

»Deine kleine Freundin hat recht …«

»Kleine Freundin?« Ich ziehe genervt die Augenbrauen hoch.

Bella lässt sich nicht beirren. »Ihr könnt nicht nach Arcamagia fliehen, weil es nicht existiert.«

Lounas Augen weiten sich, ihre Kinnlade fällt, ihr Atem stockt.

Warum sieht sie aus wie ich, wenn sie geschockt ist?

»Pieta, sag, dass das nicht wahr ist.«

Ich halte die Tränen nicht zurück. Egal, wie oft sie noch fließen wollen – ich bin müde, sie zu unterdrücken. »Ich würde es so gerne sagen«, flüstere ich. »Aber irgendetwas sagt mir, dass sie nicht lügt.«

»Ach so. Was sagt dir das? Dein Heldinnen-Syndrom?« Louna lacht nicht. Da ist nichts Sarkastisches in ihren Worten. Sie meint es todernst.

»Mein Herz«, antworte ich genauso ernst.

»Natürlich.« Louna seufzt. »Warum sollte Bella uns helfen?«

Darüber habe ich genauso nachgedacht. Aber sogar jetzt sehe ich den Schmerz in Bellas Gesicht aufblitzen.

Sie braucht Hilfe. Und deshalb hilft sie uns.

»Louna, es ist unwichtig, was sie will. Ich weiß, dass meine Familie in Gefahr ist. Das spüre ich. Und selbst wenn es nicht so ist – es ist meine Aufgabe, alles zu geben, um nicht noch jemanden wegen dieser verdammten Magie zu verlieren!«

Die Stärke und Entschlossenheit meiner Worte lassen die Zeit stillstehen.

Sie treffen Louna härter, als ich es beabsichtigt habe.

Aber ich habe gesagt, was mein Herz mir diktiert hat.

Louna schluckt. Dann flüstert sie: »Es ist nicht deine Aufgabe, alle zu retten.« Und mit diesen Worten setzt sich die Zeit wieder in Bewegung.

»Das stimmt. Aber es ist mir egal, ob es meine Aufgabe

ist oder nicht. Denn es ist mein Wille, Mom und Rey zu befreien. Ich lasse sie nicht hängen!«

Stille.

Unsere Atemzüge dröhnen in der Stille wie Motoren. Erst jetzt nehme ich den staubigen Geruch wahr.

Ich verdränge die aufkommende Übelkeit – das brauche ich in dieser Situation am wenigsten.

Seufzend wendet Louna sich an Bella. »Woher weißt du, dass es diese Insel nicht gibt?« Ihr Tonfall könnte genauso gut einem ekelerregenden Insekt gelten.

Bella antwortet nicht sofort. Sie hält einen Moment zu lange inne. Sie hat es nicht unter erfreulichen Umständen erfahren – das ist sicher.

»Na ja …« Sie drängt ihre Tränen zurück. »Meine Mutter, sie …« Sie schluckt. »Wir haben uns der Polizei gestellt, nachdem die neue Auflage es erforderte. Wir wurden sofort festgenommen, gefesselt in diesen Exinanium-Handschellen und in eine Zelle gesteckt. Ohne Auskunft. Ohne Erklärung. Ohne irgendetwas. Wir wagten es, zu hoffen – hofften darauf, dass am nächsten Morgen ein Flugzeug oder etwas in der Art auf uns warten würde. Doch es kam bloß eine Wache.«

Ihre Stimme zittert. Sie nimmt einen tiefen Atemzug. »Sie führte uns auf einen großen Platz mit einer überschaubaren Anzahl Menschen. Sie waren vornehm gekleidet, deswegen nahm ich an, dass sie reich waren – mächtig. Vor uns standen vier weitere Frauen, zwei Männer und zwei Jungen in der Reihe. Dann …«

Bella bricht ab. Sie schlägt eine Hand vor den Mund. Tränen rinnen über ihre Finger.

Schnell überbrücke ich den Abstand zwischen uns, lege eine Hand auf ihre Schulter, streiche sanft darüber. Ihre Schluchzer werden heftiger.

»Jetzt bist du in Sicherheit. Du —«

»Nein.« Bellas Stimme ist hart. Direkt. »Niemand, der Magie in sich trägt, ist in Sicherheit.« Ihre Worte hallen nach.

»Sie werden alle töten, bis keiner von uns übrig bleibt.«

Louna wirft mir einen angsterfüllten Blick zu.

»Wie meinst du das?«

»So, wie ich es gesagt habe.« Bella hebt den Kopf, ihr Blick brennt. »Was denkst du, was sie mit den anderen gemacht haben? In der Mitte des Platzes stand ein Galgen.«

Jetzt bin ich diejenige, die sich die Hand vor den Mund schlägt. Selbst Lounas Augen werden größer.

»Ich sah, wie sie alle vor mir getötet wurden. Nein, ihnen wurde kein schneller Tod durch Exinanium beschert – sie wurden im Todeskampf betrachtet, wie leblose Puppen, die keinen Wert haben. Alle hingen an diesen Seilen wie Kriminelle! Dabei waren sie unschuldig – zwei davon bloß Kinder.«

Bella holt tief Luft, ihre Stimme bebt vor Wut. »Sie sind die, die nicht öffentlich hingerichtet werden wie Enzo Winslow. Sie werden nur vor den Augen dieser Geldsäcke ermordet, damit die Lüge dieser verfluchten Insel nicht auffliegt. Hauptsache, diese Kapitalistenschweine ergötzen sich am Tod Unschuldiger!«

Bella kann ihre Fassung nicht mehr bewahren. Ihre Magie strömt durch ihre Adern, bis ihre Iriden sich weiß verfärben.

Mit einem erstickten Schrei schießen Blitze aus ihren Fingerspitzen in die gegenüberliegende Wand. Der Putz splittert, Steine brechen heraus. Staub wirbelt auf, verdichtet sich, bis ich Bella kaum sehen kann.

Vollkommen überfordert stolpere ich zurück.

»Du musst sie beruhigen!«, höre ich Louna schreien, doch ihre Worte dringen wie ein Flüstern in meine Ohren.

Trotzdem rufe ich nach meiner Magie. Sie gehorcht mir – aufs Wort –, doch sie ist schwächer als je zuvor.

Feine Blitze tanzen über meine Haut, dunkle und helle.

Jetzt wage ich mich in den Sturm hinein.

Der Energieverbrauch liegt deutlich über meinen Erwartungen, aber ich schaffe es.

Das ist sie.

Bella kniet   in   der   Mitte   des   Sturms, in   sich zusammengebrochen.

Ich kämpfe mich zu ihr, Schritt für Schritt. »Bell-Bella … kannst du mich hören?«

Die einzige Antwort ist ein trauriges Wimmern.

Doch das reicht mir nicht.

»Bella?!« Ich rufe gegen das laute Heulen des Windes an.

Endlich hebt sie den Blick zu mir. Verzweiflung spiegelt sich darin wider.

Schmerz.

Schmerz, den ich kenne.

Der Verlust eines geliebten Menschen ist unerträglich.

Zeit heilt alle Wunden, hat Mom immer gesagt. Und Zeit heilt Wunden, aber nicht jene, die zu Narben werden. Sie wäre nie in der Lage dazu. Denn Narben verheilen nicht. Sie verblassen. Und selbst dann bleiben sie sichtbar. Werden nie vergessen. Man lernt, sie zu ignorieren.

Mehr ist das nicht.

Ebenso ist es beim Verlust eines geliebten Menschen.

Man lernt bloß, den Schmerz nicht mehr zu beachten.

»Pieta?« Eine heisere Stimme reißt mich aus meinen Gedanken. »Bitte, lasst mich allein. Wir werden sowieso sterben«, weint Bella.

Das Pfeifen des Windes wird stärker.

»Wir werden nicht sterben.« Ich versuche, sie zu beruhigen. »Du kannst uns in Ruhe erklären, wie du entkommen bist – so werden meine Mom und Rey ebenfalls entkommen.«

»Du kannst sie nicht retten.«

Ihre Worte graben ein klaffendes Loch in meine Brust. »Nicht, solange du mir nicht verrätst, wie du entkommen bist.«

»Das interessiert dich doch gar nicht!« Bella schreit unkontrolliert in den tosenden Wind.

»Ich will es wissen, Bella. Nur weil ich dir egal war, heißt das nicht, dass du mir jetzt auch egal bist!«

Zu meiner Überraschung beruhigt sich der Sturm.

Er wird zu einem singenden Wind, der dann leise

summend verschwindet.

Gegenstände jeglicher Größe fallen zu Boden, hinterlassen lautlose bis ohrenbetäubende Geräusche.

Sofort überbrücke ich die Distanz zwischen mir und Bella, lasse mich neben ihr nieder. »Bist du okay?«

Bellas Atem geht schnell und unregelmäßig. Kein Wunder bei so viel Magieverbrauch. »Ich … ich glaube schon.«

Jetzt ist auch Louna an Bellas Seite. »Tut jemandem etwas weh?«

»Außer meiner Seele nichts, aber danke«, murmelt Bella angestrengt.

»Wirklich lustig, Miss Besser-als-alle-anderen«, sagt Louna schnippisch. »Ich meinte es ernst.«

»Ich meinte es auch ernst, Miss Weltretterin«, kontert Bella scharf.

»Zumindest bin ich eine Weltretterin und keine Besserwisserin.«

»Du bist –«

»Es reicht!« Ich gehe dazwischen. »Verdammt, es geht hier um Leben und Tod. Also reißt euch zusammen!«

Bella erhebt sich lachend, scheint für einen Moment zu wanken, doch sie findet rechtzeitig ihr Gleichgewicht.

»Es geht hier nicht für alle um Leben und Tod. Deine Blondine wird nicht sterben. Es kann ihr also egal sein.«

Louna fährt herum, ihr Gesicht wutentbrannt. »Oh, das wagst du nicht zu behaupten!«

»Ist es etwa nicht so, mh? Am Ende sind wir alle gleich.

Tief in uns wissen wir, dass unser eigenes Leben uns am wichtigsten ist.«

Louna ballt die Hände zu Fäusten, ihr Gesicht rötet sich merklich.

Ich versuche, sie aufzuhalten – umsonst. »Wir sind nicht gleich! Nicht in einem einzigen Punkt!« Ihre Stimme zittert vor Zorn. »Mag sein, dass dir dein Leben wichtiger war als das deiner Mutter. Aber ich würde für Pieta sterben. Von mir aus zwei-, drei-, tausendmal – selbst wenn ich es nicht müsste!«

Lounas Worte sind wie Magie. Böse Magie, die Bella zwei Schritte zurückdrängt. Ein anderes Wort wäre Macht. Worte sind Macht.

Aber sie verschlagen ihr nicht die Sprache. »Das Leben meiner Mutter war mir wichtiger. Sie hat sich für mich geopfert.«

»Warum hast du dann –« beginnt Louna, doch ich unterbreche sie mit fester Stimme.

»Wie hat sie sich geopfert? Wie bist du geflüchtet?« Ich ignoriere Lounas fragenden Blick.

Was jetzt zählt, ist, meine Familie zu retten.

Später werde ich sie fragen, warum sie sich seit Bellas Auftauchen so seltsam verhält.

»Meine Mutter ...« Bellas Stimme zittert. »Sie hat sich vor mich gestellt. Ihre Stimme war ruhig, aber ihre Hände ... ihre Hände zitterten. *Bleib stark*, hat sie gesagt, bevor sie nach vorne gezerrt wurde. Ich habe geschrien. Aber sie hat sich nicht umgedreht. Nicht ein einziges Mal. Dann ... dann haben sie das Seil um ihren Hals gelegt, und sie … sie hat ihre Magie benutzt. Die Explosion kam so plötzlich, ich … ich wusste nicht, was ich tun sollte. Ich wusste nur, dass ich meine Mutter nicht enttäuschen durfte.«

Sie hält inne. Ihre Worte schneiden durch mich wie ein Messer. »Ich zwang dieses Henker-Arschloch, die Handschellen zu öffnen. Ich erzählte ihm Lügengeschichten, setzte ihn unter Druck, der gar nicht existierte – doch das ist unwichtig. Daraufhin bin ich nach Hause geflüchtet. Aber ich hielt es nicht lange aus. Ich suchte nach Kian. Er war das Letzte, was mir geblieben ist.«

Eine Pause. Bella räuspert sich hastig, bevor ich die Chance habe, mich zu entschuldigen. »Diese Flucht werden einige nicht einfach so hinnehmen. Die Rechtsradikalen werden die Regierung stürzen. Dieses Land wird untergehen. Nein. Die ganze Welt.«

»Es gibt also Schlüssel, die diese Handschellen öffnen?« Ich lenke das Gespräch gezielt um.

»Ja. Doch die haben logischerweise nur für die Regierung vertrauenswürdige Personen.«

»Leicht zu bestechende Personen trifft's wohl eher.«

»Mächtige Menschen sind immer leicht zu bestechen.« Bella schnaubt. »Weil sie glauben, sie könnten mehr verlieren. Dabei ist Geld das Letzte, dem man hinterhertrauern sollte.«

»Wie lange saßt ihr in diesem … Gefängnis?«

Ein Grinsen zuckt über Bellas Lippen. »Es war kein Gefängnis. Mehr ein Käfig.« Sie winkt ab. »Aber zu deiner

Frage: Wir saßen einen Tag. Genau vierundzwanzig Stunden.«

»Mist!« Ich zische und springe auf. »Wir dürfen keine Zeit verlieren.«

»Moment.« Louna hält mich auf, stellt sich vor mich.

»Was hast du vor?«

Mir entweicht ein verzweifeltes Lachen. »Ist das nicht offensichtlich? Mom hat mir die Nachricht vor mehr als zwölf Stunden geschickt. Wenn wir jetzt losgehen, könnten wir es rechtzeitig —«

»Nein, das schaffen wir nicht.« Bella unterbricht mich.

»Was?«

Langsam geht sie auf uns zu. »Wie willst du das anstellen, mh?« Ihr Blick brennt. »Möchtest du zur Polizeistation reinspazieren und sagen: ›*Hallo, ich bin Pieta Evergreen und wünsche unverzüglich, meine Mutter und meinen Bruder retten zu dürfen.*‹?«

Ich schaue Bella irritiert an. »Ich werde mich festnehmen lassen. Sobald ich drin bin, werde ich nach einem Weg suchen – so wie deine Mom es getan hat. Es muss eine Möglichkeit geben, diese Handschellen zu öffnen oder die Wachen zu überwältigen. Ich werde alles riskieren, um sie da rauszuholen.«

»Das kommt nicht infrage, Evergreen!«, sagt Louna mit entschiedener Stimme. »Du wirst nie wieder die Heldin spielen.«

Meine Augen treffen ihre. »Ich spiele nicht die Heldin,

und ich bin keine. Ich tue nur das, was mir mein Herz sagt.«

Lounas Augen bleiben traurig, aber ein winziger Funke Wut leuchtet in ihnen auf.

Zu schnell, um es zu verhindern, greift sie nach meinem Unterarm. »Dann höre ich ebenso auf mein Herz und lasse dich nicht mehr los, bis du diesen sinnlosen Plan über Bord wirfst.«

Ich erkenne in ihren Augen, in ihrem Ton, dass sie es todernst meint. »Wieso verhältst du dich so seltsam?«, frage ich mit bedrückter Stimme.

Wider meiner Erwartung werden Lounas Augen größer, aber gleichzeitig abschätzend. Ihre Zähne graben sich in ihre Unterlippe. Ihr Griff um meinen Unterarm wird lockerer.

Sie versucht, es zu verstecken, aber vor mir gelingt es ihr nicht. »Sag mir, warum. Hör auf, deine Gefühle zu verstecken, Louna.«

Bella gibt ein würgendes Geräusch von sich, als wäre Liebe etwas Widerwärtiges, und verschwindet aus meinem Sichtfeld.

Ich werde später nach ihr sehen.

Louna hat ihren Blick abgewandt. Die Tränen in ihren Augenwinkeln sind auch für Außenstehende deutlich sichtbar.

Ich ziehe sie in meine Arme, halte sie fest. Und in diesem Moment realisiere ich, dass wir uns beide gerade verlieren.

»Was ist los?«, frage ich dennoch.

»Ich kann dich nicht verlieren.«

Diese Worte … Sie bedeuten mehr als *Ich liebe dich.*

So viel mehr.

»So oft hätte es passieren können, doch ich bin hier. Du wirst mich nicht verlieren.«

»Du willst dich umbringen, um deine Mom und Rey zu retten. Wie verliere ich dich da nicht?«

»Touché«, antworte ich sarkastisch und löse mich aus der Umarmung.

»Nein, tu das nicht.« Louna hält mich fest.

»Du tust es auch.«

Ihr Blick bohrt sich in meinen. »Pieta, das hier ist viel größer, als du dir gerade vorstellst. Es ist größer als Kian. Es ist größer als die Wiederbelebung.«

»Das weiß ich.«

»Nein, das weißt du nicht!«, wirft Louna mir an den Kopf.

Ich erschaudere. Starre sie fassungslos an. »Ich weiß sehr wohl, in welcher Gefahr meine Familie schwebt«, sage ich entschieden.

»Das meinte ich nicht, nur —«

»Genau das meintest du«, unterbreche ich Louna. Nicht mehr so fest. Sondern traurig. »Wenn ich jetzt nicht reagiere, werden sie sterben. Wie könnte ich das einfach so hinnehmen?«

»Und wie könnte ich es einfach so hinnehmen, dich sterben zu lassen?«, hält sie dagegen.

Die Stille zwischen uns ist unerträglich, aber keiner wagt es, das nächste Wort auszusprechen.

Ist es die Magie, die mir wieder alles nimmt?

Dieses Mal tötet sie nicht, sondern trennt mich von der Person, die ich liebe.

Ich hasse diese Gabe. Sie ist nicht mehr als ein Fluch.

Wann hat sie mir jemals nicht das Leben zerstört?

Ich hätte nie gedacht, dass ich so etwas nur in Erwägung ziehen würde – doch glücklicherweise übernimmt Bella das Reden.

»Während ihr zwei Turteltäubchen euch gezankt habt, habe ich mich nützlich gemacht«, beginnt sie. »Diese Nachbarschaft wirkt wie ausgestorben. Deshalb hat niemand dieses Chaos bemerkt. Keine Ahnung, was los ist, aber irgendetwas hat die Menschen dieser Stadt in Aufruhr versetzt.«

»Der Fernseher ist kaputt. Vielleicht gab es eine Nachricht, die wir verpasst haben«, werfe ich ein.

»Das wäre möglich«, stimmt Bella zu. »Sag mal, Louna, du hast einen Führerschein, richtig?«

Louna winkt sofort ab. »Vergiss es. Ich fahre uns nicht in den Tod.«

»Weil du nicht ohne dein Herzblatt kannst, schon klar.«

»Halt die —«

Ich greife sanft nach Lounas Hand und drücke sie. »Weißt du noch, damals am See? Du sagtest mir, dass ich die Einzige bin, die dich je wirklich gefragt hat, wie es dir geht – die dich so angenommen hat, wie du bist.« Ich erwarte keine Antwort, doch ich bleibe einige Sekunden lang still. »Und erinnerst du dich, als ich dir sagte, dass du die Einzige bist, die mich nie weggestoßen hat? Du hast immer an mir festgehalten, immer an mich geglaubt. Bitte verlass mich jetzt nicht.«

Louna kann ihre Tränen nicht mehr verbergen – doch das musste sie nie. »Weißt du noch heute Morgen, als du mich gefragt hast, ob ich dieses Gefühl der Angst nach dem Aufwachen kenne? Es war die Wahrheit.«

»Ich weiß«, hauche ich. »Ich werde nicht sterben – das ist ebenso die Wahrheit. Ich weiß, dass es dir das Herz brechen würde. Wie könnte ich dir das jemals antun?«

Louna mustert mich mit traurigem Blick. Dann zieht sie mich in ihre Arme. »Ich war nicht ich selbst vorhin. Es tut mir so leid. Ich … ich wollte doch nur …«

»Du wolltest mich beschützen«, ergänze ich ihren Satz. »Wer hat hier also das Heldinnen-Syndrom, mh?«

Ein leises Lachen entweicht ihr zwischen den Schluchzern.

Ihre Nähe beruhigt mich jedes Mal aufs Neue.

»Versprichst du mir etwas?«, fragt Louna zwischen ihren stockenden Atemzügen.

Ich nicke bloß zur Antwort.

»Lass nichts auf dieser Welt eine Chance haben, uns zu trennen. Erst recht nicht dein Drang, die Heldin zu spielen. Wir waren vorhin nicht wir selbst – zumindest ich nicht. Ich kann dich nicht verlieren, Evergreen.«

Ein freudiges Schnaufen entweicht mir. »Nichts wird uns trennen – nicht einmal der Tod.«

Louna stößt sich aus der Umarmung und hebt eine Augenbraue. »War das eine Andeutung?«

Ich winke ab. »Nein, ich werde mich nicht opfern, nie wieder die Heldin spielen. Ich meine, dass jedes Leben irgendwann endet – aber niemals die Liebe.«

Louna legt den Kopf schräg, verschränkt die Arme vor der Brust. Ein Schmunzeln blitzt auf ihren Lippen auf. »Sehr philosophisch, aber ein wenig übertrieben.«

»Entschuldigt, Eure Hoheit!«, sage ich und vollführe eine elegante Verbeugung.

»Mh, das war aber die Verbeugung für Männer.«

»Ah, ich bitte um Verzeihung! Das ist mir durchaus bewusst – nur gehen mir Geschlechterrollen am Allerwertesten vorbei.«

Louna spielt übertriebene Empörung. »Was ist das für ein übler und ungeziemender Ton?«

Ich kichere, möchte antworten, aber Bella unterbricht mich. »Wenn ihr mit eurem … gewöhnungsbedürftigen Rollenspiel fertig seid, meldet euch einfach bei mir.«

Plötzlich steigt Panik in mir auf. Wie konnte ich nur Mom und Rey vergessen?!

»Warte! Wir müssen irgendwie herausfinden, ob –«

»Ja, ja, ja. Ich hab alles erledigt, während ihr euch so originell versöhnt habt«, unterbricht mich Bella schnell.

»Und ab heute glaube ich doch an Wunder.« »Nun sag schon!«, dränge ich.

»Wir haben Zeit«, versucht sie, mich zu beruhigen. »Deine

Mom wird öffentlich hingerichtet.«

Ich reiße die Augen auf. »Das nennst du ein Wunder?!«

Schnell rudert Bella zurück. »Nein, nein, das meinte ich anders. Die Tatsache, dass wir bei der Hinrichtung dabei sein dürfen, gibt uns einen erheblichen Vorteil. Die Menschenmenge wird nur dürftig nach Magiebegabten kontrolliert.«

Langsam beginne ich zu verstehen. »Warum wird sie überhaupt öffentlich ... du weißt schon?«

Bella nickt. »Sie war schlau – wenn es wirklich ihr Plan war. Deine Mutter hat während ihrer Festnahme die Polizei im Auto abgelenkt.«

»Bitte?!«, frage ich konfus.

»Es war einfach brillant. Sie ist zusammen mit deinem Bruder wehrlos in das Polizeiauto gestiegen. Auf der Fahrt muss sie sich den Plan ausgedacht haben – ein Schauspiel. Kein besonders einfallsreiches, aber durchaus durchdachtes.

Deine Mom hat Drama gemacht.«

Jetzt mischt sich Louna ein. »Drama?«

»Sie imitierte einen Anfall. Die Polizisten schenkten ihr volle Aufmerksamkeit. Was soll ein kleiner Junge schon tun?

Sie haben deinen Bruder unterschätzt.«

Ohne es zu wollen, bringen mich ihre letzten Worte zum Lächeln.

»Er konnte fliehen. Wo er jetzt ist, weiß niemand, aber ich bin überzeugt, dass er lebt – sich im Wald versteckt hat. Sonst hätte man seinen Tod längst gemeldet, und die Suchtruppen wären nicht mehr unterwegs.«

Das Lächeln verschwindet von meinen Lippen. Schmerz

explodiert in mir, will mich in die Knie zwingen. »Er ... die Handschellen.« Mehr als ein Murmeln bekomme ich nicht heraus.

»Er muss sie immer noch tragen.«

»Oh, Himmel!«, entfährt es mir. »Er wird verdursten, verhungern und sterben! Was, wenn er erfriert oder sich —«

»Chill«, unterbricht Bella mich. Einen Moment lang bin ich zu verwirrt über ihre Wortwahl, um weiterzusprechen. »Niemand ist in zwölf Stunden verhungert oder verdurstet. Und bei dieser Jahreszeit wird er kaum erfrieren. Außerdem ist er vermutlich sicherer als deine Mutter.«

»Woher weißt du das alles so plötzlich?« Nach langer Pause nimmt Louna am Gespräch teil.

»Während ihr hier unnötiges Zeugs besprochen habt, bin ich rausgegangen. Das Internet funktioniert dort einwandfrei. Ein Blick in die Nachrichten hat genügt.«

»Also gut, was ist der Plan?«, fragt Louna nach einem längeren, abschätzenden Blickwechsel.

Bella setzt ihr gewohnt siegessicheres Grinsen auf, hebt die Brust – und da fällt mir ein, dass sie ihre Mutter erst vor wenigen Stunden verloren hat; dass sie erst vor Kurzem die Lüge Arcamagias durchschaut hat.

»Der Plan ist wie folgt —«

»Warte«, unterbreche ich Bella. Sie schaut mich genervt an, aber in ihren Augen spiegelt sich pure Neugier. »Bist du sicher, dass du das machen willst?«

Bellas Augen scheinen enttäuscht – als hätte sie nicht die

Antwort bekommen, die sie erwartet hat.

»Ich meine, du hast deine Mom vor wenigen Stunden verloren und —«

»Schon gut«, unterbricht mich Bella erneut – wie oft hat sie das heute schon getan? »Ich komme klar.«

Ich betrachte sie aufmerksam. Durchforste ihre Gesichtszüge, untersuche jede noch so kleine Geste. Ich bin mir sicher, dass sie – auf eine mir unerklärliche Weise – zurechtkommt.

Ich seufze, dränge meine Besorgnis in die hintersten Winkel meines Verstandes. »Okay, dann erzähl uns deinen Plan.«

EINS, ZWEI, DREI

Der Plan ist mehr als verrückt.

Mit unserer Zustimmung haben wir unser eigenes Todesurteil unterschrieben.

Aber was bleibt uns anderes übrig?

Was bleibt mir anderes übrig?

Mit breiter Brust trete ich auf das Schafott. Das Holz knarrt unter meinen Füßen. Der schwere Umhang auf meinen Schultern flattert im Wind, die Kapuze tief ins Gesicht gezogen. Hoffentlich verdeckt sie meine Züge genug – sonst war all der Aufwand umsonst.

Es hat mich schon gehörige Kraft gekostet, den vorhergesehenen Henker in die Knie zu zwingen. Mentale sowie körperliche. Obwohl es mit meiner Magie letztlich ein Leichtes war. Jetzt sitzt er in einem verlassenen Raum, an eine Heizung gefesselt. Ich bete zu jener Macht da oben, an die ich nie geglaubt habe, dass er sich nicht befreit. Ich bete, dass dieser Plan aufgeht – sonst ist unser Schicksal längst besiegelt.

Es muss funktionieren.

Die Augen, in die ich jetzt blicke, habe ich zutiefst vermisst. Gleichzeitig könnte ich Freudensprünge vollführen, weil Mom wahrhaftig lebt. Doch ich verkneife mir ein Lächeln, halte meine ernste Miene aufrecht, lasse ihr keine Gelegenheit, mein Gesicht zu mustern.

Mit zitternden Händen führe ich sie zur Holzklappe. Dann messe ich das Seil ab, knote den Knoten, wie Bella es mir gezeigt hat.

Warum habe ich diesem Plan zugestimmt?

Wenn er schiefgeht – und das wird er definitiv –, bin ich schuld an Moms Tod. Dann werde ich es sein, die ihr das Seil umgelegt hat.

Noch muss ich die Klappe nicht öffnen. Erst folgt eine Rede.

»Menschen dieses großartigen Landes, wir haben uns heute hier versammelt, um ein Exempel zu statuieren. Vor Ihnen steht eine Person, die den Frieden gefährdet hat«, sagt Herr Hödel, der neue Kanzler.

Er wurde gewählt, nachdem Herr Teschner, der vorherige Kanzler, aus ›unerklärlichen‹ Gründen gestorben ist.

»Diese Frau dort oben«, fährt er fort und zeigt mit seinem nackten Finger auf Mom.

Am liebsten würde ich diesem Faschistenschwein den Finger umdrehen und brechen, bis er endlich sein unnützes Maul hält. »Diese Verräterin hat ihrer magiebegabten Tochter zur Flucht verholfen!« Tochter?!

Sohn!

Mom zuckt ebenso bei dieser Bemerkung zusammen.

»Dafür wird sie bezahlen!«

Die Menge explodiert. Applaus tobt durch die Menschentraube, vermischt sich mit Pfiffen, Hupen und Rufen aus Megafonen. Der neue Kanzler grinst verhöhnend, sein Gesicht verzieht sich zu dem Monster, das er ist.

Im Hintergrund werden die Proteste lauter. Die Demonstration nimmt Fahrt auf – sie ist um einiges größer als die bei Enzo Winslows Hinrichtung. Seitdem haben zwei weitere öffentliche Exekutionen stattgefunden.

»Wir sind nicht hier, um uns an Gewalt zu ergötzen«, übernimmt Hödel wieder das Wort. »Nein, wir sind hier, um Gerechtigkeit walten zu lassen. Um allen zu zeigen, dass Verrat an unserem Land nicht ungestraft bleibt. Ich bin heute persönlich anwesend, um zu demonstrieren, dass niemand, wirklich niemand, über dem Gesetz steht – weder die Mächtigen noch jene, die im Schatten wirken. Magie ist falsch, war es schon immer! Unsere Aufgabe ist es, sie zu vernichten.«

Er hält inne, beäugt die Menge mit einem arroganten Grinsen. »Ihr, das Volk, verdient Sicherheit. Ihr verdient Schutz vor denen, die euch und eure Familien bedrohen. Und ich verspreche euch: Solange ich an der Spitze dieses Landes stehe, wird niemand, der sich gegen die Ordnung wendet und Magie in sich trägt, verschont!«

Hödel wendet sich mir zu, ignoriert die Fragen der Reporter*innen, lässt die Rufe aus der Menge an sich abprallen.

Ich zucke unter seinem Blick zusammen. Sein Gesicht gleicht der Maske eines Monsters – einer Maske, die er nicht ablegen kann, weil sie keine Maske ist.

Weil sie seine wahre Natur ist.

»Die Exekution kann beginnen, Henker.« Seine scharfen Worte lassen mein Herz bis zum Hals schlagen. Meine Finger zittern, als sie sich um den kalten Holzhebel legen. Eine winzige Bewegung, und Mom stirbt durch die Hand ihrer eigenen Tochter. Doch das ist keineswegs der Plan – deshalb verharren meine Hände zitternd auf dem Hebel.

Nervös suche ich den Platz, an dem Louna den Sprengstoff zünden sollte, entfernt von der Menge.

Doch sie ist verschwunden.

Panik steigt in mir auf. Hat man sie entdeckt? Hat sie den Zugang nicht rechtzeitig gefunden? Oder ... verfolgt sie einen anderen Plan?

Meine Gedanken rasen, und Hödel entgeht meine Unruhe nicht. »Was ist, Henker? Bekommst du etwa kalte Füße?«

In seinen Worten steckt keine ernst gemeinte Frage – nur purer Sarkasmus, Schadenfreude und ... Wissen.

Er weiß es.

»Nein, keinesfalls«, versuche ich, die hoffnungslose Situation zu retten. »Ich ... äh ... muss nur den Knoten
erneut überprüfen. Ich glaube, er ist nicht richtig fest.«

Ohne eine Antwort abzuwarten, bewege ich mich auf den Galgen zu.

Vergeblich.

Hödel greift nach meiner Kapuze. Ich halte sie im letzten Moment fest, doch zu meinem Pech stürmen zwei Wachen auf das Schafott. Sie zerren mir die Kapuze vom Kopf, biegen meine Arme schmerzhaft auf den Rücken.

Sofort spüre ich kaltes Metall um meine Handgelenke.

Ich muss nicht hinsehen, um zu wissen, was es ist.

Exinanium-Handschellen.

Die Wachen treten an meine Seite, halten mich unnötigerweise fest.

Jemand zieht erschrocken die Luft ein. »Pieta?!«

Ich drehe mich zu Mom um. Die Wache zu meiner Linken rammt mir den Ellbogen ins Gesicht.

Schmerz explodiert vor meinen Augen. Die Welt verschwimmt, wird schwarz. Meine Beine geben nach.

So ›entgegenkommend‹, wie die Wachen sind, lassen sie mich fallen.

Das harte Holz des Schafotts trifft meine Knie mit voller Wucht. Ein stechender Schmerz durchzuckt mich, meine Muskeln versagen. Ich stürze ungebremst zur Seite. »Pieta!«

Dieses Mal ist es nicht Mom, sondern Louna.

Panisch hebe ich den Blick, versuche mich aufzurichten. Erst nach mehreren Versuchen komme ich auf die Knie. Pein schießt durch meine Muskeln, ein erstickter Laut entweicht mir.

Die Welt nimmt wieder Form an.

Ich wünschte, sie hätte es nicht getan.

Zwei Wachen schleppen Louna auf das Schafott.

Normale Handschellen, logischerweise.

Mir bleibt jegliches Wort im Hals stecken. Tränen brennen in meinen Augen.

Kaum lassen die Wachen von ihr ab, kniet Louna sich sofort neben mich. »Pieta, bist du in Ordnung?« Mein Nicken scheint ihr zu genügen.

»Es tut mir so leid. Ich war nicht schnell genug. Es ist meine Schuld, dass wir sterb —«

»Nein!«, halte ich dagegen. »Es ist nicht deine Schuld. Wir werden nicht sterben.«

Bevor Louna widersprechen kann, durchbricht Hödels markerschütterndes, boshaftes Lachen die Luft.

Seine Schritte kommen näher. Er erklimmt die wenigen Stufen des Schafotts.

Ich gebe ihm nicht die Genugtuung, meine schmerzverzerrten Augen zu sehen. Stattdessen richte ich meinen Blick auf den Boden.

Das helle Holz färbt sich unter meinen Tränen dunkel.

»Habt ihr naiven Magiebegabten wirklich gedacht, mich täuschen zu können?«

Er macht eine Pause, als würde er auf eine Antwort warten. Logischerweise bekommt er keine. »Und dann glaubt ihr doch nicht ernsthaft, dass dieses kleine Mädchen —« »Junge!«, unterbreche ich ihn erbittert.

Sein Blick fällt auf mich herab. »Wie bitte?«

Ich öffne den Mund – nur um ihn sofort wieder zu schließen.

»Noch einen Ton, und sie sterben.« Er zeigt auf Menschen, die weiter abseits stehen, von zwei Wachen umzingelt.

Rey und Bella.

Durch die Menge geht ein aufgeregtes Gemurmel. Viele drehen sich zu ihnen um. Manche schauen uns empört an.

»Ihr enttäuscht nicht nur mich, sondern das gesamte Land, das gerade zuschaut«, fährt Hödel fort, seine Stimme ist kaum mehr als ein nervendes Summen in meinen Ohren.

»Aber in dieser Enttäuschung liegt auch eine Chance: Dank euch kann ich der Welt zeigen, dass wir uns von abtrünnigen, illoyalen Menschen und Widerstandskämpfenden nicht einschüchtern lassen.« Die Menge explodiert. Applaus brandet auf.

Ich würde mir am liebsten die Ohren zuhalten – doch die Handschellen verwehren mir diesen Luxus.

Louna lehnt sich zu mir, spricht mir vermutlich Mut zu.

Aber ich verstehe kein Wort.

Sowohl Bella als auch Rey werden ebenfalls auf das Schafott geführt.

Sie bleiben hinter Louna und mir stehen.

»Ihr habt nicht nur unsere Werte verraten, sondern den Frieden, für den wir alle so hart gearbeitet haben – den Frieden, den die Magiebegabten zerstören.«

Hödel macht eine theatralische Pause, seine Stimme durchdringt die angespannte Stille. »Doch lasst es euch gesagt sein: Gerechtigkeit wird immer siegen. Und Gerechtigkeit bedeutet, dass Verrat Konsequenzen hat. Ihr habt euren Platz in dieser Welt verwirkt – und ich werde persönlich dafür sorgen, dass ihr nie wieder Unheil stiftet!«

Der Henker, den ich zuvor bewusstlos geschlagen habe, tritt neben den Galgen. Seine Augen lachen mich aus, warnen mich. Sie gieren nach meinem Schmerz.

»Pieta, was machen wir jetzt?«, raunt Louna verzweifelt.

»Vertrau mir«, ist alles, was ich sage.

Hödel gibt dem Henker das Zeichen – das gleiche, das er mir vorhin gab.

Mit einem entscheidenden Unterschied: Der Henker zögert nicht.

Kaum legen sich seine Hände um den Hebel, zieht er ihn mit einem gehässigen Grinsen herunter.

Ein Grinsen, das ihm gleich vergehen wird.

Die Klappe öffnet sich unter Moms Füßen.

Ihr Gesichtsausdruck schneidet mir ins Herz.

Vor wenigen Minuten war es für sie in Ordnung zu sterben.

Sie hat ihren Sohn gerettet.

Ihre Tochter ist auf dem Weg nach Arcamagia, würde auf Rey treffen.

Doch jetzt …

Jegliche trügerische Hoffnung weicht der schmerzhaften Realität.

Immer.

Mom fällt.

Die Zeit scheint stillzustehen.

Alles passiert in Slow-Motion.

Meine Augen fixieren das Seil um ihren Hals.

Komm schon. Komm schon!

Für einen Moment bricht meine Zuversicht wie eine einstürzende Mauer in sich zusammen.

Dann rast die Zeit plötzlich doppelt so schnell.

Ich kann nicht folgen.

Das Seil reißt.

Mom stürzt zu Boden.

Ungläubige Blicke richten sich auf den Galgen.

Hödel schreit einen Befehl.

Schüsse knallen.

Mein Körper wird zur Seite gerissen.

Schreie preschen in mein Bewusstsein.

Nicht nur Schreie.

Worte.

»Pieta?!«

»Louna …«, krächze ich. Ich stemme meine Hände auf das Holz, meine Muskeln fühlen sich an wie Wackelpudding.

»Pieta, ich hab dich!«

Plötzlich werde ich hochgezogen.

Arme schlingen sich unter meine Achseln.

Lounas Arme.

Ich würde sie überall erkennen.

»Komm schon, lass mich nicht hängen.«

Ihre Worte durchbrechen den Nebel in meinem Kopf.

Kraft flutet durch meinen Körper, durch meine Muskeln.

Ich finde mein Gleichgewicht und reiße den Blick hoch, um das Chaos zu erfassen: Die Menschenmenge hat sich größtenteils aufgelöst.

Nur ein paar einzelne Gestalten sind geblieben.

Soldat*innen stürmen den Plasa-Platz.

Bella, Rey, Mom, Louna und ich stehen weiterhin auf dem

Schafott.

Alle außer Louna sind noch gefesselt.

Sie muss ihre Handschellen geöffnet haben.

Die normalen Handschellen sind nicht so schwer zu knacken wie die aus Exinanium.

Lange bleibt mir nicht, um mich umzusehen.

Die Schüsse sind verstummt – vermutlich, weil die Patronen auf Exinanium treffen könnten.

Doch das Chaos legt sich nicht.

Im Gegenteil.

Soldat*innen sammeln sich um die Plattform, ihre Waffen auf uns gerichtet.

Hödel steht reglos an seinem Platz. Er hat sich keinen Zentimeter bewegt. Nur die Demonstration und das aufgebrachte Murmeln der Menge durchbrechen die angespannte Stille.

Wachen drängen die letzten Protestierenden zurück.

Hödel mustert mich mit zusammengekniffenen Augen. Ich halte seinem Blick stand. Bis er seufzt und den Blick abwendet. »Glaubt ihr, das hier macht mir Spaß?«

»Ja«, antwortet Bella sofort. Kaum hat er seinen Satz beendet, schießt ihre Antwort hervor. Ihre Augen funkeln vor Groll.

Treffen auf ein giftiges Grinsen. »Korrekt.« Hödels

Lächeln verzieht sich zu einem Ausdruck kalter Freude. »Obwohl mir der Tod deiner Mutter um Welten besser gefallen hat.«

Bellas Gesicht verwandelt sich in eine starre Maske. Sie bäumt sich auf, versucht sich verzweifelt aus dem Griff der Wache zu befreien. »DU MONSTER!«, kreischt sie. »Du Unmensch! Ich hoffe, du krepierst an deiner Abscheulichkeit!« Ihr Geschrei verwandelt sich in ein wortloses Brüllen.

Als sie merkt, dass es nichts nützt, versagt ihre Stimme. Ihre Schreie werden zu einem leisen Wimmern.

Hödels Grinsen verblasst nicht. »Ihr macht es euch nicht gerade leicht«, beginnt er. Seine Stimme tröpfelt süffisant durch die Stille.

»Was denkt ihr, hält mich davon ab, euch einen schrecklich langsamen und qualvollen Tod zu bescheren?« Sein Blick wandert zu Mom. Sie hält seinem Blick nicht stand. Senkt den Kopf.

»Nichts – außer der schmerzhaften Erkenntnis, dass selbst Ihre brutalsten Taten Ihre erbärmliche Existenz und Ihre grenzenlose Feigheit nicht verbergen können«, sagt Louna mit einem kalten, zynischen Grinsen auf den Lippen.

Ich kann mir ein leises Lachen nicht verkneifen.

Aus Bellas Richtung kommt ein Geräusch, das einem Kichern zu ähnlich ist, um keines zu sein.

Hödels überlegene Miene verzieht sich. Seine Augen lodern vor Wut, seine Mundwinkel krampfen gefährlich nach unten, eine Augenbraue zuckt unkontrolliert.

Sekunden später zischt ein Schuss durch die Luft.

Meine Muskeln zucken zusammen, bevor ich überhaupt begreife, was passiert. Niemand schreit. Niemand gibt einen Laut von sich. Selbst die Demonstration ist verstummt.

Allmählich setzt mein Atem wieder ein. Meine Augen huschen hin und her.

Keiner ist verletzt.

Keiner liegt am Boden.

Noch fließt kein Blut.

Die anderen wagen es ebenfalls, wieder Luft zu holen.

Dann bricht der Protest erneut los – lauter als zuvor.

Ein Warnschuss. Mehr nicht.

»Nächstes Mal wird der Soldat treffen, verstanden?«

Hödels Augen wandern über jeden von uns, verharren am längsten bei Louna. Er scheint äußerst zufrieden.

Niemand wagt eine sarkastische Antwort.

»Dann fahren wir fort: Ich könnte euch einen langsamen und qualvollen Tod sterben lassen, doch ich habe keine Zeit für unnötige Spielchen.« Seine Hand macht eine abfällige Geste in unsere Richtung. »Ungeachtet dessen soll euer Tod eine Lektion sein – kein Symbol für euren lächerlichen Widerstand. Und ich töte nun wahrlich nicht aus Vergnügen, sondern aus Pflicht«, fügt Hödel selbstverliebt hinzu.

»Lügner«, spuckt Bella ihm vor die Füße.

»Wie bitte?« Sein Blick gleicht dem eines neugierigen Kindes.

Bella verstummt, beißt sich auf die Unterlippe. Sie bereut ihre Worte.

»Das hab ich mir gedacht«, sagt Hödel nach kurzer Stille – für ihn eine akzeptable Antwort.

Dann zuckt er mit den Schultern. »Ich muss dennoch zugeben, dass du recht hast. Ich habe gelogen. Aber das wird die Bevölkerung nie erfahren. Hauptsache, sie glauben dem Schein.«

Zum ersten Mal sagt Mom mehr als einen Satz: »Bitte, lassen Sie meine Kinder da raus. Sie sind unschuldig.«

Hödels Gesicht verwandelt sich in eine Karikatur mitfühlender Güte – ebenso lächerlich wie seine Worte. »Wie herzzerreißend, wirklich. Aber deine Kinder sind mehr als schuldig.« Sein Blick bohrt sich in mich. »Sie haben versucht, mich vor aller Welt bloßzustellen.«

Angestrengt verkneife ich mir den Kommentar, der an meinen Lippen anklopft.

»Ab jetzt möchte ich keine Unterbrechungen mehr. Wir werden eure Exekution fortsetzen.«

Hödel dreht uns den Rücken zu, läuft die Stufen des Schafotts hinunter und gibt den Soldat*innen und Wachen ein Zeichen, auf ihre vorherigen Positionen zurückzukehren und die Umstehenden wieder auf den Platz zu lassen.

Der Henker widmet sich dem Seil, legt es erneut um Moms Hals, als wäre nichts passiert.

Hoffnungslosigkeit macht sich in mir breit.

Mein Herz pocht.

Droht, gleich herauszuspringen.

Beschleunigt zugleich meinen Atem.

Meine Gedanken zerdrücken mich.

Schuldgefühle nehmen alles ein.

Vernebeln meine Wahrnehmung. Ich kann nicht atmen!

Erst als Louna meine Schultern umgreift und meinen Namen ruft, realisiere ich die Panikattacke. »Pieta …« Lounas Stimme bricht ab.

Sie hätte mich gewiss umarmt, aber ihre Hände stecken wieder in Handschellen.

Trotz fehlender Aufmunterung – was könnte Louna schon sagen? – beruhigt sich mein Herzschlag, mein Atem verlangsamt sich, die Gedanken lassen sich zurückdrängen, verschieben.

Meine Sicht wird klarer.

Mom.

In wenigen Sekunden wird das Seil halten.

Wenn sie abstürzt.

Wenn alle abstürzen.

Nacheinander.

Alle werden sterben.

Alle werde ich verlieren.

Wie Dad.

Mom, Rey, Bella und … Louna.

Nein! Niemals.

»Halt!« Mein Schrei zerreißt die Luft. Die Menge wird still. Die Proteste nicht. Mich hat kaum jemand bis dahin gehört.

Hödels Blick bleibt sachlich. Gelassen. Er hebt die Hand, um den Befehl zu erteilen, nicht zu schießen.

»Pieta, was –«

Ich lasse Louna nicht ausreden. Gebe ihr nicht erst das Gefühl, gehört worden zu sein. »Lasst uns gehen, oder wir alle werden unsere Magie verwenden, um jeden einzelnen Menschen auf diesem Platz mit uns in die Luft zu jagen!«

Meine Drohung scheint ihre Wirkung nur in den Augen der Bevölkerung zu zeigen, aber nicht in den Augen der reichen, mächtigen Menschen.

Hödel klatscht. Lachend. »Bravo. Ich hab schon ewig gewartet, bis einer von euch das sagt.«

Ich lasse mir die Überraschung nicht anmerken. »Dann lassen Sie uns gehen.«

»Nein.«

Ein Wort, das eine Kälte mit sich trägt, die nicht in Worte zu fassen ist.

»Hast du die Idee von deiner rothaarigen Freundin?«

Ich spüre förmlich, wie Bella mit sich ringt, ohne sie sehen zu müssen.

»Das ist unwichtig.«

Der neue Kanzler lächelt. »Was hältst du denn für wichtig, *Pieta*?«

Meinen Namen aus seinem Mund zu hören, gibt mir das gleiche widerwärtige Gefühl wie das Kratzen an Metall.

»Warum wollen Sie das wissen? Ich habe eine Forderung gestellt. Ich meine es ernst.«

Hödel lächelt nicht mehr. Er lacht. »Nicht schlecht. Wärst du ein Mensch, hätte ich dich glatt verschont.«

Die Menge stimmt zu, durcheinandergeworfene Lacher hallen über den Platz.

»Ich bin ein Mensch.«

Bevor der Kanzler widersprechen kann, hake ich erpicht nach: »Was macht Menschlichkeit in Ihren Augen aus?«

Hödel scheint nicht mit der Frage gerechnet zu haben. Er räuspert sich. Dann setzt er selbstsicher an: »Menschlichkeit ist ein Privileg, das man sich verdienen muss ...«

Das nächste Gesagte nehme ich nicht wahr. Ich gehe in mich, versuche, nachzudenken, meine nächsten Schritte zu planen.

Doch diese prekäre Situation ist alles – nur nicht geeignet zum Nachdenken.

Um meine Unsicherheit nicht allzu auffällig zu machen, richte ich meine Aufmerksamkeit wieder auf den Kanzler.

»... Menschlichkeit bedeutet Natur – die Starken gewinnen, die Schwachen sterben. So wie ihr jetzt.« Sein Blick mustert mich argwöhnisch, als würde er etwas abwägen.

»Sie liegen falsch.«

Zorn blitzt in seinen Zügen auf.

»Menschlichkeit ist, mit Empathie und Solidarität zu leben. Die Würde eines jeden Menschen zu respektieren. Sich nicht von Konkurrenzgedanken oder Intoleranz leiten zu lassen. Nichts davon steckt in Ihnen. Nicht die Magiebegabten sind die Monster, sondern Menschen wie Sie!«

Ein Raunen geht durch die Menge. Beleidigungen prasseln auf mich ein. Sie prallen an mir ab. Sie erreichen mich nicht.

Hödels gehässiges Lachen konnte ich mit meiner Rede leider nicht zerstören.

»Ich zähle bis drei, dann rufe ich meine Magie. Die anderen werden es mir gleichtun.«

Hödels Grinsen bleibt auf seinem Gesicht wie eingefroren.

»Eins …«

Die Menge wird nervös.

»Zwei …«

Ich werde nervös.

Das läuft nicht nach Plan.

Er ahnt, dass ich bluffe.

Nein.

Er weiß es.

In meinen Augen muss Wut flimmern.

Ein stummer Kampf zwischen mir und Hödel.

»Wann kommt die Drei, mh?«, provoziert er.

Die einst so ausgeprägte Sicherheit weicht aus meinem Körper. Ersetzt durch Angst. Erschütternde, kalte Angst.

Doch niemals lasse ich die anderen hängen. Niemals lasse ich sie sterben.

Nicht in meinem Leben.

»Es tut mir leid, Louna«, beginne ich, während ich Hödels Lachen ignoriere.

Es wird sein letztes sein.

»Ich muss mein Versprechen brechen. Ich werde dir wehtun. Aber der Tod wird unsere Liebe nicht trennen, okay?«

Ein letztes Mal drehe ich mich zu ihr um. Verzweifelt grinse ich. Tränen in den Augen.

Dann renne ich los.

Lasse niemandem Zeit zu reagieren.

Ich hätte gedacht, die nächsten Sekunden würden im Handumdrehen vergehen.

Falsch vermutet.

Der Sprung vom Schafott fühlt sich an wie Fliegen.

Die Landung wie eine quälende Kniebeuge.

Der Zusammenstoß mit Hödel wie das Betreten der Hölle.

Die Freisetzung meiner Magie und die darauffolgende Explosion wie ein Kriegsfilm in Zeitlupe.

Einzig und allein das folgende Wort kommt schnell über meine Lippen:

»Drei.«

RENN, MÄDCHEN, RENN!

*»Lass nichts auf dieser Welt die Chance, uns zu trennen.
Erst recht nicht deinen Drang, die Heldin zu spielen. (...)
Ich kann dich nicht verlieren, Evergreen.«* Die Welt
explodiert.

Tobender Lärm.

Ohrenbetäubende Schreie.

Dann ... Stille.

Absolute Stille.

Die erschrockene Menge, Hödel, die Wachen – alles
verschwimmt vor meinen Augen, bis Dunkelheit
übernimmt.

Der Schmerz kommt in Wellen.

Er nimmt mich ein.

Lässt von mir ab.

Der Geschmack von Blut weicht dem Geschmack von
Erde.

Parfum- und Blütendüfte verwehen, verschlungen von

426

Eisen und Verwesung.

Leere.

Grenzenlose Leere.

Ist das das Jenseits?

Dieses Nichts?

Dad?

Bist du hier?

Keine Antwort.

Ich existiere weiter in diesem luftleeren Raum.

Ich habe nicht nur Louna versprochen, nicht zu sterben.

Ich habe es mir selbst versprochen.

Und wenn ich tief in mich gehe … will ich gar nicht sterben.

Im Gegenteil.

Ich will leben.

Noch so viele Jahre.

Erstaunlich, wie schnell sich Ansichten ändern.

Erst wollte ich mein Leben beenden, die schmerzhafte Gegenwart hinter mir lassen und aufgeben.

Dann bekam ich eine andere Perspektive.

Ich wollte nicht mehr sterben – aber auch nicht so weiterleben.

Und jetzt?

Jetzt habe ich Angst vor dem Tod.

Ich brachte es kaum übers Herz, meine Lieben zu verlassen.

Aber es war keine Wahl, die ich traf.

Es war eine Notwendigkeit.

Hödel mit in den Tod reißen.

Ein neuer, vielleicht sogar schlimmerer Kanzler wird schnell gefunden sein.

Aber meine Familie – plus Bella – kann fliehen.

Sich einen sicheren Ort suchen.

Wenn es einen solchen überhaupt gibt.

Nein, ich werde mich nicht opfern, nie wieder die Heldin spielen.

Lügnerin!

Ich weiß, dass es dir das Herz brechen würde. Wie könnte ich das jemals tun?

Verdammte Lügnerin!

Meine Worte an Louna hallen durch meinen Kopf.

Ich bereue es.

Nicht mein Handeln – sondern meine Versprechen.

Keine Worte der Welt können beschreiben, wie leid es mir tut.

Aber das müssen sie nicht.

Es ist zu spät.

Keine meiner Worte werden Louna jemals erreichen.

Ich habe keinen letzten Satz mehr.

Ich habe mir den Abschied anders vorgestellt.

Mom und Rey konnte ich nichts geben.

Keinen letzten Blick.

Keinen letzten Ton.

Keine letzte Berührung.

Nichts.

Wie war das Ziel mancher Menschen gleich?

Lebe so, dass du ohne Reue stirbst?

Was für eine Idiotie.

Niemand stirbt ohne Reue.

Vor allem die letzten Gedanken sind meist voller Bedauern.

Die Dunkelheit weicht nicht.

Die Stille wird nur leiser.

Oder?

So schnell, wie mich die Schwärze verschluckt hat, spuckt sie mich wieder aus.

Schemen tauchen vor meinen Augen auf – verschwommen, aber greifbar.

Geräusche kommen näher.

Erst nur ein Rauschen.

Dann Gemurmel.

Dann … ohrenbetäubende Schreie und Donnerschläge.

Der Geruch von Verwesung und Blut dringt in meine Wahrnehmung.

Ich warte auf meinen Tastsinn, der als Nächstes einsetzen müsste.

Doch meine Füße und Hände berühren bloß Luft.

Durch meine immer klarer werdende Sicht spüre ich den Druck unter meiner Brust und meinen Kniekehlen.

Blonde Haare.

Dieser leichte, aber auffallende Vanilleduft … Louna!

Sie trägt mich auf ihrem Rücken.

Dadurch ist sie langsamer als die Gestalten vor ihr.

Sind das … die anderen?

Die kleinste von ihnen dreht sich um, bleibt ruckartig stehen und zeigt mit dem Finger – zumindest vermute ich das – auf mich.

Ihre Stimme ist nicht zu verstehen.

Sie wird lauter.

»Sie ist wach!«

Ja, das müssen die Worte sein, die aus seinem Mund weichen.

Louna bleibt abrupt stehen.

Mein Gesicht knallt gegen ihren Kopf.

Schmerz explodiert vor meinen Augen.

Sterne tanzen in der Dunkelheit.

»Allein seid ihr schneller!«

Die Stimme ertönt so nah an meinem Ohr, dass ich hochschrecke.

Louna lässt mich in derselben Sekunde von ihrem Rücken herunter.

Keine gute Kombination.

Meine Beine geben nach.

Ich stolpere rückwärts – werde aber rechtzeitig von zwei Armen aufgefangen.

Der vertraute Vanilleduft steigt mir in die Nase.

Die bekannte, harmonische Stimme dringt in mein Bewusstsein.

»Pieta, komm schon. Du musst rennen!« Laute, trommelnde Schritte.

Das Klacken von Waffen.

Tiefstimmige Rufe – nicht allzu weit hinter uns.

»Bitte, Pieta«, fleht Louna.

Sie stemmt mich auf meine Beine, die mich kaum halten.

»Wir fliehen zusammen. Ich lass dich nicht los. Aber versprich mir, dass du nicht zurückschaust – und rennst!«

Ich bin nicht fähig, das Gesagte mental zu verarbeiten.

Doch das ist nicht nötig.

Louna greift nach meiner Hand. Zieht mich mit voller Wucht mit sich.

Die Schritte der Wachen kommen näher.

Schüsse lösen sich.

Zischen an uns vorbei.

Es ist wie ein Rausch.

Gleichzeitig in Slow-Motion und in doppelter Geschwindigkeit.

Die Welt um uns herum verschwimmt erneut.

Nur Louna und ich sind klar zu sehen.

Es tut mir leid.

Ich will schreien, doch meine Kehle ist zugeschnürt.

Einzig und allein mein Hörsinn funktioniert ohne Fehler.

Louna schreit.

Ein weiterer Schuss fällt.

»Renn!«

Und nichts anderes bleibt mir übrig.

Ich lebe nicht, um die Welt zu retten

Die Geräusche verstummen augenblicklich.

Die Welt wird von Dunkelheit verschluckt.

Alle Sinne versagen gleichzeitig.

Doch dieses Mal nicht für lange.

In der nächsten Sekunde reiße ich die Augen auf – und starre in kolossale weiße Leere.

Ein beißend chemischer Geruch dringt in mein Bewusstsein. Wider meiner Erwartung spüre ich harten Untergrund unter mir.

Kein Krankenhaus.

Langsam drehe ich meinen Kopf nach links.

Die weiße Leere schwindet, weicht sanftem Hellbraun und mündet in die tiefen Dunkeltöne von Holz. Eine Holzhütte?

Der Raum fühlt sich fremd an – und doch seltsam sicher.

Ein Kontrast, der mich sofort innehalten lässt.

Mehr als die nicht unbedingt weiche Matte unter mir und die graue Bettdecke über meinem Unter- und Oberkörper ist hier nicht.

Zumindest nicht in diesem Teil des Raumes.

Ich drehe den Kopf zur anderen Seite – und meine Augen weiten sich. An die Wand der Hütte gelehnt schläft Louna. Neben ihr erstrecken sich zwei große Fenster, die bis zur Decke reichen. Dahinter dehnt sich dunkler, ungetrübter Wald aus.

Lounas leises, aber unüberhörbares Schnarchen übertönt die Faszination des Waldes. Trotzdem widme ich meine Aufmerksamkeit ihr.

Wie kann sie in dieser Position schlafen?

Ihre Brust hebt und senkt sich gemächlich, ihr Schnarchen klingt nicht kränklich. Ihre Muskeln sind entspannt – nur ihr Rücken wird nach dem Aufwachen schmerzen.

Ein Schmunzeln entweicht meinen Lippen.

Ihre Stupsnase wackelt leicht. Ihr Mund ist ein wenig geöffnet. Die blonden, weichen Haare fallen ihr über die Schultern, ein paar Strähnen hängen in ihrem Gesicht. Auf irgendeine Art … niedlich.

Himmel, ich starre wie eine Verrückte!

Zurück zu diesem Ort. Wo auch immer er ist. Was auch immer passiert ist.

Ich spanne meine Muskeln an – und bereue es augenblicklich. Schmerz schießt durch jede Faser meines

Körpers. Scharf ziehe ich die Luft ein. Ein lauter Atemzug ertönt – aber nicht aus meiner Kehle.

Schnell drehe ich den Kopf.

»Pieta, du bist wach.« Lounas Stimme klingt nicht unbedingt freudig. Eher … kalt.

Ich mustere ihre Gesichtszüge: müde, traurig, wütend, erschöpft.

Ein schlechtes Gewissen regnet auf mich hinab, dringt tief in meinen Körper. Ein Kloß wächst in meiner Kehle, Tränen steigen mir in die Augen. »E-es tut mir l-leid«, flüstere ich, meinen Blick nicht von ihr abwendend.

»Du hast mich angelogen.« Vier Worte, die mir das Herz brechen.

»Genau genommen bin ich nicht gestorben.« Ich versuche es mit Humor. Doch er zieht nicht. War vorherzusehen.

Lounas Augen spiegeln eine Leere wider, die tiefer schneidet als jede Wunde. Ihre Lippen beben leicht – und doch hält sie die Fassade aufrecht. Schweigen ist ihre einzige Waffe gegen mich.

»Du hast die Heldin gespielt.«

»Nein«, halte ich dagegen. »Das war notwendig, und das weißt du.«

»Ich habe dir vertraut.«

»Ich danke dir dafür.«

Ein erschrockenes Schnaufen hallt durch den Raum. »Ich hasse dich.«

Die Worte sollten wehtun. Sollten mich ablenken, mich

wütend machen. Doch ich kenne die Wahrheit.

»Tatsächlich?« Ich hebe eine Augenbraue. »Wieso bist du dann hier?«

Die Frage sitzt. Lounas Augen werden größer. Ihre Wangen röter.

»Sie saß die ganze Zeit hier«, ertönt eine andere Stimme. »Von der Ankunft bis jetzt. Das waren … ungefähr zwölf Stunden«, beendet Bella den Satz.

»Wo sind wir?« Meine Stimme klingt brüchig. »Haben die anderen überlebt?«

»Wenn du deine Mutter und Rey meinst, dann ja.« Bellas Blick ist ernst. »Wir sind hier fürs Erste untergekommen, damit du dich ausruhst, bevor wir fliehen.«

»Fliehen?« Angst brennt in meiner Brust.

»Ja, verdammt. Du hast ganz schön was losgetreten«, lacht Bella, kniet sich neben mich und klopft mir auf die Schulter.

»I-ich?«

»Vergessen, was du getan hast, unsere strahlende Heldin mit Todessehnsucht?« Bella scheint nicht davon überzeugt.

»Es hat funktioniert?« frage ich, etwas zu erfreut.

»Hödel ist tot, wenn du das meinst.«

Nach dieser Aussage sinkt mein Kopf wieder entspannt auf das harte Kissen.

Ab heute habe ich zwei Leben auf dem Gewissen. »Aber der Krieg ist damit erst ins Rollen gekommen.« Etwas anderes habe ich nicht erwartet.

Wäre es klüger gewesen, uns nicht zu retten, um den

vermeintlichen ›Frieden‹ zu wahren?

Weitere Unschuldige wären gestorben – aber habe ich das verhindert?

Denn die meisten Menschen, die im Krieg sterben, sind unschuldig.

»Es tut mir leid.« Meine Stimme ähnelt der eines sterbenden Vogels.

»Was? Dass du uns zwar gerettet, aber auch fast umgebracht hast?« fragt Bella und nickt. »Entschuldigung angenommen. Ich hoffe, dein Schutzengel bekommt Überstunden bezahlt.«

Ein ungewolltes Lächeln schleicht sich auf meine Lippen. »Wie geht's dir?«

Bella runzelt die Stirn, ihre rechte Augenbraue wandert nach oben. »Seit wann interessiert dich das?«

»Ich weiß, wie weh es tut, einen geliebten Menschen zu verlieren. Ich denke, irgendwann wird es wieder besser.

Wenn du jemanden zum Reden brauchst, kannst du dich an mich wenden.«

Ich halte inne, sortiere meine Gedanken und füge hinzu: »Also ... wie geht's dir?«

»Bist du über den Tod deines Vaters hinweg?«, fragt Bella sofort.

»Das werde ich nie ganz.« Meine Stimme ist kaum mehr als ein Flüstern. Mein Blick senkt sich.

»Da hast du meine Antwort. Mir geht's dementsprechend schlecht, aber irgendwann wird alles gut, nicht?«

»Ich hoffe.«

Sie nickt zuversichtlich und erhebt sich. »Jetzt ruh dich aus, unsere Lebensretterin mit dem Hirn einer Bratpfanne.« Ihre Schritte entfernen sich langsam.

Meine Augen wandern zurück zur kolossalen weißen Leere.

Völlig aus dem Nichts finde ich mich in Lounas Armen wieder. Sie drückt mich so fest an sich, dass mein Atem kaum eine Chance hat. Dort, wo ihr Kopf lehnt, spüre ich Nässe. Auch mir steigen Tränen in die Augen. Ich kralle mich an Louna fest – mit dem Willen, sie niemals loszulassen.

»Woher kommt dein plötzlicher Sinneswandel?« frage ich lächelnd.

»Klappe, Evergreen, du verspielst es dir gleich. Aber wir sind quitt. Ich war halb tot, du warst halb tot.«

»Na ja, du warst so richtig tot.« Ich korrigiere sarkastisch.

»Und du hast dein Versprechen gebrochen.«

»Okay, okay. Wir sind quitt.«

Ein Lächeln huscht über meine Lippen.

Louna löst sich aus der Umarmung – aber nicht ganz.

Meine Augen wandern immer wieder zu ihren Lippen.

Jedes Mal ermahne ich mich selbst.

Vergebens.

»Du starrst.«

Ihre Stimme ist von einem leichten Lachen begleitet.

»Was? Nein, tu ich nicht.« Mein Blick weicht ihrem aus.

»Doch, tust du.«

Ich verdrehe die Augen. »Und wenn schon.« Es klingt schwächer, als ich es beabsichtigt habe.

»Oh, du gibst also zu, dass du gestarrt hast.« Ihr Grinsen wird breiter.

»Du missinterpretierst das.« Ich hebe das Kinn, als könnte ich so die Hitze in meinem Gesicht vertreiben.

»Ach ja? Was hast du dann getan?« Ihre Augen flimmern neugierig.

»G-gar nichts, bloß überlegt.« Innerlich schlage ich mich für diese Aussage. Ich habe mir selbst eine Falle gestellt.

»Aha.« Louna beugt sich vor. Einen Hauch zu weit. »Und was hast du gedacht?«

Ein waghalsiges Lächeln huscht über meinen Mund. »Dass du ziemlich nervig bist.«

Louna weicht zurück. Keinesfalls verärgert. Grinsend. »Mh, nervig also. Dann solltest du wohl nicht auf meine Lippen starren, oder?«

Ich werde noch röter – wenn das überhaupt möglich ist.

»Ich …« Weitere Worte bleiben mir im Hals stecken.

»Du bist zu leicht zu durchschauen.«

»Ach ja? Was siehst du denn?«

Wieder eine Steilvorlage. Verdammt.

»Oh, das willst du nicht hören.« Louna lacht.

»Da hast du wohl recht.«

»Jetzt hast du mich neugierig gemacht.«

Diesmal wandern ihre Augen zu meinen Lippen. »Das hab ich gesehen.« Ich klinge triumphierend.

»Solltest du auch. Du brauchst viel zu lang.«

»Für was —«

Ich bekomme eine Antwort. Nur ohne Worte.

Louna überwindet die Distanz zwischen uns. Ihre warmen Lippen treffen meine. Eine Hand fährt durch mein Haar. Die andere über meinen Rücken. Ich zucke schmerzverzerrt zusammen.

»Mist, entschuldige.« Louna zieht sich sofort zurück.

»Alles gut. Verdammt, wieso schmerzt mein Rücken so?«

»Durch die Explosion.« Ihre Stimme klingt kalt. Die Erinnerungen scheinen sie nicht zu erfreuen.

Mich ebenso wenig.

»Wie habe ich das überlebt?«

»Ich habe dich sofort weggezogen. Rey hat dich geheilt, so gut er konnte. Trotzdem war es echt knapp.«

»Mein Schicksal wollte eben, dass ich mein Versprechen halte.« Ich scherze verbissen.

»Geh vor deinem Schicksal auf die Knie, wenn das stimmt! Hättest du nicht überlebt, glaub mir, das wäre nicht gut für dich ausgegangen!«

Ich lache trotz der wiederkehrenden Spannung. »Ist das eine Drohung?«

»Mehr als das!«

Doch selbst Louna kann den Sarkasmus in ihrer Stimme nicht länger verstecken.

»Wie konnten wir entkommen?«

»Mit Magie. Bella, Rey und deine Mom haben falsche Fährten gelegt. Es wird allerdings nicht lange dauern, bis sie uns finden.«

»Magie kann uns retten.«

»Ja, sie wird uns die Flucht um einiges erleichtern.«

Zum ersten Mal sehe ich den Fluch bröckeln. Seine kalte Maske schmelzen.

Magie war nie perfekt. Aber vielleicht war sie nie der Feind. Vielleicht war sie immer das Werkzeug, um zu überleben.

Daran muss ich mich noch gewöhnen.

»Wohin fliehen wir?« Meine Augen fokussieren zwei Gestalten draußen im Wald.

Panik steigt in mir auf.

Doch dann erkenne ich sie.

Mom. Rey.

Erleichterung strömt durch meine Adern.

»Dahin, wo uns eure Magie hinführt«, antwortet Louna.

»Verstehe.«

Mom und Rey kommen näher.

Mein Bruder rennt zum Fenster, winkt und eilt zur Tür.

»Pieta!«

Dann fällt er mir in die Arme. »Ich wusste, dass du überlebst!«

»Mit deiner Hilfe.« Ich streiche ihm durchs Haar. Mom umarmt mich sanft. »Tu das nie wieder.« Ihre Stimme ist kaum mehr als ein Flüstern.

»Das werde ich nicht versprechen.«

»Hah! Das ist auch besser so, Evergreen!« Louna lacht.

Ich schaue in die Gesichter meiner Familie.

Viele würden an meiner Stelle sagen, dass meine

Geschichte jetzt erst beginnt.

Aber das stimmt nicht.

Sie begann vor langer Zeit. Seitdem hat sich vieles verändert. Und noch mehr wird sich wandeln. Doch vieles habe ich auf meiner Reise gelernt: Ich muss nicht immer moralisch korrekt handeln, um ein guter Mensch zu sein, sondern mit Mitgefühl und eigenen Überzeugungen leben, und das Leben in allen Formen außer der Intoleranz respektieren.

Moral ist keine festgelegte, starre Größe.

Statt immer in Schwarz-Weiß-Kategorien zu denken, sollte man die Komplexität menschlicher Handlungen anerkennen. Es geht nicht darum, immer ›richtig‹ zu handeln, sondern zu versuchen, in schwierigen Situationen mitfühlend zu handeln und sich der möglichen Folgen bewusst zu sein.

Außerdem muss ich nicht in diese Welt passen, denn wer nicht in diese Welt zu passen scheint, der ist immer nahe dran, sich selbst zu finden.

Ich lebe nicht, um die Welt zu retten.

Ich allein könnte es nie.

Denn Liebe allein rettet nichts – flickt kein gebrochenes Herz und erst recht keine zerstörte Welt voller Hass.

Aber ich gebe mein Bestes – nicht für diese kaputte Welt.

Sondern für mich.

Für meine Familie.

Denn manchmal ist das Beste, was wir tun können, einfach nur zu sein.

Und vielleicht …
Ja, vielleicht war das immer genug.

ENDE

DANKSAGUNG

Nie in meinem Leben hätte ich gedacht, eine Danksagung zu schreiben.

Nie hätte ich gedacht, an dem Punkt in meinem Leben anzukommen.

Jetzt bin ich hier und bin stolz.

Mein erstes Danke geht an mich selbst – obwohl das echt arrogant klingt, aber ich bin das erste Mal in meinem Leben so unglaublich stolz auf mich.

Danke, früheres Ich, dass du dich für DICH entschieden hast, nicht für die Träume anderer.

Danke, dass du deinen Weg gehst, egal was andere sagen.

Danke, dass du zum ersten Mal an dich geglaubt hast.

Danke, dass du deine Ketten gesprengt hast und nun fliegst.

Ich hab dich lieb, Ronja!

Mein zweites Dankeschön geht an meine Familie.

Danke, Papa, dass du mein rohes Manuskript unter die

Lupe genommen hast.

Danke, Mama, dass du meine Zweifel weggewischt hast wie Tränen.

Danke an meine beiden besten Omas der Welt! Ohne euch würde das Buch nicht existieren!

Danke, Robin und Tobi, dass ihr bei mir bleibt, wenn ich denke, dass mich niemand will!

Du, Isa, gehörst auch zu meiner Familie, denn Blut definiert Familie nicht. Die Widmung meines ersten Buches gehört dir, weil du mein Licht in der Dunkelheit bist!

Danke auch die liebe Alexandra Blechschmied für das Lektorat, welches mein Manuskript verzaubert hat!

Danke an @ashokanSpring für die tolle Illustration von Pieta und Louna!

Danke an meine Testlesenden (und gleichzeitig liebsten Freundesmenschen)!

Ein ebenso riesengroßer Dank geht an euch Lesende!

Danke, dass ihr mich seht, mir eine Chance gabt und meine Geschichte gelesen habt!

Ich schrieb diese Geschichte, als würde sie niemand lesen. Ich veröffentliche sie nun, als würde die ganze Welt hinter mir stehen.

Noch immer bin ich gefüllt mit Selbstzweifeln, aber in meinem Kopf schwirren so viele Geschichten, die leben wollen.

Und leben werden.

Denkt dran: Ihr seid immer genug!

Die Autor:in

Ronja Klein (sie/dey) ist Autor:in. Wenn sie nicht gerade selbst schreibt, versinkt sie in Fantasiebüchern oder lernt etwas über griechische Mythologie. Ronja wohnt in Erfurt, ist selbst queer und setzt sich für queere Rechte ein. Mit ihren Büchern möchte sie Jugendliche erreichen, die ähnlich wie sie selbst waren. Verloren, hoffnungslos und voller Selbstzweifel. Sie möchte die Lektüre schreiben, die queere Menschen suchen.

Ihr Debütroman: »Ein Licht in der Dunkelheit«
30.11.2025: »Queer im Universum«
16.01.2026: »Ihr nennt es Mensch, ich nenne es Monster«

Ihr findet Ronja und ihre Bücher auch hier:
Webseite: https://www.ronjaklein.com/ (ronjaklein.com)
Shop: https://www.ronjaklein-shop.de/ (ronjaklein-shop.de)
Instagram: https://www.instagram.com/autorin_ronjaklein/ (autorin_ronjaklein)